Olivers Versuchung ist ein fiktives Werk. Namen, Charaktere, Orte und Geschehnisse wurden erfunden. Jegliche Ähnlichkeit mit wirklichen Orten, Ereignissen, oder Personen, lebend oder verstorben, sind zufällig.

Große Druckausgabe

Die Amerikanische Originalausgabe erschien 2013 unter dem Titel *Oliver's Hunger*

Cover design: Leah Kaye Suttle

Autorenfoto: ©Marti Corn Photography

Bücher von Tina Folsom

Samsons Sterbliche Geliebte (Scanguards Vampire – Buch 1)

Amaurys Hitzköpfige Rebellin (Scanguards Vampire – Buch 2)

Gabriels Gefährtin (Scanguards Vampire – Buch 3)

Yvettes Verzauberung (Scanguards Vampire – Buch 4)

Zanes Erlösung (Scanguards Vampire – Buch 5)

Quinns Unendliche Liebe (Scanguards Vampire – Buch 6)

Olivers Versuchung (Scanguards Vampire – Buch 7)

Thomas' Entscheidung (Scanguards Vampire – Buch 8)

Ewiger Biss (Scanguards Vampire – Buch 8 1/2)

Cains Geheimnis (Scanguards Vampire – Buch 9)

Luthers Rückkehr (Scanguards Vampire – Buch 10)

Brennender Wunsch (Eine Scanguards Hochzeit)

Blakes Versprechen (Scanguards Vampire –

Eine hemmungslose Berührung (Der Club der Ewigen Junggesellen – Buch 6)

AN ALL MEINE WUNDERVOLLEN LESER*INNEN

Danke dafür, dass ihr meine Arbeit unterstützt und mir somit erlaubt, euch mit den fiktiven Welten, die ich erschaffe, zu unterhalten.

Dies ist wahrlich der beste Beruf in der ganzen Welt!

Tina Folsom

Olivers Versuchung

Scanguards Vampire - Band 7

Tina Folsom

1

Der Hunger hatte seine Klauen in ihn gekrallt. Er kämpfte gegen den Drang an, der ihn beherrschte, kämpfte gegen das Bedürfnis, das ihn wie einen Süchtigen auf Entzug zittern ließ. Er hätte nie gedacht, dass es mit solchen Schmerzen verbunden war, und dass es so schwer war zu widerstehen, doch der Gedanke an Blut beherrschte jede Minute seines Daseins. Selbst im Schlaf träumte er von pulsierenden Adern, von warmem Blut, das noch die Lebenskraft eines Menschen enthielt, und davon, seine Reißzähne in ein lebendiges, atmendes Wesen zu schlagen. Aber das Schlimmste war, dass er von der Macht träumte. Von der Macht über Leben und Tod.

Mit einem heftigen Schütteln versuchte Oliver, sich von diesem Gedanken zu befreien. Aber wie in den meisten Nächten konnte er seine Blutgier und sein unersättliches Verlangen nicht abschütteln. Quinn, sein Erschaffer, hatte ihm gesagt, dass es mit der Zeit nachlassen würde, aber sogar nach zwei Monaten als junger Vampir war er immer noch so gierig nach frischem Blut wie in der ersten Nacht nach seiner Wiedergeburt.

Während er sich in seinen langen dunklen Mantel hüllte und ein sauberes Taschentuch in die Manteltasche schob, warf er einen Blick zurück auf sein Zimmer. Dank seines Erschaffers hatte er noch nie so komfortabel wie jetzt gelebt. Quinn und seine Frau Rose hatten ihm angeboten, bei ihnen einzuziehen, nachdem sie sich ein großes Haus in Russian Hill gekauft hatten. Dies war ein Viertel von San Francisco, in dem es förmlich nach altem Geld stank.

Hätte er ein Mitspracherecht gehabt, dann hätte er die lebendige junge Gegend südlich der Market Street gewählt. Diese hatte sich in den letzten zwei Monaten zu seinem Jagdgebiet entwickelt. Wann immer er Blut brauchte, suchte er unter den Partygängern dort oder im Mission Bezirk nach einem geeigneten Opfer, aber oft schaffte er es nicht einmal bis dorthin.

Wenn er seinem Blutdurst erlaubte, zu groß zu werden, und seine Mahlzeit zu lange hinauszögerte, um sich zu beweisen, dass er stärker war als der unsichtbare Feind in seinem Inneren, dann schaffte er es kaum ein paar Schritte vor seine Haustür, bevor er einen ahnungslosen Nachbarn angriff.

Er hatte versucht, sein Leiden, so gut er konnte, vor allen, die ihm nahestanden, zu verbergen, aber sie wussten es trotzdem. Wenn einer seiner Freunde oder Kollegen ihn anblickte, konnte er es ihnen ansehen: Sie dachten, dass er nicht einmal versuchte, dem Drang, das Blut eines Menschen zu nehmen, zu widerstehen. Sie glaubten, er suchte den einfachsten Weg, obwohl er doch in Wahrheit jede Nacht mit seinem inneren Selbst kämpfte. Niemand sah den Aufruhr, der in ihm tobte, oder die wilden Schlachten, die er gegen sich selbst austrug.

Niemand war Zeuge, wie er diese Schlachten verlor und der unerbittlichen Forderung des Teufels in sich nachgab. Wenn dies passierte, war er alleine. Verloren. Ohne Führung.

In dem Wissen, seine Jagd nicht länger hinauszögern zu können, schritt Oliver die Treppe des alten Hauses, das um die Jahrhundertwende erbaut worden war, hinab. Trotz dessen Alter hatte das Gebäude nichts Stickiges an sich. Quinn und Rose hatten sich große Mühe gegeben, das Haus mit einer Mischung aus antiken und modernen Möbeln einzurichten und hatten es in einen Ort einladender Wärme verwandelt. Ein wahres Zuhause. Etwas, das er noch nie zuvor gehabt hatte.

Er fühlte sich undankbar, weil er wusste, dass er gegen die Wünsche seines Erschaffers handelte. Quinn hatte ihm alles gegeben, was er sich nur wünschen konnte: ein sicheres Zuhause, emotionale Unterstützung, eine Familie. Sein Job bei Scanguards, wo er mehrere Jahre lang als persönlicher Assistent des Besitzers gearbeitet hatte, hatte sich nach seiner Verwandlung geändert. Und war jetzt sogar noch besser: Obwohl er es geliebt hatte, direkt für Samson, den mächtigen und moralisch integren Vampir, der Scanguards aufgebaut und in eine nationale Sicherheitsfirma verwandelt hatte, zu arbeiten, bevorzugte er nun doch seinen neuen Titel – Bodyguard.

Obwohl er bereits die Bodyguard-Ausbildung bei Scanguards durchlaufen hatte, als er noch ein Mensch war, hatte er wieder fast ganz von vorne beginnen müssen. Als Vampir wurde er einer anderen Sparte zugeordnet, einer, die die gefährlichsten Einsätze übernahm. Er blühte bei dem Job auf und liebte jede Sekunde davon. Aber das machte es noch schwerer, mit seinen Schuldgefühlen umzugehen. Wie konnte er jemals ein so guter Leibwächter werden wie seine Kollegen, wenn er nicht einmal die

Kontrolle über seine eigenen Triebe hatte? Wie konnte er einen Feind besiegen, wenn er nicht einmal den Dämon in seinem Inneren überwältigen konnte?

Angewidert von sich selbst, wandte sich Oliver am Fuße der Treppe um und warf einen langen Blick den Korridor hinunter, der zur Küche führte. Dort wartete eine Speisekammer voll mit in Flaschen abgefülltem Blut auf ihn. Jede erdenkliche Blutgruppe war dort gelagert, auch die, die unter den Vampiren wegen ihrer außerordentlichen Süße am meisten geschätzt wurde: 0-negativ. Es wäre so einfach, in die Küche zu gehen, die Speisekammer zu öffnen und eine der Flaschen mit dem gespendeten Blut zu nehmen, die Scanguards über eine medizinische Scheinfirma bestellte, die Samson vor Jahren gegründet hatte. Es wäre so einfach, den Deckel aufzuschrauben und einen Schluck zu trinken. Doch selbst die Aussicht, sich mit der leckersten Blutgruppe vollzuschlagen, unterdrückte nicht den Drang zu jagen.

Er würde lieber seine Fangzähne in den Hals eines Obdachlosen senken und das Blut trinken, das so widerlich schmeckte, wie der Mann roch. Denn es ging ihm nicht um den Geschmack des Blutes, es ging darum, was die Tat bei ihm bewirkte. Blut, das direkt aus der Vene eines Menschen kam, war noch voll von dessen Lebenskraft und war deshalb letztendlich viel stärker. Und es machte ihn stärker, mächtiger und unbesiegbar. Er hatte sich in seinem ganzen Leben noch nie besser gefühlt als nach dem Trinken von einem lebendigen Menschen. Es war wie eine Droge für ihn, die ihm ein unglaubliches Hochgefühl verschaffte, das er noch nie zuvor erlebt hatte, nicht einmal als er noch ein Mensch gewesen war und mit Drogen experimentiert hatte. Blut, das direkt aus der Vene eines Menschen kam, war jetzt seine Droge. Eine gefährliche Droge, von der er fernbleiben sollte.

Er kannte die Gefahren von Drogen nur zu gut: Als Mensch war er schon einmal auf die schiefe Bahn geraten, aber dank Samson hatte er den Weg aus der Hölle gefunden und war wieder auf den rechten Weg zurückgekehrt. Er hatte die Dämonen schon einmal besiegt. Und er war entschlossen, es wieder zu tun. Aber es schien, als ob es diesmal schwieriger werden würde.

Es schien unmöglich zu sein, auf die Empfindungen zu verzichten, die durch seinen Körper jagten, wenn er direkt von einem Menschen trank. War das nicht genau das, was es bedeutete, ein Vampir zu sein? Schließlich musste er Blut trinken, um zu überleben. Generationen von Vampiren vor ihm hatten das Gleiche getan. Hatten auch sie jede Nacht mit sich selbst gekämpft, bevor sie ausgingen, um frischem Blut nachzujagen?

Es gab immer noch viele Vampire, die sich Nacht für Nacht von Menschen ernährten. Die meisten der Vampire, die für Scanguards arbeiteten, schienen eine Ausnahme zu sein. Aber musste das wirklich bedeuten, dass es falsch war, dass er etwas anderes wollte?

„Gott, warum nur?", fluchte er leise vor sich hin, und wusste gleichzeitig, dass er für heute den Kampf verloren hatte.

Er ging zur Eingangstür, als er Schritte aus dem Wohnzimmer hörte.

„Gehst du aus?" Blakes Stimme schnitt durch die Stille im Haus.

Oliver drehte sich nicht um, als Blake in den Flur trat, denn er wusste, dass seine Augen schon rot waren. Ein eindeutiger Hinweis darauf, dass er nahe daran war, die Kontrolle zu verlieren. Er war nicht in der Stimmung, sich mit seinem sogenannten Halbbruder auseinanderzusetzen.

„Was geht dich das an?"

„Schau mich an!", befahl Blake.

„Bilde dir ja nicht ein, dass du plötzlich mein Aufpasser bist, nur weil Quinn und Rose dich gebeten haben, ein Auge auf mich zu haben." Die beiden Turteltauben waren für eine verspätete Hochzeitsreise zu Quinns altem Schloss in England gereist, aber leider hatten sie dafür gesorgt, dass Blake zuhause blieb.

„Ich bin nicht blind, Oliver. Ich kann sehen, was hier vor sich geht."

Oliver machte einen weiteren Schritt in Richtung Tür. „Misch dich nicht in Dinge ein, die du nicht verstehst!"

„Du glaubst, ich verstehe dich nicht? Verdammt noch mal, ich bin schon lange genug in der Gesellschaft von Vampiren, um zu wissen, was hier vor sich geht."

Er spürte, wie Blake sich näherte und spannte sich an. Eine Sekunde später legte sein Halbbruder die Hand auf seine Schulter. Oliver wirbelte herum und schleuderte ihn im Bruchteil einer Sekunde gegen die Wand, wo er ihn festhielt.

„Du denkst wirklich, dass du plötzlich ein Experte bist, nur weil du seit zwei Monaten mit uns zusammenlebst?"

Oliver musste es ihm lassen: Blake verzog keine Miene, obwohl Oliver ihn mit seinen bloßen Händen zerquetschen könnte, wenn er es wollte.

„Nein, aber wir leben als eine Familie zusammen. Ich wäre doch völlig bescheuert, wenn ich nicht sehen könnte, was du gerade durchmachst."

Oliver knurrte. „Ich konnte dich besser leiden, als du noch bescheuert und ahnungslos warst. Bevor du herausgefunden hast, was wir sind."

Blake schnaubte empört. „Ich war nie bescheuert und ahnungslos! Also, nimm deine verdammten Pfoten von mir. Ich weiß, dass du mich nicht verletzen wirst."

„Wirklich nicht?", stichelte er, obwohl er wusste, dass Blake recht hatte. Quinn würde ihn windelweich prügeln. Allerdings musste er Blake diese Tatsache ja nicht unter die Nase reiben.

„Quinn würde dich bestrafen", meinte Blake.

„Du denkst, du bist ihm näher als ich? Du glaubst also, dass er auf deiner Seite steht, wenn es hart auf hart kommt?"

Um die Wahrheit zu sagen, bezweifelte Oliver, dass Quinn überhaupt eine Seite wählen würde. Während der kurzen Zeit, in der sie vier zusammenlebten, hatte Quinn immer versucht, unparteiisch zu bleiben, und hatte sich nicht in die Streitereien, die er und Blake regelmäßig hatten, eingemischt. Auch Rose hatte sich herausgehalten und behauptet, dass einfach viel zu viel Testosteron im Haus war, und es daher unvermeidlich war, dass es zu Streitereien kam.

Blake kniff die Augen zusammen. „Ich bin Quinns Fleisch und Blut. Und auch Roses."

Oliver stieß ein bitteres Lachen aus. „Du hast kaum noch einen Tropfen seines Blutes in dir. Du bist sein verdammter vierter Urenkel! Sein Blut ist bereits so verdünnt, dass ich es nicht einmal mehr riechen kann. Aber das Blut, das in meinen Adern fließt, das Blut, das mich in einen Vampir verwandelt hat, ist immer noch stark. Und er weiß es. Ich bin sein Sohn."

Blake schmunzelte plötzlich. „Fuck, du konkurrierst ja tatsächlich mit mir."

Oliver wich etwas zurück und lockerte seinen Griff. „Es ist kein Wettbewerb, wenn sowieso schon feststeht, wer am Ende gewinnt."

„Da wäre ich mir nicht so sicher, kleiner Bruder. Du bist vielleicht ein Vampir. Aber glaube nicht, dass du stärker bist als ich."

Oliver konnte nicht anders – er musste Blake von seinem hohen Ross herunterholen, bevor er zu selbstsicher wurde. „So hast du aber nicht gesprochen, als ich dich gebissen habe."

Sofort errötete Blake wie eine reife Tomate, und seine Brust blähte sich auf wie bei einem

Truthahn. Ja, Oliver konnte seinen wunden Punkt treffen, wann immer er es wollte.

Mit mehr Kraft als er erwartet hatte, stieß Blake ihn von sich, um sich zu befreien. Dann bohrte er seinen Zeigefinger in Olivers Brust.

„Ich schwöre dir, eines Tages wirst du dafür bezahlen. Deine verdammten Fänge werden nie wieder in meine Nähe kommen, oder ich drehe dir den Hals um."

Blake griff mit seiner Hand hinter seinen Rücken, aber Oliver schnappte sie und packte das, was er hinten in seinem Hosenbund versteckt hatte.

Als Oliver das widerliche Ding inspizierte, schüttelte er den Kopf und winkte dann demonstrativ mit dem Gegenstand, den er Blake abgenommen hatte. „Und du hast immer noch nicht gelernt, dass ich schneller bin als du."

Dann steckte er den Pflock in seine Jackentasche und richtete sich wieder an Blake. „Du solltest vorsichtig sein mit dem, was du in dieses Haus bringst. Wenn Quinn und Rose jemals herausfinden sollten, dass du dich hinter ihrem Rücken bewaffnest, werden sie sauer sein."

„Sie haben doch auch Pflöcke im Haus! Und noch andere Waffen, die Vampire töten können", verteidigte sich Blake.

„Ja, aber diese Waffen sind eingesperrt. So wie es sich gehört."

„Heuchler!"

Oliver ließ das Wort an sich abprallen. Es hatte keinerlei Wirkung auf ihn. „Ich schlage vor, du kümmerst dich um deinen eigenen Dreck und lässt mich jetzt in Ruhe."

„Sonst?", forderte ihn sein Halbbruder heraus und hob trotzig das Kinn.

Idiot!

Wenn Blake wüsste, wie er ihn jetzt gerade provozierte... Wenn er wüsste, wie nahe Oliver daran war, auszurasten...

„Ich bin hungrig", antwortete Oliver mit zusammengebissenen Zähnen. „Sehr hungrig. Und wenn du mir noch weiter in die Quere kommst, werde ich vergessen, was ich Quinn versprochen habe und mich gleich hier von dir ernähren. Und wenn ich damit fertig bin, wirst du dich nicht einmal daran erinnern können."

Blake wich zurück und das Geräusch seiner Schuhe hallte in dem leeren Flur wider. „Das würdest du nie tun!" Aber trotz seiner Worte zeigten seine Augen, dass er sich nicht ganz sicher war. Zweifel hatten sich in seinen Kopf eingeschlichen.

„Bist du dir da so sicher?"

So wie Oliver sich gerade fühlte, würde er seine Zähne egal wo hinein schlagen, solange das Ding einen Herzschlag hatte. Blakes dummer Versuch, ihn vom Ausgehen abzuhalten, hatte seine Blutgier zu weit getrieben. Der Hunger wurde immer stärker. Oliver fühlte den Schmerz in seinem Zahnfleisch. Er konnte seine Fangzähne nicht davon abhalten, sich zu verlängern. Im Bruchteil einer Sekunde erreichten sie ihre volle Länge.

Ein Knurren entriss sich seiner Kehle.

Seine Hände verwandelten sich in Klauen. Scharfe Widerhaken zierten jetzt seine Fingerspitzen. Damit könnte er einem Menschen in einer Sekunde die Kehle aufreißen.

Blake wich entsetzt zurück. „Scheiße!"

„Lauf!", hauchte Oliver. Aber die Worte waren nicht für Blake bestimmt. Die Worte waren an ihn selbst gerichtet. „Lauf!"

Endlich reagierte sein Körper auf seinen Befehl. Oliver machte auf den Fersen kehrt und stürmte zur Tür, die in die Garage führte. Er fiel mehr als dass er die Treppe hinunterrannte und erreichte seinen dunklen Minivan, als eine weitere Welle unbändigen Hungers durch seinen Körper schoss.

Scheiße!

Er musste hier weg. Weit weg, oder er würde Blake wehtun, und er wusste, dass er sich das nicht erlauben konnte. So tief durfte er nicht sinken. Obwohl er und Blake bei jeder Gelegenheit stritten, waren sie eine Familie. Und Blake wehzutun würde bedeuten, Quinn zu enttäuschen. Und egal was jeder über seine Unfähigkeit, seinen Hunger zu beherrschen, dachte, eine Sache wollte er nicht verlieren: Quinns Unterstützung.

Oliver sprang in den Wagen. Er ließ den Motor aufheulen, schoss aus der Garage und raste die Straße hinunter.

Seine Hände umklammerten das Lenkrad

so fest, dass die Knöchel weiß hervortraten. Eines Nachts würde er nicht mehr in der Lage sein, sich zurückzuhalten, und das Unvermeidliche würde geschehen: Er würde jemanden töten.

2

Ursula hörte die zielstrebigen Schritte, die im Flur hallten und wusste, was dies bedeutete. Der Wärter kam, um sie zu holen. Jedes Mal, wenn dies passierte, graute ihr davor. Man hätte meinen können, dass sie sich nach drei langen Jahren in Gefangenschaft endlich daran gewöhnt hätte, aber mit jedem Mal wuchs ihre Abneigung gegen das, was sie ihr antaten. Genauso wie es ihr vor der Angst graute, der Angst davor, dass sie den Kampf aufgeben und ihnen schließlich erliegen würde. Dass sie sich selbst verlieren würde und zu einem geistlosen Gefäß werden würde, das nur existierte, um die Bedürfnisse seiner Entführer zu stillen.

Zweimal pro Nacht, manchmal dreimal, holten sie sie. Sie spürte, dass sie immer schwächer wurde. Nicht nur körperlich, sondern auch geistig. Und sie war nicht die Einzige. Die anderen Mädchen waren in der gleichen Situation. Sie waren alle Chinesinnen wie sie selbst. Einige waren jung, andere älter. Doch das Alter schien keinen Unterschied zu machen, denn den Wärtern ging es nicht um die Schönheit der Frauen.

Sie war kaum einundzwanzig Jahre alt gewesen, als sie eines Abends in New York entführt wurde – auf dem Heimweg von einer Abendvorlesung der New York University. Es war ihr letztes Semester gewesen, aber nun würde sie das Studium niemals beenden können. Wie sie sich vor der Abschlussprüfung gefürchtet hatte, eifrig darauf bedacht, dass ihre Eltern stolz auf sie sein konnten! Wenn sie doch jetzt nur solch einfache Probleme hätte! Sie erschienen ihr nun so trivial, so einfach zu lösen.

Ursula erhob sich vom Bett, packte den

Bettrahmen und schob das Bett näher an die Wand, um zu verstecken, was sie in den Holzbalken dahinter geschnitzt hatte: die Adresse und die Namen ihrer Eltern sowie eine Nachricht, um ihnen mitzuteilen, dass sie noch am Leben war. An jedem Tag, den sie überlebte, fügte sie ein Datum hinzu. Ihre eingeritzten Daten bedeckten mittlerweile nahezu den gesamten Bereich, der hinter dem Kopfteil verborgen war.

Sie hatte damit erst in diesem Gebäude angefangen, wo man sie nach ihrer eigenen Berechnung vor etwa drei Monaten hingebracht hatte. In ihrem früheren Gefängnis hatte es keine Möglichkeit gegeben, so etwas zu tun, da die Wände aus Beton gewesen waren. Warum sie hierher umgezogen waren, wusste sie nicht. Aber eines Nachts hatten sie einfach alles und jeden auf mehrere LKWs geladen und das Gebäude verlassen, in dem sie ihr blutiges Geschäft betrieben hatten.

Als der Schlüssel sich im Schloss drehte, blickte Ursula zur Tür. Die Tür öffnete sich und gab die Sicht auf den Wärter frei, der gekommen war, um sie zu dem Raum zu führen, wo dem nächsten Kunden schon das Wasser im Munde zusammenlief, während dieser darauf wartete sie zu kosten. Von allen Wachen hasste sie Dirk, der sie diesmal holte, am meisten. Er hatte sichtliches Vergnügen daran, sie leiden zu sehen und zu beobachten, wie sie Nacht für Nacht gedemütigt wurde.

Es waren immer mindestens vier Wachen auf Dienst für die etwa dreizehn Gefangenen – wenn sie richtig gezählt hatte – obwohl sich mehr Vampire im Gebäude befanden. Ob sie mit der Anzahl der Frauen richtig lag, konnte sie nie ganz sicher sagen: Vor kurzem waren zwei neue Frauen hierher gebracht worden. Auch war es schon eine Weile her, seit sie ein Mädchen namens Lanfen gesehen hatte. War sie gestorben? Hatten sie vielleicht doch zu viel aus ihrem zerbrechlichen Körper gewrungen? Ursula erschauderte bei dem Gedanken. Nein, sie konnte nicht aufgeben. Sie musste weiterkämpfen und hoffen, dass sie irgendwie gerettet werden würde.

„Du bist dran", befahl Dirk mit einer Bewegung seines Kopfes.

Sie gehorchte, wie sie es immer tat, und

setzte einen Fuß vor den anderen, wohl wissend, dass er tun würde, was auch immer notwendig war, um sicherzustellen, dass sie seinem Befehl folgte. Und Mittel und Wege dafür kannte er genug. Sie hatte alle bereits am eigenen Leibe erfahren und konnte mit Bestimmtheit sagen, dass sie keine seiner Methoden mochte.

Als sie mit hoch erhobenem Kopf an ihm vorbeiging, spürte sie, wie er sich bewegte. Sein Mund war plötzlich an ihrem Ohr.

„Ich beobachte dich am liebsten. Du hast mehr Mut als alle anderen zusammen. Das macht es umso aufregender. Habe ich dir jemals gesagt, wie mich das antörnt?"

Ein kalter Schauer des Ekels lief ihr über den Rücken.

„Ich muss mir danach immer einen runterholen."

Ursula schloss die Augen und schluckte die Galle hinunter, die bei seinen Worten in ihr hochstieg. Wie konnte er es wagen, sie mit etwas zu verhöhnen, das für sie und die anderen Frauen, die sie entführt hatten, unerreichbar war?

Als sie sich umdrehte und ihn anfunkelte, lachte er nur.

„Oh, ich vergaß, das ist richtig, du kannst ja nicht kommen, oder? Trotz der Erregung, die wir dir erlauben zu spüren, wirst du nie zum Höhepunkt kommen. Schade."

Ohne nachzudenken, spuckte sie ihm ins Gesicht. „Du krankes Schwein!"

Langsam wischte er die Spucke aus seinem Gesicht und starrte sie mit rot flackernden Augen an. Es dauerte nur eine Sekunde, bis seine Fangzähne zum Vorschein kamen. Dann schlug er ihre Wange mit der Rückseite seiner Hand so heftig, dass sie fürchtete, die Wucht würde ihren Kopf von ihren Schultern reißen.

Der Schmerz raste durch sie hindurch. Es war ein Gefühl, das sie gelernt hatte, in einem viel größeren Ausmaß zu ertragen, als sie es je für möglich gehalten hätte. Trotzig blickte sie ihn an. Es war ihr bewusst, dass er sie nicht noch mehr verletzen konnte. Sie war zu wertvoll. Er konnte nicht die Gans, die die goldenen Eier legte, töten. Sein Chef würde ihn dafür in Staub verwandeln, ohne auch nur einen Gedanken zu verlieren.

Dirk hielt sich mit allerletzter Kraft im Zaum, das konnte sie in seinen roten Augen und an der Art und Weise, wie die Sehnen an seinem Hals hervortraten, erkennen. Für einen Augenblick erfüllte es sie mit Stolz: Sie hatte ihn wütend gemacht.

Eins zu Null für den Menschen.

„Pass auf, Ursula, eines Tages wirst du dafür bezahlen!"

„Aber nicht heute, Vampir!"

Denn heute wartete ein Kunde auf sie. Und dieser wollte eine makellose Ware s. Schließlich zahlte er einen hohen Preis dafür.

Ursula hatte gehört, wie die Wachen über die Summen redeten, die die Hände wechselten, und war schockiert gewesen. Zur gleichen Zeit hatte es ihr bewusst gemacht, wie wertvoll jede der Frauen war, die sie hier gefangen hielten. Und dass sie es sich nicht leisten konnten, auch nur eine davon zu verlieren. Diese Tatsache gab ihr ein kleines Gefühl von Macht.

Ursula drehte sich um und ging vor Dirk her. Sie unterdrückte den Drang, ihre Wange zu berühren, um den Schmerz zu lindern. Sie würde ihm nicht die Befriedigung geben, ihm zu zeigen, dass ihr Fleisch von seinem gewaltsamen Schlag brannte. Dafür hatte sie zu viel Stolz. Ja, sogar nach drei Jahren hatte sie ihren Stolz immer noch nicht verloren. Er half ihr weiterzumachen und heizte ihren Trotz an.

„Das blaue Zimmer", befahl Dirk hinter ihr.

Sie bog um die Ecke und ging zu dem Zimmer am Ende des Flurs, vorbei an einem kleinen Fenster, das tagsüber Licht bieten würde, wäre es nicht von innen schwarz lackiert worden. Als sie den vertrauten Raum betrat, ließ sie ihre Augen herumschweifen. Es war ein Eckzimmer. Es gab zwei Fenster, eines mit Blick auf die Hauptstraße, das andere zu einer Straße, die in einer Sackgasse endete. Beide Fenster waren klein und es hingen schwere Samtvorhänge davor.

Im Gegensatz zu dem spärlich möblierten Schlafzimmer, in dem Ursula hauste, war dieser Raum aufwändig eingerichtet. Zwei große Sofas waren mit dem gleichen blauen

Samt wie die Vorhänge gepolstert und dominierten den Raum. Ein kleiner Waschtisch war in einer Ecke versteckt. Daneben lagen Handtücher und eine Auswahl von Seifen. Ein Regal stand an einer Innenwand. Darauf standen Geräte für sowohl visuelle als auch akustische Unterhaltung, falls die Kunden so eine Ablenkung wollten. Die meisten lehnten sie ab.

Als sie hörte, wie die Tür hinter ihr ins Schloss fiel und der Schlüssel im Schloss herumgedreht wurde, blickte sie widerwillig den Mann an, der auf einem der Sofas saß.

„Sir", sagte Dirk hinter ihr. „Darf ich Ihnen Ihr Abendessen und Ihre Unterhaltung für heute Abend präsentieren?"

Dann schubste er sie in Richtung des Vampirs und zischte hinter ihr: „Benimm dich, Ursula! Vergiss nicht, dass ich dich beobachte!"

Als ob sie das jemals vergessen könnte.

Der Fremde klopfte mit seiner Handfläche auf den Platz neben sich.

„Da dies Ihr erstes Mal ist, möchte ich die Regeln wiederholen", unterbrach Dirk.

Der Kunde zog eine Augenbraue hoch, sagte aber nichts und ließ einfach weiter seine Augen über ihren Körper schweifen. Seine Reißzähne lugten zwischen seinen Lippen hervor, und Ursula bemerkte, dass sie voll ausgefahren waren. Er versuchte, sich zivilisiert zu verhalten, obwohl unter seinem ruhigen Äußeren schon seine Ungeduld zu spüren war. Er hatte Hunger auf ein besonderes Vergnügen, das nur wenige je erleben würden.

„Sie können wählen, wo Sie von ihr trinken wollen. Aber Sie dürfen keinen Sex mit ihr haben."

„Aber –"

Sein Protest wurde sofort von Dirk abgeschnitten. „Ich sagte: keinen Sex. Sie sind hier, um ihr Blut zu kosten, nicht ihre Muschi." Nachdem er ihm einen strengen Blick zugeworfen hatte, fuhr Dirk fort: „Sie werden dann aufhören, wenn ich es Ihnen befehle. Kein Widerspruch! Ihr Blut ist stark. Wenn Sie zu viel nehmen, ist es nicht abzusehen, was passieren kann."

Der Vampir kniff die Augen zusammen. „Was meinen Sie damit?"

Dirk trat einen Schritt näher. „Ich meine, dass Sie ins Delirium fallen, wenn Sie zu viel trinken. Wie bei einer Überdosis. Verstehen Sie das?"

Er nickte.

„Dann machen Sie mal!", forderte ihn Dirk auf und warf ihr einen Seitenblick zu.

Ursula wappnete sich für das, was kommen würde, als sie die wenigen Schritte zur Couch ging und vor dem Vampir stehen blieb. Blutegel nannte sie diese Kunden. Denn das war der Grund, warum sie hier waren: Um sich mit dem Blut der Frauen, die in diesem gottverlassenen Gebäude gefangen gehalten wurden, vollzusaugen.

Der fremde Vampir hob seine Augenlider und sah sie von Kopf bis Fuß an. Die Kälte in seinem Blick ließ sie frösteln. Aber sie unterdrückte den Schauer, der ihr den Rücken hinunterlaufen wollte. Die Gänsehaut auf ihrer Haut konnte sie jedoch nicht verhindern. Ein laszives Lächeln umspielte seine Lippen, als er es bemerkte.

„Ich nehme den Hals", kündigte er an.

Das verstand sich ja von selbst! Die meisten dieser Blutegel taten das. Sie liebten es, ihre schmutzigen Fänge in ihren Hals zu schlagen, während sie sie an ihre abscheulichen Körper drückten und ihre harten Schwänze wie Tiere an ihr rieben. Wenige tranken von ihrem Handgelenk, und diejenigen, die es taten, machten sich schließlich und endlich doch über andere Bereiche ihres Körpers her, wenn sie die Kontrolle über sich verloren hatten und von Ursulas Blut betrunken waren.

Das war auch der wahre Grund, warum immer ein Wächter im Raum anwesend war, der den Blutegel dazu bringen musste, seine Fangzähne von ihr zu lassen, sollte es sich herausstellen, dass die Dinge außer Kontrolle gerieten. Die Wachen waren zur Sicherheit der Frauen da. In Dirks Fall jedoch wusste Ursula, dass er besondere Freude darin fand, sie zu beobachten.

Ein Ruck an ihrer Hand sorgte dafür, dass sie ihr Gleichgewicht verlor. Sie landete auf dem Sofa. Bevor sie sich aufrichten konnte, war der Vampir bereits auf ihr, und sein starker Körper presste ihren Rücken in das weiche Sofakissen.

Aus dem Augenwinkel bemerkte sie, dass Dirk bereits seinen Platz auf dem Sofa gegenüber eingenommen hatte, die Beine gespreizt und eine Hand auf seinem Schritt ruhend. Die andere machte das Walkie-Talkie von seinem Gürtel los und legte es neben ihm auf die Couch. Es sah so aus, als ob Dirk bereits während der Vorstellung anfangen wollte, seinen Schwanz zu bearbeiten, nur um sich hinterher noch schneller zum Höhepunkt zu bringen.

Angewidert schloss sie die Augen und presste ihren Kiefer fest zusammen. Sie würde es überleben, genau wie all die anderen Nächte zuvor. Sie musste einfach alles um sich herum ausblenden. An einen besseren Ort denken, an einen sicheren Ort.

Eine grobe Hand strich ihr langes schwarzes Haar von ihrem Hals weg und riss ihren Kopf zur Seite. Der heiße Atem des Vampirs benebelte ihre Sinne, während sein Kopf näherkam und sein Mund sich auf ihre verletzliche Haut legte. Instinktiv schauderte sie. Ein Grunzen kam über seine Lippen, kurz bevor er ihre Haut durchstach und seine Reißzähne in ihr Fleisch senkte.

Der Schmerz war nur vorübergehend. Die Demütigung dauerte länger. Das war nur der Anfang. Als er gierig ihr Blut trank, es wie ein Mann hinunterschluckte, der gerade einen Marathon gelaufen war, spürte sie Wellen durch ihren Körper rasen. Sie liefen von ihrem Hals ihren Oberkörper hinunter und krochen dann zu ihren Brüsten. Ihre Brustwarzen rieben bereits gegen ihr T-Shirt und der Reißverschluss der Lederjacke des Vampirs drückte schmerzhaft gegen ihre empfindliche Haut. Das Kribbeln erreichte ihre Brüste, vereinte sich mit den Schmerzen und schickte eine heiße Flamme durch ihren Körper.

Sie schrie auf, unfähig, ihren Kiefer weiter zusammenzubeißen. Ein Stöhnen aus der Kehle des Vampirs war die Antwort, bevor sie spürte, wie seine Hand über ihren Oberkörper wanderte, sie streichelte, sie drückte. Sie wusste, dass Dirk ihn nicht stoppen würde, solange er nicht versuchte, seinen Schwanz in sie zu stoßen, denn er genoss ihr Unbehagen, fast als könne er die Scham sehen, die sie durchflutete.

Scham, weil die Handlungen des Vampirs sie erregten.

Sie wusste, dass ihre Erregung nicht natürlich war, sondern nur eine Nebenwirkung der Fütterung, aber es gab nichts, was sie dagegen tun konnte. Dennoch war sie beschämt von der Art und Weise, wie ihr Körper reagierte. Wie ihr Becken sich ihm zuneigte, wie ihr Geschlecht sich gegen seine Erektion rieb, wie ihre Brustwarzen an den Zähnen seines Reißverschlusses Erleichterung suchten. Erleichterung, die ihr ihre Entführer seit drei Jahren verweigerten.

Mit jedem Zug an ihrer Vene überfluteten mehr dieser Empfindungen ihren Körper und entzündeten ein Bedürfnis in ihr, das unglaubliche Ausmaße annahm. Jedes Mal war es so. Es brachte sie dazu, sich liederlich unter jedem Vampir zu bewegen, der je von ihr getrunken hatte, und sich an die Fremden zu reiben, die ihren Körper auf diese Weise schändeten, die von ihr nahmen, was sie nicht bereit war zu geben.

Aber so sehr sie auch dagegen ankämpfte, so wie sie es jetzt mit ihren Fäusten tat, die gegen ihn schlugen, während sich gleichzeitig der Rest ihres Körpers aus einem ganz anderen Grund gegen ihn drückte, so wusste sie doch, dass sie die heutige Schlacht nicht gewinnen würde. Die Vampire waren immer stärker als sie, ihre Körper hart und schwer, ihr Einfluss auf sie unerbittlich, und ihre Zähne waren so tief in ihrem Hals vergraben, dass sie es nicht wagte, ihren Kopf zu drehen, aus Angst, dass ihr die Kehle herausgerissen würde.

Selbst als ihr Tränen in die Augen traten, keuchte sie wie eine läufige Hündin und ihr Stöhnen vermischte sich mit dem des Vampirs, der sich von ihr ernährte.

Lieber Gott, lass es vorbei sein, betete sie.

Aber genau wie in jeder Nacht kam niemand zu ihrer Rettung. Genauso wie keiner den anderen Frauen zu Hilfe kam, die ihr Los teilten. Selbst jetzt hörte sie ähnliche Geräusche aus einem Zimmer nebenan, nur lauter und wie es schien, brutaler. Sie fühlte eine Seelenverwandtschaft mit den anderen Frauen und wusste, was sie durchmachten. Ihr Herz weinte für diese Frauen, weil es nicht in der Lage war, für sich selbst zu weinen. Nein, sie konnte es sich nicht erlauben, sich zu bemitleiden, denn sonst würde sie ihre Entschlossenheit und ihre Kraft verlieren.

Die Hände des Vampirs wurden weniger zielsicher, so wie die Bewegungen eines Betrunkenen schließlich unkoordiniert wurden. Bald würde er von ihr ablassen. Bald würde ihre Qual vorbei sein.

Ein Knistern aus dem Walkie-Talkie drang plötzlich zu Ursulas Bewusstsein durch. Dann kam eine Stimme aus dem Gerät.

„Rotes Zimmer, ich brauche Hilfe. Sofort! Der Kunde greift das Mädchen an! Ich brauche Verstärkung!"

Dirk sprang fluchend von seinem Sofa hoch. „Scheiße! Ich bin unterwegs."

Er lief zur Tür und öffnete sie, als ein Schrei vom anderen Ende des Flurs ertönte, wo sich das rote Zimmer befand.

„Fuck!"

Dann wurde die Tür zugeschlagen und Dirk war verschwunden.

Ursula wartete ein paar Sekunden, lauschte aufmerksam, aber kein weiterer Laut kam von der Tür: Er hatte nicht abgesperrt.

War das ihre Chance?

3

Ursula versuchte, sich vorsichtig unter dem großen Vampir zu bewegen und testete gleichzeitig, wie reaktionsfähig er war. Sie nahm einen seiner Arme, hob ihn hoch und bemerkte, wie bereitwillig er sich von ihr leiten ließ.

„Oh, ja", stöhnte sie. „Nimm mehr!"

Er musste mehr von ihrem Blut trinken, damit sie ihn überwältigen konnte. Sie hatte die Wirkung, die ihr Blut hatte, bei mehreren anderen Vampiren gesehen. Wenn die Wache nicht rechtzeitig eingriff – sei es bei einem Neukunden oder jemandem, der noch nicht an ihr Blut gewöhnt war – konnte der Blutsauger wie ein Betrunkener ohnmächtig werden. Sie hoffte, diesen Vampir dazu zu bringen, auf die gleiche Weise zu erliegen.

Aber es musste schnell gehen. Dirk würde nicht für immer wegbleiben, und was in dem roten Zimmer passierte, würde schließlich und endlich geregelt werden. Dann würde er zurückkehren, und ihre Chance zu entkommen würde sich im Nu in Rauch auflösen.

In dem Bemühen, den Vampir dazu zu bringen, mehr von ihrem Blut zu nehmen, drückte sie ihr Becken gegen ihn und legte ihre Hand auf seinen Hintern. Sie packte fest zu. Sie wusste inzwischen genug über Vampire, dass ihr klar war, dass deren sexuelle Triebe eng mit deren Drang, sich zu ernähren, verbunden waren. Je mehr sie ihn antörnte, umso fester würde er an ihrer Vene saugen, und desto mehr Blut würde er trinken. Und desto schneller konnte sie ihm eine Überdosis verabreichen.

Warum ihr Blut und das der anderen Frauen diese Eigenschaft hatte, wusste sie nicht. Und in diesem Augenblick kümmerte es sie auch nicht. Alles, was im Moment wichtig war, war, wie schnell sie ihn betäuben konnte.

„Das ist gut, mehr!", ermutigte sie ihn und hörte ihn zur Antwort stöhnen.

Seine Hand bewegte sich hoch, als ob er ihr Gesicht streicheln wollte, aber fiel stattdessen schlaff auf das Sofakissen.

Ein weiterer Schrei aus dem Zimmer am Ende des Korridors sandte eine Schockwelle durch ihren Körper. Dann hörte sie Schritte im Flur. Nein!

Bitte lass es nicht Dirk sein!

Sie hielt den Atem an, aber zu ihrer Erleichterung rannte die Person an ihrem Raum vorbei, und das Geräusch der Fußstapfen wurde immer schwächer. Jetzt oder nie! Wenn eine weitere Wache im roten Zimmer aushalf, würde Dirk nicht mehr benötigt werden und zurückkehren.

Plötzlich spürte sie, wie der Vampir schlaff wurde. So vorsichtig sie konnte griff sie seinen Kopf und drückte ihn langsam von sich weg, damit er sie nicht mit seinen Fängen verletzen konnte. Aber sie hätte keine Befürchtungen haben müssen: Seine Fangzähne waren schon wieder eingefahren. Allerdings war er ohnmächtig geworden, bevor er die Wunde an ihrem Hals geleckt hatte. Deshalb blutete sie. Hätte er sie geleckt, dann hätte sein Speichel die Wunde versiegelt und die Blutung gestoppt.

Mit all ihrer verbleibenden Kraft – und es war nicht mehr viel, da sie bereits die Auswirkungen des Blutverlustes spürte – rollte sie ihn zur Seite, sodass sie unter ihm hervor rutschen konnte. Schwer atmend setzte sie sich auf, aber sie hatte keine Zeit, um Atem zu holen. Dirk konnte jede Sekunde wieder kommen.

Sie sprang auf und ihre Knie knickten fast ein, aber mit all ihrer Willenskraft trieb sie sich an, hielt dabei eine Hand gegen die blutende Halswunde gedrückt, die andere vor sich ausgestreckt, um das Gleichgewicht zu halten. Da sie wusste, dass sie durch die Fenster in diesem Zimmer niemals entkommen würde, weil sie sich beim Hinausspringen aus dem dritten Stock den Hals brechen würde, stolperte sie zur Tür und riss sie auf.

Der Flur war leer. Sie schloss die Tür hinter

sich und lief in die Richtung zurück, aus der sie kurze Zeit zuvor gekommen war. Es gab nur einen Ausweg aus diesem Stockwerk. Sie würde es nie durch die unteren Etagen schaffen, wo die Rezeption sowie die Wohnräume der Vampire lagen, die hier arbeiteten.

Es gab eine Feuerleiter. Sie hatte sie eines Nachts bemerkt, als einer der Vampire das geschwärzte Fenster am Ende des Korridors geöffnet hatte, dort wo der Gang abbog. Die Feuerleiter war ihre einzige Chance.

Sie lief auf das Fenster zu und stolperte einige Male, bis sie es erreichte. Verzweifelt versuchte sie, den unteren Teil des alten Schiebefensters hochzuschieben, aber es bewegte sich nicht. Panik stieg in ihr hoch. Hatten sie es zugenagelt? Sie versuchte es nochmals, diesmal heftiger. Ihr Atem verließ sie und sie senkte den Kopf.

Warum? Warum?, fluchte sie innerlich und schlug mit der Faust gegen den Rahmen.

Dann fiel ihr Blick auf die Metallverriegelung an der Oberseite des Rahmens. Das Fenster war verschlossen. Es war eines jener alten Schlösser von vor Jahrzehnten, mit denen das Fenster verriegelt werden konnte: Es hatte einen kleinen Hebel, den man von einer Seite zur anderen schob. Kein Schlüssel war nötig.

Mit einem Blick über die Schulter entriegelte sie schnell das Fenster, dann schob sie es hoch. Kühle Nachtluft drang in den schwülen Flur und ließ sie frösteln. Ihr Blick fiel auf die Metallplattform, die außerhalb des kleinen Fensters angebracht war. Die Feuerleiter hing von dort nach unten.

Rasch zwängte sie sich durch das offene Fenster und setzte ihre Füße auf die Plattform, um zu testen, ob sie sie tragen würde. Das Metallgitter bog sich unter ihrem Gewicht, und ihr Blick fiel auf die Verankerung, mit der es gesichert war. Es war zu dunkel, um viel zu sehen, aber sie hätte darauf wetten können, dass das Metall verrostet war.

Sie packte das Geländer und machte ihren ersten zaghaften Schritt, dann einen weiteren. Dann setzte sie einen Fuß auf die Metallleiter und stieg eine Etage hinunter, dann eine weitere. Auf Höhe der ersten Etage blieb sie stehen. Die Leiter ging nicht weiter. Panisch sah sie sich auf der Plattform um und entdeckte einen Stapel aus Metall. Dies schien eine Leiter zu sein, zusammengefaltet wie der Luftbalg eines Akkordeons. Sie trat mit dem Fuß dagegen, aber nichts bewegte sich. Sollte die Leiter nicht ganz bis zum Boden reichen?

Vorsichtig trat sie darauf und brachte mehr Gewicht auf das, was offenbar die unterste Stufe sein sollte. Ihre Hände ergriffen eine Metallschiene, und unter ihren Fingern ertastete sie einen Haken. Sie zog daran.

Auf einmal brach die Hölle los. Die Leiter wurde plötzlich frei, fuhr sich lautstark zu ihrer vollen Länge aus und nahm sie mit sich nach unten, während sie mit ihren Füßen noch immer auf der untersten Stufe stand. Der nahezu freie Fall sandte Adrenalin durch ihre Adern, doch Sekunden später kam sie auch schon wieder zum Stillstand. Ihr Körper wurde gegen die Leiter geschleudert. Ein Metallstab brach entzwei und schnitt sich in ihren Oberarm. Ein stechender Schmerz durchfuhr sie. Sie schlug ihre Hand auf die Wunde und versuchte die Schmerzen zu verdrängen.

Aber sie durfte keine Zeit verlieren. Die Vampire hatten sicher den Lärm gehört und würden nachsehen, was passiert war.

Blindlings lief sie aus der Gasse und in die nächste Straße. Sie wusste nicht, wo sie war. Als sie und die anderen Frauen an diesen Ort gebracht worden waren, war es Nacht gewesen, und sie waren aus einem dunklen, fensterlosen Lastwagen in das Gebäude getrieben worden, ohne eine Chance zu haben, sich in der Gegend umzublicken. Sie wusste nicht einmal, in welcher Stadt sie sich befand.

Ursula rannte vorbei an einem Schild einer Import-Export-Firma, stürmte in die nächste Straße und lief so schnell sie konnte. Die Straßen waren menschenleer, so als ob diese Gegend nicht von Menschen aufgesucht wurde. Irgendwo in der Ferne hörte sie Autos, aber sie sah niemanden.

Als sie lief, versuchte sie, ihre Umgebung wahrzunehmen und sich im Geist Notizen von Straßenschildern und Gebäuden zu machen, an denen sie vorbeilief.

Ihre Lunge brannte vor Erschöpfung, und ihr Arm schmerzte nach der Begegnung mit dem Metallstab. Sie spürte, wie immer noch Blut ihren Hals hinunterlief. Wenn sie die Wunde nicht schließen konnte, dann würde sie verbluten. Sie musste Hilfe finden. Gleichzeitig musste sie so weit wie möglich von ihren Entführern weg, denn diese waren wie Bluthunde. Sie würden ihr Blut riechen und sie aufspüren.

Sie bog in die nächste Straße ein, ohne ihr Tempo zu verlangsamen. Sie lief bereits mit letzter Kraft, und sie wusste es. Aber sie konnte nicht aufgeben. Sie war so weit gekommen, und die Freiheit lag um die nächste Ecke. Sie konnte sie sich nicht durch die Finger gehen lassen. Nicht jetzt, wenn sie zum Greifen nahe war!

Vor ihren Augen verschwamm alles, und sie erkannte, dass der Blutverlust ihr ihre letzten Kräfte raubte. Sie stolperte, dann fing sie sich noch einmal. Ihre Hände packten etwas Weiches. Dicken Stoff. Ihre Finger krallten sich hinein, während starke Hände sie hochzogen.

„Was zum Teufel?", fluchte ein Mann.

„Helfen Sie mir!", bettelte sie. „Sie sind hinter mir her. Sie jagen mich."

„Lass mich in Ruhe!", brummte der Fremde und hielt sie eine Armlänge von sich entfernt.

Sie hob ihren Kopf und sah ihn zum ersten Mal an. Er war jung, kaum älter als sie selbst. Sogar attraktiv, wenn sie diese Einschätzung mit ihrem benebelten Geist überhaupt vornehmen konnte. Sein Haar war dunkel und etwas zerzaust, seine Augen durchdringend, seine Lippen voll und rot.

Trotz seiner Worte hielt er sie immer noch und stützte sie, sonst wäre sie zusammengesackt.

Sie schaute direkt in seine erstaunlich blauen Augen und flehte ihn nochmals an: „Hilf mir, bitte, ich gebe dir, was du willst. Bring mich hier raus! Zur nächsten Polizeistation! Bitte!"

Sie brauchte Hilfe. Nicht nur für sich selbst, sondern auch für die anderen Frauen. Sie hatten einander versprochen, dass, wenn es jemals eine von ihnen schaffen würde zu entkommen, sie Hilfe für die anderen schicken würde.

Seine Augen verengten sich ein wenig, während sich seine Stirn in Falten legte.

Seine Nasenflügel bebten. „Was ist denn los?"

„Sie jagen mich. Du musst mir helfen."

Plötzlich packte er ihre Oberarme fester, und der Schmerz in ihrer Wunde intensivierte sich.

„Wer jagt dich?", zischte er.

Sie konnte ihm die Wahrheit nicht sagen, denn die Wahrheit war zu fantastisch. Er würde ihr nicht glauben, sondern denken, dass sie eine verrückte Drogenabhängige wäre, wenn sie ihm von den Vampiren erzählte. Trotzdem brauchte sie seine Hilfe. „Bitte hilf mir! Ich tue alles, was du willst."

Er sah sie durchdringend an. Seine Augen bohrten sich in ihre, fast so, als versuchte er festzustellen, ob sie betrunken war oder verrückt oder vielleicht sogar beides.

„Bitte. Hast du ein Auto?"

Sie bemerkte, wie seine Augen kurz zu einem dunklen Minivan wanderten, der am Straßenrand geparkt war. „Warum?"

„Weil ich von hier weg muss! Sonst werden sie mich finden!" Sie warf einen nervösen Blick über ihre Schulter. Bisher hatten die Vampire sie noch nicht eingeholt, aber sie konnten nicht mehr weit weg sein. Und dieser Mann war weit und breit noch immer der einzige Mensch. Wenn er ihr nicht half, dann würde sie es nicht schaffen. Sie konnte nicht mehr weiterlaufen.

„Hör zu, ich schere mich nicht drum, in was für einer Klemme du steckst. Ich habe genug Probleme." Er ließ ihre Arme los und sie wäre gefallen, wenn sie nicht sofort das Revers seines Mantels ergriffen hätte.

Er starrte sie an. „Ich sagte –"

Ihre Verzweiflung brachte sie dazu, Worte zu sagen, von denen sie gedacht hätte, dass sie sie nie äußern würde. „Ich schlafe mit dir, wenn du mir hilfst."

Er erstarrte mitten in seiner Bewegung und seine Augen schweiften plötzlich über ihren Körper. Seine Nasenflügel bebten gleichzeitig wieder. Aus Angst, dass er etwas sehen würde, das ihm nicht gefiel, schlang sie ihre Arme um seinen Hals und zog seinen Kopf zu sich. Ihre Lippen fanden seine einen Augenblick später.

4

Oliver spürte die warmen Lippen des fremden asiatischen Mädchens auf seinem Mund, als sie ihn küsste, während der Geruch von Blut ihn ummantelte. Fantasierte er? Ganz bestimmt. Nichts anderes ergab einen Sinn. Warum sonst würde sich eine schöne junge Frau ihm an den Hals werfen und ihm Sex im Austausch für eine Fahrt aus dieser zwielichtigen Gegend anbieten? Und warum roch sie so verlockend nach Blut, wenn er doch von seiner Fütterung vor ein paar Minuten vollständig gesättigt war?

Ohne einen weiteren Gedanken daran zu

verschwenden, schlang er seine Arme um sie und zog sie näher. Ihre Lippen schmeckten süß und rein. Das bedeutete, dass sie nicht auf der Straße lebte. Trotz des Geruchs von Blut, der an ihr hing, roch ihr Körper sauber und frisch. War sie in eine körperliche Auseinandersetzung geraten, oder waren seine Sinne heute Nacht so geschärft, dass er ihr Blut so intensiv riechen konnte, als ob es aus ihrem Körper quoll?

Als seine Zunge über ihre Lippen schweifte, teilten sich diese sofort und erlaubten ihm, in sie einzudringen und sie zu erforschen. Obwohl er ein Fremder für sie war, lud sie ihn ein, mit ihr zu spielen und mit ihrer Zunge zu tanzen, ihre Zähne zu lecken, und sie leidenschaftlicher zu küssen, als er eine Frau seit langem geküsst hatte. War dies eine Vorschau darauf, wie sie im Bett sein würde? Leidenschaftlich, sinnlich, wild? Hatte sie ihm wirklich Sex angeboten?

Bei dem Gedanken daran begann sein Schwanz anzuschwellen.

Angefeuert durch die Art und Weise, wie sie sich an ihn schmiegte und ihn mit Hingabe küsste, intensivierte er seinen Kuss und zeigte ihr damit, dass er ihr Angebot annahm. Er würde ihr eine Fahrt heraus aus dieser Gegend bieten, und danach würde er ihr den Ritt ihres Lebens geben. Sobald sie den Bayview Bezirk hinter sich gelassen hatten, würde er den Minivan parken und sie auf der Rückbank vernaschen.

Mit jeder Sekunde wurde ihm heißer. Er bewegte seine Hand ihren Rücken hinunter und packte ihren in Jeans gekleideten Po. Ein Stöhnen kam von ihren Lippen, und er zog sie näher, aber sein dicker Mantel hinderte ihn daran, seinen harten Schwanz gegen sie zu drücken.

Bevor er eine Chance bekam, seinen Mantel aufzuknöpfen, damit er ihren Körper näher an seinem spüren konnte, sackte das Mädchen in seinen Armen zusammen. Sie bewegte sich nicht mehr.

Geschockt ließ Oliver von ihren Lippen ab und starrte sie an. Sie war bewusstlos.

Verdammt, was hatte er jetzt angestellt?

Als ihr Kopf nach hinten sackte, fiel ihr langes schwarzes Haar zurück und entblößte ihren Hals. In dem Moment sah er sie: die beiden kleinen Stichwunden, die nur von einer Art Waffe verursacht werden konnten: von den Fängen eines Vampirs.

Blut sickerte noch heraus. Instinktiv drückte er seine Finger darauf, um die Blutung zu stoppen. Kein Wunder, dass er Blut gerochen hatte. Zwei Dinge wurden ihm sofort klar: Es befand sich ein Vampir in der Gegend, und dieser hatte das Gedächtnis des Mädchens nicht gelöscht, nachdem er sich von ihr ernährt hatte. Außerdem hatte er seine Mahlzeit nicht beendet, denn er hatte ihre Wunden nicht geleckt. Kein Wunder, dass das Mädchen behauptet hatte, dass jemand hinter ihr her war.

Scheiße!

Olivers Augen schweiften hastig in der Gegend umher. In der Ferne hörte er eilige Schritte. Jemand rannte, aber er konnte niemanden sehen. Doch es war egal, wer es war. Oliver konnte nicht mit dem Mädchen in seinen Armen hier stehen bleiben. Egal ob es ein Mensch oder ein Vampir war, der sich näherte, keiner durfte ihn hier finden. Ein

Mensch in dieser Gegend war wahrscheinlich ein Verbrecher, und Oliver war nicht in der Stimmung für einen Kampf, und wenn es der Vampir war, der sich von ihr ernährt hatte, wäre dieser völlig angepisst, dass sie ihm entkommen war. Und auf einen Kampf mit einem stinksaueren Vampir war er noch viel weniger scharf!

Ohne weitere Umschweife hob er das Mädchen in seine Arme und schloss das Auto auf. Er legte sie auf die Rückbank, bevor er vorne auf dem Fahrersitz Platz nahm. Einen Augenblick später heulte der Motor auf und er raste davon, als ob ein Rudel Wölfe hinter ihm her wäre.

Das Blut des Mädchens roch jetzt intensiver, und er war froh, dass er sich erst vor kurzem ernährt hatte, sonst hätte er der Versuchung nicht widerstehen können, dort weiterzumachen, wo der andere Vampir aufgehört hatte.

Bei dem Gedanken an seine vorherige Fütterung erzitterte er vor Ekel. Er war so gierig gewesen, dass er den jugendlichen Delinquenten ohne Finesse angegriffen hatte, ohne sich darüber Sorgen zu machen, ob der Junge sah, was er war. Erst danach hatte er die Geistesgegenwart gehabt, dessen Erinnerungen an das schreckliche Ereignis auszulöschen. Er hatte so sehr bedauert, was er getan hatte, wie viel Blut er genommen hatte, dass er eine Handvoll 20-Dollar-Scheine in die Jackentasche seines Opfers gestopft hatte. Doch selbst dies hatte seine Schuld nicht gelindert.

Er fühlte sich immer noch von sich selbst angewidert, dass er seinem Hunger wieder erlegen war, dass er nicht stark genug gewesen war, Widerstand zu leisten und gegen den Dämon in seinem Inneren anzukämpfen. Würde er eines Tages genauso enden wie dieser Junkie und auf der Straße leben, wenn Quinn und Scanguards ihn aufgaben? Wenn sie entschieden, dass er für Scanguards ein zu großes Risiko darstellte? Das konnte er nicht zulassen. Er musste es ihnen und sich selbst beweisen, dass er stärker war, dass sie ihm vertrauen konnten und dass er verantwortlich handeln konnte.

Er umfasste das Lenkrad fester und bog um

die nächste Ecke, um endgültig die Bayview hinter sich zu lassen und somit den South of Market Stadtteil zu erreichen. Normalerweise jagte er hier nach Blut, aber aus unerfindlichen Gründen hatte es ihn heute Nacht in die elendeste aller Gegenden gezogen. Hatte jemand versucht, ihm etwas zu sagen? Hatte sein Unterbewusstsein versucht, ihm zu zeigen, was aus ihm werden würde, wenn er seine Blutgier nicht in den Griff bekam?

Oliver schob den Gedanken beiseite, um Platz für eine andere, drängendere Angelegenheit zu machen: das Mädchen auf dem Rücksitz. Als allererstes musste er sicherstellen, dass es ihr gut ging, dann musste er versuchen herauszufinden, was passiert war, und schließlich würde er ihr Gedächtnis löschen müssen. Dies galt insbesondere für den Fall, dass sie wusste, wer sie gejagt hatte: nämlich ein Vampir. Es spielte keine Rolle, wer der Typ war – ob Oliver ihn kannte oder nicht – denn es war ein ungeschriebenes Gesetz unter Vampiren, dass die Identität eines Vampirs jederzeit bewahrt werden musste. Menschen durften nicht erfahren, dass sich diese unsterblichen Wesen in ihrer Mitte aufhielten.

Oliver warf einen Blick über seine Schulter, aber das Mädchen rührte sich nicht. Er erinnerte sich an die Art und Weise, wie sie ihn mit ihren schönen, mandelförmigen Augen angesehen hatte. Sie waren so dunkel wie die Nacht selbst gewesen, als sie ihn angefleht hatte, ihr zu helfen. Er hatte bereits beschlossen, sich nicht in ihr Problem einzumischen, doch dann hatte sie ihn mit ihrem Angebot überrascht.

Hatte sie es wirklich ernst gemeint? Sie musste unglaubliche Angst gehabt haben, wenn sie einem Fremden Sex anbot, damit er sie rettete. Und bei Gott, er hätte ihr Angebot angenommen, aber jetzt? Er schüttelte den Kopf. Er konnte ihr Angebot jetzt nicht mehr annehmen. Es wäre unethisch.

Unethisch?, fragte der kleine Teufel, der auf seiner Schulter saß. *Was ist unethisch daran, mit einer heißen Braut Sex zu haben?*

Und sie war heiß. Lange, schwarze Haare, eine schlanke, zierliche Figur, kleine, aber gut geformte Brüste, und dann diese Augen: nach oben gebogen, jedoch groß, ihre Regenbogenhaut dunkel wie die Nacht, jedoch funkelnd und strahlend in ihrer Ausdruckskraft. Er vermutete, dass sie Chinesin war, aber da er keinen Akzent herausgehört hatte, war sie wahrscheinlich in zweiter Generation hier geboren und gehörte zu der großen chinesischen Gemeinschaft von San Francisco. Sie war das schönste Mädchen, das ihm je begegnet war. Als sie ihm Sex angeboten hatte, hatte sein Herz für einen Moment aufgehört zu schlagen, weil er sein Glück gar nicht fassen konnte. Diese schöne junge Frau war bereit, mit ihm zu schlafen?

Oliver knirschte mit den Zähnen. Es war nicht richtig, eine verängstigte Frau so auszunutzen, selbst wenn sein Schwanz sich nicht um diese Tatsache scherte. Nein, dieser Körperteil war mehr als bereit dazu, sie an ihr Versprechen zu erinnern, sobald sie erwachte.

„Ah, Mist!", zischte er leise.

Dieses eine Mal wünschte er sich, dass er doch auf Blake hätte hören und zu Hause hätte bleiben sollen. Er hätte eine Flasche Blut aus der Speisekammer trinken sollen. Dann gäbe es jetzt zwei Dinge weniger, um die er sich sorgen müsste: Zum einen würde er sich nicht so verdammt schuldig fühlen, was der dem unschuldigen Jugendlichen angetan hatte, und zweitens würde dann nicht eine ohnmächtige junge Frau auf dem Rücksitz seines Wagens liegen, die er bis zur Bewusstlosigkeit ficken wollte, sobald sie wieder zu sich kam.

Oliver bog in seine Straße ein und warf einen Blick auf die Villa, die sein Zuhause war. Nur die Lampe über dem Eingang leuchtete vor dem Haus, ansonsten war es dunkel. Vermutlich war Blake ausgegangen, da es noch zu früh für ihn war, schon im Bett zu sein. Seit Blake sich ihnen angeschlossen hatte, nachdem er herausgefunden hatte, dass Quinn und Rose seine Urgroßeltern vierten Grades waren, war er mehr oder weniger zu den gleichen Zeiten wach wie die Vampire. Er schlief bis zum frühen Nachmittag und blieb bis in die frühen Morgenstunden auf. In ein paar Monaten würde er sich höchstwahrscheinlich vollständig darauf umgestellt haben, die ganze Nacht wach zu bleiben.

Oliver betätigte den Garagentoröffner und fuhr in die Garage. Er parkte an seinem gewohnten Platz neben der Treppe, die nach oben ins Haus führte. Als er den Motor ausschaltete, war es plötzlich still um ihn herum. Er öffnete die Autotür und stieg aus. Kein Geräusch kam von oben. Gut. Er hatte keine Lust, Blake zu erklären, was geschehen war, wenn er nicht einmal selbst genau wusste, in welches Schlamassel er da geraten war. Mit etwas Glück würde sich alles wieder eingerenkt haben, wenn Blake nach Hause kam, und sein neugieriger Halbbruder würde nie etwas davon erfahren.

Er ging zur Schiebetür des Minivans und öffnete sie. Seine Passagierin lag noch genauso bewegungslos da wie zuvor. Er beugte sich zu ihr hinunter, um zu überprüfen, ob sie atmete – und das tat sie – dann hob er sie in seine Arme und trug sie nach oben.

Mit seinem Ellbogen drückte er auf den Lichtschalter in der Diele, dann tat er dasselbe im Wohnzimmer und trat ein. Vorsichtig legte er sie auf das übergroße Sofa, nahm die

Wolldecke, die über der Armlehne lag, und deckte sie damit zu.

Dann stand er nur da und blickte zu ihr hinunter. Als er noch ein Mensch gewesen war, hatte er sich oft um verletzte Kollegen gekümmert, aber seine Hilfe hatte sich meist darauf beschränkt, ihnen sein Blut zu spenden, damit ihre Vampirkörper heilen konnten. Obwohl er wusste, dass Vampirblut bei Menschen heilende Eigenschaften hatte, war er sich nicht sicher, was er jetzt tun sollte. Da er nicht wusste, woran die junge Frau litt, wollte er nicht zu solch drastischen Maßnahmen greifen, wie ihr sein Blut einzuflößen. Was wäre, wenn sie währenddessen aufwachte? Es würde alles nur noch schlimmer machen.

Als er sich mit seiner bebenden Hand durchs Haar kämmte, fiel ihm auf, wie sich das Mädchen bewegte. Sofort beugte er sich zu ihr und bemerkte, dass sie zitterte. Sie hatte Schüttelfrost.

„Fuck!", fluchte er.

Er konnte sich nur vorstellen, dass der andere Vampir zu viel Blut genommen und sie damit geschwächt hatte. Als ein weiterer Schauer ihren Körper schüttelte, setzte sich Oliver auf die Couch, nahm sie in seine Arme und drückte sie fest an sich, aber ihr Zittern hörte nicht auf.

Er brauchte Hilfe. Professionelle Hilfe.

Schnell zog er sein Handy heraus und wählte.

Als der Anruf entgegengenommen wurde, äußerte er sein Anliegen. „Maya, du musst zum Haus kommen. Ich brauche einen Arzt."

„Oliver", stieß sie überrascht hervor. „Bist du verletzt?"

„Nicht ich! Ein Mensch! Beeil' dich!"

5

Cain blickte zurück zu Blake, der neben Cains Auto stand. Er hatte sich gerade zu seiner Patrouille aufmachen wollen, als der Sterbliche aufgetaucht war, um ihn um Hilfe zu bitten.

„Ich habe keine Ahnung, wo er ist", sagte Cain zu seinem Kollegen.

Blake runzelte die Stirn. „Verdammt, verdammt, verdammt!" Dann streifte er mit der Hand durch sein dichtes, dunkles Haar. „Was jetzt?"

Cain war mehr als nur einmal Zeuge einer Auseinandersetzung zwischen Blake und Oliver gewesen, und dies war nicht das erste Mal in den letzten paar Wochen, dass Blake ihn um Hilfe gebeten hatte, seinen außer Rand und Band geratenen Halbbruder aufzuspüren.

„Du machst dir Sorgen um ihn. Ich hatte nicht geglaubt, dass ihr zwei miteinander auskommt."

„Ich mache mir keine Sorgen um ihn, sondern um diese Menschen. Das nächste Mal wird er jemanden töten. Du hättest ihn heute Abend sehen sollen. Er war wie ein Junkie kurz vorm Ausrasten." Er stieß ein wütendes Schnauben aus. „Quinn und Rose hätten nie nach England reisen dürfen. Wie können sie von mir erwarten, dass ich ihn unter Kontrolle halte? Ich bin nur ein Mensch!"

„Wie ich die Sache sehe, liegt es weder an dir noch an Quinn oder Rose. Oliver muss seine Dämonen selbst besiegen."

„Aber warum haben sie mich dann gebeten, mich um ihn zu kümmern?"

Cain zuckte mit den Schultern. „Keine Ahnung."

„Wie hast du es geschafft?"

„Was geschafft?"

„Die Blutgier unter Kontrolle zu bringen?"

Cain schloss für einen Moment die Augen und suchte in der Dunkelheit nach einer Antwort, fand jedoch keine. „Ich weiß es nicht. Als ich eines Nachts aufwachte, existierte ich einfach. Ich hatte keinen überwältigenden Drang nach Blut, was mich vermuten lässt, dass ich schon lange, bevor ich mein Gedächtnis verloren hatte, ein Vampir war. Also kann ich dir da leider nicht weiterhelfen."

Er ließ seine Antwort unbeschwert und im Ton locker klingen und strafte damit die Tatsache Lügen, dass es ihn jedes Mal bedrückte, wenn er an seine Vergangenheit dachte und gegen eine Wand des Nichts und der undurchdringlichen Leere prallte. Irgendetwas lag jenseits der Dunkelheit, zu weit entfernt, um es zu erreichen, aber nahe genug, um seine Existenz zu spüren.

„Tut mir leid, ich wollte nicht neugierig sein", sagte Blake und ließ seine Augen abschweifen.

Cain winkte ab. „Also, was willst du von mir?", fragte er und überließ es damit Blake, eine Entscheidung zu treffen. Das war nicht sein Kampf.

„Kannst du mir helfen, ihn zu finden? Du weißt besser, wo ein Vampir sich rumtreiben würde."

Unwillkürlich schmunzelte Cain. „Wenn ich das wüsste, dann wäre ich in der Lage, all diese Verrückten zu finden, die die Stadt unsicher machen."

„Was soll das heißen?"

Er wägte seine Antwort ab, doch da Blake ein Familienmitglied einer der Direktoren von Scanguards war, glaubte er nicht, dass er eine unpassende Bemerkung machte, wenn er ihn in gewisse Neuigkeiten einweihte. „Wir haben im Moment Probleme. Es gab ein paar Vorfälle, wo Vampire einfach durchgedreht sind. Als ob sie auf Drogen wären. Total verrückte Idioten."

Blake straffte seine Schultern. „Davon habe ich noch nichts gehört. Wie denn, Drogen? Ich dachte, Vampire reagieren nicht auf Drogen."

Cain nickte. „Tun sie auch nicht. Deshalb ist die ganze Angelegenheit auch so seltsam. Scanguards erhielt die ersten Berichte vor sieben oder acht Wochen. Der Bürgermeister hat uns beauftragt, der Sache nachzugehen."

Schockiert starrte Blake ihn an. „Der

Bürgermeister? Heißt das, die Menschen wissen über Vampire Bescheid? Scheiße!"

„Nein, natürlich nicht! Der Bürgermeister ist ein Hybride. Es überrascht mich, dass du das nicht weißt. Er ist wie Portia, Zanes Frau, halb Vampir, halb Mensch. Deshalb konnte er überhaupt erst Bürgermeister werden. Als Vampir könnte er ja seine Aufgaben während des Tages nicht wahrnehmen."

„Ich hatte keine Ahnung. Was sollen wir für ihn tun?"

„Wir?" Cain grinste, insgeheim erfreut, dass Blake so begierig war, etwas zu unternehmen. „Diesem Auftrag sind nur Vampire zugewiesen worden. Keine sterblichen Bodyguards. Aus offensichtlichen Gründen. Also mach dir keine Hoffnungen. Es mit diesen ausgeflippten Vampiren zu tun zu haben, ist keine leichte Aufgabe. Bisher sind wir immer zu spät gekommen und konnten nur noch nach ihnen aufräumen."

„Scheiße. Was weißt du sonst noch?"

„Nicht viel. Wir haben bisher noch keinen einfangen können, um ihn zu befragen, aber von dem, was andere Vampire uns berichten …"

„Was für andere Vampire?"

„Zivilisten, Informanten, Vampire, die uns Bescheid sagen, wenn was abläuft. Sie sagen, dass diese Verrückten von Blut plappern, das wie eine Droge ist. Totaler Schwachsinn, wenn du mich fragst."

Blake hakte seine Daumen in den Gürtel. „Was glaubst du dann, was es ist? Was macht sie so verrückt?"

Cain starrte an ihm vorbei in die Dunkelheit. „Guter alter Blutrausch. Nichts anderes. Wenn sie etwas anderes behaupten, dann ist das nur eine Ausrede, um ihre eigenen Schwächen zu vertuschen."

„Aber wie erkennt man es dann? Kann man das nicht verhindern?", wollte Blake wissen.

„Es ist nicht leicht zu erkennen, es sei denn, der betroffene Vampir ist schon in einem fortgeschrittenen Stadium. Er wird unberechenbar; seine Argumentation wird unlogisch, seine Lügen immer gewagter. Und seine Aggressionen anderen gegenüber nehmen zu."

Blake schluckte schwer. „Du meinst, wie bei Oliver? Er ist auch sehr unberechenbar geworden. Und aggressiv."

„Ich weiß nicht, Blake, vielleicht projizierst du ja nur etwas auf ihn. Aber ich kann es bei Oliver nicht sehen. Er versucht nur, seinen Weg zu finden. Gib ihm eine Chance! Ersticke ihn nicht! Das führt zu nichts Gutem."

„Du hast ihn heute Abend nicht gesehen. Er war nicht er selbst. Er war wie ein wildes Tier, bereit, mir die Kehle herauszureißen."

Cain hob eine Augenbraue. Blake übertrieb wahrscheinlich ein wenig. Der Sterbliche neigte dazu. „Ich muss gehen und meinen Job machen. Ich bin für meine Patrouille schon spät dran."

„Du glaubst mir nicht, oder? Hör zu, Cain! Was, wenn Oliver ausflippt und was Dummes anstellt? Und was, wenn du und ich die Macht hätten, das zu verhindern, aber wir haben es nicht getan? Wie würdest du dich dann fühlen?"

Cain seufzte. Er hasste es, wenn jemand versuchte, an sein Gewissen zu appellieren. Er wusste, dass er eins hatte, aber aus irgendeinem Grund fühlte es sich an wie ein alter, unbenutzter Muskel, der Schwierigkeiten hatte zu reagieren. Als ob er diesen besonderen Teil von sich für viel zu lange Zeit auf Eis gelegt hätte. Fast so, als ob ihm in seinem früheren Leben ein Gewissen nicht erlaubt gewesen wäre. Jetzt jedoch bäumte es sich auf.

„Gut, wir gehen ihn suchen."

Aber er hatte nicht viel Hoffnung, Oliver zu finden. Ein Vampir, der nicht gefunden werden wollte, war so gut wie unsichtbar.

6

Oliver riss die Eingangstür auf, noch bevor Maya die oberste Stufe erreicht hatte, die zum Hauseingang führte. Sie trug einen weißen Arztkittel über ihrer Jeans und ihrem T-Shirt und hielt eine kleine schwarze Tasche in der Hand. Sie eilte an ihm vorbei und sah ihn kaum an. Überrascht über ihre Kleidung, ließ er seinen Blick über sie schweifen. Vielleicht war Maya ja immer so angezogen, wenn sie sich ihren medizinischen Aufgaben widmete. Er konnte dies allerdings nicht mit Sicherheit sagen. Er hatte noch nie die kleine Arztpraxis besucht, die sie im Untergeschoss ihres Hauses führte.

„Wo?"

Er deutete zum Wohnzimmer. „Da drinnen."

Oliver folgte ihr hinein. Nachdem sie das Sofa erreichte und sich neben dem Mädchen niederließ, drehte Maya ihren Kopf zu ihm.

„Ein Mädchen? Versteht sich ja von selbst! Was hast du diesmal angestellt?"

Sie wartete nicht auf seine Antwort, sondern öffnete ihre Tasche und holte ihr Blutdruckmessgerät heraus.

„Ich habe ihr nichts angetan. Sie war schon so, als ich sie gefunden habe." Na ja, nicht ganz. Zuerst war sie bei Bewusstsein gewesen.

Maya warf ihm einen strafenden Blick zu, als sie die Manschette des Blutdruckmessgerätes um den Oberarm des Mädchens wickelte und Luft hineinpumpte. „Lüg mich nicht an! Ich bin nicht blind."

Maya zeigte auf den Hals des Mädchens, wo die zwei Stichwunden noch deutlich sichtbar waren. Eine Blutkruste hatte sich darüber gebildet, nachdem er zuvor längere

Zeit Druck darauf ausgeübt hatte, um die Blutung zu stillen.

„Das war ich nicht!", schnaubte er wütend. „Du glaubst doch wohl nicht, dass ich das getan habe, oder?"

Ihre Augen verengten sich, bevor sie sich wieder ihrer Patientin zuwandte und das Stethoskop in ihrer Ellbogenbeuge anlegte. „Ich will jetzt nichts davon hören. Nicht vor ihr. Du und ich, wir unterhalten uns später."

„Aber ich habe doch nichts –"

„Noch ein Wort von dir, und ich rufe Gabriel an, damit er sich um dich kümmert. Willst du das?"

Mist! Maya wollte ihm nicht nur nicht glauben, sie würde ihn auch noch an Gabriel verpfeifen – wegen etwas, das er gar nicht getan hatte! Aber er war schlau genug, jetzt nicht mit ihr zu streiten. Er brauchte sie, damit sie die junge Frau stabilisierte. Und sobald diese wach war, konnte sie seine Geschichte bestätigen und Maya erzählen, dass sie vor einem anderen Vampir davongelaufen war, nicht vor ihm.

„Ich dachte, Gabriel ist gerade in New York."

„Ist er auch, aber er kann jederzeit wieder zurückzukommen, wenn er hier gebraucht wird."

Oliver presste seinen Kiefer zusammen. „Wenn sie aufwacht, wird sie dir sagen, dass ich das nicht war."

„*Wenn* sie aufwacht." Maya entfernte das Stethoskop von ihren Ohren und nahm die Manschette des Blutdruckmessgerätes wieder ab. „Ihr Blutdruck ist bedrohlich niedrig. Was hast du mit ihr gemacht? Sie ausgesaugt?"

Hatte der andere Vampir zu viel von ihrem Blut getrunken? „Was, wenn jemand zu viel Blut genommen hat? Was würdest du dann tun?"

Maya funkelte ihn an. Ihr schien eindeutig nicht zu gefallen, wie er seine Frage formuliert hatte. Aber er würde auf keinen Fall etwas zugeben, was er nicht getan hatte.

„Verdammt noch mal, Maya, was würdest du tun?"

„Eine Bluttransfusion. Welche Blutgruppe hat sie?"

Oliver zuckte mit den Schultern. „Wie soll ich das wissen?"

„Nach zwei Monaten weißt du immer noch nicht, welche Blutgruppe ein Mensch hat, nachdem du dich von ihm ernährt hast?"

„Ich habe mich nicht ..." *Von ihr ernährt*, wollte er sagen, überlegte es sich jedoch anders. Maya würde ihm sowieso nicht glauben. „Ich konnte es nicht feststellen."

„Okay. Dann müssen wir ihr 0-Negativ geben. Jeder Mensch, egal welche Blutgruppe er hat, verträgt es. Hast du noch welches in der Speisekammer?"

Oliver nickte. Er hatte davon nicht getrunken, und da Quinn und Rose schon seit einer Woche weg waren, hatte niemand den Vorrat angerührt, der erst kurz vor ihrer Abreise aufgestockt worden war. „Ich hole es."

„Zwei Flaschen", rief Maya ihm nach.

Oliver lief in die Küche und riss die Tür zum Vorratsraum auf, in dem ein großer Kühlschrank in einer Ecke stand. Drinnen standen Flaschen von AB-Positiv neben Flaschen von A-Negativ und anderen Blutgruppen. Jede erdenkliche Blutgruppe war vorrätig. Quinn hatte gedacht, Oliver könnte vielleicht seinen Hunger besser zügeln und dem Drang widerstehen, nach Blut zu jagen, wenn er seine Lieblingsblutgruppe entdeckte. Oliver hatte gute Miene zum bösen Spiel gemacht und es versucht, aber selbst nach der Verkostung aller acht Blutgruppen, hatte er keine besondere Vorliebe für irgendeine finden können. Blut, das direkt aus einer menschlichen Vene kam, war noch immer seine Lieblingssorte.

Oliver schnappte sich zwei Flaschen 0-Negativ aus dem Regal und ließ die Kühlschranktür zufallen.

Als er das Wohnzimmer wieder betrat, hatte Maya bereits andere Utensilien aus ihrer schwarzen Tasche gezogen: Nadeln, einen langen elastischen Schlauch, Alkohol und einige Binden. Sie war schon dabei, die Ellenbeuge des Mädchens mit Alkohol zu desinfizieren.

„Hier."

Maya warf ihm einen Seitenblick zu. „Wisch den Deckel mit Alkohol ab, dann stoße diese Nadel durch!" Sie reichte ihm eine Nadel, die bereits an dem Schlauch befestigt war. „Halte die Flasche erst mal aufrecht!"

Er tat, wie ihm geheißen wurde, während Maya den Oberarm des Mädchens mit einer engen Binde abband und dann eine zweite Nadel an ihrer Vene ansetzte. Am Ende der Nadel steckte ein Gehäuse aus Kunststoff, damit das Blut nicht aus ihrer Vene herausfließen konnte.

„Bist du fertig?", fragte sie.

Oliver nickte. „Ja, was jetzt?"

„Dreh die Flasche auf den Kopf und halte sie hoch! Gib mir das Ende des Schlauches!"

Er beobachtete, wie die rote Flüssigkeit aus der Flasche begann, sich im Inneren des langen Schlauches einen Weg nach unten zu bahnen. Bevor das Blut am anderen Ende herauslaufen konnte, drückte Maya das Ende des Schlauches zusammen. Dann stellte sie die Verbindung mit der Nadel im Arm ihrer Patientin her. Maya drehte am Ventil des Kunststoffgehäuses und ließ den Druck im Schlauch ab, sodass ein Teil des Blutes und die verbleibende Luft im Schlauch entwichen. Dann drehte sie das Ventil vollständig auf. Das

Blut lief zur Nadel und verschwand im Arm des Mädchens.

Maya drehte das Ventil ein wenig zurück und blickte dann zur Blutflasche, um die Geschwindigkeit zu dosieren, mit der das Blut in die Vene ihrer Patientin floss. Mit angehaltenem Atem beobachtete Oliver, wie die Füllhöhe der Flasche mit jeder Minute sank. Es war ein langsamer Prozess, aber Oliver stand wie angewurzelt da und wagte es nicht, die Flasche zu bewegen, um den Blutfluss nicht zu unterbrechen. Er erlaubte nur seinen Augen, sich zu bewegen.

Das Mädchen sah immer noch blass aus, und ihr Atem war flach, das Heben und Senken ihrer Brust kaum sichtbar. Gleichzeitig war es nicht zu leugnen, dass sie schön war. Das Rot ihrer Lippen war tiefer als das anderer Menschen. Vielleicht war dies eine optische Täuschung, weil sie so blass war. Ihre Augen waren geschlossen, aber er erinnerte sich, wie sie ihn angesehen hatte: mit Verzweiflung und Angst. Sie hatte sich mit absoluter Sicherheit an das erinnert, was der andere Vampir ihr angetan hatte. Aus irgendeinem seltsamen

Grund wünschte er sich, dass dies nicht so wäre. Vielmehr wollte er, dass sie keine Erinnerungen an das hatte, was ihr angetan worden war, obwohl er wusste, dass ihre Erinnerungen ihn von jeglicher Schuld befreien würden. Doch die Angst in ihren Augen hatte ihn tief in seinem Innersten getroffen.

„Du hast das schon mal gemacht, oder?", fragte er Maya mit leiser Stimme, um die Stille im Raum nicht zu stören.

„Während meines Medizinerpraktikums, klar." Sie zuckte mit den Schultern. „Ist schon lange her."

Oliver bewegte sich nervös von einem Fuß auf den anderen. Wusste Maya, was sie tat? „Aber so was verlernt man nicht, oder?"

„Wer weiß?" Sie blickte zu ihm auf. „Ich war Urologin, nicht Notärztin."

Bevor sie in einen Vampir verwandelt worden war, war das, was Maya meinte, aber sie brauchte es nicht zu sagen. Selbst Oliver wusste dies über ihre Vergangenheit. Sie war von einem von Scanguards' Leuten angegriffen und gegen ihren Willen verwandelt worden. Am Ende war alles gut ausgegangen, und sie hatte mit dem zweiten Chef von Scanguards, Gabriel, einen Blutbund geschlossen.

Maya wies auf die Verletzung am anderen Arm des Mädchens hin. „Abgesehen davon bin ich sicher, dass ich dieses kleine Problem hier beheben kann."

„Soll ich ihre Wunden lecken?" Es würde garantieren, dass die Verletzungen schnell, wahrscheinlich innerhalb von Minuten, heilten.

„Hast du ihre Erinnerung daran gelöscht?"

Überrascht über ihre Frage, schüttelte Oliver den Kopf. „Nein, habe ich nicht. Ich war nicht derjenige, der das getan hat!"

„Hör auf, Oliver! Ich will jetzt nicht mit dir darüber diskutieren."

„Ich aber!" Er sog einen Atemzug ein. „Ich habe das nicht getan. Ich habe sie nicht gebissen und ausgesaugt. Und ich habe ihr Gedächtnis nicht gelöscht. Sie fiel praktisch in meine Arme, als sie vor einem anderen Vampir davonlief. Sie bat mich, ihr bei der Flucht zu helfen. Und das habe ich getan. Und das wird sie dir auch bestätigen, wenn sie aufwacht."

„Hör auf damit! Wieso musst du immer

noch weiter lügen? Ich bin's, Maya. Ich bin Ärztin, ich kann dir helfen."

„Nein, kannst du nicht!"

„So wie's aussieht wohl nicht."

Sie sah wieder das Mädchen an, nahm ihr Stethoskop und hörte nochmals ihr Herz ab. Als sie das Stethoskop wieder wegsteckte, fuhr sie fort: „Da wir nicht wissen, woran sie sich erinnert, und ich keine Lust habe, ihr zu erklären, warum ihr Arm auf wundersame Weise verheilt ist, werde ich ihr einen normalen Verband anlegen, und sie auf normalem Weg heilen lassen. Kein Lecken. Und schon gar nicht von dir. Du hast schon genug von ihrem Blut abgekommen, oder etwa nicht?"

Oliver stieß einen Fluch aus. „Ach, vergiss es! Du hast offensichtlich beschlossen, mir nicht zu glauben. Also warum mache ich mir überhaupt die Mühe? Sobald sie wach –"

„Ja, ja, ich weiß. Dann wird sie uns von einem großen, bösen Vampir erzählen", meinte Maya spöttisch.

„Bevor diese Nacht vorüber ist, wirst du

dich noch bei mir entschuldigen müssen", prophezeite Oliver.

„Verlass dich nicht drauf!" Dann deutete sie auf die Flasche. „Zeit für die Nächste."

Wieder drehte Maya am Ventil, um den Blutfluss zur Nadel, die im Arm des Mädchens steckte, zu unterbrechen. Oliver half ihr, die Flaschen auszutauschen. Innerhalb einer Minute floss das Blut der zweiten Flasche 0-Negativ in die schöne Asiatin, von der er seine Augen nicht lassen konnte.

Hatte sie ihm wirklich Sex angeboten, wenn er ihr half?

Er streckte seine Hand nach ihrem Gesicht aus und streichelte zärtlich über ihre Wange, als Maya sich laut räusperte. Sofort zog er seine Hand zurück.

„Ich wollte bloß sehen, ob sie sich wärmer anfühlt als vorher", log er. „Sie hatte Schüttelfrost, als ich dich anrief." Nun, zumindest dieser Teil seiner Aussage entsprach der Wahrheit, auch wenn der Grund dafür, warum er sie berühren wollte, ein Lüge war. Er wollte einfach ihre weiche Haut spüren und an den Kuss erinnert werden, den sie nur einen flüchtigen Moment lang geteilt hatten.

„Eine Begleiterscheinung des Blutverlustes", kommentierte Maya und machte sich daran, die Wunde am Oberarm ihrer Patientin zu reinigen. Sie war nicht tief, nur eine oberflächliche Schnittwunde. Maya reinigte sie mit Alkohol, dann legte sie sterile Streifen darüber, bevor sie die Stelle mit Baumwollgaze abdeckte und mit Pflastern befestigte.

Als die zweite Flasche kurze Zeit später leer war, entfernte Maya die Nadel und drückte auf die Einstichstelle, bis die kleine Öffnung aufhörte zu bluten. Dann klebte sie ein Pflaster darüber.

Oliver fühlte die Ungeduld in sich wachsen. „Und jetzt?"

„Mal sehen, ob sie darauf reagiert."

Maya legte ihre Hand auf den unverletzten Arm des Mädchens und rüttelte sie sanft. „Wach auf! Komm schon, ich weiß, dass du mich hören kannst. Wach auf!"

Das fremde Mädchen regte sich. Ihr Kopf fiel zur Seite und legte damit die Bisswunden an ihrem Hals noch einmal frei. Oliver deutete darauf und warf Maya einen fragenden Blick zu.

Sie nahm schnell ein Stück Mull, tränkte es mit Alkohol und wischte die Wunde damit ab.

„Autsch!"

Es war das erste Wort aus dem Munde des Mädchens, seit sie in seinen Armen ohnmächtig geworden war. Erleichterung durchflutete ihn. Alles würde gut werden.

Sie griff zu ihrem Hals, als sie gleichzeitig die Augen öffnete.

7

Ursula fühlte einen stechenden Schmerz, als etwas Feuchtes über ihren Hals strich. Sie hob ihre Hand, um sie auf die Quelle des Schmerzes zu legen: die Bisswunden. Verdammt, warum taten sie so weh? Das war noch nie zuvor so gewesen, wenn ein Vampir sie geleckt hatte, um sie zu schließen.

Im selben Moment riss sie ihre Augen weit auf, und innerhalb einer Sekunde kam wieder alles zu ihr zurück. Sie lag nicht mehr auf der Couch im blauen Zimmer ihres Gefängnisses, obwohl sie doch auf einer weichen Unterlage lag. Sie war dem blauen Zimmer und dem Vampir, der auf ihr gelegen war, entkommen. Sie hatte Dirk überlistet. Dieser Gedanke brachte sie fast zum Lächeln. Fast.

Wenn sie jetzt nur wüsste, wo sie war und wer diese beiden Menschen waren, die vor ihr standen. Sie versuchte, ihre Augen zu fokussieren, aber es dauerte ein paar Sekunden, bis sie wirklich in der Lage war, die beiden Personen klar zu sehen. Die Frau im weißen Kittel erschien jetzt weniger verschwommen, und Ursula konnte die Stickerei auf ihrer Brusttasche entziffern. Dr. Maya Giles hieß es dort. Langes, dunkles Haar fiel über die Schultern der Ärztin.

Gott sei Dank, sie hatte es in ein Krankenhaus geschafft! Irgendwie war sie entkommen und hatte einen sicheren Ort erreicht. Jetzt würde alles gut werden, und sie würde nach Hause gehen und ihre Eltern wieder sehen können.

Als sie sich bewegte, stieß ihr Arm gegen ein Kissen und sandte eine weitere Schmerzwelle durch ihren Körper—nicht übermäßig stark, aber dennoch spürbar. Sie verkniff sich einen Fluch. Doch das alles machte ihr jetzt nichts mehr aus. Ihre Wunden würden schnell heilen, viel schneller als die, die sie in ihrem Inneren trug.

Ihr Blick schweifte von dem weißen Arztkittel zu dem Mann, der neben der Ärztin stand. Sie wusste sofort, dass sie ihn schon einmal gesehen hatte. Irgendwo da draußen. Auf der Straße. Sie holte tief Luft und sammelte ihre Gedanken. Dann erinnerte sie sich. Er war der junge Mann, den sie um Hilfe gebeten hatte. Da er neben der Ärztin stand, bedeutete dies wohl, dass er ihr letztendlich doch geholfen hatte. Er blickte sie mit besorgten Augen an.

„Du bist wach", sagte die Frau.

Ursula wandte sich wieder ihr zu. Sie versuchte zu nicken, aber dies verursachte ihr Unbehagen, als ob sie Migräne hätte. „Was ist passiert?", fragte sie stattdessen.

„Ich habe mich um deine Verletzungen gekümmert. Wie heißt du?", fragte Dr. Giles.

„Ursula. Bin ich im Krankenhaus?" Sie

rutschte herum, um sich aufzusetzen und zum ersten Mal ihre Umgebung wirklich wahrzunehmen. Aber was sie sah, war nicht das, was sie erwartet hatte.

Dies war kein Krankenhaus, sondern eine Privatwohnung. So wie es aussah, war sie in einem Wohnzimmer. Warum hatte ihr Retter sie nicht zur Notaufnahme gebracht? Langsam drehte sie sich zu ihm, während sich ihre Stirn zu einem Stirnrunzeln verzog. Sie bemerkte, wie er von einem Fuß auf den anderen trat.

„Ich dachte, es wäre besser, dich zu meiner persönlichen Ärztin zu bringen. Es war schneller. Und Maya ist die Beste", erklärte er. Sein Blick fiel auf die Ärztin, die zustimmend nickte.

„Und wer bist du?", presste Ursula hervor.

„Oliver, ich heiße Oliver. Du erinnerst dich doch an mich, oder? Du hast mich um Hilfe gebeten."

Ursula holte tief Luft. Ihr Gedächtnis war vollkommen intakt, jedoch hatten die Erfahrungen der letzten drei Jahre sie gelehrt, vorsichtig zu sein mit dem, was sie zugab.

Außerdem erinnerte sie sich noch genau daran, dass sie ihm Sex angeboten hatte, wenn er ihr half. War das der Grund, warum er sie hierher gebracht hatte, anstatt in ein Krankenhaus? Würde er von ihr erwarten, dass sie ihr Versprechen erfüllte, sobald sie sich wieder besser fühlte? Und warum auch nicht? Immerhin hatte sie ihm ein Versprechen gegeben, und nicht nur das, sie hatte ihn geküsst, um ihm zu zeigen, dass sie es ernst meinte. Welcher potente Mann würde so ein Angebot ausschlagen?

Sie ließ ihre Augen über seinen Körper wandern. Er war gut gebaut, muskulös und gleichzeitig schlank. Seine Jeans passten ihm wie angegossen, wodurch sie sich seiner Männlichkeit sogar noch mehr bewusst wurde. Nachdem sie in ihrem Gefängnis ständig Testosteron ausgesetzt gewesen war, erwartete sie nun, dass der Anblick solcher Männlichkeit sie kalt lassen würde, aber das Gegenteil war der Fall. Das gleiche Gefühl, das sich in ihr ausgebreitet hatte, als sie ihn geküsst hatte, erfüllte sie jetzt wieder. Und dieses Mal konnte sie dieses Gefühl nicht als eine Nebenwirkung der Angst abtun, die sie während ihrer Flucht erlebt hatte.

„Ich bin ... äh", murmelte sie und fragte sich, was sie antworten sollte. War es klug, zuzugeben, dass sie sich nur allzu deutlich daran erinnerte, was geschehen war?

Die Ärztin ging in die Hocke, um sich auf gleiche Augenhöhe mit ihr zu bringen. „Du hast einen massiven Blutverlust erlitten. Erinnerst du dich, was passiert ist?"

Der Blutverlust! Ihre Hand kam instinktiv hoch, um die Bisswunden, die der Vampir hinterlassen hatte, zu berühren, aber in letzter Sekunde packte sie stattdessen das Kissen und zog es auf ihren Schoß. Sie konnte diesen Fremden nicht von den Vampiren erzählen. Sie hatte keine Ahnung, was sie mit ihr machen würden, wenn sie das tat. Erstens würden sie ihr sowieso nicht glauben. Und dann? Würden sie sie von einem Psychiater untersuchen lassen? Sie womöglich in eine geschlossene Anstalt einweisen? Nein, diese Verzögerung konnte sie sich nicht leisten. Sie musste ihre Eltern erreichen und ihnen mitteilen, dass sie wohlauf war. Und dann musste sie Hilfe für die anderen Frauen finden – sie hatte ein Versprechen gegeben, und sie würde es nicht brechen.

„Blutverlust?", fragte sie und hoffte, dass ihre Stimme verwundert klang. „Was ist passiert?"

Oliver ging nun auch in die Hocke und brachte sein Gesicht näher an ihres heran, sodass sie ihm in die Augen sehen konnte. „Als ich dich gefunden habe, warst du verletzt und hast stark geblutet. Jemand hat dich angegriffen. Du warst vor jemandem auf der Flucht."

Ursula schüttelte langsam den Kopf und tat so, als ob sie versuchte, sich an die Ereignisse zu erinnern. „Ich weiß nichts davon. Ich erinnere mich nicht, angegriffen worden zu sein."

„Aber du hast es mir doch gesagt", sagte Oliver eindringlich. Seine Stimme klang angespannt, und er runzelte die Stirn.

Die Ärztin legte eine Hand auf seinen Arm, um ihn zu unterbrechen. Dann sah sie Ursula an. „Ich habe dich in einem sehr schlechten

Zustand vorgefunden. Dein Blutdruck war bedrohlich niedrig und dein Herz war nahe dran auszusetzen. Ich habe dir eine Bluttransfusion gegeben."

Ursulas Herzschlag verdoppelte sich sofort. Sie wusste, dass es knapp gewesen war. Sie wusste, dass sie dem Blutegel erlaubt hatte, mehr von ihrem Blut zu trinken als jedem anderen vor ihm, aber es war der einzige Weg gewesen, ihn zu betäuben. Doch sie konnte dies ihren beiden Rettern nicht gestehen.

„Danke, dass Sie mein Leben gerettet haben, Dr. Giles."

„Ich bin froh, dass ich in der Nähe war. Nun erzähle mal, woran du dich erinnerst!"

Ursula warf einen vorsichtigen Blick in Olivers Richtung und bemerkte, wie sich sein Mund öffnete, als wollte er etwas sagen. Um glaubwürdiger zu wirken, drückte sie ihre Handfläche gegen ihre Schläfe. „Ich weiß es nicht. Ich bin nach der Vorlesung am Abend zu Fuß nach Hause ..."

„In der Bayview? Da draußen gibt es nirgends Vorlesungen", protestierte Oliver und beugte sich zu ihr.

„Was für eine Bayview?", unterbrach sie ihn.

„Der Bayview Stadtteil von San Francisco. Das ist eine ziemlich schlechte Gegend."

Also war sie in San Francisco. Viele Tausend Kilometer von zu Hause weg. Auf der anderen Seite des Kontinents.

„Ich erinnere mich nicht, wie ich dort hingekommen sein soll." Sie ließ den Tränen, die sie seit drei Jahren unterdrückt hatte, freien Lauf, um ihren Lügen Glaubwürdigkeit zu verleihen. „Ich kann mich an nichts erinnern, verstehst du das nicht?"

Ursula fing den missbilligenden Blick auf, den Dr. Giles Oliver zuwarf.

„Aber das ist unmöglich", widersprach dieser noch einmal. Dieses Mal griff er nach ihr und legte seine Hand auf ihren Unterarm. „Du musst dich erinnern. Du hast mich gebeten, dir zu helfen." Seine Augen bohrten sich in ihre, und das Blau darin strahlte voller Intensität.

Einen Moment lang wollte sie sich ihm nähern und ihm versichern, dass er recht hatte und dass sie sich an jede Sekunde ihrer Begegnung erinnerte: die Art und Weise, wie er sie umarmt und seine Lippen auf ihre gepresst hatte. Ihr gemeinsamer Kuss. Das flüchtige Gefühl der Sicherheit sowie der Begierde, die darunter verborgen lag.

„Lass sie, Oliver! Kannst du nicht sehen, dass sie unter Schock steht?", schaltete sich die Ärztin ein und ergriff seine Hand, um sie von Ursulas Arm zu entfernen.

Seltsamerweise fühlte sich diese Stelle auf ihrem Arm jetzt ohne seine Körperwärme kalt an. Um ihn daran zu hindern, noch weiter zu bohren, stellte Ursula eine Frage: „Wer bist du? Warum hast du mich nicht in ein Krankenhaus gebracht?"

Oliver und die Ärztin tauschten einen sonderbaren Blick aus. Ursula bemerkte, wie sein Adamsapfel hüpfte, bevor er sein Gesicht wieder zu ihr zurückdrehte.

„Wie ich schon sagte, ich dachte, es wäre besser, wenn …" Er verstummte.

„Ich war näher als das nächste Krankenhaus", setzte die Ärztin seinen Satz fort. „Und wir durften keine Zeit verlieren."

Obwohl Ursula glaubte, dass Zeit mit Sicherheit eine wichtige Rolle gespielt hatte, war sie nicht ganz davon überzeugt, dass es schneller gewesen war, sie zu einem Privathaus zu bringen. „Ist dies Ihr Haus?"

Dr. Giles schüttelte den Kopf. „Nein, es ist Olivers."

„Deins?"

„Genauer gesagt mein, äh … Elternhaus." Er sah beinahe verlegen aus, als er dies zugab.

„Ich wohne ganz in der Nähe", fuhr die Ärztin fort. „Oliver hat das Richtige getan, dich hierher zu bringen."

Ursula sah ihren Arm an und bemerkte den Verband, der um die Verletzung gewickelt worden war, die der Metallstab der Feuerleiter verursacht hatte. Die Ärztin hatte sie wieder gut zusammengeflickt. Darüber gab es keine Zweifel. Sie fühlte sich auch wieder besser, nicht so benebelt, und gleichzeitig stärker. In einem Krankenhaus hätten sie sie vermutlich auch nicht besser verarzten können. Sie fühlte sich gut genug, um sich auf den Weg zu machen.

„Ich danke Ihnen sehr für Ihre Hilfe."

Sie schwang die Beine von der Couch und schob das Kissen und die Decke von ihrem

Schoß, dann erhob sie sich. Sofort schwankte sie. Oliver sprang aus seiner hockenden Position auf und fing sie in dem Moment auf, als ihre Knie einknickten.

„Ich hab dich schon."

Seine muskulösen Arme, die sie umschlangen und aufrecht hielten, erinnerten sie an ihre frühere Umarmung. Ein Gefühl von Hitze durchtränkte ihre Wangen, denn der Wunsch, sich gegen ihn zu reiben, um Befriedigung zu finden, überwältigte sie selbst jetzt in ihrem geschwächten Zustand.

„Na, na!", tadelte die Ärztin. „Ich sagte, ich habe mich um deine Verletzungen gekümmert, aber das bedeutet nicht, dass du bereits fit bist, schon aufzustehen. Du bist immer noch sehr schwach."

„Mir geht es gut, ich brauche nur einen Moment." Sie versuchte, sich von Oliver zu befreien, aber dieser ließ sie nicht los. Stattdessen hielt er sie noch fester. Ihre Blicke trafen sich.

„Erinnerst du dich nicht daran, was du zu mir gesagt hast?", flüsterte er. „Nicht einmal, was wir dann getan haben?"

Sie wusste, dass er auf ihren Kuss und das Angebot von Sex anspielte, aber so sehr sie ihm auch die Wahrheit gestehen wollte, konnte sie dies nicht tun, sonst müsste sie auch zugeben, dass sie von jemandem gejagt worden war und die zwei Bisswunden an ihrem Hals erklären. Jeder, der schon einmal einen Dracula Film gesehen hatte, wusste, was dies bedeutete. Deshalb war es besser, alles zu leugnen, damit sie wieder nach Hause zurückkehren konnte. Ihre Eltern sehen. Sich wieder sicher fühlen.

„Ich muss meine Eltern anrufen. Ich muss mit ihnen reden."

Die Ärztin trat näher und richtete sich an Oliver: „Lass sie sich wieder hinsetzen!" Dann lächelte sie Ursula an. „Ruhe dich erst mal ein bisschen aus! Du kannst später mit deinen Eltern reden. Erst würde ich dich gerne noch ein paar Sachen fragen."

Etwas widerwillig half Oliver ihr, sich wieder auf das Sofa zu setzen. Als sie die weichen Kissen hinter ihrem Rücken spürte, stieß sie einen Seufzer der Erleichterung aus. Noch eine Sekunde in seinen Armen, und sie hätte angefangen zu keuchen. Sie war sich bewusst, dass die sexuelle Erregung, die der Biss des Vampirs verursacht hatte, noch immer ihren Körper beherrschte. Obwohl es schon eine Stunde – wenn nicht zwei – her sein musste, seit der Blutegel sie gebissen hatte, hatte sie noch immer das Bedürfnis, berührt zu werden.

„Du hast gesagt, du warst nach der Vorlesung zu Fuß auf dem Weg nach Hause. Wo fand die Vorlesung statt?", fragte Maya.

Krampfhaft suchte Ursula nach einer Antwort. Sie wusste nichts über San Francisco. Aber in jeder großen Stadt musste es ein College geben. Mit angehaltenem Atem antwortete sie: „Im städtischen College."

„Draußen in Sunnyside? Das ist aber weit von der Bayview weg."

Ursula zuckte mit den Schultern.

„Weißt du, wie du dort hingelangt bist?"

„Ich habe doch schon gesagt, dass ich mich nicht daran erinnern kann. Es ist, als ob mein Gedächtnis ausgelöscht ist." Sie sah weg, um ihrem prüfenden Blick zu entkommen.

„Gut, ich glaube dir. Es muss eben der Schock sein. Das ist nicht ungewöhnlich."

Erleichtert hob sie den Kopf und bemerkte, dass sich die Augen der Ärztin verengten, als sie Oliver ansah. Sein Kiefer verkrampfte sich, so als ob er die Zähne fest zusammenbiss, während er Dr. Giles' Blick erwiderte. Es schien, als ob ein stiller Kampf zwischen ihnen wütete.

Dann drehte Dr. Giles den Kopf zu Ursula zurück und lächelte. „Warum ruhst du dich nicht eine Weile aus?" Sie schnappte die Decke, die Ursula fallen gelassen hatte. „Hier. Dir wird vermutlich ein wenig kalt sein, aber das ist nach solch einem Blutverlust normal."

Zu Ursulas Überraschung nahm Oliver die Decke aus Dr. Giles' Hand und legte sie über ihre Beine. Dann schenkte er ihr ein trauriges Lächeln, fast so, als ob er eine schwierige Aufgabe vor sich hätte.

„Oliver, auf ein Wort", sagte Dr. Giles.

Er blickte die Ärztin an, dann wandte er sich wieder Ursula zu. „Du bist hier in Sicherheit."

Hastig senkte sie ihre Lider. Wusste er, dass sie nicht wirklich ihr Gedächtnis verloren hatte? Wusste er, dass sie gelogen hatte?

Wollte er ihr mitteilen, dass diejenigen, die hinter ihr her waren, sie hier nicht finden würden? Oder waren seine Worte der Beruhigung einfach nur eine lässig hingeworfene Bemerkung?

8

Tief in Gedanken versunken trat Oliver in die Bibliothek. Warum log das Mädchen? Warum hatte sie nicht zugegeben, was geschehen war? War ihr vielleicht ihr leidenschaftliches Verhalten peinlich? Hatte sie deshalb beschlossen, so zu tun, als sei es nie geschehen? Als ob sie Angst hätte, dass er sie an ihr Versprechen, mit ihm zu schlafen, erinnern würde, wenn sie die Wahrheit sagte. Gab sie deshalb vor, sich an nichts erinnern zu können? Das war das Einzige, das einen Sinn ergab. Doch vielleicht würde sie die Wahrheit zugeben, wenn er ihr irgendwie erklären könnte, dass er sie zu nichts zwingen würde.

Als Maya hinter ihm den Raum betrat, wusste Oliver schon, dass sie sauer war. Sie funkelte ihn an, und wenn das noch nicht genug Indiz für ihre Laune war, dann ließ die Art und Weise, wie sie dastand – breitbeinig und ihre Hände in die Hüften gestemmt – keinen Zweifel mehr.

„Von all den abscheulichen Dingen, die du tun könntest, musstest du eine junge Frau angreifen und sie fast umbringen?" Die Worte sprudelten aus ihrem Mund wie aus einem Springbrunnen. „Glaubst du wirklich, ich bin vollkommen blöd?"

Oliver machte einen Schritt auf sie zu und straffte seine Schultern. „Das ist nicht wahr! Das habe ich nicht getan!"

„Ach komm! Das ist genau deine Handschrift."

Er kniff die Augen zusammen und wurde mit jeder Sekunde wütender. Er hatte in den letzten zwei Monaten, seit er ein Vampir geworden war, schreckliche Dinge getan, aber er hatte dem Mädchen nichts angetan. „Ich habe sie nicht angefasst! Ich habe sie vor einem anderen Vampir gerettet!"

„Hör auf, Oliver! Warum lügst du mich weiterhin an, wenn wir beide doch die Wahrheit kennen? Du hast sie fast ausgesaugt und dann ihr Gedächtnis gelöscht, damit sie sich nicht an dich erinnern kann."

„Ich habe ihr Gedächtnis nicht gelöscht! Sie lügt. Sie erinnert sich an das, was passiert ist!"

Maya schüttelte den Kopf und warf ihm einen ungläubigen Blick zu. „Sie erinnert sich an nichts! Du hast dafür gesorgt, all deine Spuren zu verwischen!"

Er ballte seine Hände zu Fäusten. „Wenn ich wirklich all meine Spuren verwischen wollte, warum zum Teufel habe ich sie dann hierher gebracht? Erklär mir das mal! Und warum würde ich dich dann um Hilfe bitten?"

Sie überdachte seine Frage nur für den Bruchteil einer Sekunde. „Weil du danach ein schlechtes Gewissen bekommen hast. Es ist doch immer das Gleiche mit dir. Siehst du das nicht? Du säufst dich mit Blut voll, und danach quälst du dich mit Schuldgefühlen. Und heute Abend ist es genau das Gleiche."

„Du hast keine Ahnung, was in mir vorgeht! Du hast nie durchmachen müssen, was ich durchmache."

Maya kniff die Augen zusammen. „Was willst du damit sagen?"

„Du weißt genau, was ich damit meine."

„Nein, erklär's mir doch!", forderte sie.

„Du hast dich noch nie nach menschlichem Blut verzehrt. Du hast keine Ahnung, wie das ist. Alles, was du wolltest, war Gabriels Blut."

„Und darum glaubst du, dass ich nicht dasselbe durchgemacht habe wie du? Dass ich nie dieselben Gelüste hatte? Sei doch nicht so blind! Wir kämpfen alle gegen das gleiche Verlangen an, egal nach wessen Blut uns gelüstet. Dein Heißhunger ist nicht schlimmer als der jedes anderen Vampirs. Aber du ziehst es vor, darauf zu handeln. Du hast dich entschieden, dich nicht zurückzuhalten!"

Auf den Vorwurf hin presste Oliver seine Lippen zu einer dünnen Linie zusammen. Seine Brust hob sich, und er spürte, wie sich die Sehnen in seinem Hals spannten. „Wie kannst du es wagen, mir zu unterstellen, dass ich das absichtlich tue?"

„Ich wage sogar noch viel mehr!" Mit ihrem Finger deutete sie zur Tür. „Ich beschuldige dich auch, dass du dieses Mädchen angegriffen und fast getötet hast! Willst du wirklich so leben? Immer einen Schritt davon entfernt, einen Unschuldigen umzubringen?"

Ihre Worte ließen ihn bis auf die Knochen erzittern. Oft genug war er nahe daran gewesen, genau das zu tun, aber heute Abend lag Maya falsch. Heute hatte er eine Unschuldige gerettet. „Ich habe sie nicht gebissen! Willst du wirklich wissen, was passiert ist? Ja? Oder würde das deine vorgefasste Meinung von mir erschüttern?"

„Mach nur! Tisch mir noch mehr Lügen auf, wenn du dich dann besser fühlst!"

„Es sind keine Lügen! Ich weiß nicht, warum das Mädchen nicht sagt, was geschehen ist, aber ich kann es mir denken. Sie hat ihr Gedächtnis nicht verloren. Sie will einfach nicht zugeben, was passiert ist."

Maya zog die Augenbrauen hoch, dann

verschränkte sie die Arme vor ihrer Brust. „Was zugeben?"

Oliver musste es ihr sagen, so sehr er auch dieses bisschen Information für sich behalten wollte. „Dass sie mir Sex angeboten hat, wenn ich ihr helfe. Sie –"

Mayas Lachen unterbrach ihn. „Oh du lieber Gott! Ich kann nicht glauben, dass du dir keine bessere Ausrede einfallen lassen konntest. Was ist mit dir los? Ist dir das Blut zu Kopf gestiegen und ist dir davon schwindelig geworden? Kein Mädchen wie dieses würde dir im Austausch für Hilfe Sex anbieten. Sie ist keine Prostituierte. Hast du den Verstand verloren?"

„Aber sie hat mir Sex angeboten, damit ich ihr helfe, und dann hat sie mich geküsst. Und als sie in meinen Armen ohnmächtig wurde, sah ich die Bisswunden des anderen Vampirs. Deshalb habe ich sie hierher gebracht."

„Sie hat dich geküsst? Hör doch auf, Oliver! Du verhedderst dich nur noch mehr in deinen Lügen."

„Aber es ist wahr! Du musst mir glauben!

Sie rannte vor jemandem davon. Sie bat mich, ihr zu helfen."

Maja stieß einen Seufzer aus, sichtlich erschöpft. „Du musst nicht noch mehr Sachen erfinden. Sag mir einfach, was wirklich passiert ist, und ich versuche, ein gutes Wort bei Gabriel und Samson für dich einzulegen."

„Ich lüge nicht! Es ist die Wahrheit. Ich habe sie nicht gebissen!"

Sie blickte ihn finster an. „Gut. Mach nur so weiter. Lüge weiter, aber das macht alles nur noch schlimmer. Wenn du wenigstens Reue für deine Handlungen zeigen würdest, dann könnte ich Gabriel und Samson davon überzeugen, nachsichtig mit dir zu sein, aber da du dich entschieden hast, stur zu bleiben, brauchst du nicht zu erwarten, mit Samthandschuhen angefasst zu werden."

Ungläubig schüttelte Oliver den Kopf. Das konnte nicht wahr sein. Er würde für etwas bestraft werden, das er nicht einmal getan hatte. „Das ist unfair! Ich bin unschuldig!"

Maja verdrehte die Augen. „Unschuldig? An dir ist nichts Unschuldiges. Das einzig Unschuldige in diesem Haus ist das Mädchen im Wohnzimmer. Und diese Unschuld hast du ihr geraubt. Du solltest zumindest genug Anstand haben, wie ein Mann zu deiner Schuld zu stehen."

Oliver schloss die Augen. Er wusste, dass es ein Fehler gewesen war, dem Mädchen zu helfen. Er hätte seinem ersten Instinkt folgen und sich in dem Moment entfernen sollen, als sie sich ihm näherte. Aber nein, er hatte den Ritter in glänzender Rüstung spielen und ihr helfen wollen.

Lügner!

Er schüttelte sich innerlich. Er hatte erst beschlossen, ihr zu helfen, nachdem sie ihm ihr ungeheuerliches Angebot von Sex gemacht hatte. Nicht, dass er das jemals wirklich angenommen hätte! Außerdem spielte dies jetzt keine Rolle mehr: Er war in etwas hineingeraten, das ihm jetzt eine Menge Ärger einbrachte und solange das Mädchen nicht die Wahrheit sagte, stand seine Aussage gegen ihre.

Die Beweislage war erdrückend: Bisswunden am Hals des Mädchens und massiver Blutverlust. Vielleicht konnte er mit der jungen Frau reden und ihr versichern, dass er sie nicht an ihr Versprechen binden würde. Vielleicht würde sie dann Maya gestehen, was wirklich passiert war.

Er musste es versuchen.

„Ich werde mit ihr reden. Alleine." Er machte einen Schritt auf die Tür zu.

„Kommt ja gar nicht in Frage", widersprach Maya sofort und blockierte die Tür. „Glaubst du wirklich, ich weiß nicht, was du vorhast?"

„Was denn?", stieß er mühsam hervor und fuhr sich mit der Hand durchs Haar.

„Du wirst versuchen, sie zu beeinflussen, indem du Gedankenkontrolle bei ihr anwendest."

Oliver kniff die Augen zusammen. „Vielleicht solltest du dir zur Abwechslung erst mal die Tatsachen klar machen: Wie Thomas dir bestätigen kann, beherrsche ich die Kunst der Gedankenkontrolle noch nicht vollkommen."

Tatsächlich hatte er noch Probleme damit. Er nahm an, dass diese Probleme damit zusammenhingen, dass er seine Blutgier nicht kontrollieren konnte. Das raubte ihm die notwendige Energie, Gedankenkontrolle ausüben und falsche Erinnerungen in seine Opfer pflanzen zu können. Er war jedoch durchaus in der Lage, Erinnerungen zu löschen. Das war eine Fertigkeit, die weniger Finesse benötigte und mehr vom Instinkt getrieben wurde als die Kunst der Gedankenkontrolle, wenn auch beide Fähigkeiten miteinander verwandt waren.

Thomas, Scanguards' Computergenie und Meister der Gedankenkontrolle, gab ihm Nachhilfeunterricht, um ihm über seine Probleme hinwegzuhelfen. Oliver machte Fortschritte, aber er war noch weit davon entfernt, diese Fertigkeit zu beherrschen. Meistens gelang ihm dies nur bei der Hälfte seiner Versuche.

„Trotzdem bist du –"

„Verdammt noch mal, Maya!", brauste er auf. „Was willst du von mir? Du hast dir doch sowieso schon deine Meinung über meine Schuld gebildet, und jetzt lässt du mich nicht einmal die einzige Zeugin befragen, die meine Unschuld bestätigen kann. Selbst vor Gericht hätte ich bessere Chancen als bei dir!"

Und er hatte schon oft das Innere eines Gerichtssaals gesehen. Als er noch ein Mensch war, bevor Samson, der Besitzer Scanguards, ihn unter seine Fittiche genommen hatte, war er wegen Drogenbesitz und anderer Straftaten im Gefängnis gelandet. Er hatte nie irgendwelche Gewaltverbrechen begangen, aber er wusste, dass wenn Samson ihn nicht aufgelesen und Mitleid mit ihm gehabt hätte, er auf diesem Weg weitergemacht hätte. Die Typen, mit denen er damals befreundet gewesen war, waren bereits auf diese schiefe Bahn geraten.

„Wir haben unsere eigenen Regeln", meinte Maya.

Bevor er antworten konnte, hörte er, wie sich die Eingangstür öffnete. Verließ das Mädchen das Haus? Panisch sprang Oliver zur Tür und riss sie auf. Er spähte in den Flur.

Erleichterung und Grauen trafen in ihm aufeinander. Die Person, die die Eingangstür geöffnet hatte, war Blake, und hinter ihm trat Cain ein. Ihre Blicke landeten sofort auf Oliver.

„Wir haben nach dir gesucht", klagte Blake ihn an.

„Leck mich!", antwortete Oliver. Er war nicht in der Stimmung für eine weitere Auseinandersetzung. Die mit Maya reichte ihm für heute Nacht. Er wandte sich ab.

Einen Moment später spürte er eine Hand auf seiner Schulter. Er fuhr herum und funkelte Blake an. Gleichzeitig schüttelte er dessen Hand ab.

„Wir sind noch nicht mit dir fertig. Cain und ich haben die ganze Stadt nach dir abgesucht."

„Und jetzt habt ihr mich gefunden. Also lasst mich jetzt in Ruhe!"

„Nicht so schnell, kleiner Bruder. Ich möchte wissen, wo du heute Abend warst."

„Ich schulde dir keine Erklärungen." Und wenn Blake ihn weiter belästigte, würde er sich eine Tracht Prügel einhandeln.

Cain sah plötzlich über Olivers Schulter hinweg. „Hallo Maya, was machst du denn hier?"

Oliver drehte sich schnell um und warf ihr einen warnenden Blick zu. „Das geht die beiden nichts an."

„Was geht uns nichts an?"

Wie zu erwarten war, mischte sich Blake weiter ein. Wenn er sich erst einmal etwas in den Kopf gesetzt hatte, dann ließ er auch nicht mehr davon ab – wie ein Hund, der seinen Knochen nicht losließ.

„Nichts!", entfuhr es Oliver. „Verschwindet aus meinem Haus, alle, und lasst mich in Ruhe!"

„Kommt ja gar nicht in Frage", widersprach Maya.

„Ich wohne hier. Du hast kein Recht, mich rauszuwerfen!", unterbrach Blake.

„Ich bin hier scheinbar unerwünscht", fügte Cain hinzu und wandte sich zur Tür.

Aber Maya stoppte ihn. „Bleib hier, Cain, kann sein, dass wir dich brauchen."

Mittlerweile kochte Oliver innerlich. „Den Teufel wird er tun! Ich kümmere mich selbst drum! Es ist nicht notwendig, dass sich ganz Scanguards einmischt."

Cain blieb wie angewurzelt stehen. Seine Augen verengten sich plötzlich, als ob er eine Bedrohung wahrnahm. „Was geht hier vor?"

Oliver hob sein Kinn hoch. „Nichts ist los!

Hört auf, euch in meine Angelegenheiten einzumischen und lasst mich in Ruhe!"

Er fing den Blick auf, den Cain mit Maya austauschte.

„Ich möchte, dass du Oliver im Auge behältst, während ich mit Gabriel und Samson spreche", sagte sie zu Cain.

Angewidert von Mayas Verrat, funkelte Oliver sie an. „Ich kann nicht glauben, dass du das tust! Ich habe dir vertraut. Deshalb habe ich dich angerufen!"

„Es ist nur zu deinem Besten."

Oliver erhob seine Stimme. „Das ist vollkommener Blödsinn! Ich sage die Wahrheit! Aber das willst du nicht sehen. Du glaubst nicht, dass ich noch was Gutes in mir habe. Du hast mich schon abgeschrieben, genau wie alle anderen!"

Maya legte ihre Hand auf seinen Unterarm, aber er schüttelte sie ab. „Das ist nicht wahr. Und das wirst du auch einsehen, wenn du dich beruhigt hast."

„Ich bin ruhig!" Aber die Spannung in seinem Kiefer strafte seine Worte Lügen. Sein

Zahnfleisch juckte, und er konnte fühlen, wie sich die Spitzen seiner Fänge verlängerten.

„Ja, das kann ich sehen!", spottete Blake.

Oliver stürzte sich auf Blake, bevor das letzte Wort dessen Lippen verlassen hatte.

"Hört auf! Sofort!", warnte Maya, aber Oliver ignorierte sie.

Stattdessen knallte er Blake gegen die Wand und hielt seinen Körper so hoch, dass er in der Luft schwebte. „Du verdammter Scheißkerl! Willst du wissen, wie es ist, ein Vampir zu sein? Vielleicht sollte ich dich einfach verwandeln und sehen, wie du damit klarkommst. Willst du das? Provozierst du mich deshalb ständig?"

„Lass mich los, du verdammter Bastard!", befahl Blake und zielte mit seinen Fäusten auf Oliver.

„Du willst kämpfen?", forderte Oliver ihn heraus.

„Verdammt noch mal, Oliver!", fluchte Maya und packte ihn am Arm. „Cain!"

Einen Augenblick später griff Cain ihn von der anderen Seite an. Wutentbrannt ließ Oliver von Blake ab und drehte sich auf den Fersen um. Er fühlte, wie seine Reißzähne zu ihrer vollen Länge ausfuhren. Als er einen Blick auf seine Hände erhaschte, bemerkte er, dass sie sich in Klauen verwandelt hatten. Ja, er war auf einen Kampf nur allzu erpicht.

Während er den Kopf hob und sah, dass sich die Fänge seiner beiden Angreifer ebenfalls verlängert hatten, fing er eine Bewegung im Augenwinkel auf. Blitzschnell drehte er den Kopf zur Seite.

Scheiße!

Ursula, die Frau, die er vor einem unbekannten Vampir gerettet hatte, stand mit vor Schreck geweiteten Augen in der Tür zum Wohnzimmer. Sie klammerte sich an den Türrahmen, um sich abzustützen.

„Oh, Gott", stieß sie atemlos hervor. „Du bist wie sie. Ihr seid alle wie sie!"

9

Mit Unglauben und Entsetzen blickte Ursula auf die Szene, die sich in der Diele abspielte. Wie hatte dies nur geschehen können? Sie war vom Regen in die Traufe gekommen. Nichts hatte sich geändert. Ihre waghalsige Flucht war umsonst gewesen. Sie war immer noch in den Händen von Vampiren, nur diesmal waren es andere. Verzweiflung breitete sich in ihr aus und ließ Tränen in ihre Augen steigen.

Es war zwecklos, zu versuchen davonzulaufen: Alle vier blockierten die Eingangstür. Außerdem war sie mit der Geschwindigkeit der Vampire vertraut. Wenn sie jetzt versuchte, zu den Doppeltüren im Wohnzimmer zu gelangen, die nach draußen auf die Terrasse führten, würden die Vampire sie in kürzester Zeit einholen. Zumal sie auch noch von dem Blutverlust, den sie erlitten hatte, geschwächt war.

Sie sammelte all ihre verbleibenden Kräfte und starrte Oliver an, den Mann, der sie gerettet hatte. Na ja, vielleicht war Rettung doch nicht das richtige Wort. Er hatte sie eingefangen. Seine Augen waren jetzt rot und seine Fangzähne ausgefahren. Messerscharfe Klauen krönten seine Fingerspitzen. Sein Mund stand offen, und seine Lippen sahen rot und prall aus. Und immer noch einladend.

Oh Gott, nein! Ihr drehte sich der Magen um, als sie sich an den Kuss erinnerte, den sie ausgetauscht hatten. Sie hatte ein Monster geküsst, die Kreatur, die sie auf dieser Welt am meisten hasste. Und sie hatte es gemocht, selbst jetzt konnte sie das nicht leugnen. Ihr Körper war vor Verlangen fast verbrannt, und sie konnte nur hoffen, dass dies eine Nachwirkung der Fütterung war, der sie kurze Zeit vorher ausgesetzt gewesen war.

Sie würde doch niemals einen Vampir begehren!

Vor ihren Augen verschwand das Rot in Olivers Augen. Die Spitzen seiner Reißzähne zogen sich zurück und verschwanden in seinem Mund. Auch seine Krallen verschwanden, als ob sie sich alles nur eingebildet hätte.

„Ihr seid Vampire", wiederholte sie mit monotoner Stimme.

Oliver schüttelte sowohl Dr. Giles' Hände als auch die des dunkelhaarigen Vampirs von sich ab, die ihn immer noch festhielten. Dr. Giles? Wahrscheinlich war sie nicht einmal eine Ärztin.

„Es tut mir leid, dass du das sehen musstest." Er machte einen vorsichtigen Schritt in ihre Richtung.

Sie schreckte zurück. Sofort hielt er inne. Seine Augen blickten sie voll Reue an. Reue? Nein, das interpretierte sie sicherlich falsch. Sie war noch nie einem Vampir begegnet, der eines solchen Gefühls fähig war. Deren Gefühle beschränkten sich auf Gier, Hass und Lust.

„Ich werde dir nicht wehtun."

Sie hörte Olivers Worte und kämpfte gegen den Drang an, hysterisch zu lachen. Natürlich würde er ihr wehtun, genauso wie die anderen Vampire es getan hatten. Warum machte er ihr also etwas vor? Warum log er? Warum quälte er sie? Vielleicht war er noch grausamer als Dirk. Grausamer, weil er in einer Verpackung kam, die sie fast dazu gebracht hätte, ihm zu vertrauen. Fast hatte sie sich mit ihm sicher gefühlt. Nur damit er sogleich all ihre Hoffnungen wieder zunichtemachen konnte.

Die Tränen, die sie versucht hatte zurückzuhalten, strömten jetzt aus ihren Augen und bahnten sich einen Weg über ihre Wangen, wo sie heiß brannten. Sie wagte es nicht, einen Atemzug zu nehmen.

„Bitte weine nicht!"

Olivers Stimme klang beruhigend, und wenn sie ihre Augen schloss, konnte sie sich vorstellen, sich ihm hinzugeben. Vielleicht war es an der Zeit, den Kampf aufzugeben und ihr Schicksal zu akzeptieren. Sie würde immer eine Blut-Hure für sie sein. Sie würden sie niemals gehen lassen.

Sie würde nie ihre Eltern wiedersehen. Und sie wäre nicht in der Lage, Hilfe für die anderen Mädchen zu holen. Mit ihrem nächsten Atemzug entriss sich ein Schluchzen ihrer Brust.

„Ich will nach Hause gehen."

Ihre Knie gaben nach, während alles vor ihren Augen verschwamm. Sie sah, wie sie sich alle auf einmal bewegten und auf sie zukamen. Würden sie sie heute Nacht aussaugen? Würde dies schließlich ihr Ende sein?

„Ich habe sie", sagte Oliver zu seinen Freunden, seine Stimme scharf und unnachgiebig.

Gleichzeitig spürte sie, wie er sie in seine Arme hob und zurück ins Wohnzimmer trug. Die Sanftheit, mit der er sie auf die Couch legte, überraschte sie, aber vielleicht war sie im Delirium. Als sie saß, legte er die Decke über ihre Beine und trat zurück.

„Du bist hier in Sicherheit", behauptete er.

Die anderen drei hatten das Zimmer hinter ihm betreten und standen in der Nähe.

„Wer ist sie?", fragte einer der Männer.

Die Ärztin wandte sich ihm zu. „Oliver hat

sie hierher gebracht."

Er ging an der Ärztin vorbei und streckte seine Hand nach ihr aus, während er ihr ein charmantes Lächeln schenkte. „Ich heiße Blake."

Ursula starrte auf seine Hand und drückte sich tiefer in die Sofakissen zurück.

„Sie hat Angst, kannst du das nicht sehen?", ermahnte Oliver ihn und schob ihn beiseite.

„Sie hat wahrscheinlich vor dir Angst!", konterte Blake.

"Halte dich da raus!"

„Ich wohne auch hier, also habe ich ein Recht zu wissen, was hier vor sich geht."

Oliver funkelte ihn an, dann blickte er zu ihr zurück. „Ich sollte dir vielleicht ein paar Dinge erklären, da du gesehen hast, was wir sind." Er räusperte sich. „Maya hast du ja schon kennengelernt. Sie ist Ärztin, aber sie ist auch ein Vampir. Und dies hier –" Er wies auf den dunkelhaarigen Vampir, der bisher noch nicht gesprochen hatte. „– ist Cain. Er arbeitet für Scanguards. Er ist einer unserer Vampir-Bodyguards."

Sie nannten also ihre Gefängniswärter Bodyguards. Als ob das die Sache besser machte!

Dann zeigte er auf Blake. „Das ist Blake, mein Halbbruder."

Blake straffte die Schultern. „Ich bin ein Mensch."

Seine Behauptung überraschte sie. Diese Vampire hatten einen Sterblichen in ihrer Mitte? Wofür? Als ständige Quelle für Blut? Ihr Mund öffnete sich, als sie ihn ansah. Er war gut aussehend, groß und etwas breiter als Oliver. Aber vor allem hatte es nicht den Anschein, dass er in irgendeiner Weise von den Vampiren unterdrückt wurde. Er schien unter keinerlei Zwang zu stehen. Im Gegenteil, er schien sehr selbstbewusst zu sein, bereit, jederzeit einen Kampf mit Oliver vom Zaun zu brechen. Die feindseligen Blicke, die die beiden ausgetauscht hatten, waren ihr nicht entgangen.

„Ein Mensch", wiederholte sie.

„Ja", antwortete Blake und lächelte sie an. „Es ist kompliziert. Also erkläre ich es lieber ganz simpel. Der Einfachheit halber ist dieser

Kerl hier mein Halbbruder. So nervig wie er auch sein mag."

Oliver presste seine Lippen zu einer dünnen Linie zusammen, als versuchte er sich davon abzuhalten, auf Blakes Vorwurf zu antworten.

„Wie fühlst du dich?", fragte die Ärztin plötzlich.

Ursula sah zu ihr auf und räusperte sich. „Dr. Giles, ich weiß wirklich nicht, warum Sie das kümmert." Warum gab sie immer noch vor, um ihr Wohlergehen besorgt zu sein? Was machte es denn aus?

Maya hob eine Augenbraue. „Erstens, bitte nenne mich Maya, jeder tut das. Und ich bin besorgt, weil Oliver dich in diese Situation gebracht hat."

Ursulas Blick wanderte zu Oliver, als sie sich fragte, was Maya mit ihrem Kommentar meinte. Sie bemerkte, wie seine Gesichtszüge sich verhärteten, während er Maya anstarrte.

„Wie ich schon mehrere Male sagte, ich habe ihr nichts angetan!"

„Du hast ihr was nicht angetan?", unterbrach Blake.

Oliver drehte sich auf seinen Fersen um, um sich seinem Halbbruder zu stellen. „Sie gebissen."

„Er hat sie fast ausgesaugt", fügte Maya an.

„Du verdammtes Arschloch!", schrie Blake ihn an. „Wie konntest du nur? Schau sie dir doch an! Wie konntest du das so einem netten Mädchen wie ihr antun?"

Blake ballte seine Hände zu Fäusten und holte aus. Oliver blockte seinen Hieb ab, aber bevor er seine eigene Faust in Blakes Gesicht schlagen konnte, unterbrach Ursula die beiden. „Er hat mich nicht gebissen."

Sofort erstarrten die beiden und drehten sich zu ihr um.

„Er war nicht derjenige, der mich gebissen hat", wiederholte sie, ohne sich darüber klar zu sein, warum sie ihn überhaupt verteidigte.

„Du erinnerst dich!" In Olivers Stimme schwang eine Riesenportion Erleichterung mit. Plötzlich breitete sich ein Grinsen auf seinem Gesicht aus und bevor sie wusste, was er vorhatte, näherte er sich ihr und griff nach ihrer Hand. Er drückte sie fest.

„Danke, danke, danke!", sagte er

überschwänglich, bevor er ihre Hand losließ und Maya einen spitzen Blick zuwarf. „Na, hast du was zu sagen, Maya?"

Maya zuckte mit den Schultern. „Tja, die Umstände ..." Dann schnitt sie sich selbst das Wort ab. „Ich bin froh, dass ich Unrecht hatte. Es tut mir wirklich leid, dass ich dich falsch eingeschätzt habe. Ich entschuldige mich."

Ursula hörte dem Gespräch zu, aber es ergab keinen Sinn. Warum scherten sie sich darum, ob Oliver sie gebissen hatte oder nicht? Warum machten sie sich darüber Sorgen?

„Da du dich jetzt erinnerst, erzähle uns bitte, was passiert ist." Maya deutete auf ihren Hals. „Ich weiß, dass du von einem Vampir gebissen wurdest. Wer war es? Wir müssen es herausfinden, damit wir den Bastard davon abhalten können, es wieder zu tun. Offensichtlich war der Typ außer Kontrolle, denn er hat dich halb tot zurückgelassen."

Langsam schüttelte Ursula den Kopf. Sie konnte ihren Ohren nicht trauen. Maya wollte den Vampir bestrafen, der ihr dies angetan hatte? Sie musste sich verhört haben.

„Was wollen Sie machen?"

Maya schenkte ihr einen seltsamen Blick. „Dem Scheißkerl die Zügel anlegen. Er darf Menschen nicht so gefährden. Wir müssen sicherstellen, dass dies nicht wieder geschieht."

„Aber ..." Ursula ließ ihren Blick zu den anderen im Raum schweifen. Sie schienen genauso besorgt über die Situation zu sein wie Maya. „Warum würden Sie so etwas tun? Ihr seid doch auch Vampire. Ihr tut doch das Gleiche!"

Oliver kam näher. Er kauerte sich vor ihr hin, um auf gleicher Augenhöhe mit ihr zu sein, damit sie sich nicht länger ihren Hals verrenken musste. Die Geste war freundlich und sie fragte sich, warum er dies tat.

„Wir sind zivilisiert. Wir sind alle Mitglieder der gleichen Gruppe. Wir arbeiten für eine Firma namens Scanguards. Die meisten von uns sind Leibwächter oder Sicherheitspersonal, und wir haben geschworen, die Menschen zu beschützen. Selbst gegen unsere eigene Spezies."

Sie schüttelte ungläubig den Kopf. Es war

unmöglich. Nein, sie musste Halluzinationen haben, wenn sie so etwas Unglaubliches hörte. „Nein, das kann nicht sein."

„Es ist wahr", pflichtete Blake ihm bei. „Obwohl einige hier Schwierigkeiten haben, ihre Blutgier unter Kontrolle zu halten –" Er warf Oliver einen bedeutungsvollen Blick zu. „– leben die Leute von Scanguards nach einem strengen Ehrenkodex. Glaube mir, wenn dies nicht der Fall wäre, würde ich heute nicht mehr leben, geschweige denn *mit* ihnen leben, ohne Angst um mein Leben zu haben."

Sie verlagerte ihren Blick zurück zu Oliver. „Heißt das, ihr beißt keine Menschen?"

Schuld blitzte in seinen Augen auf. Er senkte seine Lider, um ihrem Blick auszuweichen. „Die meisten von uns trinken Blut aus der Flasche. Gespendetes Blut. Wir kaufen es durch ein medizinisches Versorgungsunternehmen."

Sein sorgfältiger Satzbau war ihr nicht entgangen. „Die meisten von euch?"

Seine Augenlider schwangen nach oben und seine langen, dunklen Wimpern berührten fast seine Augenbrauen. Das intensive Blau seiner Augen hypnotisierte sie, genauso wie in dem Moment, als sie ihm auf der dunklen Straße begegnet war.

„Nicht alle. Einige von uns versuchen immer noch ... sich anzupassen. Aber es ist nicht leicht. Die Versuchung ist allgegenwärtig.“

Sie bemerkte, wie sein Blick zu ihrem Hals wanderte, und spürte ein Kribbeln durch ihren Körper laufen. Angst lähmte ihre Stimmbänder und machte sie unfähig zu sprechen. Gleichzeitig war sie jedoch nicht in der Lage, ihre Augen von ihm loszureißen.

Angst und Lust kollidierten in ihr, als er sich näherte und sie dadurch an seinen Kuss erinnerte. Er war so warm und so zärtlich gewesen. Und jetzt wusste sie auch, wie tödlich sein Kuss sein konnte. Er hätte sie beißen und die Sache beenden können, die der andere Vampir begonnen hatte. Trotzdem konnte sie sich nicht bewegen und nur wie gelähmt zusehen, wie er immer näher kam.

„Oliver!“ Cains scharfe Stimme ließ Oliver ruckartig zurückschrecken und auf seine Füße springen.

Oliver kämmte sich mit der Hand durchs Haar. „Tut mir leid. Wie ich schon sagte, wir werden dir nicht wehtun."

Ursula nickte, als ob sie auf Autopilot wäre, während ihr Gehirn versuchte zu verarbeiten, was diese Geschehnisse für ihre unmittelbare Zukunft bedeuteten. War sie wirklich in Sicherheit? Es war zu schön, um wahr zu sein, und wenn etwas zu gut war, um wahr zu sein, dann war es nicht wahr. Jeder, der schon einmal Werbung für eine Wunderdiätpille gesehen hatte, wusste das.

„Diese Firma, die du erwähnt hast, Scanguards, was macht die?" War dies nur eine Scheinfirma, um die Aktivitäten des Bluthandels zu verstecken, während sie die gleichen schrecklichen Dinge taten, die ihre Entführer ihr und den anderen Mädchen angetan hatten?

"Scanguards ist ein Sicherheitsunternehmen. Wir beschützen Menschen: Würdenträger, Politiker oder Prominente. Jeden, der sich unsere Dienste leisten kann. Für uns arbeiten sowohl Menschen als auch Vampire. Menschen übernehmen die Aufträge, die tagsüber ausgeführt werden müssen, aber der Rest von uns arbeitet nachts. Die Aufträge der Vampire sind auch generell gefährlicher. Aber wir sind dafür ausgebildet."

Ursula konnte nicht umhin, den Stolz in Olivers Stimme zu hören, als er sprach. Genauso wenig entging ihr der Glanz der Aufregung, der jetzt in seinen Augen funkelte. Doch seine Worte klangen so fremd, dass sie sie unmöglich glauben konnte. „Vampire, die Menschen beschützen?"

Oliver lächelte. „Wir sind die Guten."

Sie musste ihren Kopf schütteln. Es gab keine *Guten*.

Neben Oliver grinste Blake ihr zu. „Das sind sie aber. Als ich von einer Bande hinterhältiger Vampire entführt wurde, kam mir Scanguards zu Hilfe und rettete mich. Sie riskierten ihr Leben für mich."

Oliver warf ihm einen schelmischen Seitenblick zu. „Aber nur, weil du Quinns Enkel bist. Hätte ich ein Mitspracherecht gehabt, dann hätte ich dich denen überlassen."

Ursula beobachtete den Austausch mit

Interesse. Scanguards hatte andere Vampire bekämpft, um einen Menschen zu retten? Konnte sie hoffen, dass sie den Frauen, die noch immer als Blut-Huren inhaftiert waren, zu Hilfe kommen würden? Oder würde Scanguards nur für ihre eigenen Familienmitglieder einen Finger krumm machen?

„Gib's zu, Bruderherz, du bist froh, dass es mich gibt!"

Oliver verdrehte die Augen. „Und wie!" Dann wandte er sich wieder ihr zu. „Ignoriere ihn. Aber was er sagt, ist wahr: Wir kommen denen zu Hilfe, die uns brauchen, egal ob es ein Mensch oder ein Vampir ist, der sich in Gefahr befindet. Ich war schon an vielen Rettungsaktionen beteiligt."

Wieder schwang Stolz in seinen Worten mit. Er liebte eindeutig das, was er tat. War sie über die einzige Gruppe von Vampiren gestolpert, die ihr helfen konnten, die anderen Mädchen zu retten? Konnte sie ihnen vertrauen? Waren sie wirklich das, was sie behaupteten zu sein, oder waren sie auch nicht besser als die Vampire, die sie drei

Jahre lang in Gefangenschaft gehalten hatten?

„Und was arbeitest du?", fragte sie, bevor sie sich abhalten konnte.

„Ich? Ich bin ein Bodyguard."

„Ich glaube, wir haben dir schon genug erzählt", unterbrach Cain sie plötzlich. Seine Augen verengten sich ein wenig, als ob er ihr gegenüber misstrauisch war. „Warum erzählst du uns jetzt nicht, was passiert ist, damit wir entscheiden können, ob und wie wir helfen können?"

Ursula schluckte schwer. Cains Mund war zu einer harten Linie zusammengepresst, was ihn streng und unnachgiebig aussehen ließ. Instinktiv wurde ihr klar, dass er nicht zulassen würde, dass seine Kollegen noch mehr Informationen preisgaben.

Oliver wechselte einen Blick mit Cain und nickte, bevor er sie wieder ansah. „Nichts für ungut, Ursula, aber wir haben dir schon mehr erzählt, als wir anderen Menschen unter normalen Umständen erzählen. Du musst verstehen, dass wir unsere Geheimnisse bewahren müssen."

Geheimnisse? Natürlich hatten sie Geheimnisse. Alle Vampire hatten welche. Und sie würden nicht verraten, welche Leichen sie noch in ihrem Keller hatten.

„Erzähle uns davon!", sagte Maya mit weicherer Stimme als Cain, aber nicht weniger drängend. „Was ist mit dir geschehen?"

Ursula zögerte. Wie viel durfte sie ihnen sagen? Was wäre, wenn sie irgendwie mit den anderen Vampiren verbunden waren und sie wieder an sie auslieferten, wenn sie erst einmal herausfanden, von wo sie entflohen war?

Als Oliver plötzlich wieder vor ihr in die Hocke ging und ihre Hand zwischen seine großen Handflächen nahm, blickte sie ihm direkt in die Augen.

Sein Mund bewegte sich und drei geflüsterte Worte kamen über seine Lippen. „Erzähle es mir!"

Wie unter einem Bann öffnete sie ihren Mund. Die Worte waren heraus, bevor sie sie stoppen konnte. „Ich wurde von Vampiren gefangen gehalten."

10

Schockiert sog Oliver einen schnellen Atemzug ein. Hatte er richtig gehört, oder hatte die Tatsache, dass er dieser wunderschönen jungen Frau so nahe war, seine Sinne verwirrt?

„Gefangen gehalten?"

Er warf einen kurzen Blick auf seine Freunde, aber diese blickten genauso verblüfft drein wie er. Eindeutig hatten sie die gleichen Worte aus Ursulas Mund gehört.

Ihre großen braunen Augen waren riesig wie Untertassen, und sie schien genauso von ihrer Offenbarung überrascht zu sein wie er. Hatte sie dies nicht offenbaren wollen oder tischte sie ihm Lügen auf? Vielleicht war sie einfach eine sehr gute Schauspielerin.

Cain hatte vermutlich recht gehabt, ihre Fragen abzuschneiden, sodass er nicht zu viel über Scanguards verriet. Immerhin war sie eine Fremde, und obwohl sie von einem Vampir gebissen worden war, könnte dies eine Finte sein, um Scanguards zu infiltrieren. Was, wenn eine Gruppe von Vampiren sie als Köder benutzte? Sogar jetzt könnte sie unter deren Kontrolle stehen.

Trotz der körperlichen Anziehungskraft zwischen ihnen musste er vorsichtig sein. Wenn er sich in etwas hineinziehen ließ, würde es böse enden, wenn sich herausstellte, dass sie für den Feind arbeitete. Er würde sich nie gegen Scanguards stellen, nicht einmal für die heißeste Frau, die er seit langer Zeit getroffen hatte. Seine Augen fielen unwillkürlich auf ihren Oberkörper, wo sich ihre kleinen Brüste durch ihren Atem hoben und senkten. Gleichzeitig bemerkte er, wie feucht ihre Hand war und wie schnell ihr Herz schlug.

Als er seinen Blick hob, um ihr in die Augen zu sehen, bemerkte er Angst in ihnen. Hatte sie Angst vor ihm und seinen Freunden, oder hatte sie Angst vor dem Vampir, der sie gebissen hatte?

„Bitte", drängte er sie. „Sag mir, was passiert ist!"

Langsam zog sie ihre Hand aus seiner. Widerwillig ließ er es zu.

„Sie haben mich drei Jahre lang eingesperrt." Die Worte kamen erstickt aus ihrer Kehle, so als ob sie Schwierigkeiten beim Sprechen hätte.

Betäubt von ihren Worten schwieg er und wartete geduldig, dass sie fortfuhr. Sie nahm mehrere Atemzüge, während sie seine Freunde ansah, bevor sie ihren Kopf zur Seite drehte, um den Blickkontakt mit ihm zu vermeiden.

„Ich war Studentin an der NYU, als sie mich eines Nachts entführt haben. Ich hatte gerade eine Abendvorlesung verlassen. Ich konnte nicht glauben, was geschah. Vampire existierten nicht! Das konnten sie einfach nicht. Sie waren doch nur Mythos und Folklore. Sie existierten nur in Filmen. Ich hätte nie gedacht ..." Ihre Stimme brach.

Oliver wollte so viel sagen, aber seine

Kehle fühlte sich plötzlich wie ausgetrocknet an.

„Sie haben mich zu einem Gebäude transportiert, wo sie mich einsperrten. Ich war nicht die Einzige. Es gab andere Mädchen wie mich." Sie hob ihren Kopf und begegnete seinem Blick. Ihre Augen waren feucht, aber sie weinte nicht.

Unwillkürlich kam seine Hand hoch, um ihre Wange zu streicheln, aber in letzter Sekunde zog er sie wieder zurück, da er seine Gefühle weder ihr noch seinen Freunden offenbaren wollte. Er musste unparteiisch bleiben. Das war das Markenzeichen eines guten Bodyguards. Cain hatte versucht, ihm dies beizubringen, und Gabriel hatte es unzählige Male wiederholt.

Allerdings konnte er die Tatsache nicht ändern, dass er von ihren Worten betroffen war. Er verspürte Mitleid mit ihr.

„Was haben sie mit dir gemacht?"

Ursula hob ihr Kinn an und ihr Mund wurde zu einer harten Linie. „Sie haben uns als Blut-Huren benutzt."

„Blut-Huren?", entfuhr es einer ungläubig dreinblickenden Maya.

Olivers eigene Reaktion war nicht weniger verblüfft. „Ich habe noch nie von Blut-Huren gehört." Er wandte sich mit einem fragenden Blick an Cain.

Sein Kollege schüttelte den Kopf. „So etwas gibt es nicht. Weil es dafür keinen Bedarf gibt."

Ursula zog ihre Schultern hoch und setzte sich gerade auf. Ihre Lippen zitterten, als sie fortfuhr: „Sie haben mich und die anderen Frauen als Blut-Huren benutzt. Zweimal, manchmal dreimal pro Nacht haben die Vampire von uns getrunken. Blutegel haben wir sie genannt", stieß sie gepresst hervor. „Einige der Mädchen haben es nicht überlebt. Aber sie fanden immer wieder neue, um diejenigen, die umkamen, zu ersetzen."

Cain trat einen Schritt näher. „Das ist unmöglich. Es gibt keine Notwendigkeit, Menschen wegen ihres Blutes gefangen zu halten. Selbst die Vampire, die kein Flaschenblut trinken, haben dafür keinen Bedarf. Sie gehen einfach aus und jag –"

„Finden jemanden, von dem sie trinken können", unterbrach Oliver ihn schnell. *Jagen*, hatte Cain sagen wollen, und irgendwie glaubte Oliver nicht, dass dies ein geeignetes Wort in Ursulas Gegenwart war. „Kein Vampir würde sich die Mühe machen, einen Menschen einzusperren und sich um ihn zu kümmern, nur um ständig Blut verfügbar zu haben."

Wenn das der Fall wäre, warum tranken sie es dann nicht gleich aus einer Flasche? Zumindest empfand er so. Er liebte die Jagd. Der Nervenkitzel war es, der ihn Nacht für Nacht auf die Jagd trieb. Und er konnte sich vorstellen, dass dieses Gefühl für andere Vampire, die sich nicht an Flaschenblut gewöhnen konnten, das gleiche war. Sie liebten die Jagd. Sie würden nicht von einem Menschen trinken wollen, den sie in einem Gefängnis einsperren mussten und der wie ein Tier in einem Käfig lebte.

„Sie führen ein Geschäft", beharrte Ursula. „Sie verlangen einen hohen Preis für unser Blut. Und die Blutegel zahlen, ohne mit der Wimper zu zucken."

„Warum sollten sie für etwas Geld

ausgeben, das sie kostenlos auf der Straße bekommen können?", warf Maya ein, und ihre Stimme klang genauso skeptisch wie Cains vorangegangener Kommentar.

Oliver suchte in Ursulas Gesicht nach Anzeichen, dass sie log. Thomas versuchte seit einiger Zeit, ihm dies beizubringen, aber er beherrschte es noch nicht. Allerdings, so wie es für ihn aussah, glaubte er nicht, dass sie log. Es sei denn, sie war sich ihrer Lügen nicht bewusst: Es war möglich, dass ein Vampir ihre Erinnerungen ausgelöscht und ihr neue eingepflanzt hatte. Sie würde gar nicht wissen, dass sie log. Die einzige Frage war, warum sollte ein anderer Vampir dies tun? Warum sollte er eine solche Geschichte erfinden? Versuchten irgendwelche Vampire, Scanguards in eine Falle zu locken, indem sie an Scanguards' Sinn für Ehre und Pflicht appellierten, im Wissen, dass Scanguards Menschen in Not helfen würde?

Da Oliver weiterhin misstrauisch war, wendete er das an, was er von Thomas gelernt hatte: Er stellte Fragen, um herauszufinden, ob Ursulas Geschichte sich veränderte, je länger sie sie erzählte. Lügner vergaßen oft die kleineren Einzelheiten ihrer sorgfältig konstruierten Geschichten und machten letztendlich Fehler.

„Du sagtest, du warst an der NYU eingeschrieben. Bist du gleich nach deiner Entführung nach San Francisco gekommen?"

Sie schüttelte den Kopf. „Wir waren für lange Zeit irgendwo in New York. Eines Nachts packten sie plötzlich alles zusammen, wir wurden auf einen großen LKW geladen und sind an die Westküste gefahren. Ich kam vor etwa drei Monaten in San Francisco an. Bis heute Nacht wusste ich nicht einmal, in welcher Stadt ich war."

„Wo haben sie dich gefangen gehalten?"

Sie zuckte mit den Schultern. „In einem großen Gebäude, vielleicht in einem Mehrfamilienhaus oder einem alten Hotel. Ich bin mir nicht sicher. Es war dunkel, als wir ankamen, und sie haben uns nie hinaus gelassen. Wir waren immer eingesperrt, und selbst wenn wir in den Zimmern waren, in denen die Vampire von uns tranken, war immer eine Wache dabei, die uns beobachtete."

„Wo ist das Gebäude?"

Ihre Augen füllten sich mit Tränen. „Ich weiß es nicht. Nicht weit von der Stelle, wo du mich gefunden hast. Ich bin mir nicht sicher, wo genau es war. Ich wollte nur fliehen."

Cain räusperte sich. „Ja, apropos deiner Flucht … Wie hast du es geschafft, wo doch immer jemand auf Wache war?"

Ursula schloss die Augen für einen Moment, und als sie sie wieder öffnete, sah sie weg. „Der Wächter war unachtsam. Er wurde zu einem anderen Raum gerufen, als es dort eine Auseinandersetzung mit einem der Blutegel gab. Er vergaß, die Tür zu verriegeln. Ich war in der Lage, über eine Feuerleiter aus dem Fenster zu steigen."

„Gab es nur einen Wächter?", fuhr Cain fort.

Sie schüttelte den Kopf. „Es gab viele. Aber sie waren alle damit beschäftigt, die anderen Mädchen zu bewachen", beeilte sie sich hinzuzufügen.

Oliver warf ihr einen angespannten Blick zu. Ihr Herzschlag hatte sich beschleunigt, und er spürte, wie ihre Drüsen mehr Schweiß produzierten. Kein unangenehmer Geruch, jedoch schwitzte sie, und dies bedeutete, dass sie nervös war. War sie nervös, weil sie log? Oder einfach nur aufgewühlt, weil sie ihr Martyrium nochmals durchlebte?

Wenn er das nur wüsste!

Als sie ihr Gesicht ganz zu ihm zurückdrehte, trafen sich ihre Blicke. Oliver holte tief Luft und sog damit ihren Duft ein. Sofort stieg Hunger in ihm hoch, obwohl er sich erst vor ein paar Stunden ernährt hatte. Er dürfte jetzt eigentlich nicht hungrig sein und schon wieder nach Blut verlangen. Er hatte genügend von dem Jugendlichen in der Bayview genommen. Mehr als genug. Er sollte für vierundzwanzig Stunden gesättigt sein. Doch eine seltsame Lust überkam ihn, und er war sich nicht sicher, ob er sie beißen oder küssen wollte. Beide Möglichkeiten erschienen ihm gleichermaßen verlockend. Und gleichermaßen falsch in dieser Situation.

„Bitte, du musst mir glauben!", bat sie.

Er spürte, wie Maya sich von hinten näherte. „Du musst zugeben, das ist eine sehr fantastische Geschichte."

„Und sie ergibt keinen Sinn", fügte Cain an.

„Aber könnte es nicht möglich sein?", fragte Blake. „Wie wir alle wissen, gibt es da draußen viele üble Typen."

Oliver drehte sich um und blickte Maya und Cain an. „Blake hat recht. Wir können das nicht einfach außer Acht lassen. Wenn sie die Wahrheit sagt, dann haben wir ein Problem vor uns."

Ursula sprang auf und lenkte damit seine Aufmerksamkeit wieder auf sie. „Ihr glaubt, dass ich lüge?"

Oliver stand auf und griff instinktiv nach ihr, aber sie wich ihm aus. „Das habe ich nicht gemeint."

Mit Tränen in ihren Augen starrte sie ihn an. „Was hast du dann gemeint?"

Nervös verlagerte er sein Gewicht von einem Bein aufs andere. Er warf einen Blick auf Cain, der mit den Schultern zuckte. „Soll ich es ihr erklären?"

Sein Kollege hatte mit Sicherheit denselben Verdacht wie er. Und er schien keine Bedenken zu haben, ihn zu äußern. Aber Oliver war Manns genug, seine eigene Drecksarbeit zu erledigen. Und sie einer Sache zu beschuldigen, für die sie nichts konnte, war nicht angenehm. Aber es war eine Möglichkeit, die er nicht einfach ignorieren konnte.

Als Ursula ihn mit einem fragenden Blick festnagelte, seufzte er. „Es ist möglich, dass der Vampir, der dich gebissen hat, dir diese Erinnerungen eingeflößt hat, damit du sie uns auftischst und uns in eine Falle lockst. Du würdest nicht mal wissen, dass du lügst."

Sie wich einen Schritt vor ihm zurück. „Was? Du glaubst, es ist nicht wahr? Du denkst, ich hätte das erfunden? Nein! Nein! Ich habe das wirklich durchgemacht. Drei Jahre lang habe ich ihre Grausamkeit, die Demütigungen und den Schmerz ertragen. Ich weiß, was ich gesehen und gefühlt habe. Es ist tatsächlich geschehen."

Ihre Brust hob sich von der Anstrengung, die es sie kostete, ihre Stimme zu heben und ihre leidenschaftliche Aussage zu machen.

„Meine Eltern suchen seit drei Jahren nach mir."

„Woher willst du das wissen?", fragte Cain.

Sie riss ihren Kopf in seine Richtung. „Weil sie mich lieben. Sie würden niemals aufgeben, mich zu suchen." Sie widerstand Cains prüfendem Blick, bis dieser wegschaute. Dann wandte sie sich wieder Oliver zu. „Ich muss ihnen sagen, dass ich am Leben bin."

Er erkannte den Schmerz, der tief in ihren Augen saß, und fühlte, wie sich sein Herz zusammenzog. Vielleicht war es ja die Wahrheit, so ungeheuerlich sie auch klang. Aber um Scanguards' und ihrer eigenen Sicherheit willen mussten sie Vorkehrungen treffen, bevor sie etwas unternehmen konnten.

„Später. Zuerst müssen wir ein paar Fakten überprüfen." Seine langjährige Ausbildung bei Scanguards machte sich jetzt bemerkbar. Es war wichtig, dass er keinen Fehler machte: Gabriel hatte ihn sowieso schon wegen seiner unkontrollierbaren Blutgier im Auge. Wenn er nun auch noch Scanguards gefährdete, weil er Ursulas Geschichte nicht gründlich überprüfte, dann würde ihm sein Chef das Fell über die Ohren ziehen.

„Wir müssen deine Geschichte überprüfen, damit wir bestätigen können, wer du bist", sagte er und fühlte sich etwas schuldig, weil er ihr nicht glaubte.

Der enttäuschte Blick, mit dem sie ihn ansah, schnitt wie ein Messer durch ihn hindurch. Ja, jetzt war absolut klar, dass sie niemals mit ihm schlafen würde, nicht nachdem er sie so enttäuscht hatte. Es sollte eigentlich keine Rolle spielen, tat es aber doch. Denn der Kuss, den sie ihm gegeben hatte, hatte ihm Hoffnung auf so viel mehr gemacht. Und er hungerte nach mehr. War er dazu verdammt, neben seinem Blutdurst auch noch einen anderen Hunger zu bekämpfen, den er nicht stillen konnte?

Ihre Stimme klang resigniert, als sie schließlich weitersprach. „Was willst du wissen?"

„Deinen Namen, die Namen deiner Eltern und wo sie leben. Wann du entführt worden bist und wo." Dann nickte er Cain zu. „Cain, mach dir Notizen! Ich möchte, dass du versuchst, alles herauszufinden, was es zu finden gibt. Es dürfte Polizeiberichte und möglicherweise Zeitungsartikel über Ursulas Entführung geben."

Das hoffte er zumindest, denn herauszufinden, dass sie eine Lügnerin war und versuchte, ihn und Scanguards zu überlisten, gefiel ihm gar nicht. Allerdings gefiel ihm die Tatsache noch weniger, dass sie drei Jahre lang in Gefangenschaft gelebt hatte und einer Gruppe von Vampiren ausgesetzt war, die ihr Blut getrunken hatten, wann immer sie wollten – und ihr vermutlich noch viel Schlimmeres angetan hatten.

Er wusste, was mit einer Fütterung Hand in Hand ging: die sexuelle Erregung des Menschen und des Vampirs. Wenn ihre Geschichte wahr war, dann würde dies bedeuten, dass sie unzählige Male vergewaltigt worden war. Brutal vergewaltigt.

Aber er konnte sie nicht danach fragen. Um seiner selbst willen: Denn zu wissen, dass jemand sie auf diese Weise verletzt hatte, nicht nur ihr Blut gestohlen, sondern sie auch sexuell missbraucht hatte, brachte sein Blut in Wallung. Er würde jemanden umbringen müssen.

11

Nachdem Ursula Oliver alle Informationen gegeben hatte, die er benötigte, nickte Cain und marschierte zur Tür. „Ich melde mich, sobald ich etwas gefunden habe."

„Danke, ich weiß es zu schätzen", antwortete Oliver.

Die Eingangstür fiel hinter Cain ins Schloss und Olivers Blick schweifte zu Maya, die ihre schwarze Arzttasche nahm.

„Blake, Oliver, auf ein Wort." Sie winkte die beiden ins Foyer und blickte über ihre Schulter zurück zu Ursula, bevor sie die Tür erreichte.

„Alles wird wieder gut werden. Auf die eine oder andere Weise."

Oliver bemerkte Ursulas zweifelnden Blick, dann folgte er Maya und zog die Tür halb zu, nachdem Blake sich zu ihnen gesellt hatte.

„Ja?", fragte Oliver angespannt.

„Ich werde Gabriel davon berichten müssen."

„Warum willst du ihn belästigen? Er ist viel zu beschäftigt in New York." Es war ihm lieber, dass Gabriel nicht über diese Sache informiert wurde, solange es noch so viele Dinge gab, die unklar waren.

„Nur weil er für ein paar Tage weg ist, bedeutet das nicht, dass wir ihm etwas vorenthalten können. Das solltest du wissen." Sie warf ihm einen strengen Blick zu. „Ihr seid beide für das Wohlbefinden des Mädchens verantwortlich. Behaltet sie im Auge und stellt sicher, dass sie nicht verschwindet. Es geht um ihre eigene Sicherheit. Verstehen wir uns?"

Blake nickte.

Oliver grunzte. Als ob sie ihm so etwas sagen müsste. Er wusste, wo es lang ging. „Ich habe die Sache im Griff. Das ist mein Fall."

Überrascht hob Maya eine Augenbraue. „Das wird Gabriel entscheiden. In der Zwischenzeit tut, was ich euch sage." Sie legte ihre Hand auf den Türgriff. „Und Oliver, es tut mir wirklich leid, dass ich dich vorher verdächtigt habe. Aber wenn du sie jetzt beißt, wird dir Gabriel immer noch den Arsch aufreißen."

Oliver schnaubte wütend. „Ich habe nicht die Absicht, sie zu beißen!"

„Mir ist aufgefallen, wie du sie angesehen hast."

Blake legte eine beruhigende Hand auf Mayas Schulter und öffnete die Tür für sie. „Mach dir keine Sorgen, ich werde sicherstellen, dass er sie nicht anrührt."

„Danke, Blake."

Als er die Tür hinter ihr schloss, grinste Blake ihn an. „Also, lass uns mal sehen, wie wir es unserem Schützling etwas bequemer machen können."

Bevor er die Tür zum Wohnzimmer erreichen konnte, zog Oliver ihn zurück. „Ich weiß genau, was du vorhast."

Sein Halbbruder blickte über seine

Schulter. „Ein hübsches Mädchen vor dem großen bösen Vampir retten."

Oliver biss die Zähne zusammen. „Du rettest sie vor gar nichts! Ich sah sie zuerst."

„Was hat das damit zu tun? Sie kann Vampire eindeutig nicht ausstehen, und da ich der einzige Mensch weit und breit bin, wirst du wohl nichts dagegen haben, wenn ich mein Glück versuche."

„Du wirst überhaupt nichts versuchen, verstehst du mich?"

„Wie willst du mich davon abhalten?", forderte Blake ihn heraus.

Viele Dinge kamen Oliver als passende Antwort in den Sinn: Ihm die Kehle herauszureißen war eines davon. Schockiert von seinen gewalttätigen Gedanken, nahm Oliver seine Hand von Blake und funkelte ihn einfach an. Blake wusste ganz genau, dass Oliver ihm nicht wehtun und damit Quinns Zorn auf sich ziehen würde. Aber das bedeutete nicht, dass er Blake erlauben würde, das Mädchen anzubaggern.

„Warum glaubst du, sie würde dich überhaupt in Erwägung ziehen? Glaubst du wirklich, du bist so charmant?", spottete Oliver.

Blake grinste, zog seinen Bauch ein und plusterte seine Brust auf wie ein Pfau. „Genau das bin ich. Viel charmanter als du. Außerdem habe ich einen Vorteil: Ich bin ein Mensch. Ich fürchte, diese Frau wird nicht einfach ihr Höschen für den mächtigen Vampir fallen lassen."

Wütend über Blakes Bemerkung, öffnete Oliver seinen Mund und ließ Worte hervorsprudeln, die er eine Sekunde später wieder zurücknehmen wollte. „Sie hat *mir* Sex angeboten!"

Ein Keuchen von der Tür ließ ihn erschaudern.

Scheiße, Scheiße, Scheiße!

Er hätte sich nicht von Blake provozieren lassen sollen. In Zeitlupe drehte sich Oliver in die Richtung, wo Ursula in der Tür zum Wohnzimmer stand und ihn entsetzt anstarrte. Offensichtlich hatte auch sie nicht gewollt, dass irgendjemand erfuhr, was sie auf der dunklen Straße zu ihm gesagt hatte. Genauso wenig wie er es vorgehabt hatte. Aber nicht nur hatte er es Maya gegenüber verlauten lassen, was Ursula glücklicherweise nicht wusste, sondern jetzt hatte er sogar vor Blake damit geprahlt. Ganz schön mies!

„Ich glaube, meine Chancen haben sich gerade verdoppelt", murmelte Blake.

„Halt die Klappe!", zischte Oliver.

Ursula starrte sie beide an. „Wenn ihr denkt, dass ich meine Beine für irgendeinen von euch zweien breitmachen werde, dann seid ihr vollkommen verrückt!"

„Aber ich bin doch ein Mensch", sagte Blake.

„Genauso wie Millionen andere Menschen in diesem Land auch, und mit denen werde ich auch nicht schlafen."

„Aber du kennst mich doch überhaupt noch nicht."

Oliver konnte sein Grinsen nicht unterdrücken, als er Blakes erbärmlichen Versuch, ihre Gunst zu erwerben, beobachtete. Zumindest lenkte dies von ihm ab.

„Ich habe genug gesehen!" Dann wanderte ihr Blick zu Oliver. „Und was hast du da zu grinsen?"

Sofort legte er ein ernstes Gesicht auf. „Nur ein nervöses Gesichtszucken. Ignoriere es einfach!"

Der empörte Blick, den sie ihm zuwarf, machte ihm klar, dass sie wusste, dass er log. Aber gab sie ihm zumindest Punkte für Originalität?

Sie schnaubte. Offensichtlich fehlten ihr die richtigen Worte für eine Retourkutsche. Sie machte auf den Fersen kehrt und schlug die Tür hinter sich zu.

Eins zu Null für den Vampir. Zumindest hatte er noch eine Chance.

„Die hat dir doch nie Sex angeboten!" Blakes ungläubige Worte drangen zu ihm durch.

Doch Oliver würde sich nicht nochmals dazu verleiten lassen, noch mehr Geheimnisse auszuplaudern, wie zum Beispiel, dass Ursula ihn geküsst hatte – und zwar sehr leidenschaftlich. Dieses Mal würde er sich nicht von seinem Halbbruder provozieren lassen und Dinge preisgeben, die diesen nichts angingen. Deshalb zuckte Oliver einfach nur mit den Schultern.

„Glaub, was du willst."

Es war schlimm genug, dass Maya darüber Bescheid wusste. Er konnte nur hoffen, dass sie es nicht Gabriel weitererzählte. Er wusste, wie korrekt sein Vorgesetzter war. Gabriel würde ihn sofort von diesem Fall abziehen und jemand anderen damit beauftragen, Ursula zu beschützen. Nicht, dass dies schon ein richtiger Fall war. Im Moment war es nichts anderes als eine Gelegenheit für Oliver, einem Mädchen zu helfen, das in Schwierigkeiten war. Ob dies etwas mit Scanguards zu tun hatte, würde sich hoffentlich bald herausstellen.

In der Zwischenzeit sollte er versuchen, das wieder hinzubiegen, was er vermasselt hatte.

Als er seine Hand auf die Türklinke legte, spürte er Blakes Hand auf seiner Schulter. „Hey, was machst du?"

Oliver warf ihm einen genervten Blick zu. „Wonach sieht es denn aus? Ich gehe ins Wohnzimmer." Er schüttelte Blakes Hand ab. „Also, wenn's dir nichts ausmacht …"

„Alleine gehst du da nicht rein."

„Hast du denn nichts Besseres zu tun, als mir nachzuspionieren?"

Blake kniff die Augen zusammen. „Ich müsste dir nicht nachspionieren, wenn du dich benehmen würdest."

„Na das ist ja lustig, das aus deinem Munde zu hören! Wenn ich mich recht erinnere, warst du derjenige, der gerade versucht hat, sie anzumachen. Und du willst mir erzählen, ich kann mich nicht benehmen?"

Ohne einen weiteren Blick öffnete Oliver die Tür und betrat das Wohnzimmer. Hinter ihm drängte sich Blake in den Raum. War ja klar, dass sein idiotischer Halbbruder den Hinweis nicht verstanden hatte.

Ursula stand am Fenster und schaute hinaus in die Dunkelheit, obwohl sie sicherlich wegen des Lichtes im Wohnzimmer, das sich in der Fensterscheibe widerspiegelte, dort draußen nichts sehen konnte. Sie wirbelte herum, als sie seine Schritte hörte.

„Ich wollte dich nicht erschrecken." Oliver wies auf das Fenster. „Du solltest vom Fenster weggehen. Jemand könnte dich sehen. Ich kann nicht mit Sicherheit sagen, dass uns niemand gefolgt ist."

Sie entfernte sich schnell vom Fenster und näherte sich dem Kamin. Obwohl Oliver nicht bemerkt hatte, dass ihnen jemand gefolgt war, musste er zugeben, dass er zu vertieft in seine eigenen Gedanken gewesen war, um wirklich aufzupassen.

Ursula hob ihr Kinn und blickte ihn an. „Ich will meine Eltern anrufen."

Für einen Moment überdachte er ihren Wunsch, doch er wusste bereits, wie seine Antwort ausfallen würde. Er konnte ihr nicht erlauben, jemanden zu kontaktieren. Zuerst musste Cain ihre Geschichte überprüfen. „Später."

Ihre Augen blitzten vor Wut und Schmerz auf. „Du bist auch nicht besser als die Vampire, die mich gefangen gehalten haben."

„Das ist nicht fair. Ich habe dir nichts angetan."

„Aber du sperrst mich genauso ein, wie sie es getan haben. Du erlaubst mir nicht, mit meinen Eltern zu reden. Und wie lange wird es dauern, bis auch du mich wegen meines Blutes angreifst? Wie lange?"

Jetzt sofort, wollte er schreien, biss jedoch die Zähne zusammen. „Niemals! Ich bin kein Wilder. Ich werde es dir beweisen." Was sagte er da?

„Wie denn?", forderte sie ihn heraus.

Ohne den Blick von ihr abzuwenden, gab er einen Befehl. „Blake, hole mir eine Flasche Blut aus der Speisekammer!"

„Was?", fragte sein Halbbruder verblüfft. „Ist das dein Ernst?"

„Du hast mich schon richtig verstanden."

Er hörte, wie Blakes Stiefel auf dem Holzboden kratzten, als er das Zimmer verließ.

Ursula warf Oliver einen zweifelnden Blick zu. „Was hast du vor?"

„Ich werde dir beweisen, dass ich zivilisiert bin und dass ich dein Blut nicht will." Er wusste, dass er ein Lügner war, aber er musste sie vom Gegenteil überzeugen. Sonst würde er nie die andere Sache bekommen, die er von ihr wollte: ihren Körper, in Ekstase unter ihm keuchend.

„Indem du Blut aus einer Flasche trinkst? Das beweist gar nichts!"

Sie hatte wahrscheinlich recht, aber es würde gleichzeitig noch etwas anderes sicherstellen. „Zumindest weißt du dann, dass ich für die nächsten vierundzwanzig Stunden gesättigt bin und du vor mir sicher bist. Wenn du wirklich die letzten drei Jahre mit Vampiren verbracht hast, dann kennst du ihre Gewohnheiten, ihre Triebe und ihre Bedürfnisse. Dann weißt du, dass ein Vampir keinen Drang empfindet, dich wegen deines Blutes anzugreifen, wenn er ausreichend gesättigt ist."

Er vernahm ein leichtes Nicken von Ursula. Doch die Zweifel in ihren Augen verschwanden nicht. „Das bedeutet nicht, dass ich vor dir sicher bin."

Ihre Augen trafen sich, und er musste insgeheim mit ihr übereinstimmen. Nein, sie war nicht vor ihm sicher. Den Blutdurst konnte er vielleicht bekämpfen, indem er mehr trank, als er normalerweise tat, aber wie konnte er das Verlangen unterdrücken, das in seinem Bauch wuchs? Konnte er sie wirklich bewachen, ohne der Versuchung zu erliegen, sie zu berühren, sie zu küssen und seinen Körper gegen ihren zu drücken? Oder würde das Feuer, das sie mit ihrem Kuss entzündet hatte, außer Kontrolle geraten und fordern, dass er sie an sich presste und ihr die Kleider vom Leib riss? Und wenn sie nackt und keuchend unter ihm lag, würde er die Kraft aufbringen, dem Drang zu widerstehen, sie zu beißen? Er bezweifelte es.

Wie konnte er nur solche Gedanken haben, wo er doch wusste, was sie durchgemacht hatte? Das Letzte, was sie jetzt wollte, war ein Mann, den es nach ihrem Blut gelüstete, geschweige denn einen, der sie berühren wollte.

Er wich ihrem Blick aus, da er wusste, dass er ihre Aussage nicht widerlegen konnte. Er war froh, dass er nicht antworten musste, da Blake gerade den Raum betrat und ihm eine Flasche Blut in die Hand drückte.

„Danke."

Er verschwendete keine Zeit, öffnete den Deckel und führte die Flasche an seine Lippen. Das Blut war schrecklich: leblos, öde und kalt.

Aber es war nicht die Temperatur, die ihn störte: Es war die Tatsache, dass er seine Fänge nicht in menschliches Fleisch senken konnte, während er trank. Dies hier war anders und gab ihm nicht den gleichen Nervenkitzel, den er verspürte, wenn er einen Menschen jagte, um sich von ihm zu ernähren. Aus der Flasche zu trinken hinterließ ein Gefühl der Leere. Aber er schluckte das Blut trotzdem hinunter. Sein Körper würde gesättigt sein, und es würde ihn viele Stunden lang nicht nach Ursulas Blut gelüsten. Es bedeutete jedoch nicht, dass sein Geist gesättigt war – dieser Teil von ihm hungerte nach der Jagd und nach dem Nervenkitzel, seine Zähne in ein lebendiges, atmendes Wesen zu schlagen.

Unter seinen halb geschlossenen Lidern bemerkte er, wie Ursula ihn beobachtete. Sie zeigte keinen Ekel. Vielleicht war sie durch das, was sie in der Gefangenschaft gesehen hatte, desensibilisiert worden, oder vielleicht hatte sie gelernt, ihre Gefühle zu verstecken.

Als er die leere Flasche absetzte, sprach er sie wieder an: „Möchtest du dich ausruhen? Ich werde dir dein Zimmer zeigen."

„Das Gästezimmer ist ein Chaos", behauptete Blake. „Es ist voll mit Kisten von Roses Kleidung, während der Schrank in ihrem Schlafzimmer umgebaut wird."

Oliver sah Blake an. „Das habe ich total vergessen. Also dann mein Zimmer."

„Ich schlafe nicht in –"

Er hob seine Hand, um sie zu stoppen. „Ich werde es nicht benützen. Außerdem hat es ein eigenes Badezimmer mit Badewanne, falls du …" Er ließ seine Stimme verklingen. Sie sich in seiner Badewanne vorzustellen, umgeben von heißem Wasser und Schaum, raubte ihm plötzlich die Fähigkeit zu sprechen.

„Hat es ein Schloss?"

„Das Bad schon, aber die Tür zu meinem Zimmer nicht. Aber ich verspreche dir, dass niemand einen Fuß hineinsetzen wird, während du dort drinnen bist."

Sie zögerte einen kurzen Moment. „In Ordnung."

12

Kein Schloss an der Tür des Schlafzimmers: Zumindest bedeutete dies, dass sie sie nicht einsperren konnten. Und da sie die Tür zum Bad absperren konnte, konnte sie sogar ein paar Minuten Privatsphäre genießen.

Ursula seufzte erleichtert.

„Ich zeige dir mein Zimmer", bot Oliver an.

Blake unterbrach ihn sofort mit einem spitzen Blick. „Wir zeigen es dir gemeinsam."

Sie verzichtete darauf, bei dieser Zurschaustellung von zu viel überschüssigem Testosteron die Augen zu verdrehen.

Olivers Zimmer war im zweiten Stock des

riesigen Herrenhauses. Eine große Eichentreppe führte zu den oberen Etagen. Ursula prägte sich die Umgebung genau ein. Als Oliver die Tür zu seinem Zimmer öffnete und hineinging, folgte sie ihm. Blake trat nach ihr ein.

Für ein Haus, das um die Jahrhundertwende gebaut worden war, war das Zimmer groß. Und etwas unordentlich.

Oliver schnappte hastig ein Paar Boxershorts vom Boden und versteckte sie hinter seinem Rücken. „Entschuldige", meinte er leise. Er deutete zu einer Ecke des Raumes. „Dort ist das Badezimmer. Frische Handtücher sind im Schrank, und wenn du ein sauberes T-Shirt anziehen willst, bediene dich in meinem Schrank."

Sie blickte auf ihr Oberteil und bemerkte die Blutflecken darauf. Aber wollte sie wirklich eines seiner T-Shirts tragen? Warum war er so nett zu ihr? Um ihr ein falsches Gefühl von Sicherheit zu verleihen? Sie versprach sich, nicht darauf hereinzufallen.

Ursula nickte und schaute sich um. Langsam ging sie zum Fenster und blickte nach draußen. Es gab keine Feuerleiter vor dem Fenster. Sie drehte sich langsam um.

„Es ist ein schönes Zimmer. Lebt ihr beide alleine hier?"

Wenn die beiden dachten, dass sie nur höfliche Konversation machte, dann hatten sie sich getäuscht. Was sie wirklich wissen wollte, war, ob irgendjemand anderer hier im Haus auftauchen und ihre Pläne durchkreuzen könnte.

Oliver lächelte. „Das Haus gehört unseren Eltern, Quinn und Rose. Aber die sind auf ihrer Hochzeitsreise in England."

England? Weit genug weg, um nicht unerwartet aufzutauchen. Aber etwas anderes in seiner Antwort ergab keinen Sinn. „Hochzeitsreise?" Wenn sie zwei erwachsene Söhne hatten, warum waren sie dann jetzt erst auf Hochzeitsreise?

„Ja, das ist ein wenig kompliziert", meinte Oliver.

Blake schmunzelte. „Ich kann's dir erklären, wenn du willst."

Sie zuckte mit den Schultern. Je mehr sie herausfinden konnte, mit wem sie es zu tun hatte, umso besser. Abgesehen davon war sie nicht im Geringsten an Blakes und Olivers Familiensituation interessiert. Wirklich.

Offensichtlich begeistert, dass er etwas zu erzählen hatte, startete Blake mit seiner Erklärung. „Ich bin eigentlich der einzige Blutsverwandte und –"

„Wenn du schon die Geschichte erzählen musst", unterbrach ihn Oliver, „– dann halte dich bitte an die Tatsachen. Ich trage Quinns Blut in mir, ich bin genauso ein Blutsverwandter wie du."

Ursula starrte ihn an. Sie fand es seltsam, dass er über Blakes Worte verärgert schien. Als ob er sichergehen wollte, dass er nicht ausgelassen wurde.

„Schon gut, ich habe mich also falsch ausgedrückt. Kein Problem! Jedenfalls ...." Blake wandte sich wieder ihr zu. „Quinn und Rose sind meine Urgroßeltern vierten Grades. Sie hatten sich vor zweihundert Jahren zerstritten und sich erst vor ein paar Monaten wieder vereint."

Das erklärte eine Sache: Rose und Quinn waren Vampire. Allerdings konnte dann ein anderer Teil von Blakes Geschichte nicht wahr sein. „Vampire können keine Kinder zeugen. Ich hörte, wie die Wächter darüber redeten."

Dieses Wissen hatte sie irgendwie mit Genugtuung erfüllt: Zumindest bedeutete dies, dass Vampire sich nicht wie Menschen fortpflanzen konnten. Sie hatten also nur eine einzige Möglichkeit, wie sie sich vermehren konnten.

„Das stimmt nicht ganz", warf Oliver ein. „Männliche Vampire können mit ihren menschlichen Gefährtinnen Kinder zeugen. Aber in Quinns und Roses Fall war es anders: Sie waren beide Menschen zu der Zeit, als sie ein Kind hatten."

Blake nickte eifrig. „Ja, und von dieser Linie stamme ich ab." Dann zeigte er auf Oliver. „Oliver ist nur mit Quinn verwandt, nicht mit Rose."

Oliver funkelte ihn an. „Was mich genauso zu einem Teil der Familie macht." Dann entspannten sich seine Gesichtsmuskeln. „Quinn ist mein Erschaffer. Ich arbeite seit drei Jahren für Scanguards. Damals war ich noch sterblich, aber ich wusste, was sie waren.

Samson, der Besitzer, nahm mich unter seine Fittiche. Ich war seine rechte Hand, seine Augen und Ohren bei Tage, wenn er verletzlich war."

Ursula konnte nicht umhin, den stolzen Glanz in seinen Augen zu bemerken, wenn er von seinem Chef sprach.

„Ich war aus freien Stücken mit ihnen zusammen. Bis ..." Er zögerte und starrte auf seine Schuhe.

Sie sagte nichts und wartete stattdessen gespannt auf die Fortsetzung seiner Geschichte. Wie war er zum Vampir geworden? Hatte er es sich ausgesucht? Oder hatten sie es ihm schließlich aufgezwungen?

„Wie auch immer, ich bin sicher, du wirst dich hier wohlfühlen."

Dann schweifte sein Blick an ihr vorbei zum Bett. Was er dort sah, brachte ihn dazu, sich zu nähern. Sie hielt den Atem an und fragte sich, ob er sie etwa plötzlich angreifen würde. Er ging jedoch an ihr vorbei, sodass sie sich umdrehen musste, um zu sehen, was er vorhatte.

Oliver griff nach etwas auf dem Nachttisch und murmelte: „Nur eine Vorsichtsmaßnahme."

Dann sah sie, was er tat: Er zog das Kabel aus dem kleinen schwarzen Telefon, das ihr auf dem dunklen Nachttisch nicht aufgefallen war. Verdammt! Sie hatte es nicht sofort beim Betreten des Zimmers bemerkt, aber sie hätte es später entdeckt, wenn sie den Raum sorgfältig begutachtet hätte. Zu spät. Die Chancen, ihre Eltern anzurufen, hatten sich gerade verringert.

Sie schluckte ihre Enttäuschung hinunter und traf Olivers Blick. Seine blauen Augen schimmerten voller Bedauern. Sie schüttelte den Gedanken ab. Nein, Vampire konnten kein Bedauern empfinden. Vielleicht war sie einfach nur zu erschöpft, um klar denken zu können.

Als ob Oliver ihre Frustration spürte, sagte er: „Es tut mir wirklich leid, aber wir können es nicht riskieren, dass du jemanden anrufst. Es könnte nicht nur uns in Gefahr bringen, sondern auch dich. Ich weiß, du willst mit deinen Eltern reden, aber was ist, wenn diejenigen, die dich entführt haben, deine Eltern beobachten, jetzt, da du ihnen entkommen bist? Sie können sich doch denken, dass du versuchen wirst, deine Familie zu kontaktieren. Damit würdest du dein Versteck verraten."

Widerwillig musste sie zugeben, dass er recht hatte. Ihr Blut war zu wertvoll, als dass ihre Entführer sie einfach aufgeben würden. Sie würden versuchen, sie wieder einzufangen, und jedes Mittel, das in ihrer Macht lag, dazu nutzen. Aber Oliver wusste nichts davon.

Ohne nachzudenken, kamen ihr die nächsten Worte über die Lippen: „Also glaubst du mir."

Er schien über seine Antwort nachzudenken, während er einen langen Blick über ihren Körper gleiten ließ, der ihr ein unerwartetes heißes, prickelndes Gefühl bescherte.

„Mein Bauchgefühl sagt mir, dass du uns die Wahrheit gesagt hast, aber ich kann meinem Bauch nicht immer vertrauen. Ich brauche Beweise, weil zu viele Dinge keinen Sinn ergeben."

„Welche zum Beispiel?", fragte sie nach.

„Warum sie dich wegen deines Blutes in

Gefangenschaft hielten, wenn es doch frei auf der Straße verfügbar ist."

Ihr Blut war nicht frei auf der Straße verfügbar, wie er so schön sagte, aber das konnte sie ihm nicht sagen. Sobald er erfuhr, was ihr Blut tat, würde er es auch wollen. Er würde darin auch das Potenzial sehen, als Zuhälter eine Menge Geld zu verdienen, genauso, wie ihre Entführer ihr Blut an andere Vampire verkauft hatten. Nein, diese Art von Information konnte sie nicht preisgeben.

„Es ist passiert, aber ich weiß nicht, warum", log sie und versuchte nicht zu blinzeln, als sich ihre Blicke trafen. Konnte er sehen, dass sie log?

„Nur so als Hypothese: Lass uns annehmen, dass es einen guten Grund dafür gibt", räumte er ein. „Dann finde ich es immer noch sehr erstaunlich, dass du in der Lage warst, überhaupt zu entkommen. Du behauptest, dass es mehrere Wachen gab."

Ursula straffte ihre Schultern. „Ja, das stimmt. Aber die Wache wurde in einen anderen Raum gerufen, als es dort

Schwierigkeiten gab. Ich nutzte die Gelegenheit zu entkommen."

Oliver schüttelte den Kopf. „Und der andere Vampir? Der Vampir, der von dir trank? Wo war er? Siehst du, dass das keinen Sinn ergibt? Willst du etwa sagen, dass er auch das Zimmer verlassen hat?"

„Natürlich nicht!"

„Erzähl mir jetzt nicht, dass du den Vampir alleine überwältigt hast."

Der spöttische Blick in Olivers Augen brachte sie in Aufruhr. Wie konnte er es wagen, sich über sie lustig zu machen?

„Ach, und du glaubst wohl, dass ich das nicht könnte?"

„Sieh doch in den Spiegel! Du bist kaum einen Meter sechzig groß. Und wie schwer? Vielleicht fünfzig oder fünfundfünfzig Kilo? Du könntest nicht einmal einen sterblichen Mann überwältigen, geschweige denn einen Vampir. Jemand muss dir geholfen haben zu entkommen."

Wütend funkelte sie ihn an und stemmte ihre Hände an die Hüften. Aber sie hielt ihre Zunge im Zaum. „Dem Arsch war es egal!

Okay? Er hatte bekommen, was er wollte und hat sich nicht darum geschert, dass ich das Zimmer verlassen habe! Er wusste nicht, dass ich fliehen wollte. Er ist wahrscheinlich davon ausgegangen, dass ich zurück in mein eigenes Zimmer gehen würde."

Als Oliver sie mit Argwohn in den Augen ansah, hielt sie seinem Blick stand, ohne zu blinzeln.

„Das glaube ich nicht."

„Kannst du sie nicht in Ruhe lassen?", tadelte Blake ihn. „Warum ist das denn jetzt so wichtig? Sie ist entkommen. Ende der Geschichte."

„Was verschweigst du mir?", bohrte Oliver weiter und ignorierte seinen Halbbruder.

„Nichts."

Er glaubte ihr nicht, so viel war klar. Sie konnte es ihm nicht einmal verdenken.

Langsam trat er zurück. „Na gut. Wir unterhalten uns morgen. Du bist müde und du hast eine Menge durchgemacht. Mach's dir gemütlich! Ich habe einen Fernseher, Musik und Bücher. Wenn du Hunger hast, kann Blake dir was zu essen bringen."

Dann drehte er sich um und verließ den Raum. Sie hörte seine Schritte im Flur verhallen.

„Bist du hungrig?", fragte Blake.

„Nein!"

Blake nickte und ließ sie alleine.

Bis jetzt war sie der Inquisition entkommen, aber wie viel länger konnte sie Oliver die Wahrheit verschweigen?

13

Ursula sank in das warme Wasser, das ihren müden Körper sogleich streichelte. Sie hielt ihren verletzten Arm aus dem Wasser, damit der Verband nicht nass wurde.

Sie hatte nicht nur die Badezimmertür verriegelt, sondern auch als zusätzliche Vorsichtsmaßnahme den Wäschekorb unter dem Türgriff verkeilt. Es würde sie nicht wundern, wenn Oliver – oder Blake – hereinplatzten, damit sie sie nackt sehen konnten. Beide hatten sie mit lüsternen Augen angestarrt. Bei Blake wusste sie zumindest, dass er nicht hinter ihrem Blut her war, aber bei Oliver hatte sie ihre Zweifel. Vielleicht wollte er beides: ihren Körper und ihr Blut. Schließlich hatte sie ihm ihren Körper schon einmal angeboten. Vielleicht wollte er jetzt, da sie sich nicht mehr in unmittelbarer Gefahr befand, dass sie ihr Versprechen einlöste.

Aber sie hatte ihr Versprechen nicht einem Vampir gegeben, jedenfalls nicht wissentlich. Sie hatte es einem gut aussehenden Mann gegeben, einem Mann, von dem sie geglaubt hatte, dass er menschlich war. Und sie hatte es gemacht, als sie verzweifelt gewesen war. Leider hatte sich herausgestellt, dass auch er ein Feind war.

Dieser Gedanke war ernüchternd. Wie konnte sie nur die Anzeichen übersehen haben? Nach drei Jahren zusammen mit Vampiren hatte sie ein Gefühl dafür entwickelt, die Besonderheiten wahrzunehmen, an denen sie sie erkennen konnte: ihre fließenden, anmutigen Bewegungen, die Wachsamkeit in ihren Augen, ihre scheinbar perfekte und makellose Haut. Und dann natürlich ihre Geschwindigkeit. Aber Oliver war bei ihrer Begegnung einfach dagestanden, ohne sich zu bewegen, und hatte ihr dadurch nicht die Möglichkeit gegeben, ihn anhand seiner Bewegungen als Vampir zu identifizieren.

Seine blauen Augen hatten sie hypnotisiert, sie so geblendet, dass sie nichts anderes mehr sehen konnte.

Sie riss ihre Gedanken von ihm los. Es war nicht nötig, über verschüttete Milch zu klagen. Jetzt war es viel wichtiger, einen Plan auszuarbeiten – nach dem Bad. Allerdings wollte sie nun einfach nur die Augen schließen, schlafen und sich an einen sicheren Ort hindenken, während das warme Wasser ihre schmerzenden Muskeln entspannte und ihren müden Körper beruhigte. Vielleicht sollte sie sich einfach einen Moment Zeit und Ruhe gönnen, und danach würde alles weniger verzweifelt und hoffnungslos aussehen.

Doch nein, sie konnte nicht zulassen, schwach zu werden. Entschlossen, stark und wachsam zu bleiben, griff sie nach dem Duschgel und seifte ihren Körper ein. Sie befreite sich von all den Spuren von Blut und Schmutz, die seit der Flucht aus ihrer Gefangenschaft an ihr klebten. Sie schrubbte immer fester, als ob sie damit die Narben der letzten drei Jahre wegreiben könnte.

Doch sie fühlte sich immer noch schmutzig, besudelt von den Vampiren, die sie benutzt hatten. Es waren Flecken, von denen sie befürchtete, dass sie nie mehr ganz verschwinden würden, egal wie viel Seife sie verwendete.

Als sie die Vergeblichkeit ihrer Bemühungen einsah, quollen Tränen aus ihren Augen. Und in der Einsamkeit des Badezimmers eines Fremden ließ sie ihren Tränen freien Lauf. Wie lange sie ihre Wangen hinunterkullerten, konnte sie nicht sagen, aber als sie endlich versiegten, war das Wasser nur noch lauwarm.

Betäubt von der Offenlegung ihrer eigenen Schwäche griff sie nach dem Handtuch, das sie zuvor aus einem Schrank gezogen hatte, und trocknete sich ab. Sie zog ihre Hose an – ohne ihre Unterwäsche, da sie diese zum Trocknen über den Handtuchhalter gehängt hatte –, aber als sie auf ihr schmutziges, blutiges T-Shirt blickte, überdachte sie Olivers Angebot, sich frische Sachen aus seinem Schrank zu nehmen.

Es kostete sie viel Stolz, sich einzugestehen, dass sie ein sauberes Hemd auf ihrer Haut spüren wollte. Sie warf ihr eigenes T-Shirt auf den Boden, entfernte die Barrikade unter der Klinke und öffnete die Tür.

Das Schlafzimmer war leer; niemand war hereingekommen. Sie war erleichtert.

Ursula spähte in Olivers Kleiderschrank, fand jedoch nichts Außergewöhnliches: Sein Geschmack in Sachen Kleidung war sehr … menschlich. Jeans in verschiedenen Schattierungen von blau und schwarz, T-Shirts in einer Vielzahl von Farben, verschiedene Anzüge – was sie überraschte, denn er sah nicht so aus, als ob er elegante Sachen trug – sowie Schuhe, Gürtel und Krawatten.

Sie öffnete eine Schublade: Socken. Die daneben enthielt einen Stapel Unterwäsche. Eine Welle von Wärme durchflutete sie. Mit glühenden Wangen schloss sie die Schublade schnell wieder. Natürlich wusste sie, dass auch Vampire Boxershorts oder Slips trugen. Aber sie war wirklich nicht daran interessiert herauszufinden, zu welcher Gruppe Oliver gehörte: Das wusste sie nämlich schon. Sie hatte gesehen, wie er seine Unterwäsche zuvor vom Boden aufgehoben hatte.

Blind nahm sie ein T-Shirt von einem der Stapel und schloss die Schranktür. Hastig zog sie es über den Kopf und steckte den Saum in ihre Hose. Es war zu groß für sie, was zu erwarten war, aber es erfüllte seinen Zweck.

Ursula schaute auf die Uhr am Nachttisch. Es waren noch mindestens vier, wenn nicht fünf Stunden bis Sonnenaufgang. Es war an der Zeit, eine Entscheidung zu treffen: Hier bei den Vampiren zu bleiben und zu hoffen, dass sie sie davon überzeugen konnte, ihr und den anderen Mädchen, die noch gefangen gehalten wurden, zu helfen, oder wegzulaufen in der Hoffnung, dass die Polizei ihre Geschichte glauben und ihr helfen würde.

Welches Szenario hatte eine größere Aussicht auf Erfolg?

Wie immer, wenn sie vor einer weitreichenden Entscheidung stand, die ihr Leben zum Besseren oder Schlechteren verändern konnte, wägte sie jede Seite vorsichtig ab. Die erste Möglichkeit, zu entkommen und zur Polizei zu gehen, erschien relativ einfach. Nur zwei Männer waren im Moment im Haus, und einer davon war ein Mensch, dessen Sinne nicht schärfer waren als ihre eigenen. Obwohl Blake stark aussah, hatte sie das Gefühl, dass sie ihn überlisten konnte. Nicht so Oliver. Da sie wusste, dass Vampire wie nachtaktive Tiere waren, war es sehr wahrscheinlich, dass er tagsüber tief schlief, sodass eine Flucht bei Tageslicht ihre einzige realistische Option war. Und selbst wenn er erwachte, wenn sie erst einmal aus dem Haus geflohen war, konnte er ihr bei Tageslicht nicht folgen, ohne von der Sonne zu Holzkohle verbrannt zu werden.

Die Suche nach einer Polizeistation würde nicht allzu schwierig sein. Sie könnte einen Passanten nach dem Weg fragen. Aber was würde sie der Polizei erzählen? Dass eine Gruppe von Vampiren sie entführt hatte und noch ein Dutzend andere Mädchen gefangen hielt? Nein, sie würden denken, sie sei verrückt. Was wäre, wenn sie behauptete, dass ein illegaler Prostitutionsring die Mädchen gefangen hielt? Das war ein viel glaubhafteres Szenario, und die Polizei würde sicherlich etwas unternehmen. Sie war sich sicher, dass sie, wenn sie erst einmal wieder im Bayview Bezirk war, den Weg zurück zu ihrem ehemaligen Gefängnis finden würde. Sie hatte sich Straßennamen und besondere Gebäude eingeprägt.

Aber wenn die Polizei das Gebäude durchsuchte, was würde dann geschehen? Sie wusste, dass die menschlichen Waffen der Polizei Vampire nicht töten konnten. Was sie bräuchten, waren Pfähle und Pistolen mit Kugeln aus Silber. Soviel hatte sie während ihrer Gefangenschaft gelernt. Ohne solche Waffen würden die Polizisten von den Vampiren abgeschlachtet werden. Vielleicht könnte sie selbst entkommen und nach Hause zurückkehren, wenn sie weit genug entfernt war. Aber konnte sie mit der Schuld leben, so viele Männer in den Tod geschickt zu haben? Und was würde mit den anderen Mädchen geschehen? Konnte sie mit dem Wissen leben, dass diese immer noch als Blut-Huren eingesperrt waren?

Ursula schüttelte den Kopf.

Aber war ihre andere Option besser? Konnte sie die Vampire von Scanguards überzeugen, ihr zu helfen und ihre Entführer zu bekämpfen, um die anderen Mädchen zu retten, und somit sicherstellen, dass so etwas nicht nochmals geschehen würde? Je mehr sie darüber nachdachte, desto mehr wurde ihr klar, dass sie keine Wahl hatte. Wenn jemand diese Vampire bekämpfen konnte, dann andere Vampire. Sie würden wissen, was sie erwartete, und wären auf einen Kampf besser vorbereitet als ahnungslose Polizisten. Zumindest wäre es ein fairer Kampf – Vampir gegen Vampir. Und wenn es ihnen gelänge, die Vampire zu besiegen, könnte sie es dann geheim halten, was ihr Blut und das Blut der anderen Mädchen tat? Oder würden sie herausfinden, dass ihr Blut wie eine starke Droge auf einen Vampir wirkte? Würden sie diese Droge dann für sich selbst wollen?

Immer wieder überdachte sie die Konsequenzen, zu bleiben, anstatt zu versuchen zu entkommen und es bei der Polizei zu versuchen. In ihrem Bauch wusste sie die Antwort auf ihr Dilemma bereits, aber sie hatte Angst, es sich selbst gegenüber einzugestehen. Die Minuten verstrichen, und sie konnte ihre Entscheidung nicht länger hinauszögern. Sie würde hier bleiben.

Allerdings gab es eine Sache, die sie zuerst tun musste: Sie musste ihre Eltern anrufen, um ihnen zu sagen, dass es ihr gut ging und dass sie bald nach Hause kommen würde. Ein kurzer Anruf, nur ein paar Sekunden lang, war alles, was sie brauchte. Kurz genug, sodass niemand den Anruf zu Olivers Haus zurückverfolgen konnte.

Aber da Oliver das Telefon aus ihrem Zimmer entfernt hatte, musste sie ein anderes finden. Vielleicht hatte er irgendwo ein altes Telefon herumliegen. Wenn nicht, dann würde sie sich hinunter wagen, wenn er schlief, und in der Bibliothek oder in der Küche auf die Suche gehen. Hatte nicht jeder ein Telefon in der Küche?

Ursula griff nach der Fernbedienung und schaltete den Fernseher ein. Sie drehte die Lautstärke auf, damit der Ton ihre eigenen Geräusche übertönte. Sie war sich bewusst, dass Vampire ein ausgezeichnetes Gehör hatten, schärfer als das eines Menschen. Sollte Oliver ruhig glauben, dass sie fernsah.

Während eine langweilige Dauerwerbesendung über die neueste Diätpille aus dem Kasten dröhnte, erkundete sie das Zimmer.

Gründlich durchsuchte sie den Raum und ließ keine Ecke unbeachtet. Allerdings wurden ihre Hoffnungen schnell zunichte gemacht: Es gab keinen Computer mit Internetanschluss, kein altes Handy, kein Ersatztelefon, das sie in die Wandsteckdose stecken könnte. Was Oliver im Überfluss hatte, waren Musik-CDs und eine große Sammlung von Filmen auf DVD.

Wenn sie es nicht besser wüsste, würde sie glauben, dass das Zimmer einem ganz normalen Mann gehörte, einem sterblichen Mann, keinem Vampir. Alles sah so außerordentlich … normal aus.

Nicht, dass sie jemals im Schlafzimmer eines Vampirs gewesen wäre. Obwohl sie wusste, dass die meisten der Vampirwärter in demselben Gebäude lebten, in dem sie gefangen gehalten worden war, war sie nie in die unteren Etagen gelangt, wo sich deren Quartiere befanden.

Enttäuscht darüber, dass sie nichts Brauchbares in Olivers Zimmer gefunden hatte, ließ sie sich auf das Bett fallen, richtete sich zwei Kissen hinter ihren Rücken und begann die Fernsehkanäle durchzugehen. Wann immer sie ihren Kopf zur Seite wandte, atmete sie einen betörenden Duft ein: männlich, stark, attraktiv. Sie erkannte den Geruch: So hatte Oliver gerochen, als sie ihn geküsst hatte. Es wühlte sie auf. Sie spürte den Drang, sich zu berühren, um Befriedigung zu finden. Verdammt noch mal, das würde sie nicht tun! Sie würde sich nicht berühren, weil sie der Duft eines Vampirs antörnte!

Der bloße Gedanke daran erfüllte sie mit Scham. Nein, sie würde nicht so tief sinken, egal wie lange sie schon keine sexuelle Befriedigung mehr verspürt hatte. Obwohl sie nicht mehr gefesselt war, würde sie jetzt nicht ihrem Verlangen erliegen. Bald würde sie wirklich frei sein. Dann konnte sie wieder anfangen zu leben.

Ursula schloss ihre Augen, atmete tief

durch und versuchte, an andere Dinge zu denken: daran, zurück an die Universität zu gehen, um ihr Studium zu beenden, und daran, endlich ihre Eltern wiederzusehen. Mit Freunden ins Kino zu gehen, an Familienfesten teilzunehmen, einen Ausflug an den Strand zu machen. Dinge, die jede normale junge Frau wollte. Dinge, die man ihr gestohlen hatte.

Mit einem Seufzer entspannte sie sich, lehnte sich zurück in die Kissen und zog eine Ecke der Decke über ihren Unterkörper, um die Kälte abzuwehren, die sie plötzlich spürte. Müdigkeit kroch ihre Beine hoch und ließ sich in ihrem Bauch nieder. Vielleicht sollte sie für ein paar Minuten ihre Augen schließen. Nur um ihre Kräfte zurückzugewinnen.

Ursula schoss in eine sitzende Position hoch. Einen Moment lang wusste sie nicht, wo sie war, doch dann kam alles wieder zu ihr zurück. Es war nicht nur ein Traum gewesen.

„Guten Morgen", ertönte eine männliche Stimme. Ihr Herz setzte aus und ihr Kopf wandte sich blitzschnell in Richtung der Stimme.

Es dauerte zwei weitere Sekunden, bevor ein Gefühl der Erleichterung einsetzte, als ihr klar wurde, dass der Fernsehmoderator mit diesen Worten seine Zuschauer zu einer lokalen Frühstückssendung begrüßte.

Sie sprang aus dem Bett, lief zum Fenster und schob die schweren Vorhänge beiseite. Als sie nach draußen blickte, bemerkte sie, dass, obwohl es bereits hell war, nicht viel Tageslicht durch die Fensterscheibe drang. Sie konzentrierte ihre Augen auf das Glas und bemerkte eine dünne farbige Folie, die auf der Scheibe klebte und das Sonnenlicht, das in den Raum schien, filterte. Sie fragte sich, ob dieser Film wie ein Sonnenschutz wirkte, selbst wenn dieser nicht dunkel genug war, um alle Strahlen zu blockieren, wie es eine schwarze Abdeckung getan hätte. Reflektierte es vielleicht das Sonnenlicht wie ein Spiegel?

Nun, es war ihr egal. Es war an der Zeit, etwas zu unternehmen. Sie musste sich nach unten schleichen und ein Telefon finden.

Ihr Mund fühlte sich vor Nervosität wie

ausgedörrt an. Um etwas Erleichterung zu finden, marschierte sie ins Bad und trank einen Schluck Wasser aus dem Wasserhahn, dann starrte sie in den Spiegel. Die Schwellungen um ihre Augen hatten nachgelassen, und niemand würde jemals bemerken, dass sie geweint hatte. Warum sie sich deshalb besser fühlte, wusste sie nicht. Es war ja nicht so, dass ihr die Meinung eines Vampirs wichtig war.

Sie ließ den Fernseher weiter laufen, sozusagen als Tarnung, wenn sie irgendwelche Geräusche machte. Vorsichtig drehte sie den Türknauf und öffnete die Tür. Das Licht im Flur war schummrig. Nur eine kleine Wandleuchte am anderen Ende verbreitete Licht. Das Stockwerk unter ihr schien dunkel zu sein.

Nachdem sie sich versichert hatte, dass niemand ihre Tür bewachte, schlich sie sich nach draußen und schloss lautlos die Schlafzimmertür hinter sich. Auf leisen Sohlen ging sie in Richtung Treppe. Der dicke Teppich unter ihren Schuhen schluckte das Geräusch ihrer Schritte.

Als sie die Treppe erreichte, packte sie das

Geländer, dann setzte sie einen Fuß auf die oberste Stufe, dann den anderen auf die nächste. Sie passte auf, nicht zu stolpern. Als sie den zweiten Stock verließ, wurde es dunkler. Wie sie vermutet hatte, brannte im Flur der ersten Etage kein Licht. Sie konnte nur ein schwaches Schimmern aus dem Erdgeschoss wahrnehmen, das wahrscheinlich aus der Diele kam.

Als sie ihren Fuß auf die letzte Stufe setzte und damit den ersten Stock erreichte, benutzte sie das Geländer weiter als Führung. *Der halbe Weg ist schon geschafft*, ermunterte sie sich.

Das Haus war still. Oliver schlief vermutlich. Und selbst wenn Blake wach war, besaß dieser nicht das außerordentliche Gehör eines Vampirs. Solange sie sich ruhig verhielt und nur flach atmete, würde er sie nie hören.

Ein paar Schritte noch, und sie würde zur letzten Treppe gelangen.

„Verlässt du uns schon?"

Ihr Atem stockte, und ihr Herz setzte ein paar Schläge aus. Dann packte Oliver sie und zwang sie weg von der Treppe. Innerhalb eines Sekundenbruchteils fand sie sich an die Wand gedrückt wieder. Sein Körper und seine Arme bildeten einen Käfig um sie, dem sie nicht entkommen konnte.

Sekunden vergingen, ohne dass einer von ihnen sprach.

„Sprachlos?", spottete er.

„Ich ..." Sie hasste es, dass er recht hatte. Keine Worte kamen aus ihrer Kehle, während ihr Verstand noch den Schock verarbeitete, erwischt worden zu sein. Oder vielleicht war es der Schock, seinen Körper so nahe an ihrem zu spüren.

„Ursula, Ursula ..." Er schüttelte den Kopf, während er seine Hand zu ihrem Gesicht brachte, um eine Strähne ihres schwarzen Haares aus ihrem Gesicht zu streichen. „Was für ein ungewöhnlicher Name für eine Chinesin. Heißt du überhaupt so?"

Trotzig hob sie ihr Kinn. „Mein Vater war ein großer Fan von Ursula Andress. Und es gibt kein Gesetz, das vorschreibt, dass ich einen chinesischen Namen haben muss, nur weil ich Chinesin bin." Obwohl dies natürlich der Fall war. Ihr zweiter Vorname war chinesisch, und alle ihre Verwandten nannten sie bei ihrem chinesischen Namen, nicht ihrem westlichen.

„Dein Vater hat guten Geschmack in Sachen Frauen."

„Es überrascht mich, dass du überhaupt weißt, wer sie ist."

„Sie war ein Bond-Girl."

Ursula hatte die vielen DVDs in Olivers Besitz gesehen, aber sie hatte sich nicht die Mühe gemacht, herauszufinden, was ihn besonders interessierte. Anscheinend war er ein 007-Fan.

„Lass mich los!" Sie stieß gegen ihn, aber er rührte sich nicht vom Fleck.

„Nein!"

Wütend über seine Weigerung presste sie die Lippen zu einer dünnen Linie zusammen.

Er lachte leise. „Hast du wirklich geglaubt, du kannst dich einfach heimlich aus dem Haus schleichen, ohne dass ich es bemerke?"

Sie beschloss, ihn nicht zu korrigieren. Er musste nicht erfahren, dass sie versucht hatte, ihre Eltern anzurufen.

„Ich dachte, du hast die letzten drei Jahre mit Vampiren verbracht. Hat dich das nichts über uns gelehrt? Unsere Fähigkeiten?" Sein Kopf kam näher. „Unsere Begierden?"

Bei seiner Anspielung schluckte sie hart, doch gleichzeitig war sie nicht in der Lage, den Blickkontakt abzubrechen. Seine blauen Augen sahen sie mit solcher Intensität an, dass sie wie gelähmt war.

„Ja", sagte er noch leiser, „vor allem unsere Begierden."

Sein Blick fiel auf ihre Lippen, und das alleine ließ sie erzittern.

„Erinnerst du dich an unseren Kuss?" Er wartete nicht auf ihre Antwort, nicht dass sie die Kraft gehabt hätte, ihm eine Antwort zu geben. „Wenn ich meine Augen schließe, kann ich noch immer deine Lippen auf meinen spüren."

Sie holte tief Luft. Ihre Brust dehnte sich aus und ihre Brustwarzen berührten seinen harten Brustkorb. Sofort weiteten sich seine Augen und er antwortete, indem er seinen Körper noch fester an ihren drückte.

„Und ich erinnere mich daran, was du mir angeboten hast."

Endlich fand sie ihre Stimme wieder. „Ich würde nie mit einem Vampir schlafen!"

Er senkte seine Lider so schnell, dass sie seine Reaktion auf ihre Worte nicht sehen konnte. „Das dachte ich mir schon. Aber beantworte mir bitte eine Frage: Wenn ich ein Mensch wäre, würdest du dann mit mir schlafen?"

Sie keuchte entsetzt bei seiner kühnen Frage: „Das ist nicht –"

„Beantworte einfach nur die Frage!", unterbrach er sie. „Wenn wir uns unter anderen Umständen begegnet wären, und wenn ich noch ein Mensch wäre, hättest du dann mehr getan, als mich nur zu küssen? Wärst du mit mir ins Bett gegangen?"

Sie drehte den Kopf zur Seite, um seinen durchdringenden Augen zu entkommen, aber seine Hand auf ihrem Kinn zwang ihren Kopf zurück, um ihn anzusehen.

Hätte sie mit ihm geschlafen? Ursula studierte seine schönen Züge, sein hartnäckiges Kinn, seine große Nase und seine starken Augenbrauen. Sie versuchte, nicht auf seine Lippen zu blicken, aber die Versuchung war zu stark. Ja, wenn sie sich auf dem Campus der Universität oder auf einer Party getroffen hätten, dann wäre sie mit ihm ausgegangen, hätte ihn dann in ihr Zimmer im Studentenwohnheim eingeladen und ihm die Kleider vom Leib gerissen. Aber so hatten sie sich nicht kennengelernt.

Sie schüttelte den Kopf. „Nein!"

„Lügnerin", flüsterte er ohne Böswilligkeit. „Meine hübsche, kleine Lügnerin. Wie sehr ich mir doch in diesem Moment wünsche, noch ein Mensch zu sein."

Wie angewurzelt beobachtete sie, wie sich seine Lippen näherten. Als sie ihre berührten, geschah dies ohne Hast, fast als ob er ihr Zeit geben wollte, sich zurückzuziehen. Doch sie konnte der Lust, die in ihr aufkam, nicht entkommen, obwohl sie sich dies nicht eingestehen wollte. Sie wollte seine Lippen wieder spüren.

Als sein Mund fester gegen ihren drückte, neigte sie ihren Kopf und öffnete ihre Lippen. Ein leises Stöhnen kam von Olivers Kehle und prallte ihr entgegen. Dann strich seine Zunge über ihre Lippen, bevor er in sie eintauchte.

Sie hatte noch nie etwas so Sanftes gespürt ... etwas so *Zärtliches*, fast als ob er Angst hätte, sie zu verschrecken oder zu verletzen. Aber das Einzige, was ihr mehr Angst machte als dieser Kuss, war ihre Reaktion darauf. Wenn er sie jetzt fragte, ob sie mit ihm schlafen würde, wäre ihre Antwort ein überschwängliches *Ja*. Glücklicherweise war er zu beschäftigt damit, sie zu küssen, um weitere Fragen stellen zu können.

14

Zum zweiten Mal in weniger als vierundzwanzig Stunden küsste er Ursula. Dieses Mal genoss er es sogar noch mehr als das erste Mal. Oliver ließ sich Zeit und überredete sie mit sanften und behutsamen Zungenschlägen zu diesem Kuss. Das Letzte, was er wollte, war, sie zu verschrecken. Es würde Herausforderung genug sein, sie dazu zu bringen, ihm zu vertrauen und darüber hinwegzusehen, dass er die Art von Kreatur war, die sie hasste. Daher würde er sich ganz anders als normalerweise benehmen: sanft anstatt anspruchsvoll, zärtlich anstatt aggressiv und weich anstatt hart.

Nun, vielleicht nicht unbedingt das letztere: Dies war physisch unmöglich, wie er bereits spüren konnte. Weil er hart wie ein Granitpfeiler war. In dem Moment, als sie ihn angesehen hatte bei seiner Frage, ob sie mit ihm schlafen würde, wenn er noch ein Mensch wäre, war das Blut in seinen Schwanz geschossen und hatte ihn anschwellen lassen.

Trotz seines Vorsatzes, sich nicht fordernd und aggressiv zu benehmen, drängte Oliver seine Hüften gegen ihren Bauch und drückte sie fester gegen die Wand. Alles Männliche in ihm wollte, dass sie sich seines Verlangens bewusst wurde. Als sie mit einem leisen Stöhnen bestätigte, dass sie seine Erektion spürte, wollte er wie ein Wolf aufheulen. Doch statt den Kuss zu vertiefen, hielt er mit jeder Faser seines Daseins an seiner Beherrschung fest.

Langsam, warnte er sich.

Seine Hand durchkämmte ihr seidenes Haar. Es war weich und dennoch stark und vollkommen gerade. Als er tiefer in die warme

Höhle ihres Mundes eintauchte und seinen verführerischen Tanz mit ihr fortsetzte, streichelte er mit dem Daumen über die volle Vene an ihrem Hals. Sie pulsierte unter seiner Liebkosung und rief ihn zu sich. Er ignorierte den Ruf, denn er wusste, dass er diesem nicht folgen durfte: Wenn er sie biss, würde sie nie mit ihm schlafen, und gerade jetzt war sein Bedürfnis, seinen Körper mit ihrem zu vereinen, stärker als sein Verlangen nach Blut. Viel stärker.

In der Tat verdrängte sein Wunsch, mit ihr zu schlafen, sein Bedürfnis nach Blut fast vollständig. Nichts hatte dies jemals zuvor geschafft. Seit er vor zwei Monaten zum Vampir gemacht worden war, hatte er nicht einmal das Bedürfnis nach Sex gehabt, weil sein Verlangen nach Blut alles überschattete. Seine wenigen Ausflüge in Veras Bordell waren – im Gegensatz zu dem, was alle vermuteten – nicht wegen Sex gewesen. Vielmehr war er wegen der Gesellschaft dort hingegangen.

Als er spürte, wie Ursula eine Hand in seine Haare schob und mit der anderen seinen Nacken streichelte, fuhr ihm ein Schauer über den Rücken. Er riss seine Lippen von ihr und nahm einen dringend notwendigen Atemzug.

„Oh Gott, Baby!"

Dann senkte er seine Lippen auf ihren Hals und drückte Küsse auf ihre heiße Haut.

„So schön", murmelte er und ließ seine Hand über ihren Oberkörper gleiten.

Als er ihre Brust berührte – sie trug keinen BH unter dem T-Shirt – und sie umfasste, stieß Ursula einen Seufzer aus. Dann kam ein atemloses Wort über ihre Lippen. „Ja."

Sowohl Mensch als auch Vampir in ihm schrien triumphierend auf. Er knabberte ihr Ohrläppchen entlang, während er weiterhin ihre Brust liebkoste und seine Finger ihren harten Nippel durch den Stoff gefangen nahmen. Mit jedem Augenblick wurde ihre Atmung unregelmäßiger und ihr Herzschlag schneller. Ihr Duft veränderte sich: Der süße Geruch von Erregung reizte jetzt seine Nase und erweckte den Vampir in ihm. Aber er durfte nicht zulassen, dass die Bestie an die Oberfläche drang. Zu viel hing davon ab, wie Ursula ihn sah. Seine ungezähmte Seite zu entfesseln würde nur die kleinen Fortschritte zerstören, die er bisher mit ihr gemacht hatte.

Immerhin reagierte Ursula nun auf ihn und schien vergessen zu haben, dass sie einen Vampir küsste und ihm erlaubte, sie intim zu berühren, sie zu erregen. Genauso wie sie ihn erregte. Er wollte dieses Gefühl nicht zerstören, indem er sie daran erinnerte, was er war: ein Raubtier.

Ihr Körper fühlte sich in seinen Armen geschmeidig, sogar kostbar an. Vielleicht war das Wissen, was sie in ihrem kurzen Leben durchgemacht hatte, der Grund, warum er sie beschützen wollte. Es konnte keinen anderen Grund dafür geben. Wenn es um das Verlangen ging, das sie in ihm weckte, war der Grund dafür unstrittig: Ursula war die verlockendste Frau, die er je getroffen hatte. Schön und exotisch, stark, entschlossen und leidenschaftlich. Ihre sexuelle Energie war unübersehbar. Sie schien aus jeder Pore ihres verlockenden Körpers zu fließen. Wie ein Mann sie jemals ansehen konnte, ohne sofort in Versuchung zu geraten, sie in sein Bett zu zerren, war ihm ein Rätsel.

Bei dem Gedanken fühlte er einen scharfen Stich in der Brust, als ob jemand mit einem Messer auf ihn einstach. Er erinnerte sich daran, wie Blake sie angesehen hatte und wie er versucht hatte, seinen – zugegebenermaßen beträchtlichen – Charme bei ihr einzusetzen. Es brachte Oliver dazu, seine Lippen nur noch fester auf ihre zu drücken und seinen Kuss zu vertiefen, in der Hoffnung, dass sie vergessen würde, dass sein Halbbruder überhaupt existierte.

Ja, er musste dafür sorgen, dass Ursula nur Augen für ihn hatte, und nur ihm ihren sündhaften Körper anbot. Er duellierte sich mit ihrer Zunge und kostete mehr von ihrem süßen Geschmack, inhalierte mehr von ihrem Duft. Wie ein Kokon wickelte dieser sich um ihn herum, genauso wie ihre Arme ihn gefangen hielten.

Er ließ von ihren Lippen ab und stellte seine Forderung: „Berühre mich!"

Ohne zu zögern, ihre Augen immer noch geschlossen, glitten ihre Hände auf seinen Hintern.

„Meinen Schwanz, berühre meinen Schwanz!"

Er nahm eine ihrer Hände von seinem Hintern und wich gerade genug von ihr zurück, damit sie ihre Hand zwischen ihre Körper gleiten lassen konnte. Als sich ihre warme Handfläche eine Sekunde später über seinen harten Schaft legte, stöhnte er laut auf und senkte seine Lippen zu ihrem Hals, um ihre heiße Haut zu küssen.

„Ja, Baby!", ermunterte er sie.

Wie ein Stromschlag schoss eine Welle durch ihn hindurch, als sie ihn drückte. Instinktiv drängte er sich fester in ihre Hand und bat sie damit, ihre Tat zu wiederholen.

Sie tat es.

Der Genuss, den sie ihm mit ihrer Berührung bereitete, wurde mit jedem Streicheln und jeder Liebkosung ihrer Hand stärker. Wie eine erfahrene Verführerin streichelte Ursula mit ihren Fingernägeln an seiner Erektion entlang und katapultierte damit jeden vernünftigen Gedanken aus seinem Gehirn.

„So?", flüsterte sie, und ihre Stimme war so atemlos wie seine eigene.

„Genau so", murmelte er nah an ihrer Haut, denn er wollte seine Lippen nicht von ihrem Hals entfernen. Er leckte und knabberte, küsste und streichelte sie absichtlich verspielt, sodass er sich davon abhalten konnte, die Beherrschung zu verlieren. Aber er wusste, es war vergebens. Wenn sie ihn weiter so berührte wie jetzt, dann würde sie sich in kürzester Zeit nackt unter ihm wiederfinden. Aber war sie dazu bereit? War sie bereit für *ihn*?

Oder würde sie ihn verfluchen, sobald sie wieder zur Besinnung kam? Weil er nicht besser war als die Vampire, die ihr Blut gestohlen hatten und … Oh Gott, er konnte nicht einmal den schrecklichen Gedanken zu Ende führen, den Gedanken, wie ihre Entführer ihren Körper sonst noch benutzt hatten. Wie konnte er, Oliver, es wagen, das Gleiche zu tun?

Bevor er die Frage für sich selbst beantworten konnte, fühlte er Hände auf seinen Schultern, die ihn von Ursula wegrissen.

Er stolperte rückwärts und krachte gegen das Geländer, bevor er sich wieder fing.

„Was zum –?"

Blakes Faust stieß das letzte Wort zurück in Olivers Kehle.

„Verdammtes Arschloch! Du beißt sie? Schweinehund!", fluchte Blake und holte erneut mit seinem Arm aus.

Aber Oliver hatte sich bereits erholt und hielt die erneut auf ihn zukommende Faust auf. Mit einem geübten Schlag katapultierte er seinen lästigen Halbbruder gegen die Wand, wo er ihn festnagelte.

„Ich habe sie nicht gebissen, du Idiot!" Oliver warf einen Seitenblick zu Ursula, deren Augen sich geweitet hatten.

Nun wich sie vor ihm zurück. Nervös glättete sie ihr T-Shirt mit ihren Händen. Ihre Lippen waren geschwollen, ihr Hals rot, dort wo er sie geküsst hatte. Erst jetzt bemerkte Oliver, dass das Licht im Flur brannte. Blake musste es eingeschaltet haben, und in seinem benebelten Zustand hatte Oliver es nicht einmal bemerkt. Seine Vampirsinne hatten ihn verlassen, als er Ursula geküsst hatte.

Blake folgte seinem Blick und ließ seine Augen über Ursulas Körper schweifen. „Was hast du dann …" Er unterbrach sich. „Oh, verdammt, Oliver! Du bist immer noch ein Arschloch! Nach allem, was sie durchgemacht hat?"

Ernüchtert ließ Oliver ihn los. Blake hatte recht, aber Oliver würde dies ihm gegenüber niemals zugeben. Er suchte den Blickkontakt mit Ursula, aber sie wich seinem Blick aus.

„Es tut mir leid, Ursula. Ich weiß nicht, was in mich gefahren ist." Es war eine Lüge. Ja, es tat ihm leid, aber er wusste genau, was in ihn gefahren war: Ursula. Sie ging ihm unter die Haut. Sie erweckte Wünsche in ihm, denen er in seinem kurzen Leben als Vampir nicht viel Aufmerksamkeit gewidmet hatte. War er deshalb so fordernd gewesen? Weil er dieses Verlangen schon eine Weile nicht mehr gestillt hatte?

Ursula antwortete nicht.

Du lieber Gott, er fühlte sich wie ein Arschloch! Er hatte sie verführt, und so wie sie ihn jetzt ansah, wusste er, dass sie es bedauerte, sich so gehen zu lassen. Dazu kam auch noch ihre offensichtliche Verlegenheit, dass Blake sie überrascht hatte.

Er starrte wieder seinen Halbbruder an. „Was willst du eigentlich hier oben? Solltest du nicht die Türen unten bewachen?"

„Cain hat angerufen. Er hat Informationen für dich", antwortete Blake.

„Ist er noch am Telefon?"

„Er wartet auf Scanguards' internem System auf dich."

„Entschuldigt mich." Mit einem bedauernden Blick zu Ursula drehte sich Oliver um, ging zur Treppe und ließ Blake mit ihr zurück.

Wenigstens konnte er sich einer Sache sicher sein: Ursula würde nicht zulassen, dass Blake sie jetzt berührte, nicht nach dem, was gerade geschehen war. Und Blake war klug genug, um nichts zu versuchen, wenn er nicht im gleichen Topf landen wollte wie Oliver.

Oliver marschierte ins Arbeitszimmer und ließ sich im Stuhl hinter dem Schreibtisch nieder. Auf dem Bildschirm war Cain zu sehen, der ebenfalls an einem Schreibtisch saß. Sie waren über Scanguards' sicheres

Kommunikationssystem verbunden. Es war ein Videokonferenz-Programm ähnlich wie Skype. Allerdings war es verschlüsselt und dank Thomas' Programmierkünsten immun gegen Hacker.

„Da bist du ja."

„Was ist los? Was hast du herausgefunden?"

Cain sah ernst drein. „Einiges, aber ich bin mir nicht sicher, ob es dir gefallen wird."

Oliver schloss seine Augen für einen Moment. Er steckte schon so tief in der Scheiße, dass er nur hoffen konnte, dass die Neuigkeiten nicht allzu schlecht waren. Wenn sich herausstellte, dass Ursula log und sich als Köder einer rivalisierenden Vampirgruppe entpuppte, war er sich nicht sicher, wie er je wieder aus dieser Situation herauskommen sollte. Er begehrte Ursula, und mit jedem Kuss wurde sein Verlangen stärker.

„Los, lass es mich dir nicht aus der Nase ziehen!"

Cain nickte. „Ich habe Zeitungsartikel über ihr Verschwinden gefunden, und Thomas konnte mir die entsprechenden Polizeiberichte besorgen. Es ist auf jeden Fall Ursula auf dem Foto. Ihr Name ist Ursula Wei Ling Tseng. Tochter eines chinesischen Diplomaten, der an der chinesischen Botschaft in Washington DC arbeitet. Einzelkind. Sie besuchte die NYU, bevor sie verschwand."

Oliver entspannte sich und rollte seine Schultern, um die Anspannung in seinem Hals zu lösen. „So weit stimmt es doch. Also, was soll mir daran nicht gefallen?"

Cain zog eine Grimasse. „Sie hat uns erzählt, dass sie entführt wurde." Er schüttelte den Kopf. „Sieht eher so aus, als ob sie weggelaufen ist."

Ein Keuchen an der Tür lenkte Olivers Blick vom Bildschirm weg. Ursula stand mit offenem Mund in der Tür, Blake hinter ihr.

„Das ist nicht wahr!" Sie eilte ins Zimmer und um den Schreibtisch herum, dann wiederholte sie ihre Worte, während sie Cain auf dem Bildschirm anstarrte. „Das ist eine Lüge."

Oliver spürte ihre Verzweiflung, wagte aber nicht, eine beruhigende Hand auf ihren Arm zu legen. „Bist du dir sicher, Cain?", fragte er stattdessen und zwang sich, trotz des Sturms, der in ihm tobte, seine Stimme ruhig klingen zu lassen.

„Leider ja." Er hielt ein paar Blatt Papier hoch. „Das ist der Polizeibericht. Offenbar fanden sie einen Brief, den Ursula geschrieben hatte."

Schockiert beugte sich Ursula dem Computer entgegen. „Ich habe keinen Brief geschrieben! Es gab keinen Brief!"

„Das ist noch nicht alles", fuhr Cain fort. „Im Bericht steht auch, dass du ein paar Tage vor deinem Verschwinden einen großen Streit mit deinen Eltern hattest."

Ursula wich zurück, und Oliver bemerkte, wie sie zusammenzuckte. „Aber ..." Sie zögerte und blickte Oliver mit Tränen in den Augen an. „Ich ... es war alles ein großes Missverständnis. Ich war im Stress wegen meiner Prüfungen. Ich wollte nicht mit ihnen streiten."

Ihre Augen baten ihn um Verständnis, und sein Herz brach für sie entzwei.

Ein Räuspern kam aus dem Lautsprecher. „Die Beweise, die die Polizei fand, der Brief, ein Stück deiner Kleidung auf einem Pier in

Manhattan … sie kamen zu dem Schluss, dass du ausgerastet bist, dass du es nicht mehr verkraften konntest. Es wurde als Selbstmord angesehen."

Ein Schluchzen entriss sich Ursulas Brust. Oliver bemerkte, wie sie nach der Kante des Schreibtischs griff, um sich zu stützen, und sprang auf. Er fing sie auf, bevor ihre Knie nachgaben.

„Meine Eltern denken, ich bin tot?", schluchzte sie. „Nein, nein, bitte, nicht!"

Oliver blickte über ihre Schulter zum Bildschirm. „Danke, Cain. Ich rufe dich später zurück."

Dann führte er Ursula zu dem Chesterfield Sofa, das unter dem Fenster stand, und setzte sich mit ihr hin, ohne sie aus seinen Armen zu lassen.

Ihre Tränen wurden nur durch hektisches Nachluftschnappen, das zu noch lauterem Schluchzen führte, unterbrochen. Er hatte noch nie eine Frau so heftig weinen sehen.

„Sie glauben, ich bin tot", wiederholte sie immer wieder.

Oliver streichelte mit seiner Hand über ihr

Haar und drückte ihren Kopf an seine Brust. „Es tut mir leid, Baby."

„Bitte glaube mir!", flüsterte sie kaum hörbar.

„Das tue ich. Ich glaube dir."

Seine Zweifel an ihrer Geschichte waren bei ihrem Aufschrei verflogen, als sie erfuhr, dass ihre Eltern sie für tot hielten. Ihre Reaktion war augenblicklich und unverfälscht gewesen. Sie hatte ihren Tod nicht vorgetäuscht und war nicht weggelaufen. Wer auch immer sie entführt hatte, hatte dafür gesorgt, dass ihre Eltern und die Polizei die Suche nach ihr aufgeben würden. Daran hatte er jetzt keine Zweifel mehr.

„Meine Eltern", schniefte sie. „Ich muss ihnen sagen, dass ich lebe."

Er nickte. „Ich kümmere mich darum. Aber du musst mir etwas Zeit geben. Wenn deine Entführer sich soviel Mühe gegeben haben, dich verschwinden zu lassen, würde ich es nicht für unwahrscheinlich halten, dass sie deine Eltern beobachten, jetzt wo du entkommen bist. Sie wissen, dass deine Eltern die ersten sein werden, mit denen du in

Kontakt trittst. Ich möchte sicherstellen, dass niemand ihr Telefon abhört oder irgendwelche Kommunikation mit ihnen abfängt."

„Aber du verstehst nicht! Sie leiden. Ich muss ihnen sagen, dass ich am Leben bin." Sie starrte ihn mit einem Blick an, der Blut aus einem Stein hätte quetschen können.

„Oliver hat recht", sagte Blake von der Tür aus. „Es ist nicht nur wegen deiner Sicherheit, sondern auch wegen der deiner Eltern. Was wäre, wenn sie deinen Eltern drohen, weil sie einen Grund zur Vermutung haben, dass deine Eltern wissen, wo du bist?"

Seine Worte schienen ihr langsam klar zu werden, denn schließlich nickte Ursula. Aber den Schmerz, der auf ihrem Gesicht geschrieben stand, verringerten sie nicht.

„Ich werde unser Büro in New York beauftragen, jemanden nach Washington zu schicken, um die Situation auszukundschaften. Wenn die Luft rein ist, werde ich es arrangieren, dass du mit ihnen sprechen kannst. Ich verspreche es dir", sagte Oliver.

Es war ein Versprechen, das er auf jeden Fall halten würde.

15

„Ich hoffe, du hast recht", warnte Zane ihn.

Oliver straffte seine Schultern und hob das Kinn leicht an. Er stand neben Zanes Hummer, der vor Olivers Haus geparkt war. Die Sonne war erst vor einer halben Stunde untergegangen.

„Sie spricht die Wahrheit. Du musst ihr glauben."

„Ich *muss* gar nichts tun. Der einzige Grund, warum ich diese Sache überhaupt genehmigt habe, ist, weil mich die Geschichte interessiert."

„Wenn Gabriel hier wäre, würde er –"

„Er ist aber nicht hier", unterbrach Zane ihn. „Ich bin im Moment verantwortlich. Und ich erwarte, dass meine Befehle befolgt werden."

Oliver verkniff sich seine nächste Bemerkung. Zane konnte manchmal wirklich ein Arschloch sein. Und jetzt, während er für Gabriel, der den New Yorker Sitz von Scanguards besuchte, um sich zu vergewissern, dass alles reibungslos lief, Stellvertreter spielte, war Zane geradezu unerträglich.

„Verstanden."

Ein schwarzer Porsche schlitterte um die Ecke und bretterte auf sie zu. Weder er noch Zane zuckten zusammen. Als das Auto nur wenige Zentimeter vor ihnen zum Stillstand kam, schüttelte Oliver seinen Kopf.

„Er liebt den großen Auftritt", meinte Oliver und beobachtete, wie sich die Autotür öffnete und Amaury ausstieg.

Ein breites Grinsen breitete sich auf dem Gesicht seines Kollegen aus, und eine leichte Abendbrise wehte durch sein langes dunkles

Haar. Seine stechend blauen Augen waren nachts noch leuchtender als tagsüber.

„Genau zum richtigen Zeitpunkt", bemerkte Zane und hob die Hand zum Gruß.

Oliver machte einen Schritt auf Amaury zu. „Hey Amaury, danke fürs Kommen."

„Ich will doch die ganze Aufregung nicht verpassen." Amaurys tiefe Stimme hallte in der ruhigen Seitenstraße wider.

„Wir werden mal sehen, ob es überhaupt Aufregung gibt", warnte Zane. „Amaury, du kannst mit mir fahren. Oliver, du nimmst Cain und das Mädchen mit."

„Sie hat einen Namen."

Zane hob eine Augenbraue hoch. „Dann eben Ursula. Wir folgen dir, Oliver. Und sie soll uns ja nicht auf eine ziellose Jagd schicken. Ruf mich an, sobald du im Auto bist und halte die Leitung offen. Ich will mithören, was vor sich geht."

Mit einem knappen Nicken drehte sich Oliver um und ging die Treppe zur Eingangstür hoch. Nachdem Cain ihm alle Informationen im Zusammenhang mit Ursulas Verschwinden gegeben hatte, hatte Oliver

Zane um Hilfe gebeten, da er wusste, dass er nichts ohne Scanguards' Unterstützung unternehmen konnte, wenn er nicht sich selbst und andere in Gefahr bringen wollte. Dass er mit *anderen* in erster Linie an Ursula dachte, war eine Tatsache, die er lieber für sich behielt.

Als er das Wohnzimmer betrat, schoss Ursula von der Couch hoch und sowohl Cain als auch Blake sahen ihn erwartungsvoll an.

„Zane hat es genehmigt."

Blake grinste. „Ausgezeichnet! Endlich ist was los!"

„Du kommst nicht mit, Blake."

„Was?"

„Du hast mich richtig verstanden. Niemand ist in der Stimmung, heute Nacht deinen Arsch zu retten."

Es war nicht genau das, was Zane gesagt hatte, aber da sie nicht wussten, was sie erwartete, hatten sie beschlossen, den Sterblichen zuhause zu lassen. Es war schlimm genug, dass sie eine Sterbliche, Ursula, mitnehmen mussten. Zwei könnten sie zu sehr ablenken, falls sie in Schwierigkeiten gerieten.

„Das ist absolut unfair!", beschwerte sich Blake.

„Das Leben ist unfair. Gewöhne dich dran!" Dann gab Oliver Cain und Ursula ein Zeichen. „Lasst uns gehen. Wir nehmen den Minivan. Zane und Amaury werden uns mit dem Hummer folgen."

Als Ursula an ihm vorbeiging, trafen sich ihre Blicke. Ein stilles Dankeschön schimmerte in ihren Augen. Er hoffte, dass er sie nicht falsch eingeschätzt hatte und dass sie sie nicht in eine Falle lockte.

Augenblicke später waren sie im Minivan. Cain saß auf der Rückbank und Ursula auf dem Beifahrersitz. Oliver ließ den Motor an und schoss aus der Garage heraus. Als er den geparkten Hummer überholte, wählte er Zanes Handy. Der Anruf wurde beantwortet, bevor es auch nur ein einziges Mal klingeln konnte.

„Zeig uns den Weg!"

Im Rückspiegel sah Oliver wie Zanes Hummer ihm folgte. „Ich fahre zur Bayview, wo ich Ursula begegnet bin." Er sah sie von der Seite an. „Danach musst du uns weiterleiten."

Ursula nickte nervös. „Ich werde mein Bestes versuchen."

„Das will ich schwer hoffen", ertönte Zanes Stimme über den Lautsprecher.

„Das wird sie auch", erwiderte Oliver mit Entschlossenheit, bevor er sich auf den dichten Feierabendverkehr in der Innenstadt konzentrierte.

Sie fuhren schweigend weiter, bis sie die Brücke an der 3rd Street hinter dem Baseballstadium überquerten. Dahinter lagen ein paar schicke neue Wohnanlagen und dann begann der wenig einladende Stadtteil Bayview.

Die Gegend hatte nicht viel Gutes an sich. Sie wurde von Kriminalität geplagt, und selbst die kürzliche Erweiterung der Straßenbahnstrecke – der MUNI, wie sie genannt wurde – entlang der 3rd Street trug wenig dazu bei, dieses Stadtviertel zu verbessern. Im Gegenteil, die Bahn machte es einfacher für die Kriminellen, die Gegend unsicher zu machen.

Oliver wusste das besser als jeder andere: Er war hier aufgewachsen. Und er kehrte nicht gerne hierher zurück. Die Gegend erinnerte ihn an die Sünden seiner Jugend, die Gangs und Schlägereien, in die er verwickelt gewesen war, und die Verbrechen, die er begangen hatte. Mit jedem Block, durch den er weiter in das Herz des Stadtteils eindrang, fühlte er, wie sich seine Schultern und seine Brust anspannten.

In der vorherigen Nacht war er hier gewesen und hatte sich von einem heruntergekommenen Jugendlichen ernährt. Jetzt fühlte er sich von dem Gedanken angewidert. Warum war er hierher gekommen? Er hatte die Gegend gemieden, seit er begonnen hatte, für Scanguards zu arbeiten, aber seit er vor zwei Monaten in einen Vampir verwandelt worden war, hatte ihn irgendetwas immer wieder hierher gezogen. Hatte er gespürt, dass hier jemand seine Hilfe brauchte?

Er schüttelte den dummen Gedanken ab. Er war weder ein Hellseher, noch hatte er irgendwelche speziellen Gaben wie Samson, Gabriel oder sogar Yvette. Vielleicht hatte er die Bayview einfach als ein Jagdgebiet angesehen, wo er seine Blutgier recht leicht stillen konnte. Nicht mehr und nicht weniger. Nur war er heute nicht für Blut hergekommen, obwohl er das Haus mit leerem Magen verlassen hatte. Er fühlte ihn jetzt knurren und unterdrückte den Hunger. Für ein paar Stunden würde alles in Ordnung gehen. Dann später, wenn dieser Einsatz vorbei war, würde er sich ernähren. Die Erinnerung, in der Nacht zuvor Flaschenblut getrunken zu haben, verfolgte ihn immer noch: Es hatte ihn leer und unbefriedigt gelassen. Und er hatte nicht die Absicht, diese Erfahrung zu wiederholen.

Oliver verlangsamte seine Geschwindigkeit. „Hier bin ich Ursula begegnet, als sie mich um Hilfe bat."

„Okay. Aus welcher Richtung kam sie?", fragte Zane über das Handy.

„Von Osten", antwortete er und zeigte auf die Kreuzung.

„Ja, das glaube ich auch." Ein Zögern lag in Ursulas Stimme.

Als er sie ansah, nickte sie schnell. „Ich bin mir ziemlich sicher."

Oliver bog in die nächste Straße ein und fuhr mit niedriger Geschwindigkeit weiter, sodass Ursula eine Chance hatte, sich in der Umgebung umzusehen.

„Erkennst du etwas wieder?", fragte er leise.

Ihr Blick schweifte herum, zuerst nach links, dann rechts, dann geradeaus. Ihre Hände verkrampften sich auf ihren Schenkeln. „Ja, es sieht vertraut aus. Aber ich bin gelaufen. Und ich hatte Angst."

„*Streng dich an!*"

Auf Zanes strengen Befehl hin bemerkte Oliver, wie sie zusammenzuckte.

Sofort zeigte sie mit dem Finger auf ein Ziel in der Ferne. „Dorthin. Ich erinnere mich an das Geschäft, das mit Brettern vernagelt ist."

Meter um Meter arbeiteten sie sich durch die Gegend und erreichten den Rand des Stadtteils, wo er an die schlimmste Gegend angrenzte, die San Francisco zu bieten hatte: Hunter's Point, ein Ort, den kein Tourist je zu sehen bekam, ein Ort, in den sich sogar die meisten Einwohner von San Francisco nie wagten. Nur wenige Menschen lebten hier, und viele von ihnen wohnten in einem der trostlosen städtischen Wohnprojekte. Näher an der Bay lagen viele der Grundstücke brach, auf anderen standen alte Lagerhallen und Industriekomplexe.

Nicht weit vom India Basin Park veränderte sich plötzlich Ursulas Atmung. „Stopp!", flüsterte sie.

Oliver brachte das Auto zum Stillstand und bestätigte mit einem Blick in den Spiegel, dass Zane hinter ihm das Gleiche tat. „Was ist?"

Ihre Hand zitterte, als sie durch die Windschutzscheibe auf etwas in der Ferne deutete. „Das da. Das Schild für das Import-Export-Unternehmen. Ich lief daran vorbei." Sie schluckte. „Das Gebäude, wo sie mich gefangen hielten, ist gleich um die Ecke. Im nächsten Block."

Oliver legte den Gang ein und kroch vorwärts.

„Nein, nicht zu nahe", bat sie.

Er sah sie an. „Du musst uns das Gebäude zeigen, und da ich bezweifle, dass du aus dem Auto aussteigen willst, muss ich näher ranfahren."

Oliver bemerkte, wie sich Ursulas Kiefer versteifte – ebenso wie der Rest ihres Körpers –, als ob sie sich auf einen unsichtbaren Angreifer vorbereitete.

„Mach dir keine Sorgen! Wenn jemand näherkommt, können wir schnell wegfahren." Und dann würden er und seine Kollegen später ohne Ursula zurückkommen. Aber das wollte er ihr nicht sagen.

„*Welches Gebäude ist es?*", fragte Zane.

Oliver bog um die Ecke und fuhr im Schneckentempo weiter. Dann folgten seine Augen Ursulas ausgestreckter Hand.

„Das da!"

16

Das vierstöckige Gebäude war ein Ziegelbau, und es sah genauso unheimlich aus wie in der Nacht, als sie seinen Mauern entkommen war. Schon bei dem Anblick lief Ursula ein Schauder die Wirbelsäule hinunter. Die Angst schnürte ihr die Kehle zu, sodass sie nicht in der Lage war, noch etwas zu sagen.

„Der Backsteinbau?", fragte Zane über den Lautsprecher.

„Ja", bestätigte Oliver.

„Sieht dunkel aus. Es sind keine Autos in der Nähe, und nirgends bewegt sich was. Sieht ziemlich verlassen aus. Normalerweise würde

ich das nicht heute Nacht machen, aber ich will nicht noch mehr Zeit vergeuden. Also lasst es uns gleich auschecken."

„Nein, nicht! Sie werden euch erwischen. Ihr braucht mehr Leute", warnte Ursula. Panik kroch ihren Hals hoch. Wenn sie nur zu viert dort hineingingen, könnten sie leicht überwältigt werden. Und dann wäre sie nicht weiter als zuvor: Ihre Entführer würden sie wieder einfangen.

„Cain, du bleibst bei dem Mädchen! Der Rest von uns geht."

Bevor sie Oliver aufhalten konnte, öffnete er die Autotür und stieg aus. Sie sah, wie die beiden anderen Vampire, Zane und Amaury, aus dem Hummer ausstiegen.

Oliver hatte ihr Zane zuvor beschrieben, als sie auf ihn und Amaury gewartet hatten. Aber trotz seiner Bemerkung, dass Zane nur wegen seiner Glatze böse aussah, war sie nicht auf das vorbereitet, was sie sah. Er war groß und schlank. Als er kurz seinen Kopf in ihre Richtung drehte und sie ansah, ging ihr sein eiskalter Blick bis ins Knochenmark. Sein Mund war zu einer dünnen Linie zusammengepresst. Sein Gang war entschlossen und zielstrebig, und sie wusste instinktiv, dass diese langen Beine seiner Beute in Sekundenschnelle nachjagen konnten. Sie wollte sich auf keinen Fall jemals auf der falschen Seite von Zane wiederfinden.

Amaury schien anders zu sein. Im Vergleich zu Zane sah er aus wie ein Kuschelbär, aber sie ließ sich nicht täuschen. Er war genauso tödlich und hatte mehr Masse als sein Kollege. Er könnte jeden Menschen oder Vampir ohne Anstrengung vernichten. Die beiden waren gefährliche, tödliche Vampire.

Sie beobachtete, wie Oliver zu ihnen stieß und sie in Richtung des Gebäudes marschierten. Als sie eine Straßenlaterne passierten, bemerkte sie, dass alle drei Waffen trugen. Sie sog einen schnellen Atemzug ein: Sie hatte nicht bemerkt, dass Oliver bewaffnet gewesen war, als er das Auto verlassen hatte.

„Mach dir keine Sorgen, sie wissen, was sie tun", behauptete Cain vom Fahrersitz aus.

Ursula kreischte unwillkürlich. Sie hatte nicht bemerkt, dass Cain aus dem Minivan gestiegen war und Olivers Platz eingenommen hatte, während sie beobachtete, wie die anderen drei Vampire zu Fuß in Richtung ihres ehemaligen Gefängnisses gingen.

Cain zuckte mit den Schultern. „Nur für den Fall, dass wir schnell von hier weg müssen."

Ursula schlang ihre Arme um ihren Oberkörper. Ihr war kalt und sie hatte Angst. Der Vampir neben ihr war nicht wie Oliver. Ja, an der Oberfläche schien er freundlich zu sein. Er trug seine Feindseligkeit nicht zur Schau wie Zane – selbst aus der Ferne hatte sie diese von Zane ausgehen gespürt – aber Cain hatte etwas Unleserliches an sich. Er bereitete ihr ein ungutes Gefühl. Oliver auf der anderen Seite erweckte ganz andere Gefühle in ihr. Sie fühlte sich auf die ursprünglichste Art und Weise zu ihm hingezogen, so wie sie es niemals zuvor verspürt hatte. War es die Tatsache, dass er der erste Mann war, der sie in drei Jahren geküsst hatte? Hatte sie vorübergehend ihren Ekel für Vampire beiseite geschoben, als er seine Lippen auf ihre gepresst hatte, weil sie so nach körperlicher Intimität lechzte?

Was auch immer es war, die Intensität

dieser Gefühle ängstigte sie. Denn sie wusste, dass es ihr unmöglich wäre, ihn abzuweisen, wenn es wieder passierte, genauso wie sie seine Forderung, ihn zu berühren, nicht hatte zurückweisen können.

Um ihre Gedanken zum Schweigen zu bringen, suchte sie nach einem Gesprächsthema. „Wie lange arbeitest du schon für Scanguards?"

Cains Augen verengten sich und ein Verdacht schien sich in ihm breitzumachen. „Warum fragst du?"

„Kein besonderer Grund."

Sie blickte aus dem Fenster. Oliver und seine Kollegen waren verschwunden. Hatten sie das Gebäude betreten oder waren sie außen herum gegangen? „Wo sind sie?"

„Drinnen."

Bei der Gelassenheit in seiner Stimme starrte sie ihn an.

„Machst du dir Sorgen?"

Sie antwortete nicht.

„Sie wissen, was sie tun. Amaury und Zane gehören zu den Besten."

Ihre Knie schlotterten. Sie drückte ihre

Handflächen auf ihre Oberschenkel, um zu verbergen, dass sie Angst hatte. „Und Oliver?" Warum hatte Cain nicht gesagt, dass Oliver auch zu den Besten gehörte?

Cain zögerte. „Er ist noch … jung."

„Aber er kann sich verteidigen, nicht wahr?"

„Natürlich. Machst du dir um ihn Sorgen?"

Ursula drückte sich tiefer in den Sitz. „Nein!"

Lügnerin, Lügnerin.

„Dann hör auf zu zappeln. Wenn das, was du sagst, wahr ist, und diese Vampire eine Art Blut-Bordell führen, werden meine Kollegen einfach vorgeben, Kunden zu sein, damit sie sich da drinnen umsehen können. Sie werden heute Abend keinen Angriff wagen."

Warum hatte Oliver ihr das nicht gesagt? Hatte er Angst, dass sie irgendwie ihre Entführer warnen würde? Glaubte er ihr immer noch nicht?

„Und die Waffen?"

„Du hast gute Augen."

„Das beantwortet meine Frage nicht", schoss sie zurück.

„Vielleicht bin ich nicht in der Stimmung, Fragen zu beantworten." Er sah sie mit seinen harten und unnachgiebigen Augen an. „Ich habe deine Akte von vorne bis hinten durchgelesen. Den Polizeibericht, die Zeitungsartikel. Was du uns erzählt hast. Und dann die Tatsache, dass du von dort entkommen bist." Er deutete in Richtung des Gebäudes. „Das sieht nicht einfach aus, vor allem nicht, wenn wirklich so viele Vampire in dem Gebäude sind, wie du behauptest. Etwas mit deiner Geschichte stinkt zum Himmel. Nur weil du Oliver um deinen kleinen Finger gewickelt hast, bedeutet das nicht, dass du das auch mit uns schaffst. Ich lasse mich nämlich nicht von meinem Schwanz leiten!"

Ursula schnaubte wütend. Sie öffnete den Mund, aber er unterbrach sie.

„Spare dir deinen Atem!"

Sie verschränkte die Arme vor ihrer Brust, sah aus dem Fenster und beobachtete das Gebäude aufmerksam. Es war dunkel, aber das musste nichts bedeuten. Alle Fenster waren entweder von innen schwarz lackiert oder mit Brettern vernagelt. Vor einigen hingen schwere

Vorhänge, sodass kein Licht eindringen konnte. Ebenso wenig konnte das Licht nach draußen gelangen. Sie war davon überzeugt, dass ihre Entführer dies mit Absicht getan hatten, sodass niemand auf das Gebäude aufmerksam wurde und anfing, Fragen zu stellen.

Wie sie ihre Kunden fanden, konnte sie nur vermuten. Mundpropaganda wahrscheinlich. Sie konnten doch schließlich keine Anzeige aufgeben, dass sie Blut-Huren mit besonderem Blut vermieteten.

Die Zeit schien still zu stehen. Nervös kaute Ursula an ihren Fingernägeln, als sie endlich eine Bewegung an der Tür des Gebäudes wahrnahm. Die Eingangstür öffnete sich und nacheinander traten die drei Vampire heraus. Sie kamen geradewegs auf den Minivan zu.

Ängstlich wartete sie. Alle drei gingen zu ihrer Seite des Minivans, aber Zane war der erste, der sie erreichte. Er riss die Tür auf und warf ihr einen wütenden Blick zu.

„Was zum Teufel sollte das?", fragte er.

Erschrocken von seinem rauen Ton wich sie tiefer in das Auto zurück. „Was ist passiert?"

„Nichts ist passiert! Absolut nichts!", knurrte Zane. „Verdammte Zeitverschwendung!"

Ursulas Augen schweiften an ihm vorbei und suchten Oliver. Als sich ihre Blicke trafen, sah sie die Enttäuschung in seinen Augen.

„Oliver", bettelte sie.

Oliver zögerte eine Sekunde, bevor er sprach. „Das Gebäude war leer."

Automatisch schüttelte sie den Kopf. „Nein, nein, das ist nicht möglich." Sie zeigte in Richtung des Gebäudes. „Das ist das Haus. Ich bin mir absolut sicher. Das ist das Gebäude, wo sie mich eingesperrt hatten."

Oliver senkte seine Lider, als wollte er ihrem Blick ausweichen. Hinter ihm war Amaurys Gesicht wie in Stein gemeißelt.

„Es gibt nichts dort drinnen", meinte Amaury. „Keinen Vampir, keine Menschen, keine Möbel."

Ungläubig schüttelte sie den Kopf. „Nein, du lügst! Sie sind dort drinnen. Sie müssen dort sein!"

„Wir haben keinen Grund zu lügen!", knurrte Zane. „Du, andererseits, hast uns an der Nase herumgeführt. Ich weiß nicht, was für ein Spiel du spielst, aber ehrlich gesagt ist es mir mittlerweile egal. Weil es hier endet."

Gleichermaßen erschrocken und verängstigt von Zanes Worten, fühlte sie, wie ihre Hände zu zittern begannen. Was hatte er mit ihr vor?

„Bitte, ich kann es beweisen! Ich werde euch zeigen, wo ich meinen Namen in die Wand meiner Zelle eingeritzt habe. Ich kann –"

Zane beugte sich zu ihr, sein Gesicht nur wenige Zentimeter von ihrem entfernt, und unterbrach sie. „Ich schere mich nicht mehr um deine Lügen. Was auch immer dein Spielchen ist, ich spiele nicht mehr mit."

Dann wandte er sich an Oliver.

„Lösche ihr Gedächtnis! Dann werden du und Cain sie in ein Flugzeug nach Washington DC setzen. Schickt eine anonyme Nachricht an ihre Eltern, damit sie sie vom Flughafen abholen. Wenn etwas schiefgeht, mache ich dich verantwortlich. Verstehen wir uns, Oliver?"

Nein!, wollte sie schreien, aber die Angst davor, was Zane ihr antun würde, lähmte ihre Stimmbänder.

Oliver starrte Zane an. „Hör zu, es muss noch eine andere Lösung geben."

Sein glatzköpfiger Freund funkelte ihn an. „Tu, was ich dir befehle!" Er deutete in Richtung des Gebäudes. „Du warst dort. Es war leer."

„Ja, zu leer. Und es roch auch sauber, als ob eine Putzkolonne vor kurzem dort gewesen ist. Glaubst du nicht, dass das verdächtig ist?"

„Das muss nichts bedeuten."

„Ich glaube, wir sollten warten, bis Gabriel aus New York zurück ist."

Zane kniff die Augen zusammen. „Weshalb?"

Oliver winkte ihn weiter vom Auto weg und senkte seine Stimme, denn er wollte nicht, dass Ursula seinen Vorschlag mithörte. „Er könnte in ihre Erinnerungen eintauchen und uns sagen, was sie gesehen hat."

„Das wird nicht helfen, wenn ihr jemand falsche Erinnerungen eingesetzt hat."

„Das stimmt nicht. Gabriel konnte in Mayas Erinnerungen sehen, an welchen Stellen sie von einem Vampir verändert worden waren. Er würde erkennen, ob jemand ihre Erinnerungen manipuliert hat. Ich glaube, wir sollten warten."

Zane schüttelte umgehend den Kopf. „Hör zu, Oliver. Wir haben nichts in dem Gebäude gefunden. Wenn sie wirklich gestern Nacht von dort entflohen wäre, warum haben wir dann keinerlei Spuren dort drinnen gefunden? Ich sage dir warum: weil sie nie dort war. Mein Befehl steht. Entweder du kümmerst dich darum, zusammen mit Cain, oder Cain macht es alleine!"

„Nein!", protestierte Oliver. Er wollte nicht, dass jemand anderer als er es tat. „Ich mache es." Und er hasste sich bereits dafür. Allerdings konnte er nicht bestreiten, was sie vorgefunden hatten: Das Gebäude war leer, und es gab keine Spur von den anderen Vampiren oder den Mädchen, die Ursula erwähnt hatte. Sie hatte ihn wieder angelogen, und so sehr er sich auch wünschte, dass er Unrecht hatte, konnte er die Beweise nicht einfach beiseiteschieben.

Zane nickte, doch bevor er sich entfernen konnte, klingelte sein Handy.

„Ja?", bellte er ins Telefon.

Olivers empfindliches Gehör erkannte die Stimme am anderen Ende: Thomas.

„Ein paar verrückte Vampire sind in einem Nachtclub im Stadtzentrum gesehen worden! Ich brauche alle verfügbaren Männer! Sofort!"

„Scheiße!", fluchte Zane und winkte Amaury in Richtung Hummer. Dann schaute er Cain an, der noch immer im Minivan saß. „Neue Pläne: Cain, wir brauchen dich. Wir haben eine Spur zu den wilden Vampiren."

„Fuck!", fluchte Cain, als er aus dem Wagen sprang.

„Wenn wir uns beeilen, glaube ich, können wir sie dieses Mal erwischen!", antwortete Zane und warf einen Blick zurück zu Oliver. Er deutete mit dem Finger auf ihn. „Du hast deine Befehle. Ich schicke dich ungern alleine, also lass mich das nicht bereuen!"

Dann sprangen Olivers drei Kollegen in den Hummer und rasten davon.

Als Oliver Ursula wieder ansah, bemerkte er ihren flehenden Blick. Ihre braunen Augen waren riesengroß und schimmerten feucht. Er schloss die Beifahrertür, ohne ein Wort zu sagen und wandte seinen Blick ab.

Oliver nahm auf dem Fahrersitz Platz und zog die Tür zu. Ohne Ursula anzusehen, drehte er den Schlüssel in der Zündung um und legte den Gang ein. Dann wendete er den Wagen und beobachtete, wie das Gebäude im Rückspiegel verschwand, als er an der nächsten Kreuzung abbog.

Er fuhr nach Süden in Richtung Autobahn. Der Flughafen lag nur eine halbe Stunde südlich von San Francisco. Es war wenig Verkehr.

„Bitte tu das nicht!", bat Ursula mit Tränen in ihrer Stimme.

Er hielt seine Augen auf die Straße gerichtet aus Angst, dass er ins Wanken geraten würde, wenn er sie ansah. „Ich habe keine andere Wahl."

Ohne Scanguards' Unterstützung konnte er nichts mehr für sie tun. Sein Vertrauen in sie war erschüttert. Er hatte tatsächlich alles geglaubt, was sie ihm über ihre Gefangenschaft erzählt hatte, umso mehr noch, nachdem sie zusammengebrochen war, als sie erfahren hatte, dass ihre Eltern sie für tot hielten. Was für ein Narr er gewesen war, einer hübschen Frau zu erlauben, sein Urteilsvermögen so zu trüben.

„Man hat immer eine Wahl", behauptete sie. „Du willst mir einfach nicht glauben."

Er drehte seinen Kopf zu ihr und starrte sie an. „Ich habe dir geglaubt! Aber du hast mich und meine Kollegen angelogen. Du hast uns an der Nase herumgeführt." *Und mich an meinem Schwanz,* hätte er hinzufügen sollen. „Für heute Abend reichen mir die Lügen."

„Es sind keine Lügen!", rief sie aus und funkelte ihn an.

Gott, wie ihre Wangen sich vor Zorn röteten, und wie schön sie dabei doch aussah! Und ihre Lippen, so voll und einladend trotz der Lügen, die über sie kamen.

Oliver zwang seinen Blick zurück auf die Autobahn. „Ich habe meine Zweifel deinetwillen weggeschoben, als du mir nicht sagen wolltest, wie du wirklich entkommen bist. Ich habe alles Erdenkliche getan, um meine Kollegen dazu zu überreden, deinen

Aussagen nachzugehen. Ich habe meinen Kopf für dich hingehalten."

„Bitte, gib mir noch eine Chance! Es stehen Leben auf dem Spiel. Die anderen Mädchen –"

„Es gibt keine anderen Mädchen!", schnitt er ihr das Wort ab und packte das Lenkrad fester. „Du hast alles erfunden. Und ich will gar nicht mehr wissen, warum." Weil er nicht noch mehr Lügen hören wollte. Nicht aus dem hübschen Mund, mit dem sie ihn geküsst hatte. Oh verdammt, warum konnte er das nicht vergessen? Würde ihn dieses Bild für immer verfolgen?

„Du bist der Einzige, der uns helfen kann. Ich wäre zur Polizei gegangen, wenn ich geglaubt hätte, dass sie eine Chance gegen die Vampire hätten. Aber sie würden nur abgeschlachtet werden. Du und deine Kollegen, ihr seid die Einzigen, die es schaffen können. Ich brauche dich."

Sein Herz krampfte sich zusammen. *Sie brauchte ihn.* Es war ein Eingeständnis, das ihn nur ein paar Stunden früher erfreut hätte, aber nachdem er das leere Gebäude betreten hatte, von dem sie behauptete, dass es ihr Gefängnis gewesen war, wurde ihm von diesen Worten fast übel.

„Es ist mir jetzt egal", antwortete er, und die Worte schnitten ihm tief ins Herz.

„Was muss ich tun, damit du mir hilfst?"

Er fuhr sich mit der Hand durchs Haar. „Du willst, dass ich dir helfe?"

„Ja."

Er warf ihr einen wütenden Blick zu. „Dann gib mir einen Strohhalm, irgendetwas … nur ein winziges Stück, damit ich dir glauben kann. Etwas, das mir beweist, dass du mir die Wahrheit sagst." Er hielt seine Augen auf sie gerichtet und bemerkte, wie sie Atem holte. Ihre Augenlider senkten sich, und er sah Besorgnis in ihren Augen, ein Zögern, das sie schweigen ließ.

Enttäuscht riss er seinen Blick von ihr los. „Ich wusste es. Du hast nie die Absicht gehabt, mir die Wahrheit zu sagen." Er schüttelte den Kopf und lachte bitter. „Wie dumm ich doch war! Zu denken, dass ich dich sogar mochte. Nicht nur, weil ich mit dir schlafen wollte."

„Und jetzt, willst du das jetzt nicht mehr?"

Ihre Stimme klang plötzlich sonderbar resigniert.

„Nein", log er. Denn wenn er sie jetzt berührte, würde er es nie übers Herz bringen, ihr Gedächtnis zu löschen und sie in ein Flugzeug zu setzen.

„Lügner", sagte sie leise.

„Es ist mir egal, was du glaubst."

Aus dem Augenwinkel sah er sie nicken. „Na gut. Ich werde dir alles erzählen. Aber nur dir. Keiner deiner Kollegen darf es je herausfinden. Wenn du mir danach nicht glaubst, dann setze mich in ein Flugzeug nach Hause. Aber wenn du mir glaubst, dann hilf mir und den Mädchen."

Er sah sie an und versuchte zu erraten, was sie vorhatte.

„Nimm die nächste Ausfahrt und halte an, damit wir reden können."

Misstrauisch kniff er die Augen zusammen. „Wenn du denkst, du kannst mich umstimmen, indem du mich verführst, dann kann ich dir gleich sagen, dass das nicht funktioniert. Ich bin nicht so naiv."

Sie schenkte ihm ein unerwartetes Lächeln.

„Nein, das bist du nicht. Selbst wenn du sehr süß bist – für einen Vampir."

Er öffnete den Mund, aber sie unterbrach ihn, bevor er antworten konnte.

„Was hast du schon zu verlieren? Selbst wenn ich versuche, dich zu verführen, was ich nicht vorhabe, wäre das so schlimm für dich? Du kannst doch in jedem Falle nur gewinnen. Ich bin diejenige, die das Risiko eingeht."

Instinktiv ließ Oliver seine Augen über ihren Körper wandern, dann blickte er wieder in ihr Gesicht. „Was für ein Risiko?"

„Ich riskiere, dass du mich aussaugst, sobald du weißt, wozu mein Blut in der Lage ist."

17

Oliver überquerte drei Fahrbahnen, um auf die Abbiegespur zu gelangen und die Autobahn zu verlassen. An der nächsten Kreuzung bog er ab und fand eine kleine Nebenstraße. Diese führte zu ein paar Bäumen, die neben einem verfallenen Haus mit einem Verkaufsschild im Vorgarten standen.

Er stellte den Motor ab, bevor er sich zu Ursula drehte. Ihre Worte hatten ihn neugieriger gemacht, als er zugeben wollte.

„Ich bin ganz Ohr."

Er beobachtete, wie sie schwer schluckte, bevor sie sprach. „Es waren ungefähr ein

Dutzend Mädchen. Zuerst wussten wir nicht, warum wir gefangen genommen wurden. Aber wir hatten einige Dinge gemeinsam. Wir alle waren Chinesinnen, die in China geboren wurden. Jede von uns war in den USA entführt worden. Einige von uns waren älter, einige hübsch, andere nicht. Wir wussten also, dass es ihnen nicht um unsere Schönheit ging, auch nicht um unsere Jugend. Es ging um unser Blut."

Er nickte, immer noch skeptisch, wohin dies führen würde. „Weiter."

„Sie brachten Vampire zu uns, die sich von uns ernährten. Zweimal, manchmal sogar drei Mal pro Nacht. Aber während der Fütterungen behielten sie die Vampire, die von uns tranken, ständig im Auge. Sie sorgten dafür, dass sie nicht zu viel von uns nahmen. Aber wir alle bemerkten Veränderungen bei den Vampiren, wenn sie von uns tranken: Sie sahen irgendwie wie weggetreten aus. Als ob sie unter Drogen stehen würden."

Oliver hob eine Augenbraue. „Unter Drogen? Es tut mir leid, aber Drogen haben auf Vampire keinerlei Auswirkung. Wir sind dafür nicht anfällig. Nicht für Alkohol, Koks oder Heroin. Auch nicht für Marihuana oder irgendwas Vergleichbares."

Sie nickte. „Das habe ich auch mitbekommen. Aber trotzdem wurden diese Vampire durch unser Blut high."

„Unmöglich." Während er das sagte, kam eine Versuchung in ihm hoch. Sie wurde so stark, dass sein Zahnfleisch zu jucken begann, was anzeigte, dass sein Körper nach Blut lechzte – vorzugsweise Ursulas Blut. Es war ein schlechtes Timing, dass sich sein Hunger gerade jetzt bemerkbar machte.

„Das haben wir auch gedacht, aber wir wussten, was geschah. Und es gab noch andere Anzeichen: Die Wachen tranken nie unser Blut, obwohl sie so aussahen, als ob sie es tun wollten. Und sie sprachen über uns: wie wertvoll wir waren, wie viel ihre Kunden für unser Blut zahlen mussten. Der Preis war astronomisch. Ich habe keine Ahnung, was ein Gramm Kokain kostet, aber die Wachen behaupteten, dass unser Blut noch teurer wäre. Du hast gefragt, wie ich entkommen bin. Die Wache wurde in einen anderen Raum gerufen, um zu helfen, weil einer der Kunden durchdrehte – wahrscheinlich aufgrund des Blutes – und ich nutzte die Gelegenheit, und drängte den Vampir, der von mir trank, mehr zu nehmen als gut für ihn war. Ich betäubte ihn. Er wurde ohnmächtig und so konnte ich entkommen."

Oliver hörte aufmerksam zu. War es möglich, dass es so geschehen war, wie sie behauptete? „Hat niemand deine Flucht bemerkt?"

„Doch, mit Sicherheit, aber zu spät. Ich bin die Feuerleiter hinuntergestiegen und einfach nur gelaufen, bis ich dir begegnet bin."

Er erinnerte sich nur zu gut an ihr Zusammentreffen. War der Grund dafür, warum sie dem Tod so nahe gewesen war, dass der Vampir übermäßig viel von ihrem Blut getrunken hatte? Als er daran zurückdachte, wie sie sich begegnet waren, erinnerte er sich auch wieder daran, dass er in der Ferne Schritte gehört hatte. Doch er hatte nicht abgewartet herauszufinden, wer sich ihnen näherte.

„Sie müssen alles zusammengepackt

haben, als sie herausfanden, dass ich entkommen war, und sie mich nicht finden konnten. Sie mussten befürchten, dass ich mit Verstärkung zu ihrem Versteck zurückkommen würde."

Oliver nickte langsam. „Das Gebäude hat etwas zu sauber ausgesehen. Als hätte jemand sorgfältig seine Spuren verwischt. Wer hat die Sache geleitet?"

„Ich weiß es nicht. Wer auch immer er war, er kam nie zu der Etage, auf der wir wohnten und … wo sie von uns tranken. Tatsächlich glaube ich, dass auch die Wachen nicht wussten, wer ihr Chef war. Ich habe das Gefühl, dass derjenige, der dahintersteckt, seine Identität nicht preisgeben wollte. Und die Wachen hatten Angst vor ihm."

Oliver musste sie weiter befragen, nicht nur, um so viel wie möglich herauszufinden, sondern auch, um sich von seinem Hunger abzulenken. Denn je mehr Ursula von Blut sprach, desto stärker wuchs der Drang in ihm, seine Fänge in sie zu senken. „Was hast du gehört?"

„Dass jeder Wächter streng bestraft werden

würde, wenn ein Mädchen in seiner Obhut zu Tode käme, weil er nicht rechtzeitig eingriff. Außerdem hatten die Wächter den Verdacht, dass ihr Chef einen Spitzel hatte, der immer wusste, was im Gebäude vor sich ging."

Die ganze Geschichte klang immer noch bizarr. Aber warum sollte sie all dies erfinden? „Warum nur chinesische Mädchen? Hatten die Vampire eine Vorliebe dafür?"

„Ich glaube, es hat etwas mit unserem Blut zu tun. Warum sollten sie sonst nur etwa ein Dutzend Mädchen haben, wenn sie doch sicher in jeder großen Stadt deutlich mehr einfangen könnten? Deshalb glaube ich, dass das, was wir in unserem Blut haben, selten ist. Vielleicht etwas genetisches, vielleicht etwas, das nur im Blut von bestimmten chinesischen Frauen zu finden ist."

Blut. Das Wort pulsierte durch seinen Körper. „Haben sie euch jemals gesagt, dass ihr besonderes Blut habt?"

Sie schüttelte den Kopf. „Nur indirekt."

Oliver spitzte die Lippen. „Ich weiß nicht, Ursula, aber deine Geschichte ist unglaublich. Ich habe keine Möglichkeit, sie zu überprüfen." Er seufzte. „Ich habe den Befehl erhalten, dir ein Flugticket zu kaufen und dir genug Geld zu geben, damit du nach Hause fahren kannst. Gib mir einen Grund, warum ich mich meinem Befehl widersetzen sollte. Nur einen winzigen Beweis."

Ihr Atem stockte plötzlich. „Das Geld. Natürlich!" Dann legte sie ihre Hand auf seinen Arm. Der Kontakt sandte eine Hitzewelle durch seinen Körper, die seinen Hunger nur noch verstärkte. „Oliver, warte, warte! Ich habe einen Beweis!"

Die Art und Weise, wie sein Name über ihre Lippen rollte, setzte seinen ganzen Körper in Flammen.

„Da ist noch was. Wie konnte ich das bloß vergessen? Ich habe es geschafft, einem der Blutegel die Brieftasche zu klauen, als er und die Wache abgelenkt waren."

„Warum hast du das Zane nicht schon vorher gesagt?"

„Zane jagt mir Angst ein! Ich hab's ja versucht, aber ich konnte nicht klar denken, als er mich so angefunkelt hat."

Oliver runzelte die Stirn. „Leider hat er diese Wirkung auf andere."

„In den letzten vierundzwanzig Stunden ist so viel passiert. Ich konnte nicht klar denken." Als er ihr einen fragenden Blick zuwarf, fuhr sie fort: „Ich wusste, dass ich Geld brauchen würde, wenn ich es jemals schaffen würde zu entkommen. Ich hatte vor, das Geld und die Kreditkarten zu verwenden, um nach Hause zu kommen. Ich habe die Brieftasche in meiner Zelle versteckt. Der Name auf den Kreditkarten kann uns vielleicht weiterhelfen. Du musst nur den Besitzer finden und ihn ausfragen, dann weißt du, dass ich die Wahrheit sage."

Die Neuigkeit raste durch seinen Körper. Er freute sich, aber sofort wurde er wieder ernüchtert. „Das Gebäude war völlig leer. Alle Möbel sind weg. Egal, wo du den Geldbeutel versteckt hast, er ist weg." Und damit war auch die Möglichkeit, ihre Geschichte zu überprüfen, verschwunden.

Sie schüttelte den Kopf. „Nein. Die Brieftasche muss immer noch dort sein. Ich habe sie unter den Dielenbrettern versteckt. Sie können sie nicht gefunden haben."

„Du willst also, dass wir noch einmal dort hinfahren?" Und verdammt noch mal – er war doch selbst neugierig, ob sie recht hatte. Nein, es war mehr als das: Er *wollte*, dass sie recht hatte. Er wollte, dass ihre Geschichte wahr war. Denn dann könnte er es seinen Kollegen beweisen und der Sache weiter nachgehen. Und er würde ihr Gedächtnis nicht löschen und sie nicht nach Hause schicken müssen. Und vielleicht, nur vielleicht, hätte dann das, was sich zwischen ihnen entwickelte, eine Chance.

Ursula blickte ihm offen und direkt in die Augen. „Ja. Damit ich dir beweisen kann, dass ich nicht lüge."

Die Fahrt zurück zu ihrem ehemaligen Gefängnis schien ewig zu dauern. Vielleicht war es so, weil sie Angst hatte, an den Ort zurückzukehren, der für sie die Hölle gewesen war. Oder vielleicht hatte sie auch Angst, dass trotz allem ihre Entführer ihr Versteck gefunden und die Brieftasche herausgenommen hatten.

Was sollte sie dann tun? Alle Mittel, Oliver zu überzeugen, ihr zu vertrauen, wären dann erschöpft. Außer der Möglichkeit, ihm ihr Blut als Beweis anzubieten, hätte sie dann nichts mehr übrig. Und sie würde ihm nicht erlauben, ihr Blut zu trinken, aus Angst, dass er nicht in der Lage wäre, rechtzeitig aufzuhören. Denn diesmal würde keine Wache aufpassen, damit ihr nichts geschah.

Als sie das Gebäude wieder erreichten und aus dem Auto ausstiegen, zitterten ihre Hände unkontrollierbar. Oliver warf ihr einen Seitenblick zu und nahm ihre Hand in seine. Die Wärme seiner Haut beruhigte sie sofort.

„Bleib ruhig", sagte er leise. „Ich verspreche dir, es ist niemand da drinnen."

Sie antwortete ihm mit einem zögerlichen Lächeln und hielt seine Hand fest, wohl wissend, dass er der einzige Verbündete war, den sie hatte, obwohl dieser Bund bestenfalls als Notlösung angesehen werden und sich genauso schnell wieder auflösen konnte, wie er gebildet worden war.

Mit vorsichtigen Schritten ging sie neben ihm her. Als sie die Tür zu ihrem ehemaligen

Gefängnis erreichten, öffnete Oliver sie und gab Ursula einen leichten Schubs nach innen. Er folgte dicht hinter ihr. Seine Atmung war das Einzige, was sie hören konnte.

Ihre Hand suchte seine in der Finsternis, und Ursula war froh, dass er ihre Berührung nicht zurückwies.

„Ich kann nichts sehen", flüsterte sie.

„Ich will hier das Licht nicht einschalten, wo es von der Straße aus gesehen werden könnte. Ich kann uns durch die Dunkelheit führen, wenn du mir sagst, wo du hin willst."

„In den dritten Stock."

Als er sie die Treppe hinaufführte, versuchte sie die Schauer auszublenden, die ihr bei dem Gedanken daran, was in diesem Gebäude geschehen war, über den Rücken liefen. Sie war überrascht, als sie Olivers Hand in einer beruhigenden Berührung über ihren Arm streicheln spürte.

„Danke", murmelte sie.

„Wir sind schon fast da."

Als sie die oberste Etage erreichten, hörte sie, wie Oliver einen Lichtschalter betätigte. Einen Augenblick später gingen die schwachen

Lichter im Flur an und halfen ihr, sich zurechtzufinden. Sofort sah sie ihn an.

„Ist es sicher, hier das Licht anzumachen?"

Er nickte. „Es gibt nur zwei Fenster auf diesem Flur und beide sind schwarz übermalt."

Erleichtert zeigte Ursula zum anderen Ende des Korridors. „Dort ist die Feuerleiter, die ich benutzt habe." Dann drehte sie sich in die andere Richtung. „Das Zimmer ist dort."

Ihr Tempo verlangsamte sich, während sie an den vielen Türen vorbeiging, die zu den Zimmern der anderen Mädchen führten. Oft hatte sie heftiges Schluchzen aus diesen Räumen kommen hören. Aber heute Abend lag Stille über der gesamten Etage. Obwohl sie langsam ging, gelangte sie schließlich doch zur Tür ihrer ehemaligen Gefängniszelle. Sie legte ihre Hand auf den Türknauf, fand aber nicht die Kraft, die Tür zu öffnen.

Wie angewurzelt verharrte sie regungslos und schloss die Augen.

„Wir machen es gemeinsam", murmelte Oliver hinter ihr und legte seine Hand auf ihre. Dann drehte er den Türknauf.

Als die Tür sich nach innen öffnete, machte

sie einen zögerlichen Schritt nach vorne und tastete nach dem Lichtschalter. Sie betätigte ihn, und ihre Augen überflogen den kleinen Raum. Er war leer, genau wie der Rest des Hauses. Wie viele Stunden hatte sie hier verbracht und gehofft und gebetet, gerettet zu werden?

„Hier war ein Bett. Sie haben mich tagsüber gefesselt, damit ich mich nicht bewegen konnte." Sie deutete auf eine Ecke, wo ein Holzbalken freigelegt war. Die untere Hälfte davon war von dem Kopfteil ihres Bettes versteckt gewesen, aber jetzt war sie sichtbar.

Sie ging zu dem Balken und hörte Olivers Schritte hinter sich, als er ihr folgte. Dann sank sie zu Boden und ließ ihre Finger über die Buchstaben gleiten, die sie in die Oberfläche des Balkens geritzt hatte. „Mein Name, die Adresse meiner Eltern. Damit ihnen jemand sagen könnte, dass ich hier war."

Sie drehte sich zu Oliver um und bemerkte, wie er auf die Stelle starrte, wo ihre Finger hinzeigten. Dann fuhr auch er mit der Hand über die Oberfläche des Holzes. Ihre Blicke trafen sich.

„Es tut mir so leid." Wenn sie nicht gesehen hätte, wie sich seine Lippen bewegten, hätte sie seine geflüsterten Worte beinahe nicht gehört.

Überrascht von der Zärtlichkeit in seinem Blick, war sie nicht fähig sich zu bewegen, als sein Gesicht näher kam. Seine Lippen berührten ihre Wange und drückten einen sanften Kuss auf ihre Haut.

Sie schluckte den Kloß hinunter, der sich in ihrem Hals gebildet hatte, und deutete auf den Boden. „Es ist hier drunter."

Oliver wich zurück, um ihr Platz zu machen, während sie auf das eine Ende des losen Dielenbrettes drückte, sodass die andere Seite nach oben kippte und sie es greifen und entfernen konnte.

Sie griff in den Hohlraum. Ihr Herz schlug bis in ihre Kehle und sie betete, dass ihre Entführer das Geheimfach, in dem sie die gestohlene Geldbörse versteckt hatte, nicht gefunden hatten. Ihre Finger berührten etwas Glattes, und sie atmete einen Seufzer der Erleichterung aus, als sie die Geldbörse herauszog. Sie reichte sie Oliver.

„Das ist sie."

Oliver öffnete sie und blätterte die Karten im Inneren durch. „Ausgezeichnet."

Dann half er ihr auf. „Lass uns gehen. Ich kann sehen, dass du dich hier unwohl fühlst." Er deutete mit seinem Kopf dorthin, wo ihr Bett gestanden hatte. „Es muss schrecklich sein, an den Ort zurückzukehren, wo sie dich vergewaltigt haben."

Sie starrte ihn mit offenem Mund an. Er dachte, sie war vergewaltigt worden?

„Es tut mir leid. Ich hätte dich nicht daran erinnern dürfen."

Bevor sie überhaupt wusste, wie sie darauf reagieren sollte, führte er sie aus dem Zimmer und aus dem Gebäude. Als sie wieder im Minivan saßen und sie sah, wie er den Schlüssel ins Zündschloss steckte, legte sie ihre Hand auf seinen Arm, um ihn zu stoppen.

Überrascht drehte er den Kopf zu ihr, sagte aber nichts.

Sie wusste nicht, warum sie das Bedürfnis hatte, seine falsche Vermutung zu korrigieren. Vielleicht war es die Zärtlichkeit und das Verständnis, das er gezeigt hatte, als sie in ihrer ehemaligen Zelle waren. Oder vielleicht wurde sie einfach weich.

„Wir sind nie vergewaltigt worden.“

Überraschung leuchtete in seinen Augen auf. „Aber die Vampire … der Biss. Du musst die Erregung gespürt haben. Und mit jemandem so schön wie du …“

Er dachte, sie war schön?

„Es tut mir leid, aber ich weiß nicht, wie ein Vampir dir je widerstehen könnte. Ich wollte nicht neugierig sein, und es spielt keine Rolle, dass du es mir nicht erzählen willst. Ich hatte kein Recht zu fragen. Vergiss es einfach.“

Er schien verlegen zu sein. Und das machte ihn so menschlich.

„Ich weiß von der sexuellen Erregung. Ich habe sie viele Male durchgemacht, aber die Wachen sorgten dafür, dass die Blutegel uns nie berührten. Sie sagten, dass es die Potenz unseres Blutes verdünnen würde.“

„Was?“ Verwirrung schwang in seiner Stimme mit.

„Sie behaupteten, dass, wenn wir sexuelle Befriedigung erlangten, dies den Drogen-Effekt in unserem Blut neutralisierte. Darum haben sie uns nicht vergewaltigt. Sie wollten die Ware nicht verderben. Deshalb haben sie uns auch tagsüber an unsere Betten gefesselt. Damit wir uns nicht berühren konnten."

Oliver saß mit offenem Mund da, als ihre Worte einsanken.

Ursula nickte langsam, während sie sich an die schlaflosen Stunden erinnerte, in denen sie gegen sexuelles Verlangen gekämpft hatte. „Und nachts benutzten sie Gedankenkontrolle, sodass wir nicht versuchen konnten zu masturbieren, wenn wir alleine waren."

„Du meinst ..." Er unterbrach sich.

Sie sah weg, plötzlich verlegen, dass sie so offen gesprochen hatte. Sie hatte ihm nicht von diesem Teil ihrer Qual erzählen wollen, aber aus irgendeinem Grund wollte sie, dass er verstand, was sie durchgemacht hatte. „Ich habe seit drei Jahren keinen Orgasmus gehabt."

Bei ihrem Eingeständnis hörte sie ihn scharf einatmen. „Oh mein Gott!"

Sie fühlte Wärme in ihre Wangen steigen.

„Aber du bist so voller Leidenschaft." Er

griff nach ihrer Hand und zog damit ihren Blick auf sich.

„Ich wünschte, ich könnte es wieder gutmachen." Sofort schien er zu begreifen, was er gesagt hatte. „Oh, Gott, nein, das meinte ich doch nicht so. Ich meinte ..."

Sie wusste genau, was er meinte. Es sollte sie abstoßen, doch das tat es nicht. Obwohl Oliver ein Vampir war, hatte sie in den letzten paar Stunden eine andere Seite von ihm gesehen. Er sorgte sich. Er hatte ihr zugehört und seine Zweifel beiseitegelegt. Er hatte sich bemüht, ihr zu helfen. Und die Art, wie er sich verhalten hatte, als sie beim Betreten ihrer ehemaligen Gefängniszelle Angst hatte, war geradezu einfühlsam gewesen. Als ob er gespürt hätte, was sie fühlte. War es so falsch, sich an ihn anlehnen zu wollen? Seine Wärme spüren zu wollen?

„Vielleicht kannst du das doch ..." Ihre Stimme zitterte leicht, als sie fortfuhr: „Ich sehne mich danach, berührt zu werden." Von ihm berührt zu werden. Von dem Vampir, der sie gerettet hatte.

Olivers Hand streichelte ihre Wange. „Du willst, dass ich dich berühre?"

Ursula schloss die Augen und schmiegte ihren Kopf in seine Handfläche. „Wäre das so schwer für dich?"

Sie spürte, wie er den Kopf schüttelte. „Glaubst du wirklich, dass ich süß bin, ich meine, für einen Vampir?"

Sie öffnete die Augen und lächelte ihn an. Süß? Das beschrieb nicht einmal ansatzweise das, was sie fühlte. „Süß war vielleicht nicht das richtige Wort."

„Welches denn dann?", fragte er und rückte näher.

Ihr Blick fiel auf seine geöffneten Lippen. „Was würdest du tun, wenn ich dir sagte, dass ich dich … heiß finde?"

Oliver stöhnte. „Spielst du mit mir, Ursula? Denn wenn das der Fall ist, solltest du lieber aufhören, oder ich tue etwas, das du nicht willst."

Sie rutschte näher an ihn heran. „Und was wäre das?"

Nein, sie spielte nicht mit ihm. Sie wollte ihn. Und sie war sich jetzt sicher, dass es nicht ein Überbleibsel von Erregung war, die vom Biss des Vampirs stammte. Zu viele Stunden waren seither vergangen. Nein, was sie jetzt verspürte, war etwas anderes. Sie wollte Oliver. Und sie wollte die Vergangenheit vergessen.

„Ich dachte, du hasst Vampire", wehrte er ab.

„Das tue ich auch." Aber für Oliver konnte sie nicht das gleiche Gefühl aufbringen.

„Warum willst du dann mit mir schlafen?"

Sie strich mit dem Zeigefinger über seine Unterlippe. „Als du mich in deinem Haus geküsst hast, habe ich Lust auf mehr bekommen." So viel mehr als sie in den letzten drei Jahren erhofft hatte.

„Einfach so?"

Ursula schüttelte kurz den Kopf. „Nein. Nichts ist einfach. Aber ich will mich wieder lebendig fühlen. Kannst du das für mich tun? Kannst du mir helfen, mich wieder lebendig zu fühlen?"

Oliver beugte sich zu ihr, und seine Lippen näherten sich ihrem Mund, bis sie nur noch ein paar Zentimeter von ihrem entfernt waren. „Was immer du willst, Baby."

18

Oliver ließ seine Lippen über ihre gleiten und nahm ihren Mund mit einem Kuss gefangen. Zuerst war er sanft und zart, falls sie ihre Meinung doch noch ändern wollte, aber als sie es nicht tat, zog er sie näher und vertiefte den Kuss.

Er konnte nicht glauben, wie sich die Ereignisse dieser Nacht gewendet hatten. In dem Moment, als Ursula das verlassene Gebäude betreten hatte, hatte er instinktiv gewusst, dass sie die Wahrheit sagte. Er hatte ihre Furcht gespürt. Die Brieftasche eines Kunden des Blut-Bordells – wie er es nannte –

zu finden, war Bestätigung genug für ihn, dass er ihr vertrauen konnte.

Jedoch herauszufinden, dass sie nicht vergewaltigt worden war, dass keiner dieser abscheulichen Vampire sie mit seinen schmutzigen Pfoten berührt hatte, brachte ihn zum Jubeln. Gleichzeitig verfluchte er ihre Entführer, dass sie ihr jegliche Art von körperlicher Befriedigung verweigert hatten.

Oliver unterbrach den Kuss und sah sie an. „Lass uns nach Hause gehen." Dann würde er sie in sein Bett bringen und dafür sorgen, dass sie die Befriedigung fand, die sie brauchte.

Zu seiner Überraschung schüttelte Ursula den Kopf. „Ich kann nicht warten. Bitte." Sie musterte die Rückbank des Minivans.

Olivers Herz setzte einen Schlag aus. „Jetzt? Hier? Im Auto?"

Mehr Blut pumpte in seinen Schwanz, was ihn härter als eine Brechstange machte. Gleichzeitig stieg Hunger in ihm hoch. Er musste sich ernähren, und zwar bald, sonst würde er nicht mehr Herr seiner eigenen Handlungen sein.

„Ja", murmelte sie, schob ihre Hand auf

seinen Oberschenkel und bewegte sie weiter nach oben.

Als ihre Finger den Umriss seiner Erektion erreichten, stöhnte er und vergaß seinen Hunger sofort. „Steig nach hinten!"

Er verriegelte die Türen und folgte ihr. Als er sah, wie sie den Knopf ihrer Jeans öffnete, hielt er sie davon ab. Sie starrte ihn überrascht an.

„Wenn du glaubst, dass ich das so auf die Schnelle mache, dann irrst du dich."

„Aber –"

Er lächelte. „Kein aber. Wenn du mit mir schlafen willst, dann machen wir die Sache so wie es sich gehört: mit Küssen, Berühren und der ganzen Verführung. Ich werde mir die Gelegenheit, mit dem schönsten Mädchen, das mir je begegnet ist, Liebe zu machen, nicht einfach entgehen lassen, und sie wie ein Tier ficken."

Ihr Gesichtsausdruck wurde weich, und ihre Wangen färbten sich rosa, während ihre Augenlider flatterten. „Du willst mit mir Liebe machen?"

Oliver kam näher und legte seine

Handfläche unter ihr Kinn. „Und ich möchte, dass du so heftig kommst, dass du denkst, die Welt um dich herum explodiert. Willst du das nicht auch?"

Ihre Wimpern schwangen nach oben und berührten fast ihre Augenbrauen. Ihre Augen schimmerten. „Oliver?"

„Hmm?"

„Warum bist du so nett zu mir?"

„Weil du jemanden brauchst, der nett zu dir ist." Und mehr als alles andere wollte er diese Person sein.

„Wirst du die ganze Nacht reden, oder willst du mich küssen?"

Er schmunzelte. Ah, wie er doch eine begierige Frau liebte! „In meinem Kopf habe ich überhaupt nicht aufgehört, dich zu küssen."

Sie beugte sich näher und ihr Mund war nun weniger als einen Zentimeter von seinem entfernt. „Dann mach es wahr!"

Als er ihren Mund wieder nahm, rückte die Welt um ihn herum in den Hintergrund. Weiche Lippen drückten gegen ihn, Ursulas Hände zogen ihn näher und drängten ihn, ihren Körper an seinen zu pressen. Mit einer einzigen Bewegung zog er sie auf seinen Schoß, sodass sie rittlings auf ihm saß. Mit seiner Hand auf ihrem Rücken drückte er sie an sich.

„So ist es besser", murmelte er.

Oliver erfasste ihre Lippen wieder und tauchte in die warme Höhle ihres Mundes ein. Er streichelte und leckte, kostete und erforschte. Ihre Reaktion auf ihn war ebenso eifrig: Mit kraftvollem Streicheln spielte sie mit seiner Zunge. Lust schoss durch ihn hindurch und sandte feurige Wellen durch sein Inneres und direkt in die Spitze seines Schwanzes.

Er stöhnte in ihren Mund, was sie ein paar Sekunden später genauso wiederholte. Er neigte seinen Kopf zur Seite und suchte eine tiefere Verbindung, einen heftigeren Kuss. Ihre Hände gruben sich in seine Schultern, als ob ihr Leben davon abhing ihn festzuhalten, und ihre Reaktion auf ihn wurde noch leidenschaftlicher.

Dann fühlte er plötzlich, wie sie seine Zähne entlang leckte. Ein Schock durchfuhr ihn, als er sein Zahnfleisch jucken spürte. Er wusste, was das bedeutete: Seine Fänge wollten sich ausfahren.

Ursula leckte wieder. Oliver unterbrach den Kuss und hielt sie schwer atmend ein paar Zentimeter von sich entfernt.

„Tu das nicht!"

Erschrocken starrte sie ihn an. Angst breitete sich in ihrem Gesicht aus. „Was ist los?"

Er senkte seine Lider. Oh Gott, wie konnte er ihr dies nur erklären, ohne sie daran zu erinnern, was er war und was sie möglicherweise mit ihrer Handlung in ihm entfesselte?

„Bitte, mache ich etwas falsch?" Ihre Stimme brach ab.

Nein, er konnte sie nicht enttäuschen, konnte nicht zulassen, dass sie wieder weinte. Aber er musste ehrlich zu ihr sein. Als er seine Augen hob, um sich ihrem Blick zu stellen, schluckte er schwer.

„Wenn du meine Zähne so leckst, kann ich spüren, wie meine Fänge sich ausfahren wollen."

Ihr Atem stockte.

„Die Fänge sind die erogensten Zonen eines Vampirs. Sie mögen es, geleckt zu werden. Aber ich darf es nicht zulassen, denn wenn ich das tue …" Er zögerte und suchte ihr Gesicht nach Anzeichen von Angst ab.

„Was passiert dann?"

Olivers Blick fiel auf die pulsierende Ader an ihrem Hals. „Sobald meine Fänge ausgefahren sind, wird es nicht lange dauern, bis ich meinen Hunger nach Blut nicht mehr zurückhalten kann. Ich würde dich beißen."

Sie sog einen schnellen Atemzug ein.

Als er sah, dass sie sich von ihm zurückzog, fügte er schnell hinzu: „Aber das werde ich nicht tun. Ich verspreche es dir. Ich werde dir das nicht antun. Du hast schon genug durchgemacht. Bitte gib mir eine Chance. Wenn wir vorsichtig sind …"

Er hoffte, dass er nicht log. Konnte er wirklich seinen Hunger für die nächste Stunde zurückhalten, um mit ihr zu schlafen, ohne sie dem auszusetzen, was sie am meisten hasste: von einem Vampir gebissen zu werden?

„Wie vorsichtig?", fragte sie und näherte sich langsam. Sie neigte ihren Kopf zu der

Beuge zwischen seinem Hals und seiner Schulter. „So?" Sie drückte einen sanften Kuss auf seine Haut, dann noch einen.

Oliver schloss die Augen und erlaubte der sanften Liebkosung ihn davonzutragen. „Perfekt."

Ihre Hände zupften an seinem T-Shirt und zogen es aus seiner Jeans.

„Zieh es aus", flüsterte sie ihm ins Ohr.

Er tat, was sie von ihm verlangte, und begrüßte die kühle Luft, die seine erhitzte Haut berührte. Aber die Erleichterung dauerte nur kurz an, denn eine Sekunde später waren ihre Hände auf seiner Brust und streichelten ihn. Sein Kopf fiel zurück gegen die Kopfstütze. War er nicht derjenige, der sie verführen sollte, anstatt anders herum? Offensichtlich liefen die Dinge nicht genau so wie geplant ab, nicht, dass er sich wirklich beschwerte.

Allerdings hatte er ihr ein Versprechen gegeben: Ihr sexuelles Vergnügen zu bereiten, und er würde sein Versprechen nicht brechen. Es war an der Zeit, die Zügel wieder in die Hand zu nehmen.

Oliver griff nach ihrem T-Shirt und zog es aus ihrer Jeans. „Heb die Arme hoch!"

Sie zögerte nicht und erlaubte ihm, ihr das T-Shirt über den Kopf zu ziehen und damit ihre nackten Brüste zu entblößen.

„Wunderschön."

Ihre Brüste waren klein, jedoch perfekt geformt, rund und fest. Er umfasste eine und drückte leicht, dann neigte er sich zu ihr und nahm eine Brustwarze in den Mund, um daran zu saugen. Die kleine Knospe war schon hart, als er mit seiner Zunge darüber strich. Ihre Haut schmeckte nach Zitrusfrüchten, rein und jung. So unschuldig. Dieser Gedanke warf plötzlich eine Frage auf.

„Bist du noch Jungfrau?"

Sie schüttelte den Kopf. „Nein!"

„Gut", murmelte er nahe an ihrer weichen Haut. „Es würde mir nämlich nicht gefallen, dir wehzutun, wenn ich in dir drinnen bin." Egal wie kurzlebig dieser Schmerz auch wäre.

Er neckte weiter ihre Brustwarze, dann schenkte er ihrer anderen Brust die gleiche Aufmerksamkeit. Gleichzeitig beobachtete er ihre Reaktion, um herauszufinden, was sie am meisten mochte. Er arbeitete sich bis zu ihrem Bauch vor, dann drehte er sie mit einer Bewegung zur Seite, legte sie mit dem Rücken auf die Bank und beugte sich über sie.

Während seine Lippen einen Pfad aus Lava zu ihrem Nabel brannten, waren seine Hände schon dabei, den Knopf ihrer Jeans zu öffnen und den Reißverschluss aufzumachen. Als er an ihrer Hose zog und aufsah, bemerkte er, wie sie ihn mit geöffneten Lippen und ungleichmäßigen Atemzügen beobachtete. Ihre Augen leuchteten voller Lust, und ihre Wangen waren ebenso gerötet wie ihr gesamter Oberkörper.

„Ich habe das schon lange nicht mehr gemacht", sagte sie mit leiser, fast entschuldigend klingender Stimme.

Er lachte leise. „Es ist wie Fahrrad fahren." Nur heute würde sie ihn fahren, oder besser gesagt reiten. Der Gedanke schickte eine weitere Hitzewelle durch seinen Körper und entflammte ihn noch mehr.

Er befreite sie von ihrer Jeans und ihrem Slip, zog ihre Schuhe aus und ließ die Kleidung auf den Boden fallen. Ursula lag nackt vor ihm.

Er war froh, dass er seine Vampir-Nachtsehkraft hatte, mit der er sie trotz des trüben Lichtes in ihrer vollen Schönheit bewundern konnte.

Seine Hände glitten von ihren Waden zu ihren Oberschenkeln und drückten ihre Beine auseinander. Dann senkte er seinen Kopf zu ihrem Venushügel.

„Du wirst doch nicht etwa ...?" Sie unterbrach sich.

Oliver hob seine Augen, um sie anzusehen. „Du hast doch nicht etwa gedacht, ich würde mir das entgehen lassen?" Auf keinen Fall. „Als ich sagte, dass wir das so machen, wie es sich gehört, meinte ich es auch. Und dazu gehört, deine süße Muschi zu kosten."

In dem Moment, als sein Mund ihre Schamlippen berührte, stöhnte Ursula auf. Oliver leckte den Tau, der bereits ihr pralles Fleisch bedeckte, und erlaubte dem Geschmack, sich auf seiner Zunge auszubreiten. Sein Körper versteifte sich. Fuck! Sie schmeckte fantastisch. Er drückte ihre Beine so weit auseinander, wie es in dem engen Raum möglich war und leckte wieder über ihre feuchte Spalte, knabberte und erforschte sie. Und mit jedem leisen Stöhnen und Seufzen, das Ursula hervorstieß, stieg seine Entschlossenheit, sie zum Höhepunkt zu bringen.

Er hatte es schon immer geliebt, Frauen zu lecken, aber bei dem schönen asiatischen Mädchen in seinen Armen war das Vergnügen noch größer. Zu wissen, dass er ihr etwas geben konnte, das sie sich seit drei Jahren ersehnt hatte, spornte ihn an. Er glitt höher zu ihrem Lustknopf. Das kleine Bündel aus Nerven war schon angeschwollen, ein Zeichen ihrer Erregung. Er streichelte mit seiner Zunge darüber. Ursula hob fast von der Rückbank ab und ihr Körper spannte sich an.

„Ruhig, Baby", besänftigte er sie. „Ich werde ganz zärtlich sein."

Doch diese Zärtlichkeit kostete ihn einiges: In seinem Inneren wollte die Bestie entfesselt werden und ihre Kraft ausleben. Seine wilde Seite zurückzuhalten war ein Kampf, von dem er wusste, dass er ihn irgendwann verlieren würde. Dennoch war er entschlossen, sich diesem Kampf zu stellen. Denn Ursula zu befriedigen war jetzt wichtiger als alles andere. Es würde ihr Vertrauen in ihn festigen, dessen war er sich sicher. Und er wollte, dass sie ihm vertraute.

Mit erneuter Entschlossenheit fuhr er fort, seine Zunge über ihr zartes Organ zu streichen, zuerst langsam, dann mit mehr und mehr Druck. Ursulas Atmung veränderte sich und wurde immer unregelmäßiger. Ihr Herzschlag pulsierte in einem hektischen Rhythmus durch ihren Körper, und dieser Klang wurde von seinem Vampirgehör noch stärker wahrgenommen. Ihre Erregung heizte seine eigene an, und er wurde sich schmerzlich bewusst, dass sich seine Erektion gegen den Reißverschluss seiner Jeans drängte. Er trug sie immer noch, sonst würde er seinen schmerzenden Schwanz in sie stoßen, bevor er sie zum Höhepunkt gebracht hatte. Wenn er erst einmal nackt war, konnte er für nichts mehr garantieren.

Wie eine Katze wand Ursula sich unter ihm. Ihr Stöhnen wurde lauter, ihre Seufzer intensiver. Er verdoppelte seine Bemühungen, denn er wusste, sie war so nahe daran zu kommen.

„Es funktioniert nicht", sagte sie. „Ich kann nicht." Frustration und Enttäuschung kollidierten in ihrer Stimme.

Fuck! Er machte es nicht richtig.

19

Ursula kniff die Augen zusammen. Sie war so nahe am Höhepunkt und doch so weit davon entfernt wie eh und je. Ihr Körper spielte nicht mit und hielt noch immer an der Anspannung der letzten drei Jahre fest. Als ob die Fesseln, mit denen sie an ihr Bett gekettet worden war, und die Gedanken ihrer Entführer, die in ihren Geist eingedrungen waren, sie immer noch daran hinderten, Befriedigung zu finden.

„Baby, es tut mir leid, ich mache es nicht richtig", hörte sie Oliver sagen.

Sie öffnete ihre Augen und sah, wie er sich

aufsetzte. Er sah verzweifelt aus. „Es ist nicht deine Schuld. Es geht einfach nicht."

Seine Hand streichelte zärtlich ihre Wange. „Dann versuchen wir etwas anderes."

Sie schüttelte den Kopf. „Es hat keinen Zweck. Mein Körper funktioniert einfach nicht mehr so."

Oliver rutschte näher und legte seine Arme um sie. „Unsinn, Baby. Du bist nur ein wenig angespannt." Sie spürte ihn zögern. „Ist es vielleicht deswegen, weil ich ein Vampir bin? Hast du Angst, dass ich dich beiße?"

Ihre Augen trafen sich, und sie bemerkte, wie ihm vor ihrer Antwort graute. Mit einem Kopfschütteln versuchte sie seine Bedenken wegzuwischen, aber tief in ihr war die Furcht, dass er die Kontrolle verlieren und sie beißen könnte, noch allgegenwärtig. Sie ließ es nicht zu, dass diese Gedanken an die Oberfläche gelangten, denn sie wollte ihn nicht noch mehr enttäuschen.

„Nein, das ist es nicht. Es ist einfach … die Erinnerung daran, gefesselt zu sein und nicht in der Lage zu sein …"

„Schh, ich sorge dafür, dass du das

vergisst." Er drückte einen sanften Kuss auf ihre Lippen. Dann zog er sich zurück und entließ sie aus seiner Umarmung. „Lass uns was anderes ausprobieren."

Sie fragte sich, was er im Sinn hatte, während sie beobachtete, wie er seine Hose, Boxershorts und Schuhe auszog, bevor er sich wieder an die Rückbank lehnte. Ihre Augen schweiften über seine haarlose, muskulöse Brust und dann zu seiner riesigen Erektion. Selbst im schwachen Licht des Minivans war diese schwer zu übersehen. Sein Schaft war dick und lang. Ihr Schoß zog sich bei dem Gedanken, ihn in sich zu spüren, zusammen.

„Setz dich rittlings auf mich!", forderte er.

Zögernd folgte sie seinem Befehl, hob ein Bein über seine Schenkel und stützte sich auf die Knie. Oliver rutschte an den Rand des Sitzes, sodass sein Schwanz wie eine Zeltstange nach oben zeigte.

„Jetzt reibe dich gegen meinen Schwanz!" Er sah ihr in die Augen. „Nimm mich nicht in dich hinein, sondern reibe dich einfach gegen mich! Finde deinen eigenen Rhythmus!"

„Aber du ..."

„Mach dir keine Sorgen um mich!" Er schmunzelte, und das ließ ihn jünger aussehen – und so gar nicht wie einen Vampir. „Ich werde das genauso sehr genießen wie ich hoffe, dass du es genießen wirst."

Als sie seine Hände an ihren Hüften fühlte, ließ sie sich von ihm in die erste Bewegung leiten und senkte sich so, dass ihr Geschlecht an seinem erigierten Schaft entlangglitt. Ihre Nässe überzog seinen Schwanz und ließ sie sanft entlanggleiten.

Olivers Kopf fiel zurück gegen die Kopfstütze. „Fuck!", fluchte er und schloss die Augen.

Von seiner Reaktion angespornt, wiederholte sie die gleiche Bewegung. Rauf und runter. Sie beobachtete sein Gesicht und sah, wie sein Kiefer sich verkrampfte und die Sehnen in seinem Hals hervortraten, als ob er Schmerzen hätte. Aber sie wusste, dass er keine Schmerzen hatte. Er versuchte, sich zu beherrschen. Für sie. Damit sie Befriedigung finden konnte. Wäre ein anderer Mann genauso selbstlos, oder würde er einfach Sex mit ihr haben und sich nicht darum kümmern, ob sie zum Höhepunkt kam oder nicht?

Ursula fühlte, wie ihr Körper seinen eigenen Rhythmus fand, ohne darüber nachzudenken, so als ob etwas in ihrem Inneren die Führung übernommen hätte. Mit jeder Bewegung streifte seine Erektion über ihren empfindlichen Kitzler. Ranken des Vergnügens griffen nach ihr, Vibrationen durchströmten ihren Körper und Flammen begannen auf ihrer Haut zu tanzen und sie zu verbrennen. Ihre langen Haare fielen über ihren Rücken und streichelten ihre nackte Haut, und die Berührung war so zart, als ob jemand sie mit einer Feder liebkoste. Und die ganze Zeit stöhnte Oliver seine Freude heraus, und dieser Ton durchdrang die Mauer um ihr Herz.

„Oh, Baby", murmelte er, während seine Hände ihre Brüste streichelten und seine Finger mit ihren gehärteten Brustwarzen spielten, was noch mehr zu der Lust beitrug, die durch ihren Körper raste.

Ursula wollte mehr Reibung und griff nach seinem harten Schwanz, drückte ihn fester an ihr Geschlecht, als sie weiter auf und ab glitt.

Ein lautes Stöhnen kam über ihre Lippen, als sie einen elektrischen Schlag durch sich hindurch schießen fühlte.

„Oh, ja … das ist es … das ist es!“, ermunterte sie sich.

Olivers Hand glitt zu ihrem Nacken. Er zog ihren Kopf zu sich. „Gott, bist du schön.“

Dann eroberte er ihren Mund und versengte ihre Lippen mit einem Kuss. Seine Zunge drang in sie ein, während er seinen Kopf zur Seite neigte und eine tiefere Verbindung forderte. Ohne zu zögern, antwortete sie ihm und erlaubte ihrem Geist alles zu vergessen. Nichts war jetzt wichtig außer dem Mann, dessen Lippen mit ihren verschmolzen. Sein Geschmack war betäubend, sein Körper verlockend. Und unter ihrer Handfläche pulsierte seine Erektion und machte sie auf sein Bedürfnis, sie zu nehmen, aufmerksam.

Mit der nächsten Aufwärtsbewegung spürte sie eine Hitzewelle, die wie aus dem Nichts in sie einschlug. Dann fühlte sich ihr ganzer Körper so an, als ob sie schwebte. Sie ließ sich fallen und spürte, wie die Wellen ihres

Orgasmus über sie hereinbrachen. Ihr Herz blieb stehen, und ihr Atem verließ sie.

Als sie die Wellen ritt, die immer noch auf ihren Körper einschlugen, ließ Oliver von ihren Lippen ab und lächelte sie an. Seine Hand durchkämmte ihr Haar. „Siehst du", flüsterte er. „Ich wusste, dass du es schaffst."

Ursula schlang ihre Arme um seinen Hals und zog ihn näher. „Danke."

Seine Hand glitt zu ihrem Po. „Ich helfe immer gerne."

Sie spürte seinen Schwanz gegen ihr Geschlecht zucken und wurde so daran erinnert, dass er immer noch hart war.

„Wäre es okay, wenn ...", begann er und bewegte seinen Kopf nach hinten, um sie anzusehen. Dann fielen seine Augen zu seiner Erektion. „Ich werde nicht lange brauchen. Ich bin nahe dran zu kommen."

„Du wirst nicht lange brauchen?", fragte sie.

Er schüttelte den Kopf. „Nein, ich verspreche es dir. Ich weiß, dass dein Körper jetzt erschöpft ist. Maximal dreißig Sekunden", sagte er, und seine Stimme klang fast entschuldigend.

Sie musste lächeln und hob sein Kinn mit ihrer Hand hoch. Nach allem, was er für sie getan hatte, wollte er nun zu kurz kommen? Das kam doch gar nicht in Frage. „Das ist aber schade, denn ich würde dich gerne für mehr als nur dreißig Sekunden in mir spüren. Aber wenn das alles ist, was du tun kannst …"

Er straffte seine Schultern, streckte seinen Oberkörper. „Nein! Das meinte ich nicht. Ich könnte es in dreißig Sekunden machen, wenn du es schnell hinter dich bringen willst, aber wenn nicht … Baby, ich kann so lange, wie du willst." Ein umwerfend schönes Grinsen breitete sich auf seinem Gesicht aus. „Und vielleicht können wir diesmal zusammen kommen?"

„Glaubst du nicht, dass das ein wenig zu ehrgeizig ist?"

Er zog ihren Kopf näher zu seinem und brachte damit seine Lippen nahe genug, um sie zu küssen. Selbstvertrauen sprudelte jetzt nur so aus ihm hervor. „Ich liebe die Herausforderung."

Dann waren seine Lippen auf ihren, und seine Hände packten ihre Hüften und drängten sie dazu, sich zu heben. Der dicke Kopf seines Schwanzes fand ihr Geschlecht und drang ohne Widerstand in sie ein. Als sie sich auf ihn niedersenkte, entkam ein Stöhnen seinen Lippen.

„Das ist noch besser als ich dachte." Während seine Hand ihren Nacken hielt, strich er mit seinem Daumen über ihre Wange und drückte seine Stirn gegen ihre. „Das ist mehr als ich verdiene."

„Du hast mich gerettet."

„Schläfst du deshalb mit mir?"

Sie schüttelte langsam den Kopf.

„Gut, denn ich bin nicht auf Danke- oder Mitleid-Sex aus. Ich würde lieber glauben, dass du mit mir schläfst, weil du dich zu mir hingezogen fühlst."

Sie lachte leise. „Wie würdest du den Unterschied bemerken?"

„Durch deine Reaktion auf das", behauptete er und hob ihre Hüften höher, dann stieß er seinen Schwanz bis zum Anschlag nach oben.

Ein lautes Stöhnen verließ ihre Lippen, und sie ließ ihren Kopf zurückfallen. Ihre Knie fühlten sich an wie Gelee und ihr Herz raste. Mit einem Stoß konnte er dies mit ihr anstellen: sie in eine Frau verwandeln, die nur von ihrer Begierde beherrscht wurde.

„Siehst du", fuhr er fort. „Das ist die Reaktion, auf die ich aus war."

Sie blickte in seine strahlend blauen Augen. „Dann solltest du lieber aufhören zu reden und anfangen zu handeln."

„Wie du wünschst."

Sein letztes Wort hatte seine Lippen noch nicht verlassen, als sie sich flach auf ihrem Rücken wiederfand, ihre Beine in der Luft und Oliver über ihr, sein Schwanz nur Millimeter über ihrem Geschlecht.

Oliver sah in Ursulas große braune Augen und wartete, bis sie sich bewusst war, wo sie war. Er hatte sie dort, wo er sie haben wollte: unter sich, sodass er härter in sie eindringen konnte als wenn sie auf ihm saß. Das Wissen, dass sie genauso gierig darauf aus war wie er, verdoppelte nur sein Verlangen nach ihr. Er hätte sich mit einem schnellen Dreißig-Sekunden-Fick zufriedengegeben, wenn sie ihn nach ihrem Orgasmus plötzlich nicht mehr gewollt hätte und ihr klar geworden wäre, dass er nur ein Mittel zum Zweck war. Aber zum Glück wollte sie ihn immer noch, selbst nachdem er sie zum Höhepunkt gebracht hatte.

Sein Schwanz war immer noch mit ihren Säften bedeckt, als er wieder tief in sie eindrang. Die Enge ihrer Muskeln beraubte ihn fast seiner Kontrolle, aber er erlaubte sich nicht, dem Drang nachzugeben, sofort Befriedigung zu finden. Dieser Sieg war zu süß, als dass er ihn übereilt erreichen wollte. Ihre Wärme und Feuchte umgaben ihn und hießen ihn willkommen wie eine Scheide ihre Klinge.

Er beugte sich über sie und bewegte seine Hüften vor und zurück. Mit langsamen und bedächtigen Stößen drang er in sie ein und aus und ignorierte den Vampir in sich, der forderte, dass er sie schneller und härter nahm. Dieser Teil von ihm würde sowieso bald gewinnen, aber zuerst wollte seine menschliche Seite die Vereinigung von Fleisch mit Fleisch genießen, etwas, das er nicht einmal als Mensch erlebt hatte: Er hatte immer Kondome benutzt. Aber jetzt als Vampir waren diese lästigen Dinge nicht mehr nötig. Er konnte sich weder Krankheiten zuziehen noch sie übertragen. Und eine ungewollte Schwangerschaft? Das konnte auch nicht passieren, da nur Vampire, die einen Blutbund mit ihrer menschlichen Gefährtin geschlossen hatten, ihre Partnerin schwängern konnten.

Unter ihm hob und senkte sich Ursulas Brust im Gleichklang mit ihrem Atem, und ihre Haut schimmerte durch einen feinen Film von Schweiß. Ihre Lippen waren leicht geöffnet, ihre Lider halb geschlossen, und die Töne, die aus ihrer Kehle kamen, waren Seufzer, die er verschlang, als ob er am Verhungern wäre.

Gott, wie er Frauen liebte, die sich so gehen ließen, und diese asiatische Schönheit unter ihm gab sich ihm wirklich selbstvergessen hin. Ihre Bewegungen spiegelten die Leidenschaft wider, die er schon zuvor in ihren Augen gesehen hatte und die auf das Feuer hinwies, das in ihr brannte.

Er konnte die Flammen förmlich sehen, als sie versuchten, an die Oberfläche zu brechen, ebenso wie das Gefühl der Begierde, das sie so lange in sich begraben hatte. Das Verlangen, das sie unterdrückt hatte. Jetzt nicht mehr. Mit jedem Stoß seines Schwanzes lockte er mehr davon aus ihr heraus und forderte, dass sie ihm zeigte, was sich hinter diesen geheimnisvollen Augen und in ihrem Herzen verbarg.

Ohne wirklich darüber nachzudenken, bewegte sich sein Körper im Gleichklang mit ihrem und passte sich dem Rhythmus ihres Herzschlags und ihrer Atemzüge an. Er hatte sich schon immer gefragt, wie es wohl sein würde, als Vampir Liebe zu machen. Jetzt wusste er es: Es war intensiver. Alle Empfindungen waren stärker, jede Berührung sinnlicher und jeder Kuss leidenschaftlicher. Gleichzeitig war seine Energie grenzenlos, obwohl er wusste, dass er seine Kontrolle nicht ewig halten könnte.

Was er jedoch nie geträumt hätte war, dass sein erstes Mal als Vampir auf dem Rücksitz eines Minivans stattfinden würde. Aber es spielte keine Rolle, wo sie waren, denn alles, was er sehen konnte, war Ursula, ihr makelloses Gesicht und ihren perfekten Körper. Alles andere verlor sich im Hintergrund.

In ihr zu sein und sie beide der Ekstase entgegen zu treiben war alles, was ihn interessierte. Doch nach und nach verdrängte der Vampir in ihm den selbstlosen Liebhaber von zuvor und übernahm die Zügel. Mit ihm schob sich das Verlangen nach Blut wieder in den Vordergrund, diesmal dringlicher. Sein Blick fiel auf die Vene an Ursulas Hals. Ihr Herzschlag pochte in seinen Ohren, und das Blut, das durch ihre Adern rauschte, klang wie ein Wasserfall, der in einen Pool mit aufgewühltem Wasser hinunterdonnerte.

Er riss seinen Blick von diesem verlockenden Preis los und nahm stattdessen ihre Lippen gefangen. Er lenkte sich dadurch ab, indem er sie küsste und sich darauf konzentrierte, wie ihre Muskeln seinen Schwanz bei jedem Stoß nach innen packten und drückten.

Er drang härter und tiefer in sie ein und

konzentrierte all seine Gedanken auf ein Ziel: Befriedigung zu finden. Das war das Einzige, das sein Verlangen nach Blut noch für eine kleine Weile zurückdrängen konnte.

Er ließ von ihren Lippen ab und suchte ihre Augen. „Baby, ich komme. Ich kann nicht länger ..."

Noch bevor er seinen Satz beenden konnte, zogen sich seine Eier zusammen und signalisierten damit die Ankunft seines Höhepunktes. Eine Sekunde später schoss sein Samen durch seinen Schwanz, während er immer weiter in sie hineinstieß.

Er atmete schwer, als er schließlich über ihr zusammenbrach, wobei er ein Bein auf den Boden gestützt hatte, damit er sie nicht unter seinem Gewicht zerquetschte.

„Oh Gott", seufzte sie.

Er hob seinen Kopf für einen Moment. „Es tut mir leid. Du bist nicht gekommen. Ich werde es später gutmachen." Nachdem er sich ernährt hatte. Jetzt konnte er dies nicht riskieren.

„Es spielt keine Rolle", antwortete sie und kämmte ihm mit der Hand durchs Haar.

„Tut es doch." Und er würde einen Weg finden, damit sie zusammen zum Höhepunkt kamen, selbst wenn es die letzte Sache wäre, die er tat. „Später." Sofort nach seiner nächsten Fütterung. „Lass uns nach Hause gehen."

Ihre Augen sahen ihn fragend an. „Nach Hause?"

„Ja, zu mir nach Hause."

„Was willst du wegen der Brieftasche tun?"

„Mach dir keine Sorgen. Ich finde den Kerl."

„Versprich mir, dass du deinen Kollegen nichts über mein Blut erzählen wirst. Sie dürfen es nicht herausfinden", bat sie.

Wie er diese Informationen vor seinen Kollegen für immer geheim halten konnte, war ihm ein Rätsel. Irgendwann würde er ihnen sagen müssen, was vor sich ging – vor allem, wenn der Vampir, dem die Geldbörse gehörte, bestätigte, dass Ursulas Blut wie eine Droge auf Vampire wirkte.

„Bitte."

Da Oliver sie nicht enttäuschen wollte, nickte er: „Ich verspreche es dir."

20

Der Nachtclub war gerammelt voll, und die Musik dröhnte aus den Lautsprechern. Cain bahnte sich einen Weg durch die Menge, genau wie Zane und Amaury vor ihm, während er die Menschenmenge nach Vampiren absuchte.

„Ich sehe nichts Verdächtiges!", rief er Zane nach, um dessen Aufmerksamkeit zu bekommen.

Sein Chef wandte sich um. „Der Club hat drei Stockwerke und ein paar private Räume."

Cain nickte.

„Thomas und ein paar unserer Bodyguards

dürften schon hier sein", fügte Zane hinzu. „Aber ich sehe sie nicht. Amaury und ich gehen einen Stock nach oben. Hier unten sieht es ruhig aus, aber überprüfe alle Räume auf dieser Etage! Folge uns nach oben, wenn du hier nichts findest!"

Cain willigte widerwillig ein und beobachtete, wie die beiden in Richtung Treppe marschierten. Es schien nicht so, als ob es im Erdgeschoss zu einem Kampf kommen würde, und er würde viel lieber dort hingehen, wo sich etwas rührte.

„Scheiß drauf!", fluchte er. Mit Effizienz suchte er die Tanzfläche ab, bemerkte aber nichts, das fehl am Platze war. Nur eine Menge Menschen, die in einem monotonen Techno-Rhythmus tanzten.

Er schob sich vorbei an den schwitzenden Körpern, ignorierte den Geruch von erhitztem Blut, der umso intensiver war, wenn ein menschlicher Körper durch körperliche Aktivitäten wie zum Beispiel Tanzen erhitzt war. Eine ganze Palette verschiedener Düfte vermischte sich in der klimatisierten Luft des Clubs, aber die Klimaanlage konnte nicht damit Schritt halten, die verbrauchte Luft zu erneuern. Dazu kam der Geruch von Alkohol. Die Clubbesucher tranken, während sie tanzten, und verschütteten die Hälfte ihrer Getränke auf dem Fußboden.

Cain suchte die Bar hinter der Tanzfläche ab. Drei Barkeeper waren damit beschäftigt, den nie enden wollenden Durst ihrer Kunden zu befriedigen. Allerdings sah er auch an der Bar nichts Ungewöhnliches. Er wollte sich gerade abwenden, als seine Augen auf einen Mann fielen, der eine junge Frau an sich drückte. Kein *Mann*, korrigierte er sich sofort. Es war ein Vampir, wie seine Aura verriet. Cain fokussierte seine Augen, aber der Vampir verhielt sich weder wild noch unkontrollierbar.

Cain bahnte sich einen Weg durch die Menge in Richtung Bar, um die Situation aus der Nähe zu betrachten, nur um sicherzugehen, dass die Frau nicht in Bedrängnis war. Er näherte sich in einem Winkel, von dem aus der andere Vampir ihn nicht sehen konnte, obwohl er sich bewusst war, dass der Vampir ihn dennoch spüren würde.

Als Cain nahe genug an dem Pärchen war,

um ihr Gespräch zu belauschen, blieb er stehen.

Die Frau war Anfang Zwanzig, hübsch und mit einem Busen beschenkt, um den jedes Hollywood-Sternchen sie beneiden würde. Ihre Hand lag auf dem Hintern des Vampirs, der in einer Jeans steckte, und sie drückte ihn eindeutig gegen ihren – zugegebenermaßen sehr verlockenden – Körper.

Cain hörte den Vampir stöhnen. „Süße, wenn du so weiter machst, dann muss ich dich gleich hier vernaschen."

Sie kicherte. „Dann sollten wir vielleicht von hier abhauen."

Er senkte seinen Kopf zu ihrem Hals. Cain ging auf Alarmbereitschaft. Würde der Vampir sie vor mehreren hundert Zeugen beißen? Cains Beine bewegten sich automatisch ohne nachzudenken und brachten ihn näher zu dem unbekannten Vampir.

Plötzlich hob der Vampir seinen Kopf vom Hals der Frau und drehte sich zu Cain, um ihn anzustarren. Cains Blick fiel sofort auf die Haut der Frau, aber diese war makellos. Dann begegnete er den Augen des anderen Vampirs.

Der Fremde nickte kurz und ließ Cain damit wissen, dass er ihn gesehen hatte und wusste, dass er auch ein Vampir war. Dann wandte er sich der Frau in seinen Armen zu.

„Ich glaube, es ist schon längst Zeit für dich, ins Bett zu gehen", sagte er zu ihr, ohne sich zu bemühen, seine Stimme zu senken.

Cain drehte sich weg. Offensichtlich war der Vampir im Besitz all seiner Fähigkeiten. Nichts an ihm deutete darauf hin, dass er am Ausrasten war. Dass er mit einer sterblichen Frau ins Bett gehen wollte, ging Cains nichts an, zumal es schien, dass die Frau dem hundertprozentig zustimmte.

„Viel Spaß", murmelte Cain und wusste, dass der andere Vampir ihn gehört hatte.

Als der Vampir mit seiner Eroberung für die Nacht verschwunden war, wanderte Cain zur anderen Seite des Raumes, die er noch nicht abgesucht hatte. Dieser Teil, der mit hohen Tischen und Barhockern ausgestattet war, war durch verspiegelte halbhohe Wände von der Tanzfläche abgetrennt. Dort war es nur unmerklich leiser, aber genauso voll.

Wieder ging Cain umher und suchte nach

Anzeichen von Vampiren, aber er bemerkte keine verräterische Aura, die einen Vampir umgeben würde, etwas, das nur andere übernatürliche Wesen sehen konnten. Nachdem er das Erdgeschoss abgesucht hatte, ging er in die Richtung der Treppe. Als er seinen Fuß auf die erste Stufe setzen wollte, lenkte etwas in seinem Augenwinkel seine Aufmerksamkeit auf sich.

Er riss seinen Kopf in die Richtung und bemerkte eine Tür, die nur angelehnt war. Man konnte sie leicht übersehen, weil sie aus dem gleichen Material war wie die schwarz glänzende Verkleidung der Wände. Ein schwaches Licht schimmerte dahinter.

Sein Herzschlag beschleunigte sich, während er zu der Tür ging und die Menschen um sich herum beobachtete, doch niemand schien ihm Aufmerksamkeit zu schenken. Mit seinen Fingerspitzen öffnete er die Tür ein paar Zentimeter und lugte dann nach innen. Nach dem wenigen zu urteilen, was er aus diesem Blickwinkel sehen konnte, schien dies ein privater Party-Raum, der mit einem großen Sofa ausgestattet war, zu sein.

Cain ließ seine Sinne schweifen, konnte aber nicht die Anwesenheit von Vampiren spüren. Er atmete tief ein. Das, was er roch, brachte sein Zahnfleisch heftig zum Jucken: Blut.

„Scheiße!", fluchte er und zog die Tür weit genug auf, sodass er sich ins Innere quetschen konnte. Er schloss sie hinter sich und hielt währenddessen den Atem an.

Seine Augen brauchten eine Sekunde, um die Situation zu beurteilen, und sein Magen eine weitere, um sich umzudrehen.

***

Zane kniff die Augen zusammen und konzentrierte sich auf eine Gruppe von Jugendlichen, die zur Musik schrien und wild tanzten, als er plötzlich einen Geruch aufschnappte. Neben ihm knurrte Amaury: Er roch das Gleiche.

Gleichzeitig bahnten sich er und Amaury einen Weg durch die Menge und eilten in die Richtung, aus der der Geruch von Blut kam. Zane scannte die Umgebung. Neben der Bar, die ähnlich groß war wie die im Erdgeschoss, befanden sich kleine Nischen in einer Ecke. Die Eingänge waren zum Teil durch verspiegelte Raumteiler versteckt. In den Nischen befanden sich Sitzgelegenheiten aus Plüsch und niedrige Tische für die Getränke.

Als Zane nähertrat, spürte er die Aura eines Vampirs. Er stürmte in die Nische, Amaury nur wenige Schritte hinter ihm. Ein Vampir hing am Hals einer jungen asiatischen Frau und saugte an ihr. Ihr Kampf gegen ihn war ein Beweis dafür, dass sein Biss nicht willkommen war und dass der Vampir sich nicht bemühte, sie mit Hilfe von Gedankenkontrolle zu beruhigen. Seine Hand hielt ihren Mund zu, damit sie nicht schreien konnte, aber in ihren Augen konnte man ihre Schreie sehen. Der Vampir ließ sie absichtlich leiden.

Zane sprang auf ihn zu, als der verrückte Vampir plötzlich herumwirbelte und ihn mit roten Augen und Fangzähnen, von denen Blut tropfte, anfunkelte. Der Fremde stürzte sich sofort so heftig auf ihn, dass Zane mit dem Rücken gegen eine Wand geschleudert wurde und deren verspiegelte Oberfläche zerbrach.

Zane fing sich schnell wieder, doch dieser Vampir war wilder als er jemals einen anderen Vampir zuvor gesehen hatte. Wie ein Tier, das angegriffen wurde, knurrte er. Speichel und Blut tropften aus seinem Mund, während er mit seinen Krallen auf Zanes Hals zielte. Zane wich ihm aus.

Die Schreie des Mädchens, die der ausgerastete Vampir zuvor gedämpft hatte, drangen jetzt ungehindert aus der Kehle seines Opfers. Zane überzeugte sich, dass Amaury die Situation im Griff hatte, und konzentrierte sich wieder auf seinen Angreifer.

Zane waren blutige Kämpfe nicht fremd, aber dieser Vampir war anders, stärker und gefährlicher, obwohl er nur durchschnittlich groß war. Blutrausch, das musste es sein. Es gab keine andere Erklärung dafür.

Bei jedem anderen Kampf hätte Zane einfach nach seinem Pflock gegriffen und ihn ins Herz seines Gegners getrieben, aber diesen Typen brauchte er lebendig. Dies war das erste Mal, dass sie einen der Verrückten, um die sie sich auf Anordnung des Bürgermeisters kümmern sollten, zu Gesicht bekamen. Und wenn sie wissen wollten, was wirklich los war und was dazu führte, dass diese Vampire so ausrasteten, dann musste er einen von ihnen lebendig erwischen.

Als er dem nächsten Schlag seines Angreifers auswich, drehte sich Zane blitzschnell um und sprang hinter ihn. Dann trat er ihm in die Kniekehlen. Doch anstatt zusammenzusacken, wie Zane es erwartet hatte, schlug der Ellbogen des Vampirs zurück, traf in Zanes Brustkorb und raubte ihm den Atem.

„Fuck!", presste Zane hervor, als er den gewaltsamen Stoß auffing.

„Kette!", rief Amaury ihm zu.

Zane drehte seinen Kopf und sah, wie Amaury in Vampirgeschwindigkeit seine Handschuhe überzog, bevor er in seine Tasche griff. Als er eine silberne Kette herauszog, sprang Zane beiseite und gab Amaury freie Sicht auf Zanes Gegner. Dieser hatte sich bereits umgedreht und war bereit, weitere Tritte und Schläge auszuteilen.

Mit hohen Kicks seiner Beine verhinderte der Kerl, dass Amaury ihm nahe genug kommen konnte, um die Kette um seinen Hals zu werfen. Mit gefletschten Zähnen knurrte der Schurke wie ein Tier und sprang auf Amaury zu. Zane, der an der Seite stand, erkannte seine Chance. Er brachte sein Bein hoch und schlug dem Vampir mitten im Sprung in die Leistengegend. Und schon brach dieser zusammen.

Amaury verlor keine Zeit und wickelte die silberne Kette um dessen Hals. Der Gestank von versengten Haaren und Fleisch durchdrang sofort die Luft.

„Verdammtes Arschloch!", fluchte Amaury, während er die Kette eng um den Hals des Vampirs gewickelt hielt und ihn damit zu Boden zwang. Der Vampir kämpfte immer noch. Er griff die Kette mit seinen Händen, um sie von seinem Hals zu ziehen, aber verbrannte sich dabei die Finger, denn Silber war das einzige Metall, das einen Vampir verletzen konnte, wenn er es berührte.

Zane trat mit seinem Stiefel gegen die Hüfte des Typen, dann half er Amaury, ihn mit einer zweiten Silberkette zu fesseln. Hinter ihm weinte das Mädchen immer noch. Zane stand auf und sah sie an.

Ihr Hals blutete stark, und ihr Körper war mit Schnittwunden, die von Vampirkrallen stammten, übersät. Der verrückte Vampir hatte sie brutal rangenommen.

„Scheiße!", zischte Zane.

Ein Blick auf den Eingang der Nische bestätigte, dass keiner der Clubbesucher bemerkt hatte, was los war: Die Musik war zu laut, als dass jemand den Kampf oder die Schreie des Mädchens gehört hätte, und die verspiegelte Trennwand, die den Eingang zum Teil verdeckte, verbarg das Blutbad dahinter.

Zane blickte in die Augen des Mädchens, konzentrierte sich auf ihr Gehirn und wischte jede Erinnerung an dieses schreckliche Ereignis aus ihrem Verstand. Aber um die Blutung zu stoppen und sie zu heilen, brauchte er Hilfe. Als blutgebundener Vampir konnte er nur das Blut seiner Gefährtin trinken, und wenn er die Wunden dieses Mädchens leckte, um sie zu schließen, würde er dabei ihr Blut zu sich nehmen. Es würde ihn krank machen. Er brauchte einen Vampir, der entweder nicht blutgebunden oder an einen anderen Vampir blutgebunden war. Diese waren in der Lage, auch Blut, das nicht von ihrem Gefährten oder ihrer Gefährtin kam, zu verdauen.

Außerdem waren die Verletzungen des Mädchens schwerwiegend. Sie brauchte Vampirblut, um zu heilen. Nur einfach ihre Wunden zu lecken, damit der Vampirspeichel sie schloss, würde nicht ausreichen.

„Wir brauchen Cain", sagte er zu Amaury. „Und wo zum Teufel ist Thomas?"

Cain widerstand dem Drang, seine Hand über seinen Mund und seine Nase zu legen, aber es war schwer, sich bei dem Anblick dieses Grauens nicht übergeben zu wollen. Das Mädchen, das auf dem schmutzigen Boden des Raumes lag, war tot. Ihre Kehle war herausgerissen worden, und es war offensichtlich, dass ein Vampir brutal von ihr getrunken und sie dann mit seinen Krallen getötet hatte. Als ob er verärgert gewesen wäre. Nein, nicht nur verärgert: wütend! Und er hatte das Mädchen dafür bestrafen wollen.

Ihre mandelförmigen Augen standen offen und starrten ihn noch immer voller Schrecken an. Das war Beweis genug, dass der Vampir, der dies getan hatte, sich nicht einmal bemüht hatte, Gedankenkontrolle anzuwenden, damit sie nicht mitbekam, was er ihr antat. Das arme Mädchen hatte gewusst, was mit ihr geschah.

Cain wandte sich von dem blutigen Anblick ab und durchsuchte den Raum nach Hinweisen, die ihn zu dem Vampir, der dies getan hatte, führen könnten. Instinktiv wusste er, dass er nichts finden würde. Er war zu spät gekommen.

Cain senkte seinen Kopf, als er einen leichten Lichtstrahl bemerkte, der unter einer der verspiegelten Wände hervor schien. Er ging darauf zu. Im Spiegel gab es kein Spiegelbild von ihm, und obwohl er es gewohnt war, erschreckte ihn dies ab und zu immer noch. Manchmal fragte er sich, ob er wirklich existierte oder ob er nur ein Schatten seiner eigenen Fantasie war. Er schüttelte diesen idiotischen Gedanken ab und ließ seine Hände über den Spiegel gleiten. Er suchte nach Vertiefungen oder Haken, durch die er hinter den Spiegel gelangen konnte. Es gab keine, aber als er gegen den Spiegel drückte, bewegte sich dieser von der Wand weg und offenbarte ein anderes Zimmer dahinter, das ein Abstellraum zu sein schien.

Eine Gestalt sprang ihn an, aber trotz der verschwommenen Bewegung, die er wahrnahm, reagierte Cain unverzüglich. Er knallte seinen Körper gegen den des Angreifers, den er als einen Vampir erkannte. Der üble Geruch von Blut haftete ihm noch immer an. Der Kerl war breiter und ein wenig wuchtiger als Cain. Cain landete einen rechten Haken unter dessen Kinn, was den Kopf seines Angreifers zurückpeitschte, dann schlug er mit seiner geballten Faust gegen dessen Luftröhre und trat ihm gegen seinen Oberschenkel.

Aber der Kerl sackte nicht so leicht zusammen wie andere Gegner, gegen die er bisher gekämpft hatte.

„Scheiße!"

Der Vampir warf ihm ein böses Grinsen zu. „Besseres Blut!"

Momentan   durch   den   seltsamen

Kommentar abgelenkt konnte Cain den Schlag gegen seinen Hals nicht verhindern, der ihn gegen ein Regal an der Wand warf. Ein Schmerz peitschte durch ihn hindurch, war aber nur vorübergehend zu spüren. Cain richtete sich sofort wieder auf und konnte damit dem nächsten Schlag ausweichen. Er sprang zur Seite, trat seinem Angreifer in die Hüfte und katapultierte ihn gegen die gegenüberliegende Wand.

„Verdammter Mörder!", fluchte er und funkelte das Arschloch an.

Der Vampir knurrte und kniff die Augen zusammen, während er schon wieder zum Gegenangriff ausholte. „Sie hatte nicht das richtige Blut! Das Luder hat es verdient!"

Der verrückte Vampir war eindeutig im Delirium, denn seine Worte ergaben keinen Sinn. Der Blutrausch war ihm ins Gesicht geschrieben: Sein Atem war ungleichmäßig, seine Augen blutunterlaufen und Speichel tropfte aus seinem Mund wie bei einem tollwütigen Hund. Leider war eine andere Sache auch wahr: Genauso wie andere

Vampire im Blutrausch, schien auch er stärker und wilder zu sein.

Als sie kämpften und Schläge, Tritte und Hiebe austauschten, sah sich Cain verzweifelt nach einer Waffe um, die er nutzen konnte, um seinen Gegner zu bezwingen, ohne ihn zu töten. Er hatte einen Pflock in seiner Jackentasche, aber er hatte nicht vor, ihn zu benutzen. Zanes Befehl war es, einen der verrückten Vampire, die sie schon wochenlang jagten, lebendig einzufangen. Wenn sie einen lebend erwischten, hätte Scanguards eine Chance herauszufinden, was vor sich ging.

Mit seinem nächsten Schlag erwischte der Angreifer Cain mit seinen Krallen am Hals. Sofort lief Blut aus den stechenden Kratzern.

Wut durchfuhr Cain, und er stieß ihn zurück, zog sein Knie hoch und rammte es dem Kerl in die Eier. Als sein Gegner einknickte, schlug Cain sein Knie nachmals nach oben und schickte den Typen mit solcher Wucht gegen den Schrank hinter ihm, dass die Vorräte darauf klapperten und aus dem Regal fielen.

Cain drückte den Vampir gegen das Regal,

während er seinen Arm an den Hals seines Gegners presste. „Jetzt hab ich dich!"

Die Augen des Verrückten tanzten zuerst nach links, dann nach rechts, dann streckte er einen Arm aus. „Nein, hast du nicht!"

Als sein Angreifer seinen Arm nach vorne brachte, sah Cain das Stück Holz, das er in der Hand hielt.

„Mist!"

Cain ließ den Hals des Vampirs los und fuhr mit seiner Hand in seine Jackentasche. Gleichzeitig machte er eine halbe Umdrehung, um dem schwingenden Arm seines Angreifers, der den provisorischen Pflock hielt, auszuweichen. Er griff nach seinem eigenen Pflock, vervollständigte seine Drehung und rammte die Waffe in die Brust des Vampirs.

Ein Geräusch hinter ihm brachte Cain dazu, kehrtzumachen, während sein Gegner gerade zu Staub zerfiel. Bereit, den anzugreifen, der eingedrungen war, hob er seinen Pflock, doch dann entwich ihm ein Seufzer der Erleichterung.

„Thomas", hauchte er. „Das wurde aber auch Zeit!"

Neben Thomas steckte Eddie seinen Kopf in den Raum. „Tut uns leid, aber ein Bus hatte einen Unfall in der Mission. Wir sind im Verkehr stecken geblieben", erklärte Eddie.

„Ich hatte keine andere Wahl", sagte Cain und blickte auf die Stelle, wo sich der Staub des toten Vampirs jetzt auf dem Boden sammelte. „Ich habe unsere Chance, herauszufinden, was vor sich geht, verpatzt." Er hatte versagt, und er hasste Misserfolge.

„Mach dir keine Sorgen." Thomas deutete mit seinem Kopf in Richtung des Raumes, wo das tote Mädchen abgeschlachtet worden war. „Er hat es verdient. Außerdem haben Zane und Amaury einen Lebendigen gefangen."

Cain stieß einen Seufzer der Erleichterung aus.

„Dann räumen wir mal lieber auf", schlug Eddie vor.

Cain kniff für einen Moment die Augen zusammen. „Sie muss furchtbar gelitten haben." Als er seine beiden Kollegen wieder ansah, bemerkte er auch deren traurige Blicke.

„Dafür wird er in der Hölle schmoren", behauptete Thomas.

Cain schüttelte den Kopf. „Er ist jetzt frei. Ich hätte ihn am Leben lassen sollen, um ihm zu zeigen, was die Hölle wirklich ist." Denn die Hölle lag nicht in einer anderen Dimension. Sie war hier, auf dieser Welt.

Cain überließ das Aufräumen Thomas und den anderen Vampiren, die kurz nach ihm eingetroffen waren, und transportierte den Gefangenen, den Zane und Amaury erwischt hatten, zurück zu Scanguards' Hauptquartier im Mission Bezirk. Während Zane und Amaury den immer noch kämpfenden Vampir zu einer der Arrestzellen im Keller brachten, ging Cain in die V-Lounge, einem großen Raum, zu dem nur Vampire mit ihren speziell codierten Ausweisen Zugang hatten.

Nach dem, was er heute Nacht gesehen hatte, brauchte er eine Ablenkung, und er wusste, dass er die in der Lounge finden würde.

Als er eintrat, linderte die beruhigende Atmosphäre des Raumes sofort seine

Anspannung. Die Lounge sah aus wie ein alter Herrenklub mit bequemen Sitzgelegenheiten, einem Kamin und einer Bar mit Blut vom Fass.

Hier entspannten sich Vampire zwischen Aufträgen, quatschten mit ihren Kollegen oder genossen einen schnellen Snack. Vampire, die bei Scanguards zu Besuch waren, wurden auch hier beherbergt, aber heute Nacht sah Cain nur Kollegen. Keine Besucher waren anwesend. Er nickte mehreren der Vampire zu, während er zur Bar ging und sich an die Theke lehnte. Die Vampirin hinter der Theke lächelte ihn an.

Er ließ seine Augen über ihr schwarzes Kleid schweifen, das keine ihrer Kurven versteckte. Bei dem Anblick lief ihm das Wasser im Munde zusammen. Auch wenn er in Wirklichkeit keine Erinnerung daran hatte, war er sich jedoch sicher, dass er kurvenreiche Frauen bevorzugte.

„Was darf ich dir servieren?", fragte sie höflich.

Wie wär's mit dir auf einem Teller?, dachte er, hielt sich jedoch davon ab, seinen Wunsch zu äußern. Es wäre nicht gut, eine Angestellte von Scanguards zu vernaschen. Schließlich war er nicht an einer Beziehung interessiert, und die Situation könnte unangenehm werden, wenn sie sich nach einem One-Night-Stand wieder begegneten. Sie war Vampirin und deshalb konnte er ihr Gedächtnis nicht löschen. Dieser besondere Trick funktionierte nicht bei Vampiren, nur bei Menschen.

Er würde an seinem freien Abend zu einem Nachtclub gehen müssen und dort eine Sterbliche für unkomplizierten Sex aufreißen, genauso wie der Vampir, den er an diesem Abend getroffen hatte. Doch der Gedanke, eine Diskothek zu besuchen nach allem, was er heute Abend gesehen hatte, sprach ihn nicht an. Vielleicht sollte er lieber Veras Bordell besuchen. Ihre Mädchen waren hübsch und stellten keine Fragen. Und seit er angefangen hatte, für Scanguards zu arbeiten, hatte er genug Geld, um sich solche Ablenkungen leisten zu können.

Cain deutete auf einen der Hähne. „B positiv, bitte."

Seine Augen fuhren fort, sie zu beobachten, wie sie ein Weinglas mit der roten Flüssigkeit füllte und es vor ihn hinstellte. Dann tippte sie etwas in ihre Kasse. Ohne dazu aufgefordert zu werden, berührte er mit seiner ID den Sensor, um für sein Getränk zu bezahlen. Der Preis des Blutes wurde von Scanguards subventioniert. Tatsächlich verkaufte Scanguards es zum Einkaufspreis an seine Mitarbeiter. Es war ein Service, den sie anboten, um mehr Vampire dazu zu bewegen, Flaschenblut zu trinken, anstatt sich direkt von Menschen zu ernähren.

Cain mochte die Tatsache, dass Flaschenblut so leicht erhältlich war, aber manchmal ging er gerne auf die Jagd. Es war nicht etwas, das er gerne zur Schau stellte, besonders nicht vor Oliver, der schon genug Probleme hatte, seine Blutgier im Zaum zu halten. Es würde ihm nicht helfen, wenn er wüsste, dass Cain es auch genoss, ab und zu zu jagen. Er stimmte Quinn voll zu, dass Oliver zuerst lernen musste, sich zu beherrschen, bevor er auf die Allgemeinheit losgelassen werden durfte. Und nach dem zu urteilen, was Cain selbst sehen konnte, war Oliver noch genauso weit von diesem Ziel entfernt wie eh und je.

Cain nahm seinen Drink und ging zu einem leeren Ohrensessel vor dem Kamin.

Die Worte des Vampirs, den er getötet hatte, hallten noch immer in seinem Kopf wider. *Sie hatte nicht das richtige Blut.*

Was hatte er wohl damit gemeint?

21

Ursula lehnte sich im Beifahrersitz zurück, als Oliver den Minivan durch die fast leeren Straßen der Stadt navigierte. Sie fühlte sich müde und entspannt. Gleichzeitig war ihr ihr Verhalten ein wenig peinlich. Sie war noch nie so ... so forsch gewesen. Und noch dazu mit einem Vampir!

Sie konnte nur hoffen, dass sie keinen Fehler gemacht hatte, indem sie ihm vertraute.

„Bedauerst du es?", fragte Oliver unerwartet und warf ihr einen Seitenblick zu. „Runzelst du deshalb die Stirn?"

„Ich runzle die Stirn? Es tut mir leid. Ich

frage mich nur, wie du vorgehen wirst, um den Vampir zu finden, dessen Brieftasche ich gestohlen habe, und was du ihm sagen wirst."

„Mach dir keine Sorgen! Dafür bin ich ausgebildet. Er wird nicht schwer zu finden sein. Der Führerschein ist in der Brieftasche. Damit fange ich an."

„Und dann?" Sie warf ihm einen zweifelnden Blick zu. „Wenn du ihn findest, was wirst du ihm sagen?" Würde der Blutegel zugeben, dass er in dem Blut-Bordell gewesen war und von den Mädchen getrunken hatte? Oder würde er die Existenz des Bordells leugnen?

„Ich werde dafür sorgen, dass er mit der Wahrheit rausrückt. Ich verspreche es dir."

Sie nickte. „Und wenn er nicht weiß, wohin sie verschwunden sind?"

„Ich habe das Gefühl, dass er es weiß. Ich vermute, dass sie allen Stammkunden mitteilen werden, wohin sie umgezogen sind. Warum sollten sie erst wieder versuchen, neue Kunden zu werben, wenn sie doch die alten haben? Sie müssen einen Weg haben, ihren bisherigen Kunden mitzuteilen, wo sie jetzt sind."

„Ich hoffe, du hast recht. Wir müssen herausfinden, wo sie die anderen Mädchen hingebracht haben." Sie musste ihr Versprechen ihnen gegenüber halten und ihnen helfen, der Hölle, in der sie sich befanden, zu entkommen.

„Du sorgst dich um sie", meinte Oliver.

„Wir waren wie Schwestern. Unsere Wärter erlaubten uns nicht viel Kontakt, aber wir fanden trotzdem Wege zu kommunizieren. Die gleiche schreckliche Sache durchzumachen verbindet einen." Deshalb musste sie ihnen helfen, denn zu wissen, was sie immer noch durchmachten, schmerzte sie.

„Ich werde tun, was ich kann. Aber du weißt, dass wir Scanguards einschalten müssen, sobald wir wissen, wo sie sich verstecken. Das ist nicht etwas, was ich auf eigene Faust machen kann."

Ursula wusste, worauf er anspielte. „Aber du wirst ihnen nicht von meinem besonderen Blut erzählen, oder?" Sie sah ihn an, aber er starrte geradeaus auf die Straße.

„Warum macht es dir so viel Angst, dass sie es herausfinden? Du hast es *mir* doch auch gestanden."

„Ich kenne sie nicht. Was ist, wenn sie wie die Vampire sind, die mich gefangen gehalten haben? Was ist, wenn sie das Gleiche wollen?"

Oliver schüttelte den Kopf. „Mich kennst du genauso wenig."

Ihr Atem stockte. Was wollte er damit sagen? „Du willst mein Blut auch?" Ihre Stimme brach ab. Hatte sie einen monumentalen Fehler begangen, ihm zu vertrauen?

Sie hörte ihn schwer atmen, dann bemerkte sie ein Schaudern durch seinen Körper gehen.

„Es ist nicht so wie du denkst. Ja, ich will dein Blut. Wegen dem, was wir gerade getan haben." Er warf ihr einen Blick zu, der ihn wie ein Raubtier aussehen ließ. „Wenn ein Vampir Liebe macht, dann will er die Frau auf jegliche Art und Weise nehmen. Und das bedeutet auch, dass er seine Fänge in sie senken und ihr Blut trinken will."

Ursula versank noch tiefer in ihrem Sitz und rückte immer näher an die Tür.

Er schien es zu bemerken und hob die Hand vom Lenkrad. „Bitte fürchte dich nicht vor mir! Ich werde dein Blut nicht trinken, denn das kann ich nicht."

Ungläubig starrte sie ihn an, denn sie verstand nicht, was er damit meinte. „Aber du hast doch gerade gesagt –"

„Ich weiß, was ich gesagt habe", schnitt er ihr das Wort ab. „Aber es gibt etwas, das du wissen musst. Wenn dein Blut wirklich wie eine Droge wirkt, dann wird es für immer tabu für mich bleiben. Ich war vor langer Zeit drogenabhängig. Als ich noch ein Mensch war. Und das will ich nie wieder durchmachen. Nie wieder."

Seine blauen Augen suchten ihre und sie erkannte eine Intensität in ihnen, die ihr nie zuvor aufgefallen war.

„Denn wenn ich jemals wieder mit Drogen anfange, egal welche Art Drogen es sind, werde ich es diesmal nicht schaffen. Sie werden mich vernichten. Und ich habe mir geschworen, dieses zweite Leben, das mir geschenkt wurde, nicht wegzuwerfen."

Seine entschlossene Stimme ließ sie

innehalten. War er wirklich stark genug, um der Versuchung zu widerstehen?

„Ich verzichte lieber darauf, von dir zu trinken, während wir Liebe machen, als wieder süchtig zu werden." Er hielt einen Moment inne. „Das heißt, wenn du jemals wieder mit mir schläfst."

Ein einziges Wort entkam ihren Lippen. „Oh." Er wollte wieder mit ihr schlafen? Sie senkte ihren Blick.

„Du musst mir jetzt nicht antworten. Ich bitte dich nur, dass du mich nicht von vorneherein abweist, nur wegen dem, was ich gerade gesagt habe. Ich dachte, dass dir an der Wahrheit gelegen ist."

Sie hob ihre Augen, um ihn anzusehen und ihm zu sagen, dass sie nichts mehr wollte, als ihren Körper wieder mit seinem zu vereinen, als sie ein rotes Glühen in seinen Augen bemerkte. Es war etwas, das ihr nur allzu vertraut war. Ihr Blick fiel sofort auf seine Hände, die das Lenkrad umklammerten. Klauen drängten sich aus seinen Fingerspitzen hervor.

Sie spürte, wie ihr die Angst die Kehle

zuschnürte und sie am Sprechen hinderte. Sie konnte ihn nur anstarren.

„Es tut mir leid, Ursula. Ich bin sehr hungrig. Aber ich werde dich nicht angreifen. Ich verspreche es dir." Er schluckte schwer, und als er seinen Mund wieder öffnete, sah sie seine Fangzähne herausragen.

Ein Atemzug entkam ihrer Brust.

„Wir sind fast zu Hause. Ich lasse dich am Bordstein aussteigen. Du musst sofort nach drinnen gehen. Blake wird zuhause sein. Er wird dich beschützen. Versprich mir, dass du gleich zu ihm gehst! Erzähle ihm so viel oder so wenig wie du willst, aber weiche nicht von seiner Seite!"

Olivers Stimme klang jetzt anders: angespannt, als ob er Mühe hatte zu sprechen.

Sie nickte automatisch.

„Ich werde warten, bis du drinnen bist. Bitte lauf nicht weg! Wenn du das tust, wird mein Instinkt mich übermannen, und ich werde dich jagen. Und dann helfe uns Gott."

„Ich verspreche es", würgte sie heraus. Sie würde alles tun, nur damit er sie nicht biss.

Die   nächsten   paar   Straßenblöcke

beobachtete sie jede seiner Bewegungen genau. Ihre eigenen Handflächen waren verschwitzt, und ihr Herz schlug doppelt so schnell wie normalerweise. Sie wusste, er konnte ihren Herzschlag hören und ihren Schweiß riechen. Sein verkrampfter Kiefer und seine weißen Knöchel deuteten darauf hin.

Es schien eine Ewigkeit zu dauern, bis Oliver endlich vor seinem Haus anhielt.

„Geh!"

Ohne einen Blick zurückzuwerfen, öffnete sie die Tür, sprang aus dem Auto und knallte sie hinter sich zu. Sie zwang sich, so normal wie möglich zur Eingangstür hochzugehen und drückte mehrmals die Türklingel. Als sie ungeduldig wartete, blickte sie über ihre Schulter. Oliver saß noch immer im Wagen, der Motor lief.

Ihr Herz blieb fast stehen, als die Eingangstür von innen aufgerissen wurde.

„Ursula?"

„Lass mich rein! Schließ die Tür!", verlangte sie und drängte sich an Blake vorbei ins Haus.

Erst als sie hörte, wie die Tür hinter ihr

geschlossen und verriegelt wurde, stieß sie einen Seufzer der Erleichterung aus.

„Was ist passiert?" Blake nahm ihren Arm und drehte sie zu sich um.

„Oliver ist hungrig."

Wut breitete sich in seinem Gesicht aus. „Fuck! Hat er dir wehgetan?" Seine Augen suchten ihren Hals ab. „Hat er dich gebissen?"

Hastig schüttelte sie den Kopf. „Nein!"

Aber aus unerklärlichen Gründen fragte sie sich plötzlich, wie es sein würde, seine Fänge in ihrem Hals zu spüren, während sie miteinander schliefen. Ein Gedanke kam und verschwand genauso schnell wieder: Ihre Entführer hatten ihr und den anderen Frauen Sex verweigert, weil sie glaubten, dass dadurch die Wirksamkeit ihres Blutes geschwächt würde. Sie konnte sich nicht sicher sein, dass dies tatsächlich die Wahrheit war, aber sie hatte Oliver davon erzählt. Würde er sich an dieses Detail erinnern? Und wenn er es täte, würde er versuchen, sie zu beißen, weil er glaubte, dass ihr Blut weniger betäubend war, wenn sie Sex hatten? Und würde sie es ihm erlauben?

Wie verkorkst war sie doch, sich so etwas überhaupt vorzustellen? Hatte sie nicht genug durch ihre Entführer gelitten?

Tränen füllten ihre Augen, und mit ihrem nächsten Atemzug entriss sich ein Schluchzen ihrer Brust.

22

Nachdem er in einer Gasse in der Nähe des Rathauses seinen Hunger nach Blut gestillt hatte, stieg Oliver wieder in den Wagen und fuhr zu der Adresse, die er auf dem Führerschein in der Brieftasche gefunden hatte. Die Adresse lag in North Beach. Als er durch die Stadt fuhr, schweiften seine Gedanken zurück zu Ursula und ihrem schockierten Blick, als sie erkannt hatte, dass er dringend Blut brauchte.

Wenn er ehrlich zu sich selbst wäre, würde er sich eingestehen, dass es für sie und ihn keine gemeinsame Zukunft gab. Selbst wenn Ursula ihm erlauben würde, sie zu beißen – was sie eindeutig nicht tun würde – konnte er es niemals riskieren. Ihr Blut war eine Droge, und er war ein ehemaliger Drogenabhängiger. Es war nicht anders wie bei einem Alkoholiker, der sofort wieder abhängig werden würde, wenn er auch nur das kleinste bisschen Alkohol trank. Ihr Blut würde ihm das Gleiche antun. Dies würde nicht nur sein eigenes Leben zerstören, indem es ihn in den Abgrund zog, sondern es wäre auch ihr Ende: Er wusste, wie stark ihr Blut auf ihn wirken würde, sodass er schließlich zu viel von ihr nehmen und sie aussaugen würde. Sie würde in seinen Armen sterben.

Dieser Gedanke machte ihn so krank, dass er am Straßenrand halten wollte, um sich zu übergeben. Er zwang die hochkommende Galle wieder nach unten. Nein, er würde nicht schwach werden. Er würde widerstehen – um ihretwillen und um seiner selbst willen. So blieben ihm zwei Möglichkeiten: Sich weiter von den minderbemittelten Bewohnern dieser

Stadt zu ernähren oder sich an das in Flaschen abgefüllte Blut zu gewöhnen. Keine der zwei Optionen klang verlockend, solange Ursulas Blut die größte Versuchung darstellte.

Nachdem er auf der Rückbank seines Minivans mit ihr geschlafen hatte, konnte er sich nichts Besseres vorstellen, als dies zu wiederholen und dieses Mal seine Fänge in ihren schönen Hals zu senken, sodass die Verbindung zwischen ihnen noch intensiver wurde als sie schon war.

Ein flüchtiger Gedanke versuchte ihn noch weiter zu reizen. Hatte nicht Ursula gesagt, dass der Grund dafür, warum sie keinen Sex haben durfte, war, weil ihre Entführer glaubten, dass dies die Wirkung ihres Blutes verringern würde? Es schien eine lächerliche Vermutung zu sein, und er konnte sich nur vorstellen, dass diese Vampire Sadisten waren und Gefallen daran gefunden hatten, diese Frauen leiden zu lassen, indem sie ihnen jegliche Art von Vergnügen verweigerten, nur weil sie die Macht dazu hatten. Diesem Gedanken nachzugehen, dass es vielleicht doch einen sicheren Weg geben könnte, wie er Ursulas Blut trinken konnte, machte die Versuchung nur noch schlimmer. Es war der Süchtige in ihm, der nach jedem Strohhalm griff, egal wie dünn dieser war. Er konnte sich nicht erlauben, dem weiter nachzugehen. Er musste diese „Was-wäre-wenn"-Szenarien abschalten, oder es würde ihn verrückt machen.

Oliver unterdrückte das Verlangen, das seinen Körper beherrschte, und konzentrierte sich auf seine nächste Aufgabe.

Paul Corbin, der Besitzer der Brieftasche, die Ursula gestohlen hatte, lebte in einem Einfamilienhaus in North Beach. Die Adresse deutete darauf hin, dass er wohlhabend war, wenn man bedachte, dass Preise für Einfamilienhäuser in diesem sonnigen italienischen Viertel von San Francisco bei etwa zwei Millionen Dollar anfingen – für eine Bruchbude.

Oliver parkte den Wagen in der Einfahrt, um sie zu blockieren, nicht nur, weil es in dieser Gegend nie freie Parkplätze gab, sondern auch, um den Mann an der Flucht zu hindern, obwohl er keinen Verdacht hegte, dass dieser so etwas vorhatte. Schließlich war Oliver nur hier, um ihm die Brieftasche zurückzugeben und ihn über das Blut-Bordell auszufragen.

Er stieg aus dem Auto und schloss es ab. Dann marschierte er zur Eingangstür des imposanten Hauses. Es schien vor kurzem vollständig renoviert worden sein. Kein Aufwand war gescheut worden, wenn man bedachte, dass die Eingangstreppe mit Travertin gefliest war und die Eingangstür aus massivem Stahl war. Er vermutete, dass die Materialien im Inneren genauso edel waren.

Oliver drückte die Klingel und hörte den angenehmen Gong im Haus erklingen. Das Licht über seinem Kopf ging an. Er hob seinen Blick und bemerkte eine Kamera, die auf ihn gerichtet war. Es schien, als ob Corbin gerne im Voraus herausfand, wer vor seiner Tür stand, bevor er sie öffnete.

Oliver ließ ein lässiges Lächeln seine Lippen umspielen, um nicht bedrohlich zu erscheinen. Er hatte nicht die Absicht, den anderen Vampir zu verschrecken. Er musste nicht lange warten, bis er Schritte hörte, die sich der Tür näherten. Dann wurde ein Schlüssel im Schloss umgedreht und die Tür öffnete sich.

Der große Mann war eindeutig ein Vampir, und nach dem Bild, das Oliver auf seinem Führerschein gesehen hatte, war es Paul Corbin selbst. Irgendwie hatte Oliver erwartet, dass ein Hausangestellter ihm die Tür öffnen würde. In einem solch großen Haus wären Bedienstete nicht fehl am Platz gewesen.

„Ja?", fragte Corbin mit einer hochgezogenen Augenbraue.

„Mr. Corbin, es scheint, dass Sie Ihre Brieftasche verloren haben", begann Oliver und beobachtete die Reaktion des Mannes. „Ich habe sie gefunden."

Überrascht öffnete er die Tür weiter, sodass Oliver einen besseren Blick ins Innere werfen konnte. Es war dunkel, aber er konnte einen Gang mit Türen auf jeder Seite ausmachen, sowie eine große Doppeltür am Ende des Flurs.

„Sie sind hier, um mir meine Brieftasche zurückzubringen? Ich hatte sie schon als kompletten Verlust abgeschrieben", gab Corbin zu.

Oliver lächelte und zog die Brieftasche aus seiner Jackentasche. Er bemerkte eine sofortige Versteifung in den Schultern des anderen Vampirs. Doch diese verschwand, als er ihm den Geldbeutel aushändigte.

„Wie kann ich Ihnen danken, Mr. ...?", fragte Corbin höflich und gleichzeitig sehr steif.

Oliver trat von einem Fuß auf den anderen. „Oliver Parker", log er. „Ich hätte Ihnen gerne ein paar Fragen in Bezug auf den Fundort der Brieftasche gestellt."

Das Gesicht des Mannes blieb ungerührt, als er antwortete: „Und wo, Mr. Parker, haben Sie sie gefunden?"

Oliver drehte den Kopf zur Seite und sah sich um. Er bemerkte einen Mann, der mit seinem Hund spazieren ging. „Ich möchte lieber nicht hier draußen darüber reden." Er deutete zu der Person mit dem Haustier. „Unsereiner muss vorsichtig sein."

„Natürlich. Wie gedankenlos von mir. Bitte kommen Sie herein."

Als er ins Haus trat, fragte sich Oliver, wie

alt der andere Vampir war. Er wirkte sehr altmodisch und steif.

Corbin öffnete die Doppeltür am Ende des Korridors und bedeutete ihm einzutreten. Während sein Gastgeber die Tür hinter ihnen schloss, begutachtete Oliver rasch seine Umgebung. Er befand sich in einem großzügig ausgestatteten Wohnzimmer mit einem Baby Grand Piano, einer großen Sitzgruppe und deckenhohen Fenstern mit Blick auf den Coit Tower, einem der Wahrzeichen von San Francisco.

„Ich will Sie nicht drängen, aber ich habe heute Abend noch etwas vor."

Oliver wandte sich an Corbin und räusperte sich. „Ich komme sofort zum Punkt. Ich fand Ihre Brieftasche in einem Gebäude in Hunter's Point."

Er hielt inne und wartete auf Corbins Reaktion. Ein winziges Aufflammen in seinen Augen war alles, bevor sich der andere Vampir wieder unter Kontrolle hatte.

„Es ist ein Ort, wo einige unserer Spezies hingehen, um sich zu ernähren." Oliver erwähnte absichtlich nicht, dass das Gebäude jetzt leer war, um zu sehen, wie viel der Mann wusste.

„Sie sind dort gewesen, um sich zu ernähren?"

Oliver nickte. „Es ist etwas ganz Besonderes."

Corbin wandte sich ab und schaute aus dem Fenster. „Es sieht so aus, als ob Sie mein dunkles Geheimnis entdeckt hätten. Es ist nichts, auf das ich stolz bin."

Oliver wartete geduldig darauf, was der Mann ihm gestehen wollte.

„Ich bin nur ein einziges Mal dort gewesen. Ein Bekannter hatte mir davon erzählt. Ich dachte, es wäre ein Nervenkitzel, etwas, das die Monotonie in meinem Leben unterbrechen könnte." Er lachte vor sich hin, dann schweifte seine Hand über den Raum hinter ihm, um anzudeuten, dass Geld alleine ihn nicht glücklich machte. „Aber, ehrlich gesagt, habe ich es nicht genossen. Ich mochte die Art und Weise nicht, wie ich mich danach fühlte."

Oliver versuchte die Emotionen zurückzuhalten, die in seinem Inneren kämpften: Dieser Mann hatte Ursulas Blut getrunken. Er hatte seine Fänge in ihrem schönen Hals und ihren Körper unter seinem gespürt. Er biss die Zähne zusammen und versuchte, seine Wut nicht zu zeigen. „Wie fühlten Sie sich danach?"

Corbin sah über seine Schulter und begegnete Olivers Blick. „Sagen Sie's mir doch."

Oliver erinnerte sich an seine Zeit als Süchtiger und wusste, er konnte eine plausible Antwort finden. „Ohne Sorgen. Leicht."

Corbin nickte. „Aber ich wusste, dass ich nicht dorthin zurückkehren konnte. Schon nach dem ersten Mal wurde mir klar, wie süchtig das Zeug machte. Ich hatte noch nie zuvor so ein Blut gehabt. Ich hatte keine Ahnung, dass es existierte. Aber ich konnte nicht zulassen, dass es mich verändern würde. Sie verstehen das doch, nicht wahr?"

„Sie waren nur ein einziges Mal dort?"

„Ja. Und ich bereue es. Es geschah mir wohl recht, dass sie mir dort meine Brieftasche gestohlen haben. Das hat mir eine Lektion erteilt." Er zuckte mit den Schultern.

„Trotzdem, vielen Dank, dass Sie sie zurückgebracht haben."

Er machte eine Bewegung in Richtung Tür, als wolle er ihn aus dem Haus weisen, aber Oliver war mit seinen Fragen noch nicht fertig.

„Ich frage mich, ob Sie schon darüber informiert worden sind, dass das Unternehmen an einen anderen Ort verlegt wurde."

Corbin hob eine Augenbraue. „Wirklich? Ich habe davon nichts gehört."

„Ja, ich fürchte, das Gebäude in Hunter's Point wurde geräumt."

„Vielleicht haben sie die Bude zugemacht. Umso besser."

„Ich bezweifle das sehr. Es war ein lukratives Geschäft."

„Warum fragen Sie überhaupt?"

Oliver musterte Corbin mit einem langen Blick. Er zeigte keine Anzeichen der Drogenabhängigkeit, also schien seine Behauptung, dass er nur einmal dort gewesen war, glaubhaft. Aber trotzdem war er ein ehemaliger Kunde des Blut-Bordells, und als solcher hatte er vielleicht eine Möglichkeit, mit den Vampiren, die es betrieben hatten, Kontakt aufzunehmen.

„Ich muss mit den Männern sprechen, die das Geschäft betreiben. Aber ich fürchte, sie sind umgezogen, ohne mich wissen zu lassen, wohin sie das Geschäft verlegt haben." Oliver neigte seine Lider und hoffte, er konnte Corbin täuschen. „Denn ich mag die Art und Weise, wie ich mich fühle, wenn ich dieses Blut trinke."

„Ich fürchte, ich kann Ihnen nicht helfen. Wie ich schon sagte, ich war nur einmal dort."

„Wenn sie Sie kontaktieren, um Ihnen die neue Adresse mitzuteilen, würden Sie es mich dann wissen lassen?"

Corbin warf ihm einen neugierigen Blick zu. „Wenn Sie selbst dort waren, und so wie es klingt öfter als ich, warum würden sie Sie nicht direkt kontaktieren? Sicherlich würden sie nicht so einen guten Kunden wie Sie verlieren wollen, nur weil sie umgezogen sind, oder?"

Olivers Verstand arbeitete schnell, um eine Ausrede zu finden. „Tja, das Problem ist, dass sich kürzlich meine Kontaktdaten geändert haben, und ich fürchte, ich habe vergessen, es ihnen mitzuteilen. Sie haben also keine Möglichkeit, mich zu kontaktieren. Deshalb war ich so froh, als ich Ihre Brieftasche gefunden habe, und dachte, Sie könnten mir helfen."

Corbin nickte langsam. „Natürlich. Aber, wie gesagt, ich bezweifle, dass ich etwas von ihnen hören werde."

Oliver zog eine Karte aus seiner Jackentasche und reichte sie ihm. Nur sein Vorname und eine Telefonnummer standen darauf. Scanguards bevorzugte es so, um nicht zu viele Informationen preiszugeben.

Corbin nahm die Karte und blickte darauf. „Danke. Und darf ich Sie im Gegenzug auch um einen Gefallen bitten?"

Oliver warf ihm einen neugierigen Blick zu. „Ja?"

„Darf ich Sie darum bitten, dass Sie niemandem erzählen, dass ich an einem Ort war, wo es Blut-Huren mit besonderem Blut gibt? Ich möchte wirklich nicht von anderen Vampiren verurteilt werden. Ich bin neu in der Stadt, und Sie wissen bestimmt, wie schnell Klatsch die Runde macht."

„Ihr Geheimnis ist bei mir gut aufgehoben."

Oliver verließ das Haus, zufrieden, dass er in der Lage gewesen war, Ursulas Aussage zu bestätigen. Sie hatte ihm die Wahrheit gesagt, und diese Tatsache half ihm, sich besser zu fühlen. Allerdings war er noch nicht näher daran herauszufinden, wo Ursulas Entführer die anderen Mädchen hingebracht hatten.

23

Ursula beäugte die beiden Neuankömmlinge vorsichtig. Sie waren Minuten zuvor mit großen Koffern im Schlepptau und einem besorgten Ausdruck auf ihren Gesichtern angekommen. Blake hatte sie enthusiastisch begrüßt und sie als Rose und Quinn, seine Urgroßeltern vierten Grades, vorgestellt.

Keiner der beiden sah älter als fünfundzwanzig aus. Rose war eine klassische Schönheit mit langen goldenen Haaren und einer Figur, für die jedes Modell einen Mord begehen würde. Quinn war nicht weniger gut aussehend. Sein blondes Haar sah wie vom

Winde verweht aus, und seine braunen Augen waren wachsam und wunderschön.

„Du musst Ursula sein", begrüßte er sie und reichte ihr die Hand.

Sie wollte nicht unhöflich sein, da sie ja in seinem Haus wohnte, und schüttelte sie. „Nett, dich kennenzulernen." Ob ihre Aussage sich als wahr erweisen würde, stand noch nicht fest.

Als Quinn ihre Hand freigab, sprach er Blake an: „Wo ist Oliver?"

„Unterwegs."

„Wo unterwegs?"

Blake verschränkte die Arme vor der Brust. „Keine Ahnung."

Bevor Quinn noch etwas sagen konnte, legte Rose eine Hand auf seinen Arm und brachte ihn dazu, sich ihr zuzuwenden. Sofort wurde sein Blick weich und er lächelte sie an.

„Lass es, mein Liebster. Er kommt wieder." Sie deutete zu Ursula. „Ich kann mir nicht vorstellen, dass er lange von ihr fernbleiben wird."

Langsam schien die Spannung aus Quinns Schultern zu weichen. „Du hast recht. Es ist nur … wir hätten nie auf diese Reise gehen sollen. Er ist noch nicht so weit, alleine gelassen zu werden."

„Verhätschle ihn nicht!", warnte Rose ihn. „Er ist ein erwachsener Mann."

„Ich bin trotzdem für ihn verantwortlich."

Ursula beobachtete den Austausch mit Interesse. Das war also Olivers Erschaffer, der Vampir, der ihn verwandelt hatte. Er war ganz anders als die Vampire, denen sie in den letzten drei Jahren begegnet war. Er sah wie ein besorgter Vater aus. Er erinnerte sie an ihren eigenen Vater, wie er Angst gehabt hatte, als sie nach New York gezogen war, um die Universität zu besuchen. Am Anfang hatte er sie täglich angerufen, um sich zu vergewissern, dass alles in Ordnung war. Vielleicht war diese Erinnerung der Grund, warum sie jetzt Quinns Befürchtungen beruhigen wollte.

„Oliver ging los, um sich zu ernähren. Er wird bald wieder zurück sein." Sie behielt die Tatsache, dass er nach dem Mann suchte, dessen Brieftasche sie gestohlen hatte, für sich. Sie konnte dies nicht preisgeben, ohne ihnen andere Dinge zu erklären, die sie nicht mit ihnen teilen wollte. Die Situation war kompliziert genug.

Quinn ließ seine Augen über ihr Gesicht wandern. „Du weißt also, dass er kein Flaschenblut trinkt. Macht dir das Angst?"

Sie zögerte. Als sie Oliver vor einer kurzen Weile mit seinen ausgefahrenen Fangzähnen, scharfen Krallen und roten Augen gesehen hatte, hatte sie wahre Angst verspürt, doch jetzt schien diese Erinnerung so weit entfernt zu sein, dass sie das Gefühl nicht wieder heraufbeschwören konnte. „Ich weiß es nicht", antwortete sie ehrlich.

„Warum setzen wir uns nicht alle ein bisschen hin? Ich bin von der Reise erschöpft", gestand Rose und deutete in Richtung des Wohnzimmers.

Da sie keinen Grund hatte, die freundliche Einladung abzulehnen, marschierte Ursula ins Wohnzimmer. Sie musterte die Uhr über dem Kamin. Oliver war schon lange weg. Hatte er mit dem Vampir, dessen Portemonnaie sie gestohlen hatte, Schwierigkeiten gehabt? Sie wusste, sie sollte sich keine Sorgen um ihn machen. Schließlich war er ein Vampir und als Bodyguard ausgebildet. Und er war bewaffnet.

Ein Kribbeln in ihrem Nacken brachte sie dazu, ihren Kopf plötzlich zur Tür zu wenden. Ihr Herz blieb fast stehen: Oliver war wieder da. Er stand zwischen Tür und Rahmen und starrte Rose und Quinn an und schien sie gar nicht einmal zu bemerken.

„Warum seid ihr so schnell zurück?", fragte er mit schroffer Stimme.

„Begrüßt man heutzutage so Familienmitglieder?", fragte Rose und stemmte die Hände in die Hüften.

„Natürlich nicht", lenkte Oliver schnell ein und ging auf sie zu. „Willkommen zu Hause, Rose! Wie war eure Hochzeitsreise?" Er zog sie in eine schnelle Umarmung, als seine Augen plötzlich auf Ursula fielen.

Als er sich von Rose befreite, nickte er seinem Erschaffer zu. „Ihr seid bestimmt von der Reise müde. Warum geht ihr zwei nicht nach oben und ruht euch aus? Ich bringe eure Koffer rauf."

Quinn runzelte die Stirn. „Oliver, ich bin älter als du. Also glaube nicht, du kannst mich einfach so abspeisen! Wir sind früher nach Hause gekommen wegen der Sache, die hier vor sich geht."

Oliver warf Blake einen Blick zu. „Ich hatte die Situation auch ohne Einmischung unter Kontrolle."

Blake straffte seine Haltung und funkelte zurück. „Das hab ich ja gesehen!"

Quinn hob die Hand, um ihren Streit im Ansatz zu stoppen. „Blake hat uns nicht angerufen. Es war Maya. Sie hat sich gesorgt, weil ihr beide mit Ursula alleine seid."

Oliver funkelte seinen Erschaffer an. „Ich brauche kein Kindermädchen!"

„Ich auch nicht!" Blake stimmte sofort seinem Halbbruder zu.

Ursula musste fast lachen. Vor einer Minute waren sich die beiden praktisch noch an die Gurgel gegangen und jetzt standen sie Seite an Seite gegen das Oberhaupt der Familie.

Ursula bemerkte, wie Rose die Augen verdrehte und den Kopf schüttelte. „Kinder", hörte sie sie murmeln. Dann sah Rose sie an. „Ursula, warum gehen wir zwei nicht nach oben und lassen die drei alleine, damit sie sich ausraufen können? Mir reicht die Zurschaustellung von Testosteron für heute."

Zögernd nickte Ursula.

„Außerdem sollte ich lieber meine Kleidung aus dem Gästezimmer nehmen, damit du mehr Platz hast", fügte sie hinzu.

„Aber ich habe doch in Olivers Zimmer geschlafen", platzte Ursula heraus, bevor sie sich davon abhalten konnte.

Rose blickte in Olivers Richtung und ihre Augen funkelten ihn an. „Oliver! Ich kann nicht glauben, dass du eine verängstigte junge Frau so ausnutzen kannst. Das ist abscheulich!"

Oliver fuhr sich mit der Hand durch sein Haar. „Ich habe nichts getan! Ich habe nicht in meinem Zimmer geschlafen!"

Rose schnaubte empört. „Natürlich hast du nicht *geschlafen*!"

Bevor Ursula Oliver weiter verteidigen konnte, zog Rose sie aus dem Zimmer.

Oliver beobachtete, wie Rose und Ursula den Raum verließen. Das war ein denkbar schlechtes Timing: Dass Quinn und Rose ihre Nasen in seine Angelegenheiten steckten, brauchte er jetzt wirklich nicht. Es gab zu viele Dinge, die er geheim halten musste: die Tatsache, dass er Zanes Befehl, Ursula ins nächste Flugzeug nach Washington DC zu setzen, nicht befolgt hatte; die Tatsache, dass Ursulas Blut eine Droge war, und dass er einen Kunden des Blut-Bordells gefunden hatte, in dem Ursula drei Jahre lang eingesperrt gewesen war. Bis er wusste, wie er weiter vorgehen würde, konnte er nicht zulassen, dass jemand von Scanguards von diesen Dingen erfuhr.

Er hoffte, er könnte Quinn so lange im Dunklen lassen, bis er eine Strategie ausgearbeitet hatte. Wenn Maya diejenige gewesen war, die Quinn über diese Situation informiert hatte, dann wusste er noch nicht sehr viel. Maya wusste nicht, was in Hunter's Point geschehen war, genauso wenig wie Blake. Deshalb konnte Quinn nicht wissen, dass Zane ihm befohlen hatte, Ursula wegzuschicken. Und er konnte auch nicht wissen, dass sie in dem Gebäude in Hunter's

Point nichts gefunden und deshalb Ursulas Behauptungen verworfen hatten.

Scheiße, wie war alles so kompliziert geworden?

„Alles ist unter Kontrolle, Quinn. Vertrau mir!" Oliver zwang sich zu einem selbstbewussten Gesichtsausdruck.

„Unter Kontrolle? Ganz sicher", meinte Quinn trocken. „Also dann erkläre mir mal, was hier vor sich geht!"

„Was hat Maya dir erzählt?"

„Genug, dass wir unsere Sachen gepackt und England verlassen haben, um nach Hause zu eilen. Also bring mich auf den neuesten Stand! Was ist in der Zwischenzeit passiert?"

Oliver schluckte schwer. „Wir fanden das Gebäude in Hunter's Point, wo Ursula gefangen gehalten wurde. Aber bis wir dort ankamen, hatten sie die Bude schon ausgeräumt. Ich vermute, dass sie glaubten, dass Ursula mit Verstärkung zurückkommen würde, und deshalb sind sie geflohen. Wir haben noch keine Spuren, wohin sie das Unternehmen verlegt haben."

Er spürte, wie ihm immer heißer wurde. Wie

er es hasste, seinen Erschaffer anzulügen. Aber je weniger dieser im Moment wusste, desto besser. Wenn er von Zanes Befehl erfuhr, würde Quinn vermutlich versuchen, ihn von Ursula zu trennen, und das konnte er nicht riskieren. Sie vertraute ihm, sie wusste, dass er sie beschützte, und das konnte er nur tun, wenn er bei ihr war. Außerdem musste er unter vier Augen mit ihr sprechen, um ihr mitzuteilen, dass er ihre Aussagen hatte bestätigen können.

„Hmm. Was sonst noch?"

Oliver zuckte mit den Schultern und versuchte lässig dreinzuschauen. „Sonst nichts. Wir arbeiten mit all unseren Kontaktpersonen, um herauszufinden, ob jemand von dem Bordell gehört hat und weiß, wo es jetzt sein könnte. Sie halten noch ein Dutzend anderer Mädchen gefangen. Sie brauchen unsere Hilfe."

„Und die Tatsache, dass ihr nichts gefunden habt, als ihr das Gebäude in Hunter's Point durchsucht habt, hat niemanden von euch stutzig gemacht?", fragte Quinn.

„Ich würde mich da schon fragen, ob sie

die Wahrheit sagt", warf Blake ein und sah Oliver an. „Du weißt ja selbst, dass wir alle Zweifel hatten. Selbst du."

„Mach nur und belästige Zane, indem du ihn fragst, ob er immer noch Zweifel an ihrer Geschichte hat. Und dann schau mal, ob er es mag, von dir befragt zu werden", bluffte Oliver. Würde Blake darauf hereinfallen? Und was noch wichtiger war, würde Quinn aufhören, Fragen zu stellen?

„Na gut, was auch immer. Ich sag ja nur. Ich wünschte, ihr würdet mich mit auf diese Razzien gehen lassen. Ich bin nie dabei, wenn es Spaß gibt", beschwerte sich Blake. „Kein Wunder, dass ich nie Bescheid weiß. Sogar Cain darf die Stadt nach diesen verrückten Vampiren patrouillieren, und er ist auch erst seit ein paar Monaten bei Scanguards angestellt."

Quinn legte seine Hand auf Blakes Arm. „Was weißt du über diese Verrückten? Diese Informationen sind geheim."

Blake grinste. „Cain hat mir davon erzählt, weil ich zur Familie gehöre. Er sagte, sie machen die Stadt unsicher, als ob sie unter Drogen stünden."

Oliver spitzte die Ohren. Unter Drogen? Bisher hatte sie nie jemand so beschrieben. Wenn seine Vampirkollegen bei Scanguards darüber sprachen, verwendeten sie Worte wie Blutrausch, aber was, wenn diese Vampire wirklich unter Drogen standen? Oder Blut konsumierten, das wie eine Droge auf sie wirkte?

War es möglich, dass es zwischen dem Blut-Bordell und diesen Vorfällen, bei denen Vampire völlig durchdrehten, als ob sie im Blutrausch wären, eine Verbindung gab?

Heute Abend hatte Zane einen Anruf erhalten, dass mehrere dieser Verrückten in einem Nachtclub in der Stadt gesehen worden waren. Oliver musste herausfinden, was dort geschehen war. Vielleicht würde ihn dies auf die Spur des Blut-Bordells bringen.

„Hey, Quinn", unterbrach er die beiden. „Hör zu, es ist toll, dass du und Rose wieder da seid. Wir haben euch vermisst. Stimmt's, Blake?"

Sein Halbbruder nickte schnell.

„Ich gehe mal lieber schlafen. Es ist schon fast Sonnenaufgang, und es war eine ereignisreiche Nacht." Er umarmte seinen Erschaffer.

„Es ist gut, wieder zu Hause zu sein, mein Sohn." Quinn lächelte, als er ihn losließ.

Oliver wollte sich gerade zum Gehen wenden, als Quinn eine Hand auf seine Schulter legte. „Wegen des Mädchens." Er deutete zur oberen Etage.

„Was wegen ihr?"

„Tu nichts, das du später bereuen könntest. Sie ist verletzlich."

Oliver bemühte sich, nicht preiszugeben, dass die Bemerkung ihn ärgerte. Er wusste, dass sie verletzlich war, das musste ihm Quinn nicht einbläuen. „Wenn du damit andeuten willst, dass ich sie beißen will, dann kann ich dir gleich ein für alle Mal sagen: Das werde ich nicht tun!"

Und das war ein Versprechen, das er halten würde. Auf Teufel komm raus.

Oliver wartete darauf, bis sich die Geräusche im Haus gelegt hatten. Endlich schien es, als ob Rose und Quinn zu Bett gegangen waren und Blake sich in sein Zimmer zurückgezogen hatte. Rose hatte Ursula im Gästezimmer einquartiert, da sie eindeutig nicht wollte, dass sie in Olivers Zimmer übernachtete. Aber sie würde viel mehr anstellen müssen, um ihn davon abzuhalten, Ursula zu sehen.

Er wartete eine weitere Stunde, nachdem das Haus still geworden war, bevor er sich aus seinem Zimmer schlich und barfuß zum Gästezimmer ging. Die Dielenbretter knarrten unter seinen Füßen, aber niemand schien ihn zu hören.

Als er die Tür zum Gästezimmer erreichte, horchte er auf Geräusche aus dem Inneren, hörte jedoch nichts. Er konnte es nicht riskieren, anzuklopfen, da er befürchtete, dass Rose oder Quinn ihn aus ihrem Schlafzimmer, das auf demselben Korridor lag, hören könnten. Deshalb öffnete er einfach die Tür, ging hinein und zog sie hinter sich wieder zu.

Die Vorhänge waren zugezogen, aber etwas Licht drang von draußen in den Raum, genug, um klar zu erkennen, dass Ursula schlief, selbst wenn er nicht ein Vampir mit Nachtsicht gewesen wäre. Leise näherte er sich dem Bett, setzte sich auf dessen Kante und beugte sich über Ursula. Er brachte seinen Mund zu ihrem Ohr und flüsterte ihr zu: „Ursula, Baby, ich bin's, Oliver."

Ursula stieß einen erstickten Atemzug hervor. Aus Angst, dass sie eventuell zu viel Lärm machen würde und damit alle im Haus alarmierte, ließ er seine Lippen über ihre gleiten und drückte einen sanften Kuss darauf, bereit, ihn zu intensivieren, wenn es nötig wäre.

„Oliver?", murmelte sie.

„Ja, Baby."

„Mmm."

Ihr sanftes Summen verführte ihn dazu, mit seiner Zunge ihre Lippen auseinander zu drängen und in ihren einladenden Mund einzutauchen. Innerhalb eines kurzen Augenblickes drängte sich sein Verlangen nach ihr an die Oberfläche. Er zwang sich, sich zu beherrschen und erinnerte sich daran, warum er hier war.

„Ich habe Neuigkeiten."

Sie öffnete ihre Augen und setzte sich auf. Sie trug noch immer eines seiner T-Shirts, und diese Tatsache gefiel ihm. Wenn sie in seinem Bett schlafen würde, würde sie jedoch nichts tragen. Stattdessen würde er sie mit Küssen und Liebkosungen bedecken.

„Was ist passiert?"

Er horchte auf Geräusche von draußen, bevor er fortfuhr. „Wir müssen leise sein. Quinn und Rose werden sauer sein, wenn sie mich hier erwischen."

„Sind sie sehr altmodisch?"

„Nein, das nicht. Aber sie beschützen Unschuldige."

„Aber ich bin doch nicht –"

Selbst in der Dunkelheit bemerkte er, wie sie errötete. Er konnte der Versuchung nicht widerstehen, ihr einen Kuss auf ihre rosa Wange zu drücken. „Es tut mir leid, was heute Abend passiert ist."

„Du meinst, dass sie unangekündigt zurückgekommen sind?"

Er schüttelte den Kopf. „Nein, ich meinte,

was im Minivan geschehen ist. Als ich … ausgehungert war.“

„Oh.“

„Ich weiß, dass ich dich damit verängstigt habe. Es wird nie wieder vorkommen. Ich werde sicherstellen, dass ich mich öfter ernähre, sodass du das nicht noch einmal mit ansehen musst.“ Als sie nicht antwortete und stattdessen ihre Lider senkte, fragte er sich, ob seine Worte es nur noch schlimmer machten. Schließlich ernährte er sich immer noch direkt von Menschen, selbst wenn er ihr versprochen hatte, *sie* nicht zu beißen. „Ich bin was ich bin, Ursula. Ich versuche verzweifelt, mich zu ändern, aber es ist … schwierig.“

Sie legte ihre Hand auf seinen Unterarm. „Das verstehe ich.“

Sein Herzschlag beschleunigte sich. „Also ist alles in Ordnung? Ich meine, zwischen uns?“

„Alles ist in Ordnung.“ Sie lächelte ihn an. „Was für Neuigkeiten hast du?“

„Ich fand den Vampir, dessen Brieftasche du gestohlen hast.“

Oliver spürte die Aufregung, die sie

durchzog. „Bitte erzähl mir, was er gesagt hat!" Ihre Augen hingen an seinen Lippen.

„Er hat bestätigt, dass er des Blutes wegen dort war. Er weiß, dass es wie eine Droge wirkt."

„Hat er dir gesagt, wohin sie umgezogen sind?"

„Er sagte, er weiß es nicht."

Enttäuschung breitete sich in ihrem Gesicht aus. Mit seiner Hand unter ihrem Kinn hob er ihr Gesicht hoch. „Mach dir keine Sorgen. Wir haben doch gerade erst angefangen, der Sache nachzugehen. Wenn sie das Blut-Bordell woanders wieder aufmachen, dann brauchen sie bestimmt ein paar Tage, bis sie alle ihre Kunden benachrichtigt haben. Wir müssen Geduld haben."

Sie nickte, obwohl er sehen konnte, dass sie nicht völlig davon überzeugt war. „Ich hoffe, du hast recht."

Er streichelte ihre Wange mit seinem Daumen. „In der Zwischenzeit werde ich einer anderen Spur nachgehen."

„Welcher anderen Spur?"

„Überlass das mir! Wenn ich etwas

Konkretes habe, lasse ich es dich wissen. Ich will dir keine Hoffnungen machen, falls es sich als Sackgasse entpuppt. Bitte vertrau mir, wir werden sie finden!"

„Ich hasse es zu warten."

„Es wird nicht lange dauern." Dann stand er auf. „Ich gehe jetzt lieber."

Sie legte eine Hand auf seinen Arm und hielt ihn zurück. „Bitte bleib noch eine kleine Weile, nur bis ich wieder eingeschlafen bin."

„Das sollte ich lieber nicht." Aber ihre Augen flehten ihn an, und er konnte ihr ihre Bitte nicht abschlagen. „Nur für ein paar Minuten."

Er zog die Decke beiseite, schlüpfte darunter und zog Ursula gegen seinen voll bekleideten Körper. „Passt das so?"

„Ja", flüsterte sie und kuschelte sich an ihn.

Seine Arme umschlangen ihren Rücken und einer glitt auf ihrem Po. Als er sie sanft streichelte, schnurrte sie wie ein Kätzchen und legte ein Bein über seine Oberschenkel.

„Schlaf jetzt", murmelte er und strich mit der Hand über ihr seidenes Haar.

24

Cain saß in einem kleinen Büro hinter einem Glasfenster, von dem aus er einen tiefer gelegenen Verhörraum überblicken konnte. Neben ihm trank Thomas noch den Rest seiner Flasche Blut.

„Wurde auch Zeit, dass dieser Verrückte wieder zu Bewusstsein kommt. Ich brauche Schlaf."

Cain konnte ihm nur zustimmen. Nachdem sie den Schurken zu Scanguards' Hauptquartier transportiert hatten, war dieser bewusstlos geworden, als ob er im Vollrausch wäre. Zumindest hatte er aufgehört, schreiend nach *echtem Blut* zu verlangen, was immer er auch damit meinte. Stundenlang hatten Thomas, Zane und Cain in der V-Lounge darauf gewartet, dass der Gefangene wieder das Bewusstsein erlangte. Amaury war schon lange vorher nach Hause gegangen, als seine Gefährtin ihn angerufen hatte.

Selbst Cain hatte Ninas verführerische Stimme durchs Telefon hören können, als sie Amaury beschrieb, was sie trug. Er hatte seinen Kollegen noch nie schneller abhauen sehen. Nicht, dass sie Amaury brauchten, um den verrückten Vampir zu befragen. Zane hatte sich für diesen speziellen Job freiwillig gemeldet. Jetzt tippte er ungeduldig mit dem Fuß und wartete in dem Verhörraum unter ihnen auf den Schurken.

Cain wirbelte seinen Kopf zur Tür des Verhörraums, als diese geöffnet wurde und zwei Vampire den sich wehrenden Gefangenen hereinbrachten. Seine Hände waren vor seinem Körper gefesselt. Um ihm nicht unnötige Schmerzen zuzufügen, waren die Handgelenke des Vampirs bandagiert, sodass die silbernen Handschellen seine nackte Haut nicht berührten. Ob die Verbände während des Verhörs an seinen Handgelenken blieben, hing von seiner Kooperation ab. Und nach dem Blick auf Zanes Gesicht zu urteilen, hoffte dieser eindeutig, dass der Gefangene nicht sofort kooperierte, sodass Zane ihm Schmerzen zufügen konnte.

Thomas legte einen Schalter um, sodass die Stimmen aus dem Verhörraum jetzt über die Lautsprecher in den Beobachtungsbereich übertragen wurden.

„Überlasst ihn mir!", befahl Zane den beiden Wachen. Sie entließen den Gefangenen aus ihrem Griff, verließen den Raum und schlossen die Tür hinter sich.

Thomas drückte auf einen Knopf, der den Raum absperrte, sodass er von innen nicht geöffnet werden konnte. „Ihr seid eingesperrt", verkündete er über das Mikrofon, indem er kurz auf die Lautsprechertaste drückte.

Zane nickte, dann packte er den Gefangenen am Hals und schleuderte ihn auf den einzigen Stuhl im Raum.

„Dann lass uns mal reden!"

Cain beobachtete ihn aufmerksam, wohl

wissend, dass er immer etwas von Zane lernen konnte.

Der Gefangene blickte trotzig drein und seine Augen schweiften wild umher. Er beugte sich auf dem Stuhl vor, scheinbar unfähig, still zu sitzen. Seine Hände zuckten, und die Sehnen an seinem Hals traten hervor.

„Ich will Blut!", forderte er und seine Augen verengten sich.

„Du hattest gestern Nacht genug", meinte Zane. „Du hast das Mädchen halb ausgesaugt. Du hast Glück, dass sie's überlebt hat."

„Oder was?", spuckte er als Antwort hervor.

Zane sprang ihn an und packte ihn nochmals am Hals. Die Hände des Gefangenen schossen hoch. Allerdings konnten Zane die silbernen Handschellen, mit denen er in Berührung kam, nichts anhaben: Zane trug ein langärmliges Hemd und Lederhandschuhe.

„Oder ich hätte dir dein Herz herausgerissen, während du zugesehen hättest!"

Cain warf Thomas einen Seitenblick zu. „Er blufft, oder?"

„Er hat's schon mal getan. Und er ist im Stande, es wieder zu tun."

Cain versuchte nicht zu zeigen, wie schockiert er von Thomas' Worten war. Stattdessen konzentrierte er sich wieder auf die Ereignisse in dem Raum unter ihnen. Es schien, als ob der Gefangene von Zanes Behauptung einigermaßen eingeschüchtert war. Er wich jetzt auf seinem Stuhl zurück.

„Du wirst dich nicht ernähren, bis ich die Informationen habe, die ich suche."

„Du kannst mich hier nicht ewig festhalten."

„Kann ich das nicht?" Zane warf seinem Gefangenen einen Blick zu, der einem halben Lächeln gleichkam. „Wenn du mich sauer machst, werfe ich dich in eine unterirdische Zelle und vergesse dich!"

Der wachsame Blick auf dem Gesicht des Vampirs war Beweis genug, dass er glaubte, dass Zane dazu eindeutig in der Lage war.

„Wie heißt du?", fragte Zane.

Nach einem kurzen Zögern antwortete er: „Michael Valentine."

„Das ist nicht sein richtiger Name", sagte

Thomas zu Cain, während er bereits etwas auf seiner Tastatur tippte.

„Komischer Name! Wie wäre es mit deinem echten?", fuhr Zane fort.

„So heiße ich wirklich. Ich wurde am Valentinstag im Jahre 1900 verwandelt. Jemand hat das anscheinend witzig gefunden. Also habe ich diesen Namen angenommen."

„Wie hast du vorher geheißen?"

„Garner", presste er hervor.

Zane blickte mit einer stummen Frage auf seinen Lippen zum Fenster hoch.

Thomas drückte die Lautsprechertaste. „Gib mir eine Minute." Er ließ die Lautsprechertaste los und tippte auf der Tastatur weiter. Einen Augenblick später schaltete er das Mikrofon wieder ein. „Stimmt. Mach weiter."

Cain blickte auf den Bildschirm, wo eine Nachricht aufblinkte. „Keine Suchergebnisse", hieß es dort. Er warf Thomas einen fragenden Blick zu.

Thomas zuckte mit den Schultern. „Zane blufft vielleicht nicht, aber ich schon. Wir wollen, dass er denkt, wir können alles, was er sagt, überprüfen. Dann wird er uns eher die Wahrheit sagen."

„Aber was ist, wenn Garner auch nicht sein richtiger Name ist? Würde er dann nicht wissen, dass du in Wirklichkeit nicht überprüfen kannst, was er sagt?"

Thomas lächelte. „Garner ist aber sein richtiger Name."

„Woher weißt du das?"

„Erfahrung. Ich habe die Bewegung seiner Augen beobachtet. Das sagt eine Menge darüber aus, ob jemand lügt oder nicht."

„Ich verstehe. Und was ist dann mit der Datenbank?"

„Wir haben keine komplette Datenbank aller Vampire, niemand hat das. Es muss Hunderte von Männern namens Michael Garner geben. Es wäre Zeitverschwendung, alle öffentlichen Datenbanken und das Internet nach dem richtigen abzusuchen. Allerdings füge ich jeden Tag neue Namen zu meiner Datenbank hinzu. Und dieser Typ kommt jetzt da rein."

Cain blickte zurück zu Zane und dem Vampir, der sich Michael Valentine nannte.

Zane stand jetzt breitbeinig und mit locker hängenden Armen ein paar Meter von ihm entfernt. Er sah beinahe entspannt aus, aber sein Gefangener wäre ein Narr, das zu glauben. Zane war bereit, ihn anzufallen, sollte Valentine auch nur eine einzige falsche Bewegung machen. Cain hatte Zane oft genug in Aktion gesehen. Er wusste, was er erwarten konnte.

„Also, Michael Valentine, so funktioniert das hier: Ich stelle eine Frage, du beantwortest sie. Hast du das verstanden?"

Valentine nickte.

„Was ist in der Diskothek passiert? Warum hast du dich in der Öffentlichkeit ernährt?"

Er hob den Kopf und grinste Zane an. „Das sind zwei Fragen."

Bevor das letzte Wort seine Lippen verlassen hatte, traf Zanes Handrücken die Wange des Idioten und peitschte dessen Kopf so heftig zur Seite, dass Cain fast erwartet hätte, dass sich dieser vom Hals trennen würde.

„Fuck!", zischte der Gefangene, als Blut aus seiner Nase tropfte. „Du hast mir die Nase gebrochen!"

„Dann wäre es wohl besser, wenn du anfängst zu reden, bevor ich noch etwas Wertvolleres breche."

Schließlich schien Valentine sich die Warnung zu Herzen zu nehmen und zu verstehen, dass Zane es ernst meinte. „Na gut, dann. Ich war hungrig. Ich brauchte einen Fix."

„Einen Fix?", wiederholte Zane. „Erklär das ausführlicher!"

Valentines Augen huschten zu dem Beobachtungsfenster, als ob er Bedenken hätte, wer ihn beobachten könnte.

Zane knurrte. „Ich warte!"

„Einen Fix, du weißt schon. Blut. Um high zu werden. Und die Tussi, sie war Asiatin. Ich dachte, sie könnte das haben, was ich brauchte. Sie sah genau wie die anderen aus. Aber ..."

„Aber was?"

„Sie hatte nur ganz gewöhnliches Blut. Nichts Besonderes. Ich wurde nicht high davon. Es war nicht das richtige Zeug."

Zane blickte mit einem sonderbaren Gesichtsausdruck zum Fenster hoch, als wolle er Thomas und Cain fragen, wovon Valentine sprach.

Cain drückte die Taste des Mikrofons nieder. „Warum glaubtest du, das Blut würde dich high machen?"

Valentine drehte seinen Kopf in die Richtung, aus der die Stimme kam, und blickte zum Fenster. Aber Cain wusste, dass er ihn nicht sehen konnte. Das Fenster war verspiegelt.

„Weil ich es schon viele Male hatte. Aber sie sind nicht mehr da. Und ich brauchte einen Fix. Ich brauchte das High. Es ist nicht meine Schuld. Sobald du damit anfängst, kannst du nicht mehr aufhören."

Cain erkannte einen Süchtigen, wenn er einen sah. Und dieser Vampir war ein Süchtiger. Aber wonach war er süchtig? Nach Blut? Verfiel er dem Blutrausch? Bevor er noch etwas fragen konnte, fuhr Zane fort, ihn zu befragen.

„Lass mich mal was klarstellen. Du behauptest, du bist dem Blutrausch verfallen, und deshalb hast du das Mädchen wie ein Tier angegriffen?"

Valentine schüttelte den Kopf. „Nein! Ich bin nicht im Blutrausch! Bist du verrückt, Mann? Ich habe nur ein kleines Drogenproblem. Es ist nichts Schlimmes. Ich kann damit umgehen. Ich brauche nur einen Fix und dann ist wieder alles in Ordnung."

„Drogenproblem? Wovon zum Teufel redest du? Glaubst du, ich bin gerade erst aufgewacht? Drogen haben keinen Einfluss auf Vampire. Jeder Neugeborene weiß das! Also tisch mir nicht so einen Mist auf, oder ich ramme ihn dir in deinen Hals zurück!"

Valentine sprang von seinem Stuhl auf. „Aber du musst mir glauben!"

Zane funkelte ihn an. „Ich *muss* gar nichts tun! Du hast dieses Mädchen fast umgebracht! Und wer auch immer der andere Vampir war, er hat die andere unten abgeschlachtet. Oder warst du das auch?"

Schockiert wich Valentine zurück. „Nein! Ich habe sie nicht umgebracht … er brauchte einen Fix noch nötiger als ich, ich schwöre es! Es war Larry, der das Mädchen getötet hat. Er konnte nicht aufhören. Und als ihm klar wurde, dass sie nicht das richtige Blut hatte, ist er wild geworden."

Zane packte ihn am Kragen seines Hemdes. „Was für *richtiges* Blut? Eine bestimmte Blutgruppe?"

„Nein! Nicht die Blutgruppe. Das ist es nicht. Es ist einfach ..."

„Was ist es?", brummte Zane ungeduldig.

„Ich weiß nicht, was es ist, aber es wirkt wie eine Droge. Es macht dich high. Diese chinesischen Mädchen haben es. Sie werden dort in dem Gebäude festgehalten."

Cain atmete tief ein und tauschte einen kurzen Blick mit Thomas aus. Ging dieses Gespräch in die Richtung, die er vermutete?

„Welches Gebäude?"

„Dort hinten, in einem alten Gebäude in Hunter's Point. Da gibt es mehrere dieser Mädchen. Sie vermieten sie. Es ist teuer, aber das Zeug ist gut. Aber verdammt noch mal, sie sind verschwunden! Von einer Nacht auf die andere!"

Ein Ausdruck der Erkenntnis erschien auf Zanes Gesicht, als er den Kopf hob, um zum Fenster zu blicken.

„Willst du damit sagen, dass es in Hunter's Point ein Gebäude gibt, wo Vampire Frauen wegen ihres Blutes gefangen halten?"

Valentine nickte. „Es ist kein gewöhnliches Blut. Es ist wie eine Droge, wie Koks oder Heroin. Und alle Mädchen sind Chinesinnen. Deshalb dachten wir, Larry und ich, dass, wenn wir ein paar asiatische Bräute finden und von ihnen trinken, wir vielleicht dann eine mit der gleichen Art Blut finden würden. Aber es war nicht das Gleiche. Sie hatten nur gewöhnliches Blut."

„Scheiße!", fluchte Zane.

Cain sah Thomas an. „Ursula hat die Wahrheit gesagt."

„Thomas, bring die Wachen rein! Sie sollen ihn in seine Zelle zurückbringen", befahl Zane.

Augenblicke später holten die Wachen Valentine ab.

„Was machst du mit mir? Du musst mich gehen lassen!", jammerte Valentine, als sie ihn aus dem Zimmer zerrten. „Ich habe dir alles gesagt, was du wissen wolltest!"

„Was zum Teufel machen wir jetzt?", fragte Cain.

Thomas kämmte sich mit der Hand durch sein blondes Haar und lehnte sich in seinem Stuhl zurück. „Die Scheißkerle finden."

„Und Ursula?"

„Da können wir jetzt nichts mehr tun. Oliver hat mittlerweile ihr Gedächtnis gelöscht, und sie dürfte schon in Washington DC gelandet sein. Vielleicht ist es besser so."

„Aber sie könnte uns helfen. Sie weiß, wie die Typen aussehen", meinte Cain beharrlich. „Wir sollten –"

Das Klingeln des Telefons unterbrach ihn. Thomas hob ab. „Ja?"

Cain hörte eine vertraute Stimme, dann Thomas' Begrüßung. „Quinn, du bist wieder da? Das ist aber eine Überraschung."

Die Tür flog auf, und Zane stürmte laut schimpfend in den Raum. „Fuck, fuck, fuck!"

Cain antwortete lieber nicht, da er wusste, dass Zane über sein Versagen, Ursulas Behauptung nicht als Wahrheit erkannt zu haben, vor Wut außer sich war.

„Wir müssen einen Plan ausarbeiten", sagte Zane und wandte sich an Thomas. „Beende dein Gespräch! Das hier ist wichtiger."

Thomas spitzte die Lippen. „Es ist Quinn, und ich glaube, du wirst hören wollen, was er zu berichten hat … Quinn, ich schalte auf Lautsprecher um. Zane und Cain sind hier."

Er drückte einen Knopf und legte den Hörer auf. „Erzähl ihnen, was du mir gerade erzählt hast."

„Hey Jungs. Ich bin nicht ganz auf dem Laufenden. Bin gerade vor ein paar Stunden zurückgekommen, aber das Mädchen, das sagte, dass sie von Vampiren gefangen gehalten wurde, ist hier bei uns."

Zane beugte sich über den Schreibtisch. „Oliver hat sie nicht zum Flughafen gebracht?"

„Nein, warum?"

„Weil ich es ihm befohlen hatte!", donnerte Zane.

Am anderen Ende der Leitung gab es eine kurze Pause. „Sieht so aus, als ob ihm dein Befehl nicht gefiel."

„Scheinbar nicht", murmelte Cain vor sich hin, nicht im Mindesten über die Wendung der Ereignisse überrascht. Er hatte bemerkt, wie Oliver das Mädchen angesehen hatte. Wahrscheinlich hatte sie ihn mit ihren großen braunen Augen um den kleinen Finger gewickelt, damit er tat, was sie wollte.

„Nun, ist ja jetzt auch egal", meinte Thomas ruhig. „Sie könnte sich als nützlich erweisen, da wir gerade herausgefunden haben, worum es sich bei diesem Bordell dreht."

„Könntest du mich bitte einweihen?", fragte Quinn.

Thomas neigte sich über das Telefon. „Offenbar haben alle Mädchen im Bordell besonderes Blut. Es wirkt wie eine Droge auf Vampire. Sie werden verrückt danach, und wenn sie nicht mehr genug davon bekommen, zeigen sie Entzugserscheinungen. Wie menschliche Drogenabhängige. Es ist nicht schön mitanzusehen."

Nicht schön war milde ausgedrückt, um das zu beschreiben, was Cain im Nachtclub in der Nacht zuvor miterlebt hatte.

„Bist du dir sicher?"

„Absolut", bestätigt Thomas.

„Dann haben wir ein Problem", sagte Quinn ernst.

Zane legte eine Hand auf Thomas' Schulter

und beugte sich über das Mikrofon. „Ich weiß, Quinn. Ich habe es mir auch gerade gedacht."

Cain starrte zuerst Zane und dann Thomas an, der plötzlich nickte.

„Was?", fragte Cain.

Zane seufzte. „Oliver war drogenabhängig, als er noch ein Mensch war. Er ist für jede Art von Sucht anfällig. Wenn er mit dem Mädchen zusammen ist und sie beißt, müssen wir das Schlimmste befürchten."

Thomas wandte sich zum Telefon. „Quinn, hat er mit ihr geschlafen?"

„Ich bin mir nicht sicher, aber ich vermute es."

Zane fluchte. „Fuck, dann hat er sie wahrscheinlich schon gebissen!"

„Nein!", kam Quinns Protest wie aus der Pistole geschossen. „Er hat steif und fest behauptet, sie nicht gebissen zu haben."

„Und du glaubst ihm?", fragte Cain. „Quinn, ich war dabei. Ich habe das Mädchen gesehen und ich sah, wie er sie angesehen hat. Er will nicht nur ihren Körper, sondern auch ihr Blut."

Ein Seufzer kam durch die Leitung.

„Verdammt, Rose und ich hätten nie auf Reisen gehen sollen!"

„Wir kümmern uns darum", versicherte ihm Zane.

„Was hast du vor?"

„Wir müssen sie von ihm fernhalten. Es ist zu seinem eigenen Schutz, ebenso wie zu ihrem. Sobald die Sonne untergeht, machen wir folgendes ..."

25

Oliver spürte den warmen Atem an seiner nackten Brust. Der Herzschlag einer anderen Person schlug gegen ihn, und der Duft einer Frau reizte seine Nase.

Er war mit Ursula in seinen Armen eingeschlafen und hatte sich im Laufe des Tages seines Hemdes entledigt, da ihm zu heiß geworden war. Er hätte dann sofort ihr Bett verlassen sollen, aber sie hatte sich in solch einer vertrauensvollen Art und Weise an ihn geschmiegt, dass er nicht in der Lage gewesen war, sich loszureißen.

Die Sonne ging gerade unter, und bald

würde es im Haus wie in einem Bienenstock zugehen. Es war besser, wenn er jetzt in sein Zimmer ging, bevor Rose und Quinn ihn in Ursulas Zimmer fanden.

Als er sanft Ursulas Arm von seiner Brust nahm und sie auf den Rücken rollte, darauf bedacht, sie nicht zu wecken, öffnete sich die Tür. Olivers Augen schossen zu der Person, die im Türrahmen stand: Quinn.

„Das ist ja toll!", meinte Quinn sarkastisch. „Du konntest sie also nicht in Ruhe lassen."

Neben Oliver wurde Ursula wach und ein verängstigtes Keuchen kam über ihre Lippen.

„Kannst du nicht anklopfen?", knurrte Oliver seinen Erschaffer an.

„Verdammt noch mal, Oliver, hast du nicht zugehört, was ich dir gestern Abend gesagt habe?"

„Ich habe doch nichts getan!"

Quinn musterte ihn von oben bis unten. „Ach, hör auf zu lügen!"

Empört, dass Quinn die Situation falsch interpretierte, packte Oliver eine Kante der Decke und wollte aus dem Bett steigen, aber Quinn hob seine Hand zum Protest.

„Erspare mir den Anblick deines nackten Körpers!" Dann drehte er sich um.

„Aber ich bin nicht –" *Nackt*, hatte er sagen wollen, aber Quinn hatte die Tür schon zugeschlagen.

Vom Flur aus gab er einen letzten Befehl. „Zieh dich an! Samson will dich sehen. Sofort!"

Dann wurden seine Schritte leiser, da sie vom Teppich im Flur verschluckt wurden.

Oliver fuhr mit einer Hand durch sein zerzaustes Haar. „Ach, Scheiße!" Er blickte Ursula an.

Ihre Augen standen vor Schock und Scham weit offen. „Es tut mir leid, ich hätte dich nicht bitten sollen zu bleiben."

Er lächelte sie an und strich mit den Fingerknöcheln über ihre Wange. „Sei nicht albern. Er wird sich schon beruhigen. Er ist es einfach nicht gewohnt, dass ich ein Mädchen über Nacht da habe."

Oliver tischte ihr diese Erklärung auf, obwohl er wusste, dass sie nicht wahr war. Quinn war darüber besorgt, was er Ursula antun würde, wenn sein Verlangen nach Blut zu stark wurde. Er hatte seine Bedenken kundgetan. Das entschuldigte jedoch nicht, dass er einfach so ins Zimmer geplatzt war, ohne anzuklopfen. Irgendetwas anderes musste Quinn auf die Barrikaden gebracht haben.

„Bleiben denn nicht viele Mädchen bei dir über Nacht?"

Er beugte sich zu ihr und drückte ihr einen Kuss auf die Wange. „Nein. Du bist die erste." Dann richtete er sich auf. „Und so sehr ich auch im Augenblick gerne bleiben möchte, sollte ich lieber sehen, was mein Chef will."

Ein verängstigter Blick breitete sich auf ihrem Gesicht aus. „Du lässt mich mit ihnen alleine?"

„Du hast nichts zu befürchten. Sie werden dir nicht wehtun." In der Tat wäre sie mit Quinn, Rose und Blake viel sicherer als mit ihm. Zumindest gelüstete es keinen der drei nach Ursulas Blut. Aber er behielt diesen Gedanken für sich.

Mit einem letzten beruhigenden Blick zu ihr schwang er sich aus dem Bett, schnappte sein Hemd vom Boden und verließ den Raum. Er ging in sein Zimmer, und zehn Minuten später war er bereit, sich seinem Chef zu stellen. Es war nicht ungewöhnlich, dass Samson ihn sehen wollte. Samson rief ihn oft zu sich in sein Haus, um sich zu erkundigen, wie es ihm ging. Nachdem Oliver über drei Jahre lang als dessen persönlicher Assistent gearbeitet hatte, hatte er noch immer eine besonders enge Beziehung zu seinem Chef, obwohl ihm jetzt andere Aufgaben übertragen worden waren.

Leider kam dieses Treffen mit Samson verdammt ungelegen. Oliver hatte eigentlich im Hauptquartier vorbeifahren wollen, um zu sehen, ob er mehr darüber herausfinden konnte, was mit den verrückten Vampiren in der Diskothek geschehen war.

Quinn war im Foyer, als Oliver die Treppe hinunterkam. Sein Erschaffer warf ihm einen seltsamen Blick zu. Noch immer über dessen unhöfliche Störung verärgert – die so ganz und gar nicht zu Quinns tadellosen Manieren passte – hob er das Kinn und starrte ihn verdrossen an.

„Das nächste Mal kannst du dich vielleicht erst mal über die Tatsachen schlaumachen: Ich war nicht nackt!"

Dann segelte er an ihm vorbei und knallte die Tür zu. Zu spät erinnerte er sich, dass er das Auto in der Garage geparkt hatte. „Verdammt!"

Aber er war zu stolz, sich umzudrehen und wieder hineinzugehen. Samsons viktorianisches Haus lag nur einen Steinwurf entfernt im benachbarten Nob Hill. Er würde einfach zu Fuß hingehen.

Delilah, Samsons Frau, öffnete ihm die Tür, als er ankam. Sie sah wie immer reizend aus und hatte nach der Geburt ihrer Tochter Isabelle, die nur sechs Monate zurücklag, ihre Figur vollkommen wiedererlangt.

„Hallo Oliver, wie geht's?"

Er lächelte sie an, betrat das Haus und zog die Tür hinter sich zu. „Schön, dich zu sehen, Delilah. Was macht Isabelle? Schläft sie?"

Delilah seufzte und winkte ihm zu, ihr ins Wohnzimmer zu folgen. „Schön wär's! Aber ich befürchte, sie ist wach, wann immer ihr Vater wach ist!"

„Samson wollte mich sehen."

Delilah kauerte auf dem Boden, wo sie eine große Decke ausgebreitet hatte. „Er ist immer noch am Telefon. Warum leistest du mir nicht in der Zwischenzeit Gesellschaft?"

Sie warf einen kleinen Ball in Isabelles Richtung, und das Mädchen streckte ihre Arme danach aus, aber ein Golden Retriever Welpe sprang plötzlich darauf zu und schnappte den Ball.

„Coco", schalt Delilah den Hund. „Du lässt ihr keine Chance."

Aber das Baby schien es nicht zu stören, dass ihr Hund ihr den Ball weggeschnappt hatte. Isabelle lachte, und es klang wie ein Gurgeln, aber ihre Augen strahlten, und als sie Oliver anlächelte, blitzten winzige Fangzähne auf.

„Ach Gott, sie wächst mit jeder Woche." Er bückte sich und streckte die Arme nach ihr aus. „Willst du zu Onkel Oliver kommen?"

„Vielleicht später", unterbrach ihn Samsons Stimme von hinten.

Oliver drehte sich sofort um und erhob sich. „Samson."

„Komm mit ins Büro!"

Oliver ging durch den holzgetäfelten Flur in den hinteren Teil des Hauses, wo sich

Samsons Büro befand. Als er hinter seinem Chef eintrat, wurde er sofort wieder an die Zeit erinnert, als er als Mensch hier gearbeitet hatte. Er hatte viele Stunden in diesem Haus verbracht, sich um Samsons Bedürfnisse gekümmert und ihn tagsüber, während er schlief, beschützt.

„Nimm Platz!"

Oliver setzte sich auf den Stuhl gegenüber des massiven Schreibtisches, auf dem zwei Computermonitore und verschiedene andere elektronische Geräte standen. Samson nahm seinen Platz hinter dem Schreibtisch ein und spitzte seine Finger vor seinem Gesicht.

„Ich habe dich kommen lassen, weil es Probleme gibt", begann Samson mit ruhiger Stimme und ernster Miene.

Oliver hob eine Augenbraue und rutschte mit einem flauen Gefühl im Magen auf seinem Stuhl nach vorne. Gespräche, die so begannen, endeten niemals gut. „Ja?"

Samson legte seine Ellbogen auf den Schreibtisch, faltete die Hände und beugte sich nach vorne. „Du hast mich enttäuscht, Oliver."

Olivers Herz setzte einen Schlag aus. Mist! Worauf spielte Samson an?

„Du hast die Befehle nicht ausgeführt, die dir gegeben wurden. Das Mädchen sollte mittlerweile in Washington sein."

Oliver sprang auf. Sein Herz raste. Wie konnte Samson das schon wissen? Verdammt! Wer hatte ihn verpfiffen? „Blake! Er konnte den Mund nicht halten!"

„Setz dich hin!", befahl Samson.

Widerwillig sank er wieder auf seinen Stuhl zurück.

„Blake hat nichts damit zu tun. Und es spielt keine Rolle, wie wir es herausgefunden haben. Der Punkt ist: Du hast Zanes Befehl ignoriert und dich dabei in Gefahr gebracht."

„Ich bin nicht in Gefahr!"

„Das glaubst du vielleicht, weil du nicht die ganze Geschichte kennst, also lass mich dich einweihen, was hier vor sich geht: Bei einer Razzia in einem Nachtclub letzte Nacht haben wir einen der verrückten Vampire, die wir seit Wochen jagen, festgenommen. Ein Zweiter wurde von Cain getötet. Allerdings hatte dieser zuerst skrupellos eine junge Asiatin abgeschlachtet. Beide Vampire zeigten Entzugserscheinungen."

Die Räder in Olivers Gehirn fingen an, sich wie verrückt zu drehen. Er wusste, wo diese Geschichte hinführte.

„Sie waren high – von Blut. Von ganz speziellem Blut, nach dem sie süchtig waren. Sie waren in einem Blut-Bordell in Hunter's Point, demselben Ort, wo Ursula euch hingeführt hat, und den ihr leer vorgefunden habt. Als die Vampire von den Mädchen im Bordell kein Blut mehr bekommen konnten, weil sie nicht wussten, wohin es verlegt worden war, begannen sie, asiatische Frauen anzugreifen."

Oliver kniff die Augen zusammen. Er wusste sofort, was die Schurken versucht hatten: asiatische Frauen zu finden, die das gleiche Blut wie Ursula hatten.

„Aber als sich herausstellte, dass die Frauen, die sie in dem Nachtclub getroffen hatten, nicht dieses besondere Blut hatten, liefen sie Amok! Ich will nicht, dass dir das gleiche passiert."

Oliver stellte sich Samsons intensivem Blick. „Warum sollte mir das passieren?"

„Oliver, Ursula hat besonderes Blut. Es wird dich high machen, und du wirst wieder süchtig werden. Wir wissen alle, wie anfällig du bist. Und ich kenne dich besser als jeder andere. Du darfst nicht in ihrer Nähe sein. Ein Biss, und dein Schicksal ist vielleicht schon besiegelt."

„Nein! Du irrst dich. Ich werde sie nicht beißen."

„Bitte, Oliver", beschwor Samson ihn, seine Stimme noch beruhigender als zuvor. „Man hat mir erzählt, wie du sie ansiehst. Es ist kein Geheimnis, dass du mit ihr schlafen willst, wenn du's nicht bereits getan hast. Du weißt, was das bedeutet. Du bist schon lange genug mit Vampiren zusammen. Als Teil des Sexaktes wirst du deine Partnerin beißen wollen. Und dann wirst du nicht mehr in der Lage sein, dich zu stoppen. Wir können das nicht zulassen, weil wir dich nicht verlieren wollen."

Oliver schüttelte wütend den Kopf. „So bin ich nicht! Ich habe sie nicht gebissen. Ich habe mir selbst versprochen, diesen Weg nie wieder einzuschlagen! Ich wusste, dass ich stark sein muss. Und ich war es. Ich *bin* es!"

Samson kniff die Augen zusammen, und sein Gesichtsausdruck veränderte sich. „Du wusstest es? Du wusstest die ganze Zeit, was ihr Blut mit Vampiren anstellt, und du hast uns nichts davon gesagt?"

Oliver unterdrückte einen Fluch. Scheiße! Es war ihm herausgerutscht.

„Warum bist du nicht zu mir gekommen? Du hättest es mir sagen sollen!", donnerte Samson.

„Ich habe ihr versprochen, niemandem etwas davon zu erzählen."

„Sie hat dir ihr Geheimnis anvertraut?"

Oliver nickte. „Sie hat vor euch allen Angst. Sie hat es nur mir gebeichtet, damit ich ihr helfe, aber sie hat Angst, dass ihr sie auch wegen ihres Blutes haben wollt, wenn ihr davon wisst – genau wie die anderen Vampire." Er fuhr sich mit der Hand durchs Haar.

„Aber du weißt doch, dass wir das nie tun würden!"

„*Ich* weiß das! Aber *sie* weiß es nicht! Hast du eine Ahnung, was sie durchgemacht hat?

Was diese Tiere ihr drei Jahre lang angetan haben?" Er ballte seine Hände zu Fäusten. „Ich werde sie dafür umbringen!"

„Du wirst im Moment gar nichts tun! Von nun an befolgst du Befehle."

„Wenn ich Zanes dummen Befehl befolgt hätte, wäre Ursula jetzt in Washington, und wir wären auch nicht weiter. Stattdessen –"

Samson hob seine Hand, um ihn zu unterbrechen. „Zugegeben, im Nachhinein hat sich Zanes Befehl als falsch erwiesen, aber angesichts der Informationen, die er zu dem Zeitpunkt hatte, war es die einzige logische Lösung gewesen." Er beugte sich über den Schreibtisch. „Ich bin nicht verärgert, dass Ursula noch hier ist. Tatsächlich glaube ich, sie könnte sich als nützlich erweisen, das Nest dieser Vampire zu finden. Aber was mich ärgert ist, dass du nicht genug Vertrauen in mich hattest, zu mir zu kommen und mir zu sagen, was los ist. Und dass du dich weiterhin der Versuchung ihres Blutes ausgesetzt hast. Das ist unverantwortlich. Gerade du solltest wissen, dass der Alkoholiker nicht für die Weinhandlung verantwortlich sein darf."

Oliver fühlte, wie sein Blut in Wallung geriet. „So ist es nicht! Ich kann damit umgehen."

„Und für wie lange? Bis du überschätzt, wie lange du es ohne Blut aushältst? Bis dein Hunger zu stark wird? Bis du nicht mehr klar denken kannst und nur noch deine Fänge in ihren Hals senken willst?"

Oliver fühlte, wie sein Zahnfleisch zu jucken begann, als er daran dachte, von Ursula zu trinken, während sie unter ihm keuchte. „Sie braucht mich."

„Sie stellt eine Gefahr für dich dar. Hast du mit ihr geschlafen?"

Oliver vermied Samsons Blick. „Das geht dich nichts an!"

„Also ja", folgerte Samson. „Und du wirst es wieder tun, und was ist, wenn du dich beim nächsten Mal nicht beherrschen kannst? Was wird geschehen, wenn du von ihr trinkst? Du hast keine Ahnung, was ihr Blut dir antun wird. Zane und die anderen haben es im Club gesehen. Diese Vampire waren verrückt. Gewalttätig. Unkontrollierbar. Wir können nicht zulassen, dass dir das gleiche zustößt. Es tut mir leid."

Ein eisiger Schauer kroch ihm über den Rücken. Oliver kniff die Augen zusammen und funkelte seinen Chef an. „Was soll das heißen?"

„Du weißt, was ich damit meine. Wir können nicht zulassen, dass sie in deiner Nähe ist. Sie ist für dich tabu."

„Das kannst du nicht tun!"

Samson warf ihm einen ernsten Blick zu. „Bitte versuche meinen Standpunkt zu verstehen. Ich habe dich nicht aus einem Leben als Drogenabhängiger und Krimineller gerettet, damit du wieder in die gleiche Jauchegrube abrutschst, in der ich dich gefunden habe. Du hast ein vielversprechendes Leben vor dir. Wolltest du das nicht immer haben? Einer von uns zu sein? Ein großartiger Bodyguard zu werden? Spannende Aufträge zu bekommen?" Samson schüttelte den Kopf. „Du würdest all das wegwerfen, wenn du sie beißt und wieder süchtig wirst. Als Vampir sind deine Begierden und Bedürfnisse viel stärker. Du wirst nicht in der Lage sein, die Sucht dieses Mal abzuschütteln. Du wirst nicht stark genug sein. Deshalb kann ich dir nicht erlauben, sie wieder zu sehen."

Oliver hob sein Kinn, bereit für einen Gegenangriff. „Was wäre gewesen, wenn dir jemand das gleiche über Delilah gesagt hätte?"

Samson schlug mit der Faust auf den Tisch. „Das ist unangebracht und du weißt es! Du kannst Delilah nicht mit einer Frau vergleichen, die du erst vor zwei Nächten kennengelernt hast!"

Oliver sprang auf. Er wusste, dass er auf dünnem Eis tanzte, aber er hatte nichts zu verlieren. „Wenn ich mich recht erinnere, kanntest du Delilah nicht viel länger als ich Ursula, bevor du total besitzergreifend wurdest!"

Langsam wie ein sich anschleichender Tiger stand Samson hinter seinem Schreibtisch auf. „Ich rate dir, sehr vorsichtig mit dem zu sein, was du von dir gibst. Ein weiteres Wort der Aufsässigkeit, und ich werde dich von deiner Position bei Scanguards entfernen, und du wirst wieder Leute herumchauffieren müssen."

Wütend ging Oliver Nase an Nase mit Samson. „Mach nur! Aber du kannst mich nicht von Ursula fernhalten!"

„Das habe ich bereits. Bis du wieder zu Hause bist, wird sie schon weg sein."

Oliver wich ruckartig zurück. Samson hatte ihn ausgetrickst. Er hatte ihn zu seinem Haus gerufen, damit die anderen Ursula hinter seinem Rücken wegbringen konnten. „Du verdammtes Arschloch!"

„Du wirst mir später dafür dankbar sein."

Oliver funkelte ihn an, dann machte er auf seinen Fersen kehrt und eilte aus dem Haus, ohne Delilah und das Baby im Wohnzimmer zu beachten.

Er musste es nach Hause schaffen, bevor sie Ursula schnappten.

26

Ursula hörte die Türglocke, während sie sich nach einer schnellen Dusche fertig anzog. Sie hatte kein langes Bad nehmen wollen, da sie ein Gefühl des Unbehagens hatte, weil sie mit Quinn, Rose und Blake alleine im Haus war. Während sie sich keine Sorgen wegen Blake oder Rose machte, hatte Quinn sie jedoch verunsichert, als er in ihr Zimmer geplatzt war. Er hatte verärgert ausgesehen, und aus irgendeinem Grund glaubte sie nicht, dass der Grund dafür die Tatsache war, weil er sie zusammen im Bett erwischt hatte. Von all dem, was sie über Vampire wusste, konnte sie sich nicht vorstellen, dass diese solch ein hohes moralisches Niveau hatten und sich darum scherten, wer mit wem schlief.

Außerdem hatten Oliver und sie dieses Mal nicht einmal Sex gehabt. Er hatte sie einfach im Schlaf in seinen Armen gehalten. Nur daran zu denken gab ihr bereits ein Gefühl von Wärme und Sicherheit. Sie fühlte sich sicher in den Armen eines Vampirs. Vor drei Tagen hätte sie bei dieser Vorstellung hysterisch gelacht.

Ein Geräusch im Flur vor ihrem Zimmer ließ sie aufhorchen und ihre Gedanken in den Hintergrund schieben. Eine Sekunde später klopfte es an der Tür.

„Ursula? Bist du angezogen?", fragte Quinn.

„Ja."

Die Tür schwang auf und Quinn kam herein. Hinter ihm trat Zane in den Raum. Beim Anblick des kahlen Vampirs verkrampfte sich ihr Magen. Was wollte Zane hier?

„Zane ist gekommen, um dich an einen sicheren Ort zu bringen."

Ursula erstickte fast an ihrem Speichel. Instinktiv wich sie zurück und stieß mit ihren

Beinen gegen den Bettrahmen. „W-was?“, stotterte sie. Sie war hier mit Oliver in Sicherheit.

Quinn sah aus, als ob sie ihm leid täte, als er fortfuhr: „Wir müssen dich woanders hinbringen. Du kannst nicht hier bleiben.“

Sie schüttelte den Kopf. „Warum nicht? Ich verstehe es nicht. Ist es deshalb, weil du Oliver und mich zusammen im Bett gesehen hast? Es tut mir leid, aber es ist nicht so, wie du denkst. Wir haben nicht –“

„Es hat nichts damit zu tun, was ich denke. Und um das geht’s auch gar nicht.“ Er warf einen Blick zu Zane.

„Um was dann? Bitte sag doch!“

Zane trat einen Schritt auf sie zu. „Du hättest uns von Anfang an von deinem besonderen Blut erzählen sollen. Das hätte uns eine Menge Zeit erspart.“

Ihr Herz hörte auf zu schlagen, denn eine Schockwelle durchfuhr sie. Alles traf sie auf einmal: Zane wusste nicht nur, dass Oliver sie nicht zum Flughafen gebracht und in das Flugzeug nach Washington gesetzt hatte, er wusste auch über ihr Blut Bescheid. Er kannte ihr Geheimnis!

Enttäuschung und Angst brachen über sie herein, während ihr Tränen in die Augen stiegen. Sie versuchte, sie zurückzuhalten.

„Nein!", würgte sie heraus.

Wie konnte Oliver ihr das nur antun? Warum hatte er sein Versprechen, ihr Geheimnis zu bewahren, gebrochen? Und sein Versprechen, sie zu beschützen? Sie hatte ihm vertraut. Sie hatte geglaubt, dass er anders war, dass er gut und ehrlich war. Dass er sich um sie sorgte. Wie dumm sie doch gewesen war, das zu glauben.

Keinem Vampir durfte man glauben, egal wie lieb er erschien und wie fürsorglich er sich benahm.

Oliver hatte sie verraten.

„Ich hasse Oliver! Und ich hasse euch alle!", rief sie aus.

Zane zuckte mit den Schultern. „Ja, was auch immer! Das ist mir scheißegal. Du hast uns belogen! Behandelt man so diejenigen, die einem helfen? Du hast unsere Zeit vergeudet! Wenn du uns sofort gesagt hättest, womit wir es hier zu tun haben, dann hätten wir keine Zeit verloren."

Zeit verloren? Sie wusste, was er damit meinte. „Ihr wollt also mein Blut für euch, stimmt's?"

Zane warf ihr einen angewiderten Blick zu. „Nicht mal im Traum! Ich will dein Blut nicht: Ich bin blutgebunden. Ich trinke nur das Blut meiner Gefährtin. Ich würde deins nicht anrühren, selbst wenn mein Leben davon abhinge. Kapierst du das nicht?"

Sie starrte ihn an, denn sie verstand wirklich nicht. Ein blutgebundener Vampir trank nur das Blut seiner Gefährtin? Er griff Menschen nicht für ihr Blut an? „Dann leihst du mich eben an andere Vampire aus. Ist ja am Ende dasselbe!"

Zane wechselte einen Blick mit Quinn. „Ich hatte sie nicht für dumm gehalten, aber sogar ich irre mich manchmal."

„Ich bin nicht dumm!", schrie sie ihn an und ballte ihre Fäuste an den Hüften.

„Dann lass mal das hier in deinen dicken Schädel hinein: Niemand von Scanguards will Blut trinken, das wie eine Droge wirkt! Wir wollen keine Süchtigen in unserer Mitte. Wir haben eine Aufgabe, und wir können diese nicht bewältigen, wenn wir alle high sind. Wir müssen einen klaren Kopf behalten."

Sie hörte seine Worte, konnte sie aber nicht glauben. Warum sollte sich Scanguards so etwas Wertvolles wie ihr Blut entgehen lassen, wenn sie damit viel Geld verdienen könnten? Nein, sie wollten sie wahrscheinlich nur in Sicherheit wiegen, bis sie beschlossen hatten, was sie mit ihr machen würden. Sie konnte ihnen nicht trauen. Sie hatte diesen Fehler schon einmal begangen. Sie hatte Oliver vertraut und er hatte sie verraten.

Ihr Herz verkrampfte sich bei dem Gedanken an ihn. Warum hatte er es getan?

Sie senkte den Kopf. „Was werdet ihr jetzt mit mir machen?"

„Du wirst in ein sicheres Haus gebracht."

„Für wie lange?"

„Für so lange wie es dauert, die anderen Mädchen zu finden und diese anderen Vampire zu vernichten", antwortete Zane.

Ein Schluchzen entriss sich ihrer Brust. Und sobald sie die anderen Mädchen hätten, könnten sie das Geschäft selbst aufmachen. War es das, was sie vorhatten? Oder hatten sie wirklich vor, sie und die anderen Frauen zu retten? Wenn sie ihnen doch nur vertrauen könnte, aber dieses Gefühl konnte sie im Moment nicht hervorzaubern. Sie hatte Oliver ihr ganzes Vertrauen geschenkt und er hatte es missbraucht, indem er seinen Kollegen ihr Geheimnis offenbart hatte.

Zane trat einen Schritt näher. „Und vielleicht wirst du dich als nützlich erweisen, um deine Entführer aus ihrem Loch zu locken."

Quinn hob eine Augenbraue. „Du willst sie als Köder benutzen?"

„Wenn es sein muss. Wir besprechen es später." Er winkte Ursula zu. „Lass uns gehen."

Sie ging zur Tür, vorbei an Zane und Quinn, ihren Kopf hoch erhoben, um nicht den Schmerz in ihrem Inneren zu zeigen.

„Gibt es etwas, das ich Oliver von dir ausrichten soll?", fragte Quinn.

Die Weichheit in seiner Stimme brachte sie den Tränen nahe, doch sie biss die Zähne zusammen und starrte geradeaus in den Flur.

„Du kannst ihm sagen, dass er zur Hölle fahren soll!"

Sie machte keinen Versuch zu fliehen, als Zane sie zu seinem Hummer führte und die Beifahrertür für sie öffnete. Sie wusste, dass es verschwendete Energie gewesen wäre. Er war um so vieles schneller als sie, und so gemein wie er aussah, bedeutete es bestimmt, dass er ihr Schmerzen zufügen würde, falls sie sich nicht nach seinen Wünschen richtete. Sie war gerade nicht in der Stimmung auf körperliche Schmerzen – der emotionale Schmerz, den sie empfand, war schwer genug zu bewältigen.

Und sie hatte gedacht, sie war dabei, sich in Oliver zu verlieben. Oh Gott, wie dumm sie doch war! Und die ganze Zeit hatte er seine wahren Absichten vor ihr verborgen. Bei der erstbesten Gelegenheit hatte er sie an seine Kollegen verpfiffen. Wie konnte sie sich nur so in ihm getäuscht haben?

„Ich brauche noch mehr Informationen von dir. Wie viele Wachen befanden sich in dem Gebäude?", fragte Zane, als er das Auto in Bewegung setzte.

„Es waren immer mindestens vier von

ihnen als Bewachung auf der obersten Etage, wo wir alle lebten und wo sie von uns tranken. Aber es gab mehr Wachen."

„Wie viele?", fragte Zane nach.

„Mindestens sieben oder acht andere. Sie haben sich immer abgewechselt."

„Und wie viele Mädchen außer dir?"

Sie zögerte. „Warum willst du das wissen?"

Er warf ihr einen Seitenblick zu. „Weil ich wissen muss, womit wir es zu tun haben."

Unbehagen kroch ihr den Rücken hoch. Was würde er mit dieser Information tun? Planen, was er mit den Mädchen anstellen würde? Wo Scanguards das Geschäft aufbauen würde, sobald sie die Frauen *befreit* hatten?

„Ich habe dich etwas gefragt!"

„Ich weiß nicht wie viele."

Er knirschte mit den Zähnen. „Wie viele? Sprich oder ich bringe dich zum Sprechen!"

Sie hatte keine Zweifel daran, doch sie wusste auch, dass sie keine Kraft mehr hatte, gegen ihn anzukämpfen. „Ich bin mir nicht sicher; ein Dutzend, aber eines der Mädchen habe ich eine Weile nicht gesehen. Ich bin mir nicht sicher, ob sie noch lebt. Und zwei neue kamen vor kurzem erst dazu. Aber ich denke, es sind zwölf."

„Alle Chinesinnen?"

Ursula nickte.

„Gut."

Dann verstummte Zane. Offenbar war er nicht der Typ, der gerne plauderte. Und zum Glück war auch sie nicht in der Stimmung dafür.

Während des letzten Stückes der kurzen Fahrt starrte sie aus dem Fenster. Als Zane den Hummer nur wenige Minuten, nachdem sie Quinns Haus verlassen hatten, parkte, schaute sie sich in ihrer Umgebung um. Sie hatten vor einem großen Eckgebäude geparkt. Es hatte vier Etagen und sah so aus, als ob es um die Jahrhundertwende oder vielleicht ein paar Jahre später erbaut worden war.

Zane bedeutete ihr auszusteigen. Ursula schloss die Autotür hinter sich, dann blickte sie zu der schweren Eingangstür. Daneben war ein Messingschild an der Wand angebracht. Als sie die Tür mit Zane an ihrer Seite erreichte, las sie es. *Executive Services* stand darauf. Zane klingelte, während sie sich fragte, welche

Art von Geschäft hinter der eleganten Tür verborgen war.

Die Gegensprechanlage knisterte. „Ja?"

„Zane für Vera."

Der Summer ertönte. Zane drückte gegen die Tür und hielt sie für Ursula auf. Zögernd trat sie ein. Ein elegantes und opulentes Foyer, das zu einer majestätischen Treppe führte, begrüßte sie. Zu ihrer Linken gab es eine Art Lounge, aus der leise Musik und Stimmen zu ihr trieben. Zu ihrer Rechten bemerkte sie mehrere Türen.

Ursula folgte Zane, als er auf die große Treppe zuging, die das andere Ende des Foyers dominierte, während ihre Augen immer noch die Umgebung scannten. Als sie an der Lounge vorbeiging, verlangsamte sie ihre Schritte und fokussierte genauer, was sie sah: Frauen in sexy Kleidern klebten an Männern, die auf bequemen Stühlen und Sofas saßen. Sie beobachtete ein Pärchen genauer. Während der Mann aus seinem Glas trank, legte die schöne dunkelhäutige Frau neben ihm ihr Bein über seinen Schenkel und rieb es gegen seinen Schritt.

Ursulas Kopf wirbelte zu einem anderen Paar, das auf einem Sofa nicht weit von ihnen entfernt saß. Ein ähnliches Bild bot sich ihr. Die Frau öffnete das Hemd des Mannes, ließ ihre Hand nach innen gleiten, während er – so dass es alle sehen konnten – einen Spaghettiträger ihres Kleides von ihrer Schulter schob und damit ihre Brust entblößte.

Ursula wandte sich Zane zu und funkelte ihn an. „Ohhh! Du hast mich in ein Bordell gebracht! Wie konntest du nur?"

Nicht einmal von Zane hätte sie eine solche Grausamkeit erwartet, aber anscheinend haperte es an ihrer Menschenkenntnis. Es war grausam von Zane, sie an den gleichen Ort zu bringen, dem sie gerade erst entkommen war. Dass an diesem Ort die Ware Sex statt Blut war, spielte keine Rolle. Es war immer noch das gleiche.

Zane zuckte mit den Schultern, als ob er ihren Widerspruch gar nicht verstand. „Es ist sicher hier. Und es wird von einer Verbündeten geführt. Aber am allerwichtigsten ist, dass dich hier niemand vermuten wird."

Beim Klang von Schritten auf der Treppe

drehte Ursula ihren Kopf. Eine wunderschöne chinesische Frau in einem eleganten Hosenanzug kam die Treppe so anmutig wie eine Prinzessin herunter. Ihr schwarzes Haar war hoch auf ihrem Kopf aufgesteckt. Sie trug dezentes Make-up, das ihre ausdrucksvollen Augen betonte. Sie sah nicht älter als dreißig aus.

„Zane", begrüßte sie den Vampir mit heiserer Stimme.

Zane nickte nur, dann deutete er auf Ursula. „Vera, ich danke dir, dass du uns hilfst. Dies ist Ursula."

Vera ließ ihre Augen über Ursula schweifen und inspizierte sie gründlich. „Du bist also die ganz Besondere. Ich bin Vera. Ich leite dieses Geschäft."

Sie streckte ihre Hand aus, und Ursula fühlte sich gezwungen, sie zu schütteln. Trotz der höflichen Geste konnte sie ihren nächsten Kommentar nicht unterdrücken. „Und du bist also meine neue Kerkermeisterin."

„Autsch!", antwortete sie dramatisch und drückte eine Hand auf ihre Brust, bevor sie Zane anblickte. „Was hast du ihr denn angetan, dass sie so eine schlechte Meinung von uns hat?"

Zane grunzte. „Nichts."

„Ich sehe, du warst also wieder mal du selbst."

Als Zane zurückfunkelte, wollte Ursula beinahe lächeln. Es schien, dass Vera keine Angst vor ihm hatte. Sie musste selbst ein Vampir sein. Kein Mensch würde es je wagen, Zane anzumotzen – und bestimmt auch nur wenige Vampire.

„Wie Samson es befohlen hat: Behalte sie hier, lass sie nicht aus den Augen, und lass sie nicht an ein Telefon oder ein anderes Kommunikationsmittel. Sie darf mit niemandem von Scanguards Kontakt haben, insbesondere nicht mit Oliver."

Vera hob ihre Lider. „Oh? Was hat der arme Kerl jetzt wieder angestellt?"

Ursula schnaufte. Armer Kerl? „Schweinehund!", stieß sie unter ihrem Atem hervor. Zuerst hatte er sie verführt und dann verraten.

„Ach, ich verstehe. Überlass es mir! Ich passe gut auf sie auf."

Ohne ein weiteres Wort machte Zane auf den Fersen kehrt und verschwand. Als die Eingangstür hinter ihm ins Schloss fiel, legte Vera ihre Hand auf Ursulas Arm und führte sie die Treppe hinauf.

„Ich lasse gerade auf der obersten Etage ein Zimmer für dich herrichten. Es ist sehr sicher und komfortabel."

Ursula warf ihr einen Seitenblick zu. „Du willst damit sagen, ich werde nicht entkommen können."

Vera warf ihr einen scheltenden Blick zu. „Na, na. Warum so feindselig? Ich hatte geplant, dich wie einen Gast zu behandeln. Wenn du aber lieber wie eine Gefangene behandelt werden willst, kann ich das arrangieren."

Ursula presste die Lippen fest zusammen.

„Hör mal zu, meine Liebe, ich habe gehört, was du durchgemacht hast, und es ist etwas, das ich niemandem wünschen würde. Aber es ist passiert, und du musst die Sache jetzt ruhen lassen. Ich sehe dich an, und ich sehe mich, als ich in deinem Alter war."

Sie erreichten den ersten Stock und gingen zur nächsten Treppe weiter.

„Nur war ich damals schwanger", gestand Vera.

Überrascht sah Ursula sie an. „Aber du bist doch ein Vampir, oder nicht? Wenn du all dies über mich weißt und mit Scanguards zusammenarbeitest, musst du doch zu ihnen gehören."

Vera lächelte. „Ja, natürlich. Aber ich war einmal ein Mensch. Und jung wie du."

„Du bist immer noch jung. Schau dich doch an."

„Meine Hülle ist jung, aber im Inneren bin ich gealtert. Ich habe um das Kind getrauert, das ich nie erziehen durfte. Und um all die Jahre, die ich mit dem Versuch vergeudet habe, Rache für das Unrecht zu nehmen, das mir angetan worden war. Mach nicht den gleichen Fehler wie ich! Es ist Zeit zu leben."

Ursula senkte ihre Lider. „Ich wünschte, es wäre so einfach. Aber ich bin nicht die Einzige, die gelitten hat. Es gibt andere wie mich, und so lange sie leiden, leide ich auch." Sie hatte die Frauen nicht vergessen, die ihr in diesen

Jahren wie Schwestern ans Herz gewachsen waren, die Frauen, die die gleichen Qualen erlitten hatten wie sie.

„Scanguards kümmert sich darum." Vera öffnete die Tür zu einem Zimmer und winkte Ursula, ihr zu folgen.

Eine junge Frau legte gerade den letzten Schliff an das Bett und ging dann in das angrenzende Badezimmer.

„Vertraust du Scanguards?", fragte Ursula.

„Mit meinem Leben. Sie sind treu und zuverlässig. Du wirst niemanden finden, der höhere ethische Werte besitzt als die Männer, die für Scanguards arbeiten."

Ursula schnaubte empört, gerade als die junge Frau aus dem Bad kam. „Wenn das so ist, dann vermute ich, dass Oliver wohl das einzige schwarze Schaf ist!"

„Oliver?", fragte Vera sichtlich überrascht, und auch die andere Frau hielt in ihren Bewegungen inne und starrte sie an. „Oliver ist der süßeste Mann, den man sich wünschen kann. Voller Integrität, Ehre und –"

„Integrität? Von wegen! Er hat mich bei der erstbesten Gelegenheit betrogen!"

Vera hob die Augenbrauen, dann blickte sie auf die junge Frau, die den Raum hergerichtet hatte. „Ist alles erledigt?"

„Ja, Vera. Die Bettwäsche ist frisch, und es sind warme Handtücher im Bad. Alles ist sauber."

Vera nickte. „Danke, Karen, es ist sehr nett von dir, auszuhelfen. Ich weiß, das ist nicht deine Aufgabe."

„Es hat mir nichts ausgemacht." Karen verließ das Zimmer und zog die Tür hinter sich zu.

In dem Moment, als sie alleine waren, wurde Veras Gesicht wieder ernst. „Es tut mir leid, dass du so über Oliver denkst. Vielleicht hast du ja eine Seite von ihm kennengelernt, von der ich nichts wusste. Jedenfalls ..." Sie zeigte auf den Nachttisch. „Das ist ein Haustelefon. Du kannst nur Gespräche innerhalb des Hauses führen. Wenn du etwas brauchst – Shampoo, Essen oder irgendetwas – dann wähle einfach eine Null, und eine meiner Mitarbeiterinnen bringt dir, was du brauchst. Es gibt ein paar Kleider im Schrank. Ich fürchte, einige Sachen davon werden dir nicht gefallen, aber es sind auch ein paar zahme Nachthemden und T-Shirts dabei, die dir passen müssten."

Vera drehte sich zur Tür.

„Es tut mir leid. Ich bin nicht wütend auf dich", entschuldigte sich Ursula, da sie sich schlecht fühlte, weil die Vampirin so offen und freundlich gewesen war und Ursula sich trotzdem nur beklagt hatte. „Ich bin nur ..."

„Du musst mir nichts erklären. Es geht mich nichts an, da bin ich mir sicher."

Als die Tür hinter ihr zufiel, warf sich Ursula auf das weiche Doppelbett und ließ ihren Tränen freien Lauf. Alles, woran sie denken konnte, war Oliver und die Tatsache, dass er sie betrogen hatte.

27

Oliver lief schneller als jemals zuvor. Mit Vampirgeschwindigkeit konnte er auf Kurzstrecken bis zu sechzig Stundenkilometer erreichen, und darüber war er jetzt froh. Es war ihm egal, ob diejenigen, die Zeugen seines schnellen Laufs wurden, ihren gesunden Menschenverstand in Frage stellen würden, wenn sie ihn sahen. Alles, was ihm wichtig war, war nach Hause zu gelangen, bevor seine Kollegen Ursula schnappen konnten.

Sein Herz schlug wie ein Presslufthammer, und sein Atem raste heftig in seine Lunge hinein und wieder heraus, bis er schließlich in seine Straße einbog und zur Eingangstür seines Hauses stürzte. Er steckte den Schlüssel ins Schloss und öffnete sie. Dann stürmte er in die Diele.

„Ursula? Ursula!", rief er aus.

Keine Antwort. Das Tier in ihm heulte verzweifelt auf.

„Ursula, wo bist du?", wiederholte er und rannte zur Treppe, als er eine Bewegung zu seiner Rechten auffing. Sofort schnellte sein Kopf in diese Richtung.

Quinn stand in der Tür zum Wohnzimmer, die Hände in den Hosentaschen vergraben. „Sie ist nicht mehr hier."

Wütend stürmte Oliver auf Quinn zu und schleuderte ihn gegen den Türrahmen. „Wo ist sie?"

Sein Erschaffer schüttelte ihn mit Leichtigkeit ab. „Sie haben sie an einen sicheren Ort gebracht."

„Wohin?"

„Das kann ich dir nicht sagen."

Oliver kniff die Augen zusammen. „Das kannst du nicht oder das willst du nicht?"

„Beides."

„Dann bist du gegen mich."

Quinn schüttelte den Kopf und warf ihm einen strengen Blick zu. „Ich beschütze dich. In dem Zustand, in dem du dich befindest, ist nicht abzusehen, wozu du im Stande bist. Glaubst du wirklich, ich würde es zulassen, dass diese Versuchung weiter vor deiner Nase baumelt, und mit ansehen, wie du dich selbst zerstörst? Ich habe dich nicht verwandelt, um jetzt zuzuschauen, wie du dein Leben wegwirfst!"

„Du hast keine Ahnung, was in mir vorgeht!"

Oliver bemerkte, dass Rose und Blake aus dem Wohnzimmer gekommen waren.

„Keiner von euch weiß das! Ihr habt kein Vertrauen in mich! Ich kann meine eigenen Entscheidungen treffen. Aber ihr glaubt nicht, dass ich der Versuchung widerstehen kann. Ihr haltet mich für schwach! Ich bin kein Kind mehr, verdammt noch mal! Ich weiß, was richtig und was falsch ist! Aber ihr alle glaubt, dass ihr für mich denken müsst! Traut mir verdammt noch mal mehr zu! Alles, was ich wollte, war eure Unterstützung und eure Liebe!

Und stattdessen erstickt ihr mich! Ihr behandelt mich wie einen jugendlichen Kriminellen, der gerade dabei ist, das nächste Verbrechen zu begehen! Verdammt! Ich würde Ursula nie wehtun! Ich sorge mich um sie!" Er nahm einen Atemzug und füllte seine Lunge, bevor er fortfuhr: „Sie hat mir vertraut! Und jetzt?"

Er wusste, was Ursula jetzt von ihm hielt. Er musste kein Gehirnchirurg sein, um das zu erraten. Sie hasste ihn – dessen war er sich sicher – denn sie glaubte, dass er ihr Vertrauen missbraucht und sein Wort gebrochen hatte. Er hatte ihr versprochen, ihr Geheimnis zu wahren.

Oliver wies mit dem Finger auf Quinn. „Wenn ihr etwas passiert, mache ich dich dafür verantwortlich."

Dann machte er kehrt und rannte zur Tür, die in die Garage führte. Er eilte die Treppe hinunter, sprang in den Minivan und schoss aus der Garage und in die Nacht hinein. Er musste Ursula finden.

Er erreichte Scanguards' Hauptquartier im Mission Bezirk kurze Zeit später und gelangte mit seiner Zutrittskarte in die Tiefgarage. Nachdem er den Minivan auf seinem Stammplatz geparkt hatte, nahm er den Aufzug in die Chefetage. Als sich die Aufzugtüren öffneten, bemerkte er sofort die hektische Aktivität, die die normalerweise ruhige Etage in einen summenden Bienenstock verwandelte.

Oliver näherte sich dem großen Versammlungsraum, wo einige seiner Vampir-Kollegen herumstanden. Er tippte einem auf die Schulter.

„Was ist los, Jay?"

„Zane hat eine Sitzung einberufen. Sieht so aus, als ob wir Informationen über diese Verrückten haben, wegen denen wir die Stadt patrouilliert haben. Es heißt, dass Zane letzte Nacht einen eingefangen hat. Sieht so aus, als ob wir neue Aufträge bekämen."

Oliver nickte. Er wusste schon, dass sie einen der Blutegel, wie Ursula die Vampire nannte, die das Blut-Bordell besuchten, gefangen genommen hatten. „Es ist kein Gerücht. Wo ist Zane jetzt?"

Jay zuckte mit den Schultern. „Keine Ahnung." Er schaute auf seine Uhr. „Die

Sitzung soll in fünfzehn Minuten anfangen." Er grinste in Richtung der Vampire, die sich bereits versammelt hatten. „Jeder leckt sich schon die Finger, dass jetzt endlich was los ist."

„Das kann ich sehen." Zumindest bedeutete das, dass Scanguards nun mit Volldampf versuchen würde, herauszufinden, wohin das Blut-Bordell verlegt worden war. Angesichts dieser Information fühlte er sich etwas besser. Aber im Moment war das nicht seine oberste Priorität. Ursulas Aufenthaltsort zu finden war seine oberste Priorität. „Hast du Thomas gesehen?"

Jay deutete mit dem Daumen über seine Schulter. „Wahrscheinlich in seinem Büro."

„Danke!"

Oliver marschierte den Flur hinunter. Er blieb vor Thomas' Büro stehen und klopfte kurz.

„Herein", hörte er Thomas' Stimme aus dem Inneren.

Er drückte den Türgriff nach unten, öffnete die Tür und trat schnell ein. Thomas blickte von seinem Computer hoch.

„Aha, ich habe mir schon gedacht, dass du früher oder später auftauchen wirst."

„Wo ist sie?"

Thomas äußerte ein missbilligendes *TsTs*. „Wie, kein Austausch von Nettigkeiten? Du bist aber unhöflich geworden, seit du verwandelt worden bist."

Oliver kniff die Augen zusammen und starrte Thomas an. „Tja, wir können ja nicht alle so nett sein wie Eddie, oder?"

Thomas' Ausdruck verwandelte sich in Unmut. „Das ist unangebracht. Du glaubst also du kannst mich verärgern und dann erzähle ich dir, wo Ursula ist. Da bist du aber ein schlechterer Stratege, als ich dachte."

Oliver legte seine Hände auf den Tisch und beugte sich darüber. „Wo versteckst du sie? Hier im Gebäude? In einer der Zellen?" Der Gedanke sandte einen Schauer über seinen Rücken. Zu wissen, dass Ursula irgendwo eingesperrt war, machte ihn wütend. Er spürte, wie sein Zahnfleisch juckte und seine Fänge sich ausfahren wollten.

„Wie dumm, glaubst du, sind wir? Denkst du, wir würden sie direkt vor deiner Nase verstecken, wo du einfach mit deiner Zutrittskarte hineinwalzen und sie herausholen kannst?"

„Ist das der Grund, warum Zane noch nicht zurück ist? Weil er sie irgendwo anders versteckt?"

Thomas verzog keine Miene. Er war zu erfahren, um etwas zu verraten, aber Oliver wusste trotzdem, was vor sich ging. Zane war derjenige, der Ursula weggebracht hatte.

„Welchen Unterschied macht das schon? Alles, was wichtig ist, ist, dass du in Sicherheit bist."

Oliver stieß ein bitteres Lachen aus. „In Sicherheit? Wovor? Ihrem Blut? Verstehst du es immer noch nicht? Ich werde sie nicht beißen. Das habe ich ihr versprochen. Glaubst du, ich würde genau dasselbe machen, was diese Arschlöcher ihr angetan haben? Sie ihres Blutes wegen benutzen?"

Was nicht bedeutete, dass er ihren Körper nicht wollte: unter ihm, in Ekstase keuchend.

„Das sagst du jetzt, aber warte, bis die Versuchung zu groß wird." Thomas erhob sich. „Wenn's dir nichts ausmacht, ich muss zu einer

Sitzung. Und du würdest gut daran tun, auch daran teilzunehmen. Schließlich war es anfangs dein Fall. Und wenn du uns die Wahrheit über Ursula gesagt hättest, wäre es immer noch dein Fall. Sag mal, Oliver, wem gegenüber bist du eigentlich loyal? Uns oder ihr gegenüber?"

Dann drückte Thomas ein paar Tasten auf seiner Tastatur, vermutlich um den Bildschirm seines Computers zu sperren, und verließ sein Büro, ohne auf eine Antwort zu warten.

Oliver ließ seinen Kopf hängen und betrachtete seine Schuhe, während er über Thomas' Worte nachdachte. Scanguards war sein Leben und seine Familie. Aber in den letzten paar Stunden hatte er praktisch mit jedem Mitglied seiner Großfamilie gestritten und ihnen mehr oder weniger gesagt, dass er sie hasste. Alles wegen einer Frau. Er hätte nie gedacht, dass es so weit kommen würde. Er hätte nie geglaubt, dass eine Frau zwischen ihn und Scanguards treten könnte.

Da er wusste, dass er etwas unternehmen musste, verließ er Thomas' Büro und ging den Flur entlang. Er bemerkte, wie sich die Tür zum

Notausgang öffnete, und blieb wie angewurzelt stehen. Eine Sekunde später schlich sich Blake auf die Chefetage.

Oliver blickte sich rasch um. Er wollte sichergehen, dass niemand seinen Halbbruder gesehen hatte, und eilte auf ihn zu. Blake erschrak, als er Oliver auf sich zukommen sah, fing sich aber schnell wieder.

„Bist du verrückt?", raunte ihm Oliver zu, als er ihn in eine Nische zog, die einen Kühlschrank und ein paar Regale beherbergte. „Du hast hier oben nichts zu suchen."

„Ich will doch nur helfen", rechtfertigte Blake sein Handeln.

Oliver fuhr sich mit der Hand durchs Haar. „Kannst du aber nicht. Dieser Fall ist nur für Vampire."

„Verdammt noch mal, ich will mich doch nur nützlich machen. Ich weiß genug darüber Bescheid, um zu helfen. Es muss doch etwas geben, was ich tun kann."

Oliver fühlte, wie sich sein Stirnrunzeln vertiefte. „Du kannst Ursula finden; das kannst du tun." Obwohl er wusste, dass Blake noch weniger Chancen hatte, sie zu finden als er selbst.

„Mann, ich hatte keine Ahnung, dass sie sie einfach abholen würden. Das ist doch nicht fair. Du warst derjenige, der sie zuerst beschützt hat."

Oliver nickte, etwas überrascht, dass sein Halbbruder auf seiner Seite stand. „Das ist wahr. Sie vertraut mir. Kannst du dir vorstellen, was sie jetzt von mir denken muss?"

„Zane wird uns niemals sagen, wohin er sie gebracht hat. Du kennst ihn doch."

„Hmm."

„Wer sonst könnte es wissen?"

Oliver winkte mit dem Kopf in Richtung des Flurs hinter sich. „Thomas. Aber er sagt auch nichts. Ich habe es bereits versucht. Und dir wird er's auch nicht verraten."

Plötzlich grinste Blake. „Aber vielleicht erzählt er es Eddie."

„Eddie?", wiederholte Oliver und spürte gleichzeitig, wie eine Glühbirne über seinem Kopf anging. „Mein Gott, du hast recht. Warum habe ich nicht daran gedacht? Thomas kann

Eddie nichts ausschlagen. Jeder weiß doch, wie scharf er auf ihn ist."

Eine Bewegung zu seiner Linken brachte Oliver dazu, seinen Kopf zur Seite zu drehen.

Er starrte geradewegs in Eddies aufgerissene Augen.

„Oh Mist!", fluchte Oliver.

Blake stieß einen schweren Atemzug aus.

Es war schon seit einiger Zeit ein offenes Geheimnis, dass Thomas mehr als nur Freundschaft für den jungen Vampir empfand, der bei ihm wohnte. Jeder konnte es sehen, egal wie sehr Thomas auch versuchte, seine Gefühle für den heterosexuellen jungen Mann zu unterdrücken. Der Einzige, der nichts davon wusste, war Eddie selbst – nun, zumindest bis jetzt.

Eddie stand wie angewurzelt da, allem Anschein nach bis ins Innerste erschüttert, und starrte ihn an. „Thomas … ahh …" Eddie schüttelte den Kopf, als ob er versuchte, die Worte abzuschütteln. Er sah verstört aus.

„Hör zu, Eddie, vergiss, was du gehört hast."

Eddie funkelte ihn an. „Wie zum Teufel kann ich so etwas einfach vergessen?"

„Bitte glaube mir, Thomas ist ein Ehrenmann. Er wird nie nach diesen Gefühlen handeln, da er weiß, dass sie nicht erwidert werden."

Scheiße! Eddie würde ihm nicht nur nicht helfen, Informationen aus Thomas herauszubekommen, nein, jetzt verteidigte Oliver Thomas auch noch, obwohl er auf ihn sauer war, weil dieser ihm Ursulas Aufenthaltsort vorenthielt. Aber was er Eddie sagte, war die Wahrheit: Thomas würde Eddie niemals anbaggern. Er hielt seine Gefühle schon unter Verschluss, seit Eddie in einen Vampir verwandelt worden war. Es gab keinen Grund zu der Annahme, dass Thomas den jungen Vampir mit seinen Gefühlen konfrontieren und ihn damit in Bedrängnis bringen würde.

„Oh Gott, ich wünschte, ich hätte es nie herausgefunden."

„Es tut mir leid." Oliver legte eine Hand auf Eddies Schulter, um ihn zu beruhigen, aber dieser schüttelte sie ab.

„Fass mich nicht an!"

Eddie machte auf den Fersen kehrt und verschwand.

Oliver wechselte einen Blick mit Blake, der wegen dieses Vorfalls genauso peinlich berührt aussah, wie Oliver sich gerade fühlte.

„Fuck!", fluchte Oliver erneut. Er hatte ein ziemliches Schlamassel angerichtet. Ein totales Chaos. Wie sollte er diese Sache jemals wieder in Ordnung bringen?

28

Nachdem er Blake davon überzeugt hatte, dass es unklug war, weiter auf der Chefetage herumzulungern, und dafür gesorgt hatte, dass er diese auf dieselbe Art und Weise verließ, wie er gekommen war, ging Oliver zum Sitzungssaal, wo die Versammlung bereits im Gange war. Das Mindeste, was er im Moment tun konnte, war zu sehen, ob er helfen konnte, die Vampire zu finden, die das Blut-Bordell führten. Immerhin hatte er Informationen, die er seinen Kollegen noch nicht mitgeteilt hatte. Was nicht bedeutete, dass er aufhören würde, nach Ursula zu suchen.

Oliver ging zur offenen Tür des Besprechungsraumes und spähte hinein. Es waren mehr als ein Dutzend Vampire versammelt und kein einziger Platz war frei, also blieb er in der Tür stehen.

Zane war in der Zwischenzeit eingetroffen, und er und Thomas führten die Besprechung gemeinsam und informierten die versammelten Vampire darüber, was in der Nacht zuvor im Nachtclub geschehen war und welche Informationen Ursula ihnen über das Blut-Bordell gegeben haben musste. Es gab überraschtes Gemurmel unter der versammelten Menge.

„Wir müssen davon ausgehen, dass ein einziger Schluck des Blutes dieser Frauen einen Vampir in einen Süchtigen verwandeln kann", fuhr Zane fort.

„Da bin ich anderer Ansicht", unterbrach Oliver und zog damit die Aufmerksamkeit aller auf sich.

„Du hast dich also entschlossen teilzunehmen", bemerkte Thomas.

Oliver ignorierte den Seitenhieb und starrte stattdessen Zane an. „Ich habe heute Abend einen ehemaligen Kunden des Blut-Bordells gefunden."

„Und warum erfahren wir erst jetzt davon? Berichte!", grunzte Zane und presste seine Zähne zusammen.

„Wenn du nicht so arg damit beschäftigt gewesen wärst, mich aus dem Weg zu räumen, um Ursula hinter meinem Rücken zu verstecken, dann hätte ich es dir vielleicht schon früher mitteilen können."

Zane machte eine Handbewegung, um ihn zum Schweigen zu bringen. „Das geht niemanden etwas an. Also komm zum Punkt, es sei denn, dies ist ein weiterer Versuch, uns dazu zu überreden, dich zu ihr zu lassen."

Oliver kniff die Augen zusammen, entschied sich aber, nicht auf diesen Streit einzugehen. Dafür war später noch genug Zeit. „Der Vampir war ein Blutegel. So nennen die Mädchen im Blut-Bordell die Kunden. Sehr passend, denke ich. Er behauptete, das Bordell nur ein einziges Mal besucht zu haben, und ich konnte keinerlei Anzeichen von Sucht oder Abhängigkeit bei ihm erkennen."

Zane schnaubte, als ob er ihm nicht

glaubte. „Was sonst noch?"

„Er war kooperativ und bereit, uns zu kontaktieren, wenn er über den neuen Standort des Bordells benachrichtigt wird."

„Wie konntest du sicher sein, dass er ein ehemaliger Kunde ist? Wie du selbst sagst, zeigte er keine Anzeichen von Suchtverhalten, die aufgefallen wären, oder?"

„Ich fand seine Brieftasche."

Zane hob eine Augenbraue. „Wo?"

„In dem Gebäude in Hunter's Point."

„Das Gebäude war leer."

„Nicht ganz", feuerte Oliver zurück. „Es war eine Brieftasche drinnen. Ursula hatte sie von einem Kunden gestohlen und dann unter den Dielenbrettern in ihrer Zelle versteckt. Ich bin mit ihr zu dem Gebäude zurück, um danach zu suchen."

„Als du sie zum Flughafen hättest fahren sollen", fügte Zane hinzu.

Oliver verschränkte die Arme vor der Brust und straffte seine Haltung. „Was – wie wir alle jetzt wissen – die falsche Entscheidung war. Wenn ich das getan hätte, hätte ich weder die Brieftasche noch den Blutegel gefunden."

Aber Zane nahm den Köder nicht an und blieb äußerlich gelassen. „Und wann hattest du vor, uns diesen Beweis vorzulegen?"

„Ich lege ihn doch jetzt vor, oder etwa nicht?"

„Nach der Versammlung möchte ich dich in meinem Büro sehen. Alleine." Dann wandte sich Zane wieder an die versammelten Vampire. „Nun zu euren Aufträgen. Wir haben noch keine Spuren, wohin sie das Bordell verlegt haben, aber wir nehmen an, dass sie weiterhin in der Bay Area sind, da hier ihre Kunden sind." Er deutete auf einen der Vampire in der Menge. „Jay, überprüfe den Hintergrund dieses Michael Valentine, den wir festgenommen haben. Er ist immer noch in unserem Gewahrsam. Durchsuche seine Wohnung, seine Post und seinen Computer. Geh durch seine Telefongespräche, seine Adressbücher, alles, was du finden kannst. Sieh nach, ob er in den letzten zwei Tagen irgendetwas erhalten hat, das darauf hinweisen könnte, wo sich das Bordell jetzt befindet."

Jay nickte. „Kein Problem."

„Brian, lass dir von Jay eine Liste von allen

Freunden und Bekannten von Valentine geben. Dann werden du, Andrew und Greg die Namen auf dieser Liste überprüfen um zu sehen, ob jemand von denen auch Kunde des Blut-Bordells war. Wenn das der Fall ist, übt Druck auf sie aus und bringt sie zum Sprechen. Überprüft, ob jemand von ihnen eine SMS oder E-Mail mit der neuen Adresse des Blut-Bordells erhalten hat. Wir müssen herausfinden, wo sie jetzt sind. Dort werden noch ein Dutzend Frauen gefangen gehalten. Wir müssen sie rausholen. Schnell."

Dann ließ er seine Augen umherschweifen. „Der Rest von euch, ihr seid auf regelmäßiger Patrouille nach diesen … Blutegeln. Geht zu den Clubs und achtet besonders auf Vampire, die sich von asiatischen Frauen ernähren oder sich mit ihnen unterhalten. Nach dem wenigen, was wir wissen, scheinen Asiatinnen die einzigen Träger dieses Blutes zu sein. Wenn es sein muss, lasst ein paar Hinweise fallen und behauptet, ihr wisst, wo ein Vampir high werden kann. Vergewissert euch, dass ihr Verstärkung habt. Ist alles klar?"

Mehrere antworteten mit einem klaren „Ja",

andere nickten nur.

Oliver blickte zur Seite, als er bemerkte, dass Eddie sich dem Raum genähert hatte. Er schaute jetzt in den Saal hinein, seine Augen auf Thomas gerichtet, der im Gespräch mit Zane in einer Ecke des Zimmers stand, während sich die anderen Vampire von ihren Stühlen erhoben.

Als ob Thomas Eddies Augen auf sich spüren konnte, drehte er den Kopf und sah ihn direkt an. Eine unangenehme Pause entstand, bevor Eddie sich umdrehte und ging.

Nach der Versammlung ging Thomas auf Oliver zu und warf einen langen Blick auf den Flur, wo Eddie verschwunden war.

„Ich brauche den Namen und die Anschrift des Vampirs, den du gefunden hast."

Oliver nickte. „Hast du was zu schreiben?"

Thomas reichte ihm seinen Notizblock und einen Stift, und Oliver fing an, die Angaben darauf zu kritzeln.

„Stimmt etwas nicht mit Eddie?", fragte Thomas beiläufig.

Oliver war froh, dass er noch immer damit beschäftigt war, die Adresse aufzuschreiben, sodass er Thomas nicht ansehen musste, als er ihm antwortete: „Ich habe nichts bemerkt." Voller Schuldgefühle darüber, was Eddie mit angehört hatte, übergab er Thomas den Block und den Stift und wechselte das Thema. „Und lass Corbin nicht auf die Idee kommen, dass du seinen Hintergrund überprüfst. Er ist kooperativ, also zerstöre nicht die Fortschritte, die ich bereits gemacht habe!"

„Ich bin kein Amateur!"

Einen Augenblick später stand Oliver in Zanes Büro und klopfte mit dem Fuß auf den Boden, während er auf die Ankunft des kahlen Vampirs wartete. Er wusste, dass er eine Standpauke zu hören bekommen würde, aber es kümmerte ihn nicht, was Zane ihm zu sagen hatte.

Er musste nicht lange warten. Zane stürmte ins Büro und knallte die Tür hinter sich zu. Er machte Oliver damit ohne Umschweife klar, in welcher Stimmung er sich befand. Verärgert beschrieb es nicht einmal ansatzweise.

Zane nagelte ihn mit einem Blick fest. „Insubordination. Zurückhaltung von Beweisen. Befehlsverweigerung ..."

„Du wiederholst dich. Insubordination und Befehlsverweigerung, glaube ich, ist ein und dasselbe." Oliver wusste, dass er sich auf dünnem Eis befand, aber er konnte sich nicht helfen. Zane hatte es nötig, von seinem hohen Ross heruntergeholt zu werden.

„Oh, du denkst, du bist so schlau! Was ist mit dir passiert, Oliver? Was ist mit dem netten jungen Mann geschehen, der nichts falsch machen konnte? Der zu uns aufgesehen hat?"

Oliver stemmte seine Hände an die Hüften. „Der Kerl wurde einer von euch und hat plötzlich gesehen, dass ihr alle auch nur aus Fleisch und Knochen seid wie der Rest von uns. Du bist nicht besser als ich! Du bist nur ein größeres Arschloch! Also sei nur du selbst! Verhalte dich wie das Arschloch, das du immer schon warst, und lass es uns hinter uns bringen. Du willst mich niedermachen? Dann mal los! Und dann siehst du ja, ob mich das einen Dreck schert!"

Die Pattsituation dauerte mehrere Sekunden, dann seufzte Zane. „Du hast dich überhaupt nicht verändert. Du bist immer noch ein Hitzkopf, genauso wie früher, als du noch ein Mensch warst. Allerdings hattest du damals noch etwas Respekt vor uns. Oder vielleicht hattest du auch nur Angst vor uns."

„Ich hatte nie Angst vor euch!", zischte Oliver.

„Dann ist es vielleicht an der Zeit, dafür zu sorgen, dass du vor uns Angst bekommst. Also lass mich dir was erklären: Du kannst deinen Job und deine Verbindung zu Scanguards vergessen, wenn du jetzt nicht in die Reihe zurücktrittst. Befehle eines Scanguards-Chefs sind zu befolgen. Das gilt für alle, auch für dich!"

Oliver verschränkte die Arme vor der Brust. „Das ist lustig, dass das von dir kommt. Wenn man bedenkt, dass du dich vor nicht allzu langer Zeit direkten Befehlen von Gabriel und Samson widersetzt hast, um mit Portia zusammen zu sein."

Zanes Brust hob sich. „Lass Portia aus dem Spiel!"

Zufrieden, dass er einen Nerv getroffen hatte, fuhr Oliver fort: „Es geht hier um genau die gleiche Sache, also tu nicht so, als ob ich der Erste in dieser Firma bin, der sich einem Auftrag widersetzt hat, wenn er wusste, dass er falsch war. Gerade du solltest das verstehen. Aber nein, du hast dich plötzlich in den korrekten Vorgesetzten verwandelt. Wann hast du aufgehört, auf dein Bauchgefühl zu hören, um herauszufinden, was richtig oder falsch ist?"

„Sag mir nicht, wer du glaubst, dass ich bin!", donnerte Zane. „Ich weiß, was du versuchst, doch es wird nicht funktionieren. Ich werde dir nicht sagen, wo sie ist. Keine Diskussion. Du bist nicht in der Verfassung, in ihrer Nähe zu sein. Ihr Blut wird dich zerstören. Und wir alle – alle von uns bei Scanguards – sorgen uns zu sehr um dich, als das geschehen zu lassen."

„Dann habt ihr aber eine komische Art und Weise, das zu zeigen!", brummte Oliver und machte auf den Fersen kehrt.

Bevor Zane ihn aufhalten konnte, war er schon durch die Tür und schlug diese sogar noch lauter zu, als Zane es nur wenige Augenblicke zuvor getan hatte.

29

Ein hartnäckiges Klingeln durchdrang seinen Schlaf. Blind griff Oliver nach dem Wecker und schlug mit seiner Hand auf die Alarmtaste. Aber das Klingeln hörte nicht auf. Er zwang sich, ein Augenlid zu öffnen und auf die Uhr zu blinzeln. Es war kurz nach drei Uhr nachmittags. Wer hatte seinen Wecker auf drei Uhr gestellt und warum zum Teufel hörte dieser nicht auf zu klingeln?

Er schoss zum Sitzen hoch und sah sich in dem dunklen Zimmer um. Mit jeder Sekunde wurde er wacher, bis er schließlich erkannte, dass das Klingeln nicht von seinem Wecker kam, sondern von dem Haufen Klamotten, die er auf den Boden geworfen hatte, als er kurz vor Sonnenaufgang nach Hause gekommen war.

Er stürzte sich darauf und zog sein Handy aus seiner Hosentasche. „Ja?", antwortete er, ohne die Anrufer-ID zu überprüfen.

„Hallo Oliver", säuselte eine Frau.

„Hallo? Wer ist da?"

Ein Kichern am anderen Ende der Leitung. „Karen, natürlich. Sag bloß, du schläfst noch."

„Hallo, Karen", antwortete er schnell. Sie war eine von Veras Mädchen und diejenige, die am meisten schwatzte. Und sie hatte keine Ahnung, dass er ein Vampir war. Niemand, der darüber Bescheid wusste, wagte es, ihn tagsüber anzurufen. „Ich war spät unterwegs. Was ist los?"

Wollte sie, dass er heute Abend zu Vera kam? Obwohl er ein regelmäßiger Gast in Veras Etablissement war, wussten alle Mädchen dort, dass er nie wegen Sex kam. Er liebte einfach Veras Gesellschaft und flirtete gerne mit den Frauen, die bei ihr angestellt waren. Obwohl ihm einige der Frauen

Angebote gemacht hatten – gratis sozusagen – hatte er nie eins davon angenommen. Und er würde auch jetzt nicht damit anfangen.

„Wir haben dich die ganze Woche nicht gesehen. Gehst du uns etwa fremd?"

„Würde ich so etwas tun?" Er zwang sich zu einem Lachen, obwohl er weiterschlafen wollte, damit er sich bei Sonnenuntergang wieder auf die Suche nach Ursula machen konnte. In der Nacht zuvor war er bei Amaurys Wohnung vorbeigefahren und hatte nur Nina zu Hause vorgefunden. Nach dem Besuch hatte er Amaurys und Ninas Wohnung als Ursulas Versteck ausgeschlossen und war dann zu Zanes Haus gefahren. Der Hund war der Einzige, den er dort angetroffen hatte. Niemand hatte die Tür geöffnet, und nachdem er eine Feuerleiter hochgeklettert und in eines der Fenster in der oberen Etage hineingespäht hatte, hatte er zugeben müssen, dass es auch dort keine Spur von Ursula gab. Außerdem würde Zane sie nie alleine in seinem Haus lassen, wohl wissend, dass sie wahrscheinlich versuchen würde zu fliehen.

„ ...also dachte ich, ich rufe dich an." Karens Stimme trieb wieder zu ihm.

Scheiße, er hatte die Hälfte des Gesprächs verpasst!

„Mmm", antwortete er und fragte sich, was sie ihm wohl erzählt hatte.

„Also, um was geht's da? Warum mag sie dich nicht?"

Verwirrt kratzte sich Oliver am Kopf. „Wer?"

„Das Mädchen natürlich. Hast du nicht zugehört?"

„Natürlich habe ich zugehört. Welches Mädchen?" Wenn dies wieder eine ihrer langatmigen Geschichten war, die ewig dauern konnten, dann musste er eine Ausrede finden, um diesem sinnlosen Gespräch zu entkommen. „Hör zu, ich muss weg."

„Komm schon, sag's mir. Hat sie dich etwa angemacht und ist jetzt sauer, weil du nicht auf chinesische Mädchen stehst?"

Oliver war sofort in Alarmbereitschaft. „Chinesisch? Wie sieht sie aus?"

„Chinesisch halt. Lange schwarze Haare. Hübsch."

Konnte er wirklich so viel Glück haben?

Sprach Karen von Ursula? „Was hat sie gesagt?"

„Nun, sie hat es nicht zu mir gesagt, aber ich habe es zufällig mit angehört. Sie sagte, dass du sie bei der erstbesten Gelegenheit verraten hast. Sie klang ziemlich angepisst."

Obwohl ihn das nicht überraschte, fluchte er trotzdem. „Ach, Mist! Du wüsstest nicht zufällig, wo sie jetzt im Moment ist?"

„Zimmer 407."

Der Schreck katapultierte ihn aus seinem Bett. „Im Puff?"

Ein verärgerter Atemzug kam von Karen. „So nennen wir das aber nicht!"

Oliver ruderte schnell zurück. „Ich meinte, in Veras ... Etablissement?" Aber er hörte Karens nächsten Kommentar gar nicht, weil alles, woran er denken konnte, war, dass er Ursula gefunden hatte. Von all den Orten, wo Zane sie hätte verstecken können, hatte er ein Bordell ausgesucht. Hatte dieser Idiot keinerlei Einfühlungsvermögen, wenn es um Ursulas Gefühle ging? Sie in einem Bordell zu verstecken, wenn sie drei Jahre in einem gefangen gewesen war, war ungeheuerlich!

„Danke Karen, du bist ein Schatz. Darf ich dich um einen Gefallen bitten?"

„Natürlich, Süßer!"

„Sag niemandem, was du mir erzählt hast. Ich muss ein bisschen unter dem Radar bleiben. Verstanden?"

„Und was bekomme ich dafür?", verhandelte sie sogleich.

Oliver dachte einen Moment darüber nach und fragte sich, womit er sie bestechen konnte. „Blumen? Karten für eine Show?"

„Die besten Plätze?"

„Nur die besten für dich."

Als er auflegte, war er bereit zu handeln. Er ging ins Bad und sprang unter die Dusche. Es überraschte ihn nicht, dass sein Schwanz sich bereits regte, als er sich einseifte. Kein Wunder, denn er stellte sich vor, dass Ursulas Hände ihn berührten. Bevor dies jedoch geschehen konnte, musste er ihr zuerst erklären, dass er ihr Geheimnis nicht verraten hatte. In Anbetracht ihrer derzeitigen schlechten Meinung von ihm, bezweifelte er, dass sie ihn ihre Hand halten lassen, geschweige denn mit ihm schlafen würde.

Während der verbleibenden Stunden bis zum Sonnenuntergang ging er in seinem Zimmer auf und ab und ließ sich durch den Kopf gehen, was er zu ihr sagen würde und wie er seine Erklärung beginnen würde, damit sie ihm glaubte.

Es schien eine Ewigkeit zu dauern, bis schließlich die Sonne über dem Pazifischen Ozean unterging. Auf seinem Weg nach draußen hielt Oliver in der Bibliothek an und schloss den Safe auf, wo Quinn elektronische Ersatzgeräte aufbewahrte. Er nahm ein Handy heraus und verließ das Haus. Er ließ das Auto zurück, denn er wollte so unauffällig wie möglich bleiben. Falls jemand von Scanguards bei Vera vorbeischaute, wollte er nicht, dass sie sein geparktes Auto in der Gegend sahen. Außerdem war Veras Etablissement in Nob Hill, ganz in der Nähe von Russian Hill und lag nur einen Katzensprung entfernt.

Da es noch früh am Abend war, würde es bei Vera noch ruhig sein. Die meisten Kunden tauchten dort erst später am Abend auf. Daher musste er besonders leise sein. Er wusste, er konnte nicht einfach in das Gebäude hineinmarschieren. Deshalb ging er in die kleine Gasse, die an der einen Seite des Gebäudes entlangführte. Eine Feuerleiter befand sich auf derselben Seite. Zimmer Nummer 407 lag auf dieser Seite, doch vor diesem Fenster gab es keine Feuerleiter. Aber das Zimmer hatte einen winzigen Balkon.

Schnell überblickte Oliver die Situation. Die nächstgelegene Feuerleiter führte zu dem Zimmer daneben, aber dies war das Vorzimmer zu Veras Büro. Er konnte nicht in dieses Zimmer einsteigen, um in Ursulas Zimmer zu gelangen, ohne eventuell von Vera gesehen zu werden. Er musste über den Balkon in Ursulas Zimmer gelangen.

Die Feuerleiter reichte nur bis zum ersten Stock hinunter, wo jemand, der dem Gebäude im Falle eines Feuers entfliehen wollte, mit einem Schnellspannhebel die Leiter herunterlassen konnte. Diese würde dann bis zum Boden reichen. Aber von seiner Position in der Gasse konnte er nicht hoch genug greifen, um die Leiter zu ertasten. Er testete, wie hoch er springen konnte und nahm ein paar Schritte Anlauf, sprang nach oben, streckte seine Arme hoch, aber seine Finger erreichten die metallene Feuerleiter nicht. Er versuchte es erneut, aber sein zweiter Versuch erwies sich als genauso erfolglos wie sein erster. Er war nicht in Form. Wenn er von weiter hinten Anlauf nahm, konnte er vielleicht die Leiter erreichen.

Seine Augen streiften durch die Gasse. Ein großer Müllcontainer stand weniger als vier Meter von der Feuerleiter entfernt. Er ging darauf zu und begutachtete ihn. Er hatte keine Rollen darunter, und obwohl das Ding schwer war, würde er es mit seiner Vampirkraft unter die Feuerleiter schieben können. Doch das Metall würde über den Beton kratzen und die ganze Nachbarschaft aufwecken.

Oliver kletterte auf den Müllcontainer und schloss den Deckel mit seinem Fuß, dann trat er darauf. Er war jetzt fast auf Augenhöhe mit der Leiter. Er schätzte die Distanz schnell ab und beschloss, dass es einen Versuch wert war. Er nahm einen Schritt zurück und sprang der Feuerleiter entgegen. Er streckte seine Arme gleichzeitig nach oben und nach vorne. Seine Finger berührten die Metallplattform und umschlangen eine Metallstange, während sein Körper weiter in der Luft pendelte.

„Hab dich!", murmelte er und schwang seine Beine hoch. Dank seiner starken Bauchmuskeln konnte er sich auf die Plattform ziehen und aufstehen.

Er blickte auf und stieg die Metalleiter bis in den dritten Stock hoch, dann stoppte er. Er drückte sich gegen die Hauswand, um sicherzugehen, dass er nicht vom Fenster in Veras Vorzimmer aus gesehen werden konnte. Als er zu dem kleinen Balkon vor Zimmer 407 hinüberblickte, erkannte er, dass er den Abstand zur Plattform der Feuerleiter, auf der er jetzt stand, unterschätzt hatte. Von seiner aktuellen Position aus war es unmöglich, auf den Balkon zu springen.

Auf der Suche nach einer anderen Lösung blickte er die Wand hoch. Falls er zum Dach hinaufsteigen konnte, könnte er von dort direkt auf den Balkon hinunterspringen. Er fokussierte seine Augen und entdeckte mehrere kurze Metallstangen, die aus der Wand ragten, wo früher eine Leiter auf das Dach geführt haben musste. Aus irgendeinem

Grunde war diese entfernt worden, aber einige der Metallstäbe, die in der Ziegelfassade verankert waren und die nicht mehr als zehn Zentimeter lang waren, waren in der Hauswand verblieben.

Oliver duckte sich am Fenster vorbei, um auf dessen andere Seite zu gelangen, dann zog er sich auf das Geländer, das die Feuerleiter umgab. Von dort stieg er auf die erste Stange und ergriff eine andere, weiter oben gelegene. Wie ein Einbrecher arbeitete er sich hoch und achtete darauf, nicht den Halt zu verlieren und zu fallen, und damit die Aufmerksamkeit irgendwelcher Nachbarn auf sich zu lenken.

Innerhalb von Sekunden erreichte er das Dach und zog sich hoch. Er trat nur leicht auf, um nicht zu viel Lärm zu machen, und ging zu der Stelle, unter der Ursulas Fenster lag. Er blickte nach unten. Er stand direkt über dem schmalen Balkon.

Oliver sprang, beugte seine Knie und ging in die Hocke, um den Aufprall und den Laut zu dämpfen, als er in der Mitte des Balkons landete. Schnell warf er einen Blick auf die

Feuerleiter, aber niemand hatte ihn gesehen oder gehört. Die Vorhänge zu Ursulas Zimmer waren zugezogen, und das Fenster war geschlossen. Allerdings wusste Oliver aus Erfahrung, dass das Gebäude alt war und dass viele der Fenster nicht mehr richtig schlossen, da die alten Schiebefenster sich im Laufe der Jahre verzogen hatten.

Er betete, dass dies auch bei diesem Fenster der Fall war, ergriff den Rahmen und drückte nach oben. Es bewegte sich. So schnell er konnte, schob er es auf und zwängte sich nach drinnen, wohl wissend, dass Ursula den Lärm bestimmt schon gehört hatte. Er konnte nicht riskieren, dass sie schrie.

Hektisch schob er die Vorhänge beiseite. Das Licht im Zimmer war gedämpft. Nur eine kleine Nachttischlampe war an und der Fernseher lief. Ursula war vom Bett gesprungen und hielt die Fernbedienung über ihrem Kopf, als ob sie ihn damit erschlagen wollte.

„Ursula, ich bin's. Oliver", verkündete er.

Sie keuchte und öffnete den Mund, als ob sie schreien wollte. Instinktiv sprang er auf sie zu, packte sie und ließ sich mit ihr aufs Bett fallen, während er gleichzeitig seine Hand auf ihren Mund drückte.

Sie kämpfte gegen ihn an und schlug ihre kleinen Fäuste gegen seine Brust.

„Schh! Ursula, stopp, ich bin nicht hier, um dir wehzutun."

Sie starrte ihn mit wutentbrannten Augen an. Eine Sekunde später grub sie ihre Zähne in seine Handfläche. Sie biss ihn!

„Autsch! Was soll das?" Er ließ jedoch ihren Mund nicht frei. „Versprichst du mir, nicht zu schreien, wenn ich meine Hand von deinem Mund nehme?"

Sie kniff die Augen zusammen, dann verkeilte sie plötzlich ihr Bein zwischen seinen Oberschenkeln und schlug es hoch. Aber er war schneller und verlagerte sein Gewicht, um ihre Beine festzuhalten, damit sie nicht noch einmal versuchen konnte, ihm in die Eier zu treten.

„Womit habe ich das verdient?" Er nahm seine Hand von ihrem Mund.

„Du Scheißkerl! Du hast mich verraten! Du

hast ihnen von meinem Blut erzählt!", fauchte sie.

„Habe ich nicht! Ich habe keine Silbe von dem von mir gegeben, was du mir anvertraut hast."

„Lügner!" Sie peitschte ihm einen trotzigen Blick entgegen. „Lass mich los oder ich rufe nach Vera!"

„Wenn du versuchst zu schreien, werde ich dich küssen! Und glaube mir, ich bin schneller als du." Das war er und er bluffte nicht.

Ursula wurde ruhiger unter ihm. Langsam verlagerte er sein Gewicht auf seine Knie und Ellbogen, sodass er sie nicht zerquetschte. Aber er hatte nicht die Absicht, sie loszulassen bis er sich sicher sein konnte, dass sie nicht schreien oder ihm entfliehen würde.

Ursula schien zu erkennen, dass er es ernst meinte und presste ihre Lippen zu einer dünnen Linie zusammen. Es schien, dass sie ihn nun mit Schweigen bestrafen würde.

„Hör zu, Baby, ich bin zu Samsons Haus gerufen –"

„Ich bin nicht dein Baby!", keifte sie.

„Warst du aber, als du in meinen Armen

geschlafen hast."

Sie drehte ihr Gesicht weg, um seinem Blick auszuweichen. Aber mit seinen Fingern unter ihrem Kinn zwang er sie, ihn anzusehen. „Ich kann sehen, dass du sauer auf mich bist."

„Ach wirklich, Sherlock?"

Er musste gegen seinen Willen lächeln. „Du bist wie eine wilde Katze, Ursula. Vielleicht können wir das später ja irgendwie nutzen, wenn wir miteinander schlafen. Ich hätte nichts dagegen, wenn sich diese scharfen Krallen in mich graben, wenn ich in dir drinnen bin."

Sie sog einen empörten Atemzug ein. „Wenn du glaubst, dass ich nach allem, was du mir angetan hast, nochmals mit dir schlafe, dann irrst du dich aber gewaltig!"

„Bist du dir da sicher?", murmelte er und senkte seinen Kopf, sodass seine Lippen über ihren schwebten. „Ich wette, wenn ich dich jetzt küssen würde, dann würdest du meinen Kuss erwidern." Dann zog er seinen Kopf wieder zurück. „Aber ich werde dich jetzt nicht küssen, denn du musst erfahren, was wirklich passiert ist."

Er setzte sich zurück auf seine Unterschenkel, sodass sie mehr Bewegungsfreiheit hatte. Sofort bewegte sie sich rückwärts und zog sich in eine sitzende Position hoch.

„Ich wurde zu Samsons Haus gerufen. Es war ein Trick, um mich aus dem Haus und von dir weg zu holen. Erinnerst du dich, als Zane und die anderen in der Nacht, als wir das Gebäude in Hunter's Point überprüften, weggerufen wurden?"

Sie nickte zögernd, während ihre Augen jede seiner Bewegungen genau beobachteten.

„Sie wurden in einen Nachtclub gerufen. Anscheinend machten dort ein paar Vampire Ärger. Es stellte sich heraus, dass sie Kunden des Blut-Bordells waren. Blutegel."

Ursulas Augen weiteten sich mit Interesse.

„Sie haben sich beide über Chinesinnen hergemacht. Meine Kollegen mussten eine Menge Schadensbegrenzung betreiben und Gedächtnisse löschen. Einer der Blutegel hat eins der Mädchen getötet. Cain hat ihn gepfählt."

Ein Keuchen entkam Ursulas Kehle. „Oh

Gott, nein!"

Oliver warf ihr einen traurigen Blick zu. „Meine Kollegen konnten sie leider nicht retten. Sie war schon tot, als sie dort ankamen. Aber sie haben das andere Mädchen gerettet und den verrückten Vampir festgenommen. Sie brachten ihn zurück zum Hauptquartier und befragten ihn. Er erzählte ihnen alles: dass er spezielles Blut wollte, Blut, das wie eine Droge wirkte, und dass das Blut-Bordell in Hunter's Point, zu dem er gegangen war, jetzt weg war. Er war ein Süchtiger, Ursula. Er litt unter Entzugserscheinungen, darum war er so verrückt. Als Zane und meine Kollegen begriffen, was vor sich ging, wussten sie sofort, dass du auch spezielles Blut haben musst."

Er sah ihr in die Augen und erkannte Verständnis darin. Sie wusste, dass er die Wahrheit sprach. „Deshalb hat Zane mich geholt."

Oliver nickte. „Nachdem er gesehen hatte, was dieses Blut einem Vampir antun kann, wollte er sicherstellen, dass ich nicht in deine Nähe kam. Deshalb haben sie dich weggebracht. Sie hatten Angst, dass ich dich beißen und genauso wie diese verrückten Vampire enden würde."

„Also wollten sie mein Blut wirklich nicht. Deine Kollegen halten mich nicht aus diesem Grund gefangen", sagte sie, als spräche sie zu sich selbst.

„Nein. Sie wollten mich nur beschützen. Obwohl sie ziemlich sauer wurden, als sie herausfanden, dass ich bereits über dein Blut Bescheid wusste und ihnen nichts davon gesagt hatte. Wie auch immer, jetzt, wo sie glauben, dass sie es geschafft haben, mich von dir fernzuhalten, sind sie damit beschäftigt, die Stadt nach dem Blut-Bordell zu durchkämmen. Sie wollen diese Vampire vernichten. Ich verspreche es dir."

„Und die Mädchen und ich? Was werden sie mit uns machen?" Eine Spur von Angst lag in ihrer Stimme.

Oliver arbeitete schon lange genug für Scanguards, um zu wissen, was sie planten, obwohl niemand über den endgültigen Plan gesprochen hatte. „Sobald wir sie gefunden haben, werden wir sicherstellen, dass die Frauen zu ihren Familien zurückkehren, und wenn es sein muss, werden wir neue Identitäten für sie aufbauen, sodass niemand jemals herausfinden wird, was sie so besonders macht."

„Das würden sie tun? Für uns? Für Menschen?"

Oliver streichelte seine Fingerknöchel über ihre Wange. „Ja. Sie sind da, um euch zu beschützen. Genau wie ich."

Sie kroch näher. „Wie hast du mich überhaupt gefunden?"

„Eines der Mädchen hier hat mit angehört, als du etwas über mich gesagt hast, und hat mich angerufen."

Ihre Augen weiteten sich, und sie wich von ihm zurück. „Du bist hier Kunde?!"

Oliver neigte sich zu ihr. „Nein, bin ich nicht. Ich komme nur … der Gesellschaft wegen."

„Der Gesellschaft wegen?" Sie sah ihn zweifelnd an.

„Ich bin mit Vera befreundet, und ihre Mädchen mögen mich. Aber ich bin noch nie wegen Sex hier gewesen." Er grinste. „Zumindest nicht bis heute."

30

Oliver wollte mit ihr schlafen. Ursula fühlte eine Welle von Wärme von ihrem Bauch bis in ihren Kopf schießen und sich in ihren Wangen ausbreiten. Wenn sie so aussah, wie sie sich gerade fühlte, würde sie sagen, dass sie wie eine reife Tomate errötete. Ihre Wut auf Oliver war in dem Moment verschwunden, als er ihr erzählt hatte, was in der Diskothek und danach passiert war. Oliver hatte ihr Geheimnis nicht verraten. Er hatte sein Wort gehalten, auch wenn er damit den Zorn seiner Kollegen auf sich gezogen hatte.

Als Oliver näher rückte, senkte sie ihre

Lider. „Es tut mir leid, dass ich dich hinter deinem Rücken verflucht habe."

Seine Lippen näherten sich ihrem Mund und sein Atem geisterte über ihre Haut. „Damit kann ich leben, wenn du bereit bist, es wieder gutzumachen."

Sie öffnete ihre Augen ganz und stellte sich seinem sinnlichen Blick. Das strahlende Blau seiner Augen blendete sie. „Wie?"

„Ein Kuss wäre ein guter Anfang."

„Was sonst noch?", fragte sie und kam ihm auf halbem Wege entgegen.

„Du, nackt." Er blickte an ihr vorbei und ein sündhaftes Lächeln bildete sich auf seinem Gesicht. „Vorzugsweise an dieses schmiedeeiserne Kopfteil gebunden."

Ihr stockte der Atem in der Brust. Instinktiv wich sie ein Stückchen zurück. „Warum?"

„Um dich zu lehren, mir zu vertrauen. Und dir beizubringen, dass selbst wenn du gefesselt und verwundbar bist, ich dir nie wehtun würde. Dass, selbst wenn du mir ausgeliefert bist, du immer noch deinen freien Willen hast, und noch immer deinen Körper und deinen Geist kontrollierst."

Sie starrte ihn verängstigt an. Sie hatte drei Jahre ihres Lebens an ein Bett gefesselt verbracht und war ihres freien Willens beraubt worden. Sie fröstelte. „Es wird nicht funktionieren. Ich kann dir nicht erlauben, mich zu fesseln. Die Vampire haben das mit mir getan. Sie –"

Er legte einen Finger auf ihre Lippen. „Ich weiß, was sie dir angetan haben. Darum machen wir das jetzt gemeinsam. Um die schlechten Erinnerungen auszulöschen. Wenn wir hier fertig sind, wirst du den Zustand, gefesselt zu sein, mit Vergnügen assoziieren, nicht mit Angst, Frustration und Schmerz. Denn ich werde dafür sorgen, dass alles, was du spürst, Vergnügen sein wird. Nichts anderes."

Sie zweifelte nicht, dass er sie mit Vergnügen überschütten wollte, aber sie konnte sich nicht vorstellen, die Tage zu vergessen, die sie angekettet in ihrem Bett verbracht hatte. „Wieso glaubst du, dass es funktionieren wird? Grundkurs in Psychologie?"

Er lächelte. „Ich bin nie auf der Uni

gewesen. Aber ich habe Frauen schon immer gut verstanden. Als wir in meinem Auto miteinander geschlafen haben, konntest du die Ketten nicht vergessen, mit denen sie dich gefesselt haben. Sie sind immer noch da." Er tippte ihr sanft an die Schläfe. „Da drinnen. Und solange du sie nicht abschütteln kannst, wirst du nie in der Lage sein, deinen Körper frei mit jemandem zu teilen. Nenn mich egoistisch, aber wenn ich mit dir schlafe, möchte ich dich ganz fühlen. Ich will nicht, dass du etwas von dir zurückhältst, weil du Angst hast. Ich möchte, dass du frei bist."

Frei, das Wort klang so gut. Aber würde sie sich jemals wirklich frei fühlen? Selbst jetzt war sie noch inhaftiert, obwohl es zu ihrem eigenen Schutz war. „Und deshalb willst du mich fesseln?"

Oliver Augen verdunkelten sich. „Deshalb und ... weil der Gedanke, dass du mir ausgeliefert sein wirst, mich jetzt schon so hart macht, dass ich fast explodiere."

Er nahm ihre Hand und führte sie an die Vorderseite seiner Jeans. Als er sie auf die Beule, die sich dort gebildet hatte, drückte, fühlte sie unter ihrer Handfläche, wo seine Erektion pulsierte, Hitze.

„Und wenn ich dich bitte, mich loszubinden, würdest du es sofort tun?", fragte sie mit zitternder Stimme, denn sie zog etwas in Betracht, in das sie nie einwilligen sollte. Aber wenn Oliver sie mit Begierde und Lust in den Augen ansah, übernahm eine andere Seite von ihr die Führung und traf Entscheidungen für sie.

Er schüttelte den Kopf und brachte ihr Herz damit zum Stillstand. „Nein, denn du wirst in der Lage sein, dich selbst zu befreien. Ich werde nur Seidenschals nehmen, um deine Hände an das Kopfteil zu binden. Aber der Knoten wird so locker sein, dass deine Hände herausrutschen können, wenn du es für nötig hältst."

Erleichterung ließ sie den Atemzug ausstoßen, den sie angehalten hatte. Sie sah ihn an und erinnerte sich an die Dinge, die er für sie getan hatte, damit sie auf der Rückbank seines Minivans zum Höhepunkt kam. Wie selbstlos er gewesen war, wie gebend. Und wenn er jetzt dieses Fesselungsspiel wollte, konnte sie es versuchen. Er hatte ihr noch nie wehgetan. Es gab keinen Grund, warum er jetzt damit anfangen sollte. Langsam nickte sie und hoffte, dass sie nicht den größten Fehler ihres Lebens beging. „Ja."

Oliver zog sie in seine Arme und drückte sie an sich. „Oh Baby, danke. Du wirst es nicht bereuen!"

Dann war sein Mund auf ihrem und versengte ihre Lippen mit einem leidenschaftlichen Kuss. Er war anders als damals, als sie in seinem Minivan waren: leidenschaftlicher, wilder, und ungezähmter. Hatte sie die richtige Entscheidung getroffen? Aber sie hatte keine Gelegenheit, sich weiter darüber Gedanken zu machen, denn Olivers Kuss raubte ihr die Fähigkeit zu denken. Stattdessen gingen alle sinnlichen Rezeptoren in ihrem Körper an, als ob er einen Schalter umgelegt hätte.

Sein heißer Atem verbrannte sie fast. Seine Zunge tauchte tief in sie ein und ließ keine Ecke unerforscht, während seine Hände wie die eines Mannes, der wusste, dass er nicht auf Widerstand stoßen würde, über ihren Körper wanderten. Mit Zuversicht und Entschlossenheit zog er ihr das T-Shirt über den Kopf und legte damit ihre nackte Haut frei. Ihre Haut, die angenehm prickelte. Als der Reißverschluss seiner Jacke gegen ihre Brust rieb, stöhnte sie auf, was ihn dazu brachte, sie sofort freizulassen.

„Deine Jacke", sagte sie. „Zieh sie aus! Zieh alles aus!"

Oliver sprang vom Bett und entledigte sich seiner Kleidung. Sie hatte noch nie jemanden beobachtet, der sich mit solcher Geschwindigkeit und gleichzeitig mit solcher Anmut auszog. Als er nur mit Boxershorts bekleidet vor ihr stand, leckte sie ihre Lippen und ihre Augen wanderten über die beeindruckende Beule unter dem Stoff. Der bauchige Kopf seiner Erektion spähte aus dem Bund seiner Unterwäsche hervor, zu groß, um von dem Gewebe, das sich straff darüber spannte, verborgen zu werden.

„Ich liebe es, wie du mich ansiehst", meinte er.

„Wie sehe ich dich denn an?"

Er knurrte leise. „Hungrig."

Bevor sie ihm antworten konnte, zog er ihr die Jeans aus, ließ ihr aber ihr Bikini-Höschen an. Aber anstatt sich wieder zu ihr ins Bett zu gesellen, wandte er sich der Kommode hinter sich zu und öffnete die oberste Schublade. Er wühlte darin herum.

„Was machst du?"

Er drehte sich um, und sie bemerkte, dass er ein nahezu durchsichtiges Negligé in der Hand hielt. Er warf es ihr zu. „Zieh das an! Ich glaube, Rot steht dir."

Sie nahm den hauchdünnen Stoff, der nichts verbarg, und ließ ihn über ihren Kopf gleiten. Das Negligé war überraschend weich. Aber als sie es anhatte, erkannte sie, dass dort, wo es ihren Busen bedecken sollte, kein Stoff war. Sie fühlte sich in dem Outfit skandalös und wollte es sofort wieder ausziehen, doch dann sah sie, wie Oliver sie mit ungezügelter Lust in seinen Augen anblickte.

„Du bist wunderschön", flüsterte er, und der bewundernde Glanz in seinen Augen ließ ihr Herz schneller schlagen. Gleichzeitig zogen sich ihre Brustwarzen zu harten kleinen

Knospen zusammen, und sie spürte, wie sie feucht wurde.

Langsam ließ sie sich wieder auf die Matratze zurücksinken. Sie war sich bewusst, dass sie sich ihm wie auf einem Silbertablett präsentierte, während ihre Brüste durch die Aussparungen des Negligés ragten. Plötzlich fühlte sie sich mächtig. Sie war diejenige, die die Zügel in der Hand hielt. Ursula leckte sich die Lippen.

„Fuck, Baby!", fluchte Oliver und riss die zweite Schublade auf. Er zog ein paar Seidenschals heraus, bevor er zum Bett ging und sich ihr zuwandte.

Er setzte sich rittlings auf sie und beugte sich über sie, sodass die Erektion unter seinen Boxershorts gegen ihren Bauch streifte. „Streck deine Arme über deinen Kopf!"

„Noch nicht." Sie würde seinen Wunsch erfüllen, aber zuerst wollte sie etwas anderes.

Ohne Verlegenheit zog sie an seinen Boxershorts und brachte sie so weit nach unten wie seine Position es erlaubte. Dann umschlang sie seinen harten Schwanz mit ihrer Hand und drückte sein festes Fleisch.

Oliver stöhnte laut auf, seine Augen schlossen sich und sein Kopf fiel nach hinten. Sein Atem beschleunigte sich, als sie ihn streichelte, und ihre Hand sich von oben nach unten entlang seiner Erektion bewegte.

„Du musst damit aufhören", bat er. „Oder ich spritze alles über dich." Seine Augen öffneten sich und trafen sich mit ihren.

„Und wäre das so schlimm?"

Er packte ihre Hand und zog sie sanft von ihm ab. „Ja. Denn ich möchte in dir kommen, wenn du zum Höhepunkt kommst."

Dann nahm er ihre beiden Hände und streckte sie über ihren Kopf. Mit schnellen und überraschend geübten Bewegungen fesselte er ihre Hände an den Bettrahmen. Sie zog leicht daran und bemerkte, dass die Knoten locker waren, genauso, wie er es versprochen hatte. Sie würde leicht aus den Fesseln rutschen können.

„Versprich mir etwas!"

Sie blickte in seine blauen Augen. „Ja?"

„Gib vor, dass du den Fesseln nicht entkommen kannst! Ich möchte gerne denken, dass du mir ausgeliefert bist, obwohl ich weiß, dass ich stattdessen dir unterliege."

Sie nickte, überrascht von seinen Worten. Glaubte er wirklich, er war ihr ausgeliefert? Oder war dies alles Teil des erotischen Spiels, das sie spielten? So oder so, mochte sie das Gefühl von Macht, das sich plötzlich in ihr ausbreitete. Denn für so lange Zeit hatte sie keine Macht gehabt. Jetzt fühlte sie sich stark und unbesiegbar.

„Wenn das so ist, dann komm ein wenig näher." Sie ließ ihren Blick auf seinen Schwanz fallen und bemerkte, wie er das gleiche tat.

Ein scharfer Atemzug signalisierte, dass er verstand, was sie wollte. „Du wirst doch nicht …"

Bewusst langsam streifte sie sich mit ihrer Zunge über ihre Unterlippe, dann hob sie ihre Augenlider, um seinem erstaunten Blick zu begegnen. „Du hast es auch getan."

„So funktioniert Bondage aber nicht", sagte er, als er höher rutschte und sich auf seine Knie stemmte. „Ich sollte derjenige sein, der bestimmt, was du machst."

„Dann solltest du vielleicht anfangen, Befehle zu erteilen."

Oliver packte das Kopfteil hinter ihr und beugte sich vor, um die Spitze seiner Erektion an ihren Mund zu bringen. „Lutsch meinen Schwanz!"

„Ich dachte, du würdest nie fragen." Bei ihrem letzten Wort leckte sie über die pralle Eichel und kostete den salzigen Tropfen Feuchtigkeit, der sich dort gesammelt hatte. Dann glitten ihre Lippen um die Spitze und öffneten sich weiter.

Oliver lehnte sich nach vorne und schob seine Erektion in ihren Mund, während er sein Vergnügen hervorstöhnte. Er war nur zur Hälfte in ihr, als er sich zurückzog und die Bewegung wiederholte. Seine Haut war samtweich, aber darunter war er hart wie Stahl. Als sie zu seinem Gesicht aufblickte, sah sie, wie er sie fasziniert beobachtete. Seine Augen waren lusterfüllt, seine Lippen halb offen. Sie konnte die Spitzen seiner Fänge sehen. Sie hatten sich verlängert. Bei dem Gedanken an das, was er damit tun konnte, schoss eine Flamme durch ihr Inneres. Aber anstatt in Panik zu geraten, spürte sie, wie ihr Schoß mit Verlangen pulsierte.

Instinktiv saugte sie härter an ihm und zog ihn tiefer in ihren Mund. Olivers Kopf fiel zurück, und er stöhnte laut auf. „Oh, Gott, Ursula!" Seine Hand glitt unter ihren Nacken und hielt sie dort fest, als sein Rhythmus sich beschleunigte. Aber er drang nicht tiefer in sie ein, offenbar der Tatsache bewusst, dass sein Schwanz zu groß für ihren Mund war, und sie daran ersticken könnte.

Dann plötzlich zog er sich mit einem unterdrückten Fluch aus ihr heraus und wich zurück.

„Fuck, Baby, du bist zu gut."

Sie lächelte und leckte sich die Lippen. Sie fühlten sich wund an. Als ob er wüsste, was sie brauchte, beugte er sich zu ihr und küsste sie sanft.

Dann brachte er seinen Mund an ihr Ohr und flüsterte ihr zu: „Du hast eine sehr sündhafte Seite, zu versuchen, mich dazu zu bringen, die Beherrschung zu verlieren. Und sündhafte Frauen müssen bestraft werden."

Ihr Atem stockte und instinktiv zog sie an

ihren Fesseln. Aber seine Hand hinderte sie daran, ihnen zu entschlüpfen. Ein Schauer lief durch ihren Körper, und ihr Herz begann wie wild zu schlagen.

„Sachte."

Seine Lippen streiften über die erhitzte Haut ihres Halses, als er sanfte Küsse darauf drückte. Langsam beruhigte sie sich, und die Spannung wich aus ihren Schultern und Armen.

„Besser", murmelte er und bewegte sich an ihrem Körper hinab.

Seine Lippen fanden eine Brustwarze und eroberten sie. Er saugte sie in den Mund und zog daran. Ursula stöhnte bei der unerwarteten Empfindung auf, und ihr Becken kippte sich ihm entgegen.

„Magst du das?"

„Mehr!", forderte sie ihn anstatt einer Antwort auf.

Als er seine Handlung wiederholte, durchströmte sie Vergnügen und sandte eine Schockwelle in ihre Klitoris. Ihr Körper wölbte sich ihm entgegen.

Oliver leckte mit der Zunge über ihren

gehärteten Nippel. „Und wie ist es damit?" Sie fühlte etwas Hartes an ihrer Brust: Zähne berührten ihre Haut und kratzten über ihre Brustwarze.

Sie bäumte sich auf, aber die Schals um ihre Handgelenke strafften sich durch ihre Bewegung.

Oliver drückte sie zurück in die Matratze und leckte nochmals über ihre zarten Brustwarzen. Dann verlagerte er sein Bein und schob ihre Oberschenkel weiter auseinander. Seine Hand glitt ihren Körper hinab. Als er ihr Höschen erreichte, schob er seine Finger unter den Stoff und ließ sie durch ihr Schamhaar wandern. Aber er verweilte dort nicht lange. Stattdessen bewegte er sich tiefer und berührte ihre Schamlippen, die mit ihren Säften getränkt waren.

„Oh, Baby", lobte er. „Du bist schon ganz feucht für mich."

Er beugte seinen Kopf zu ihrer anderen Brust und küsste sie, während er einen Finger in ihre enge Scheide stieß. Sie stöhnte auf. „Oliver!"

Es schien ihn anzuspornen, denn er leckte

ihre Brust mit noch mehr Inbrunst. Er knabberte, saugte und küsste ihr Fleisch, bis es sich wund anfühlte. Und während der ganzen Zeit bewegte er seine Finger in ihrem Geschlecht hinein und hinaus.

„Siehst du, du kannst mir nicht entkommen", murmelte er. „Du bist mir ausgeliefert."

Dann zog er plötzlich seinen Finger aus ihrer Scheide und riss ihr das Höschen vom Leib. Kühle Luft wehte gegen ihr erhitztes Fleisch. Noch bevor sie einen weiteren Atemzug nehmen konnte, spürte sie die Spitze seines Schwanzes am Eingang ihres Körpers. Dann stieß er nach vorne und drang in sie ein.

31

Oliver hatte sich nicht die Mühe gemacht, seine Boxershorts komplett auszuziehen. Diese befanden sich noch am Ansatz seines Hinterns. So heiß hatte Ursula ihn gemacht. So angetörnt, dass er nicht hatte verhindern können, dass seine Fänge sich verlängerten. Sie hatte ihn wie ein Champion in Mundgymnastik geblasen, und das Outfit, das ihre Brüste offen zur Schau stellte, war sexyer als alles andere, das er bisher gesehen hatte. Vielleicht hätte er sie nackt lassen sollen, aber nein, er hatte gedacht, dass er mit ein bisschen sexy Verkleidung zurechtkommen würde. Offensichtlich nicht.

Wenn er seinen Schwanz nicht schnell in ihr versenkt hätte, hätte er sie gebissen. Sein Plan, sie zuerst zum Höhepunkt zu bringen, hatte sich in Luft aufgelöst. Alles, was er jetzt tun konnte, um nicht seine Fänge in ihren Hals zu senken, war, seinen Schwanz immer wieder in sie zu stoßen.

„Es tut mir leid, Ursula, aber ich muss dich ganz hart ficken." Denn das Tier in ihm wollte befriedigt werden. Und es würde nur beschwichtigt werden, wenn er seine Macht über Ursula auf andere Weise ausübte, da er sie nicht beißen durfte.

Ursula öffnete den Mund mit einem Atemzug, ihre Augen vor Lust verdunkelt. „Wie hart?"

„Hart." Er zog seine Hüften zurück und stieß seinen Schwanz wieder in sie hinein, und schob sie damit ein paar Zentimeter näher an das Kopfteil des Bettes.

Sie keuchte, versuchte aber nicht, ihm zu entkommen. Stattdessen schlang sie ihre

Beine um ihn, überkreuzte ihre Knöchel über seinem Hintern und zog ihn näher.

„Das kannst du bestimmt noch besser."

Eine Hitze entflammte in ihm, als sie ihn so anstachelte. „Oh, ja? Ist das nicht genug für dich?" Er zog sich aus ihr heraus und drehte sie auf den Bauch. Dabei überkreuzten sich die Seidenschals, mit denen sie ans Bett gefesselt war, und verengten sich um ihre Handgelenke. Er erkannte sofort, dass dies bedeutete, dass sie nicht in der Lage sein würde, sich aus dieser Position selbst zu befreien, und obwohl dies unbeabsichtigt war, gefiel es dem Tier in ihm.

Rasch zog er sie auf die Knie, sodass ihr schöner herzförmiger Hintern nach oben zeigte. Ihre feuchten weiblichen Falten glänzten einladend. Ohne zu zögern, stieß er von hinten in sie ein und hielt ihre Hüften fest, damit sie seine Stöße vollständig aufnahm und nicht gegen das Kopfteil prallte.

Ursula stöhnte in das Kissen hinein.

„Fuck! Du bist so noch enger als zuvor."

„Und du noch größer", stellte sie keuchend

fest, während sie versuchte, sich auf ihre Ellbogen zu stützen.

Ihre inneren Muskeln packten ihn fest, drückten ihn so hart, als ob sie ihn in ihrer Faust festhielt. Ihre feuchte Wärme legte sich um ihn und verwandelte jeden Stoß in ein Gleiten in Seide, in den Himmel. Sein Körper arbeitete ohne bewusste Gedanken, sein Atem kam in rascher Folge, und sein Herz schlug wie ein Presslufthammer. Sein Schwanz bewegte sich in einem schnellen Rhythmus vor und zurück, und seine Hände hielten ihre Hüften so fest, dass er wusste, dass er Spuren hinterlassen würde. Aber er konnte sich nicht zurückhalten.

Ursula lag unter ihm, verletzlich und verführerisch. Sie gab ihm das gleiche Gefühl, das er hatte, wenn er nach Blut jagte: Er fühlte sich stark und unbesiegbar, während er sie nahm, wohl wissend, dass sie in seiner Gewalt war. Dass er alleine ihr Schicksal bestimmte. Doch gleichzeitig wusste er, dass das, was er wollte, nichts Böses war: Er wollte ihr Vergnügen schenken und sie zur Ekstase bringen. Er hatte Macht über ihren Körper, die

Macht, dass sie sich begehrt fühlen konnte. Das Tier in ihm begann endlich, sich zurückzuziehen.

Schließlich konnte er seine Stöße verlangsamen und mit behutsameren Bewegungen in sie gleiten. Er blickte nach unten, wo sein Schwanz in ihrem Körper verschwand, und der Anblick ihres rosa Fleisches erregte ihn. Zu wissen, dass sie ihm genug vertraute, sie in diese verletzliche Position zu bringen, erfüllte sein Herz mit Stolz. Seine Hände lockerten ihren Griff um ihre Hüften, und er liebkoste ihren schönen Hintern.

Er schob seine Hände unter das rote Negligé und streichelte ihren Rücken. Dann glitten seine Hände über ihren Oberkörper, und er legte sie auf ihre Brüste. Ihre Brüste waren nicht groß, nicht so üppig wie die anderer Frauen, die er kannte, aber das machte nichts. Sie waren genau richtig für seine Hände. Sie waren fest und jung, und ihre Brustwarzen reagierten auf ihn.

Die kleinen Knospen waren immer noch hart. Er rollte sie zwischen Daumen und

Zeigefinger und zog an ihnen, sodass Ursula aufstöhnte.

„Du bist die heißeste Frau, mit der ich je geschlafen habe."

Ursula erwiderte seinen Stoß mit einer ebenso starken Reaktion und verdoppelte damit die Wirkung. Das schickte einen Stromschlag in seine Eier und heizte das Feuer, das in ihm tobte, nur noch weiter an. Er würde nicht mehr sehr viel länger durchhalten können, wenn sie so weitermachte. Aber er konnte sich selbst auch nicht bremsen, und mit dem nächsten Stoß fühlte er, wie sich seine Hoden zusammenzogen. Der Impuls seines Samens, als er durch seinen Schwanz schoss, war das letzte, was er spürte, bevor er in ihr explodierte. Sein Körper zuckte, als er den erstaunlichsten Orgasmus seines Lebens erlebte.

Als er über ihr zusammensackte, erkannte er mit Entsetzen, dass Ursula nicht zum Höhepunkt gekommen war. Er hatte ihr nicht das Vergnügen geliefert, das er ihr versprochen hatte. Bestürzt zog er sich aus ihr heraus und rollte sie auf den Rücken.

„Es tut mir leid", sagte er und sah ihr tief in die Augen.

„Warum?"

„Weil du nicht gekommen bist."

„Ich habe dir doch gesagt, dass das schwierig für mich ist."

Diese Tatsache konnte er nicht akzeptieren. Und er würde nicht eher ruhen, bis er diese Situation geändert hatte. Er entledigte sich seiner Boxershorts, die seine Bewegungen behinderten, dann schob er ihre Schenkel auseinander, ließ sich zwischen ihnen nieder und brachte seinen immer noch harten Schwanz zu ihrem Geschlecht.

„Aber du bist doch fertig", protestierte Ursula.

„Aber du nicht." Er stieß in sie hinein. „Und so wie ich das sehe –" Er blickte auf die Seidenschals um ihre Handgelenke. „– bist du immer noch gefesselt, was bedeutet, dass du mir noch immer ausgeliefert bist."

Sie lächelte. „Was hast du denn vor?"

Er lieferte einen sanften Stoß mit seinem Schwanz. Es gab eine Art und Weise, wie er ihre Erregung erhöhen und es einfacher für sie machen könnte, zum Höhepunkt zu kommen. „Ich möchte, dass du meinen Biss spürst."

Oliver sah, wie sich ihr Gesichtsausdruck von Erregung in Besorgnis verwandelte. Ihre Lippen begannen zu zittern.

„Oliver, bitte ..."

„Lass mich ausreden, Ursula!" Er strich ihr sanft mit dem Finger über die Lippen. „Es wird kein echter Biss sein. Meine Fänge werden niemals deine Haut berühren."

Sie runzelte die Stirn. „Aber wie?"

Er hatte noch nie versucht, was er gerade vorschlug, aber er hoffte, dass es funktionieren würde. „Ich werde Gedankenkontrolle benutzen, damit du den Biss spürst, ohne dass ich dich tatsächlich beißen werde. Du wirst die gleichen Empfindungen fühlen wie bei einem richtigen Biss: die Erregung und die Aufregung."

Sie sah ihn an und ihre Augen weiteten sich vor Überraschung. „Das kannst du tun?"

„Du weißt über Gedankenkontrolle Bescheid, oder?"

Ursula nickte. „Sie haben es an mir angewendet, um mich davon abzuhalten ..."

„ ...dich selbst zu berühren. Und jetzt kann ich es anwenden, um dich zum Höhepunkt zubringen." Falls er dies schaffte. Seine Versuche, Gedankenkontrolle zu meistern, waren bisher immer nur halbwegs gelungen. Aber er wollte Ursula nicht mit diesem Wissen belasten.

„Aber warum würdest du so etwas tun? Du spürst doch den Biss selbst nicht, oder?"

Oliver strich mit seinem Finger ihren Hals hinunter und streichelte die zarte Haut, dort, wo ihr Puls gegen seine Berührung schlug. „Nein, ich werde es nicht fühlen, aber ich werde es in deinen Augen sehen und in deinem Stöhnen hören. Und ich werde es in der Art und Weise fühlen, wie sich dein Körper bewegt. Und dann, wenn du kommst, werde ich es spüren, weil sich deine Muskeln um meinen Schwanz zusammenziehen werden und du mich so fest drückst, dass ich ein zweites Mal kommen werde."

Er bemerkte, wie sich ihre Brust hob und senkte, und ihre Augenlider flatterten.

„Alles, was ich will, ist dein Vergnügen." Er erinnerte sie an seinen Schwanz, der noch immer in ihr war, indem er tiefer in sie eintauchte. „Vertraust du mir?"

Ihre Stimme war atemlos, als sie nach einer Ewigkeit antwortete: „Tu es!"

Sein Herz erweiterte sich, als er ihre Antwort hörte. Ihr Vertrauen war das größte Geschenk, das er je von ihr erwarten konnte. Überwältigt schloss er seine Augen für einen Moment. Als er sie wieder öffnete, blickte er in ihre dunklen Augen.

„Ich glaube, ich könnte mich in dich verlieben." Sofern dies nicht bereits geschehen war. Er wusste es nicht. Was er für Ursula empfand war neu und so aufregend, dass er sich wie im Himmel fühlte. Es war ein Hochgefühl, als ob er ihr betäubendes Blut getrunken hätte. Aber bedeutete das, dass er sich in sie verliebt hatte? Oder fühlte es sich nur so an, weil Sex mit ihr so spektakulär war?

„Oliver …" Ein feuchter Glanz breitete sich in ihren Augen aus.

Er beugte sich zu ihr und strich seine Lippen über ihre, um ihr einen federleichten Kuss zu geben. „Ich wünschte, ich könnte meine Fänge in dich versenken und dich kosten. Und die Verbindung spüren, die nur ein Biss herstellen kann. Aber das Risiko ist zu groß. Für uns beide." Er küsste seinen Weg zu ihrem Hals und nahm ein Zittern unter seinen Lippen wahr. „Also musst du das für uns beide erleben."

Er hob den Kopf und blickte ihr tief in die Augen. Dann sammelte er seine Gedanken und spürte das Gefühl von Wärme, das sich in seinem Inneren bildete.

Er schickte seinen ersten Gedanken an sie. Obwohl sie keine eigentlichen Worte hören würde, würde ihr Körper doch die Empfindungen spüren, die er an sie aussandte. *Ursula, du spürst meine Lippen auf deinem Hals.*

Ein scharfes Einatmen zeigte ihm, dass er sie erreicht hatte. Er bemerkte, wie sie zitterte.

Es ist warm und angenehm. Meine Zunge leckt über deine Haut. Du fühlst die scharfen Kanten meiner Zähne an deinem Fleisch schaben. Es erregt dich.

Ursulas Körper wölbte sich ihm entgegen, und er begann wieder, langsam in ihr warmes

Geschlecht hineinzustoßen. Ihre Hüften bewegten sich im Takt mit seinen.

„Ja", flüsterte sie.

Du fühlst, wie sich mein Mund weiter öffnet, und wie meine Fänge deine Haut durchstechen. Es ist wie ein winziger Nadelstich. Es tut nicht weh. Sie sinken tiefer, haken sich in deinem Hals fest, genau wie mein Schwanz sich in dir vergräbt.

Sie stöhnte, und ihre Lider senkten sich halb.

Dein Körper sehnt sich danach. Du fühlst, wie ich an deiner Vene sauge, und es fühlt sich an, als ob ich deine Klitoris lecke. Als ob ich deine süße Muschi schlecke. Du willst, dass ich mir mehr nehme.

„Oh Gott!", rief sie aus, und ihre Augen suchten seine. Alle Furcht war aus ihnen gewichen, und alles, was er nun sehen konnte, war Lust.

Mit jedem Zug an deiner Vene spürst du meine Berührung intensiver. Du spürst, wie ich dich lecke. Du fühlst jeden Zentimeter meines Schwanzes, während ich in dich hineinstoße. Dein Herz schlägt im Takt mit meinem.

Er konnte hören, wie ihr Herzschlag sich seinem anpasste, wie sie ihm erlaubte, ihre Reaktionen zu kontrollieren, um sie in der sinnlichen Erforschung ihres Körpers zu leiten.

Deine Brüste schmerzen. Deine Brustwarzen sind hart und brennen. Du spürst ein Kribbeln, das sich über deinen ganzen Körper ausbreitet, langsame Wellen, die über dich hinwegrauschen. Die Hitze verschlingt dich. Das Feuer in dir brennt immer stärker. Du brauchst mich. Du fühlst, wie dich mein Schwanz ausfüllt und meine Zunge deinen empfindlichen Kitzler leckt.

Schneller und härter. Du spürst, wie sich der Druck aufbaut.

Oliver beobachtete fasziniert, wie ihr Körper auf seine Vorschläge reagierte. Er hatte noch nie so etwas gesehen: Jeder Gedanke, den er in ihren Geist sandte, schlug Wurzeln und verwandelte Ursula in eine Frau, die vor Leidenschaft und Begierde entflammte. Ihre Augen glänzten vor Lust, ihr ganzer Körper glitzerte feucht, und ihre Lippen entließen Laute des Vergnügens, die er noch nie zuvor von ihr gehört hatte. Ihr Stöhnen und ihr

Seufzen, ihre sanften Schreie – alles erregte ihn und machte seinen Schwanz noch härter. Obwohl er nur wenige Minuten zuvor gekommen war, war er wieder bereit. Nur, weil Ursula ihn so erregte.

Du fühlst, wie meine Fänge fester an dir saugen. Sie wollen mehr. Und du willst auch mehr. Du willst mir alles geben, was du hast. Du öffnest dich mir. Du entblößt dich mir. Und dann fühlst du alles auf einmal. Meine Fänge in deinem Hals, meine Hände auf deinen Brüsten, meine Zunge auf deiner Klitoris und meinen Schwanz in deiner Muschi. Dann schlagen die Wellen wie ein Tsunami über dich herein. Sie rauschen über dich hinweg, sie überfluten dich.

Ursulas innere Muskeln krampften sich um ihn zusammen und drückten ihn ebenso fest, wie er vorausgesagt hatte, als sie mit einem Ausdruck des Staunens in ihren Augen ihren Höhepunkt erreichte.

Oliver ließ seine eigene Kontrolle gehen und schloss sich in dem Moment ihrer Glückseligkeit an, in dem er seinen Samen in ihren ihn willkommen heißenden Körper schoss, bis sie beide endlich ruhig wurden. Er drückte sie an sich und presste sanfte Küsse auf ihr Gesicht und ihren Hals.

„Oh, mein Gott", murmelte sie, immer noch atemlos. „Ich hätte nie gedacht …"

Er hob den Kopf und lächelte. „Ich habe noch nie etwas Besseres erlebt." Und das war die Wahrheit.

32

Ursula genoss die Art und Weise, wie Olivers Arme sie an seinen Körper drückten, während er hinter ihr in der Badewanne lag. Das warme Wasser schwappte um sie herum, und sie fühlte sich so entspannt, wie sie es seit sehr langer Zeit nicht mehr war. Nachdem sie miteinander geschlafen hatten, hatte er sich entschuldigt, weil er so grob mit ihr umgegangen war, und hatte darauf bestanden, dass sie miteinander badeten, damit er ihren empfindlichen Körper besänftigen konnte. Es war wahr, er war ein wenig rauer gewesen als beim ersten Mal, als sie im Minivan Sex gehabt hatten, aber er hatte ihr nicht wehgetan.

„Wie bist du ein Vampir geworden?"

Sie drehte den Kopf, um ihn anzusehen, und Oliver strich ihr eine nasse Haarsträhne aus dem Gesicht. Seine Gesten waren so zart und sanft, dass es ihr schwerfiel, diese mit der Tatsache in Einklang zu bringen, dass er ein Vampir war.

„Ich hatte einen Unfall. Ich fuhr mit Quinn eine kurvenreiche Straße entlang. Wir hatten gerade eine Party verlassen. Ich sah das Auto, das auf uns zukam zu spät und wich aus. Dabei haben wir einen Kran gerammt. Ich wurde durch die Windschutzscheibe aus dem Auto geschleudert."

„Warst du nicht angeschnallt?"

Er schüttelte den Kopf. „Ich hatte vergessen, mich anzuschnallen. Ich weiß nicht, warum, denn ich habe mich sonst immer angeschnallt. Vielleicht sollte es so sein." Er zwang sich zu einem grimmigen Lächeln. „Ich wurde auf der Schaufel eines Baggers aufgespießt."

Ursula sog einen tiefen Atemzug ein. „Oh

mein Gott!" Sie konnte sich bildlich vorstellen, wie schmerzhaft es gewesen sein musste.

„Ich erinnere mich nicht daran oder an das, was folgte. Ich lag im Sterben. Wenn Quinn nicht da gewesen wäre, dann wäre ich heute nicht hier. Er hat mich an Ort und Stelle verwandelt."

„Er hat dich gerettet." Sie streichelte mit der Hand über seine Wange. „Warum warst du überhaupt mit ihm zusammen?"

„Ich arbeitete für Scanguards. Ich glaube, ich habe dir schon davon erzählt. Ich war der persönliche Assistent des Eigentümers, Samson. Er nahm mich unter seine Fittiche, und er vertraute mir." Ein gequälter Ausdruck erschien auf seinem Gesicht.

„Was ist los?"

Oliver schloss für einen Moment die Augen. „Als ich herausfand, dass sie dich vor mir verstecken würden, war ich so wütend, dass ich Samson schreckliche Dinge an den Kopf geworfen habe."

Sie legte ihre Hand unter sein Kinn und hob seinen Kopf hoch. „Dann musst du dich bei ihm entschuldigen."

„Ich weiß. Aber er darf nicht herausfinden, dass ich dich gefunden habe. Sonst werden sie dich wahrscheinlich wieder woanders hinbringen. Ich hasse es, meine Kollegen anzulügen, aber sie lassen mir keine Wahl."

Sie drehte sich zurück und lehnte sich wieder an seine Brust. „Sie glauben nicht, dass du deine Triebe kontrollieren kannst, geht es darum?"

Oliver kämmte ihr mit den Händen durch die Haare. „Für sie bin ich noch jung und unerfahren. Sie denken, sie wissen alles besser." Er seufzte. „Komm, ich wasche dir die Haare!"

Er schob sie tiefer in die Wanne, sodass ihr Haar ins Wasser sank und zog sie dann wieder hoch. Während er ihr Haar shampoonierte, fuhr er fort: „Die meisten meiner Kollegen sind schon seit sehr langer Zeit Vampire. Sie haben schon so viele Leben gelebt. Manchmal glaube ich, sie vergessen wie es ist, jung zu sein."

Als Oliver ihren Kopf leicht massierte, seufzte sie zufrieden. „Du bist vielleicht jung, aber du bist sehr gut."

Er schmunzelte. „Gut im Bett?"

Ursula lachte. „Gut beim Haarewaschen."

Er schnaubte in Pseudo-Protest. „Warte nur, bis ich dich wieder unter mir habe."

„Was ist, wenn ich nächstes Mal lieber oben sein will?"

„Oh, dafür bin ich total offen."

„Bist du das?", neckte sie und genoss das unbeschwerte Geplänkel zwischen ihnen.

„Mhm." Seine Hände massierten weiterhin ihre Kopfhaut, und für ein paar Sekunden schwieg er. Dann räusperte er sich. „Du, Ursula. Es gibt etwas, das ich dich fragen wollte."

Überrascht über seinen zögerlichen Ton, spannte sie sich etwas an. „Ja?"

„Erinnerst du dich daran, als du mir gesagt hast, dass deine Entführer dir keine sexuelle Befriedigung erlaubt haben?"

Sie nickte.

„Du hast gesagt, dass der Grund dafür sei, dass sie dachten, dein Blut hätte dann nicht mehr die gleiche Wirkung."

Ursulas Atem stockte. Sie wusste, wo dieses Gespräch hinführen würde. Und sie wusste nicht, ob sie dies fürchten oder begrüßen sollte. „Das haben sie behauptet."

„Ich frage mich … ob das bedeutet, dass der Drogeneffekt deines Blutes für immer verschwunden wäre oder nur für einen kurzen Zeitraum, wie vielleicht für ein paar Stunden oder Tage. Hast du jemals darüber nachgedacht?"

„Ich habe mir nie Gedanken darüber gemacht. Nicht, solange ich gefangen gehalten wurde." Obwohl sie seither darüber nachgedacht hatte – seitdem er ihr in seinem Minivan gestanden hatte, dass er sie beißen wollte, während sie miteinander schliefen.

Olivers Hände entfernten eine Handvoll Schaum aus ihrem Haar und ließen ihn in das Badewasser tropfen. Dann kamen seine Hände wieder hoch und streichelten ihren Nacken.

„Hat dir mein Biss gefallen?"

Ein Schauer lief ihr über den Rücken, sodass ihr ganzer Körper zu kribbeln begann. „Es war anders als all die anderen Bisse. Es war … sanft." Und sie hatte es geliebt. Aber sie hatte Angst, ihm dies zu offenbaren. Weil dies nur zu Problemen führen würde.

Oliver zog sie zurück und tauchte ihren Hinterkopf ins Wasser, um den Schaum aus ihren Haaren zu spülen. Als sie sich wieder aufsetzte und er sie zurück an seine Brust zog, umschlangen sie seine Arme und er legte seine Wange an ihre.

Aufregung und Angst trafen in ihr aufeinander, als er seinen Kopf senkte, um ihren Hals zu küssen. Sie hielt den Atem an, halb angsterfüllt, halb in der Hoffnung, dass er seine Fänge in sie senken würde, aber er entfernte seine Lippen wieder.

„Du warst so schön, als du auf meinen Schein-Biss reagiert hast. Aber ich war auch neidisch. Weil du aus erster Hand erfahren durftest, wie es war und ich nicht." Seine Stimme war heiser, und eine seiner Hände glitt jetzt ihren Bauch hinunter und noch tiefer, bis er ihr Geschlecht erreichte. Er umfasste es, bevor er mit seinem Mittelfinger in sie eindrang.

Sie stieß ein unterdrücktes Stöhnen hervor. „Oliver, ich … es ist zu riskant. Wir wissen nicht, was passieren wird." Sie konnte ihm nicht erlauben, sie zu beißen, nicht nur um ihrer selbst willen, sondern auch um seinetwillen. Sie wollte nicht, dass er abhängig wurde. Sie mochte ihn zu sehr, um ihm so etwas zu wünschen. „Bitte, du weißt nicht, wie du darauf reagierst."

Sie spürte ihn erstarren, dann nahm er seine Hand von ihrem Geschlecht. „Baby, du hast doch nicht gedacht, ich würde dich jetzt beißen? Das tue ich nicht."

Überrascht drehte sie ihren Kopf zu ihm. „Du tust es nicht? Aber warum … ich dachte, du hast gefragt."

Oliver schüttelte den Kopf und lächelte. „Ich wollte wissen, ob du mir erlauben würdest, eine Probe deines Blutes zu nehmen, um es testen zu lassen."

„Testen?"

„Ja, du weißt doch, dass Maya Ärztin ist. Wir könnten ihr Proben deines Blutes geben, eine bevor wir Sex haben und dann eine danach. Dann kann sie sehen, ob es einen Unterschied aufweist. Vielleicht können wir dann herausfinden, ob das, was deine Entführer behauptet haben, wahr ist, und wenn ja, für wie lange das Blut nach dem Sex sicher ist."

Das hoffnungsvolle Glitzern in seinen Augen war nicht zu leugnen.

„Glaubst du wirklich, dass Maya das kann?"

„Sie ist eine gute Ärztin. Und sie hat schon viel geforscht auf dem Gebiet, darüber, was auf Vampire wirkt und was nicht. Ich vertraue ihr."

Langsam versuchte sie, die Auswirkungen seiner Bitte genauer abzuwägen. „Und wenn es sicher ist, was wirst du dann tun?"

Seine blauen Augen waren hypnotisierend, als er sie mit kaum verhaltener Begierde anblickte. Sie spürte kaum, wie er sich aufsetzte und sie zu sich herumdrehte, sodass sie nun mit gespreizten Beinen auf ihm saß. Unter ihr fühlte sie seine Erektion an ihrem Geschlecht. Langsam zog er sie nach unten auf sich und spießte sie auf seinem Schwanz auf.

„Das hängt von dir ab. Es ist deine Entscheidung." Er küsste sie sanft. „Du weißt, was ich will, jetzt ist die Frage: Was willst du?"

Vor ein paar Tagen wäre ihre Antwort eindeutig gewesen, aber nun waren die Dinge komplizierter. Sie war dabei, sich in Oliver zu verlieben, und sie wollte ihm alles geben, was er wollte. Aber bedeutete das auch ihr Blut? War sie bereit, ihm zu geben, was ihre Entführer ihr drei Jahre lang gestohlen hatten? Und wenn sie es tat – wenn es tatsächlich eine Möglichkeit für ihn gab, ihr Blut zu trinken, ohne in Abhängigkeit zu geraten – wäre er dann in der Lage, seine Kontrolle zu behalten, ohne in einen Blutrausch zu fallen und sie auszusaugen? Sie hatte ihn gesehen, als er nach Blut gehungert hatte. Was würde passieren, wenn er dieses Verlangen nicht länger beherrschen konnte?

„Ich weiß nicht, was ich will", murmelte sie mit Tränen in ihren Augen.

Oliver strich mit seinem Daumen über ihre Wange. „Du hast alle Zeit der Welt, um eine Entscheidung zu treffen. Ich warte so lange wie du brauchst."

Dann waren seine Lippen auf ihren, und er küsste sie zuerst sanft, dann immer leidenschaftlicher, während sein Schwanz sich im gleichen Rhythmus in ihr bewegte.

33

„Hier", sagte Oliver, nachdem er und Ursula sich angezogen hatten. Er zog ein Handy aus seiner Jackentasche und reichte es ihr.

„Wofür ist das?"

„Es ist ein Wegwerf-Handy. Es ist unaufspürbar. Ich habe meine Nummer einprogrammiert, sodass du mich erreichen kannst und ich mit dir in Verbindung bleiben kann." Er deutete zu dem Telefon auf dem Nachttisch. „Denn das ist ja nur ein Haustelefon. Ich habe den Rufton auf Vibrieren gestellt. Sorge dafür, dass niemand es findet! Verstecke es vor Vera und den anderen, aber hab es in der Nähe, damit du merkst, wenn ich versuche, dich anzurufen."

„Danke." Sie hob sich auf die Zehenspitzen und küsste ihn.

„Und noch was: Ich weiß, du willst mit deinen Eltern reden, aber das muss warten." Er deutete auf das Telefon in ihrer Hand. „Das Telefon ist gesperrt. Die einzige Nummer, die du anrufen kannst, ist meine. Es tut mir leid, aber ich musste das tun. Ich weiß, dass du in Versuchung geraten wirst, und manchmal ist es einfach besser, die Versuchung von vorneherein auszuschalten, bevor sie zu stark wird."

Ursula nickte. „Das verstehe ich. Wirklich." Ihre Augen bestätigten ihre Worte.

Er zog sie in eine Umarmung und hielt sie für mehrere Minuten an seine Brust gepresst, ohne zu sprechen. Dann küsste er ihre Stirn. „Ich komme morgen Nacht wieder."

Nachdem er Ursula verlassen hatte, kontaktierte Oliver Cain und ging mit ihm auf Patrouille. Cain war ein Kollege, den er noch nicht verärgert hatte, und Oliver gab sich große Mühe, keinen Streit mit ihm anzufangen.

„Schön, dass du mir Gesellschaft leistest. So ist es weniger langweilig", meinte Cain, als sie auf den Eingang eines weiteren Nachtclubs zugingen, vor dem ein paar Dutzend junge Leute Schlange standen, um hineingelassen zu werden.

„Ich nehme an, in jener Nacht war es anders. Wie schlimm war es?" Oliver warf ihm einen Seitenblick zu, dann ließ er seinen Blick über die jungen Leute vor dem Club schweifen, um zu sehen, ob es etwas Ungewöhnliches gab.

„Es war nicht schön, das kann ich dir sagen." Er senkte seine Stimme, sodass die Menschen um sie herum ihn nicht hören konnten. „Sie hat ausgesehen, als ob er sie abgeschlachtet hätte."

Oliver sprach ebenso leise. „Schlimmer, als wenn einer von uns im Blutrausch wäre?"

Cain schob die Hände in die Hosentaschen. „Und so nutzlos. Was für eine Verschwendung eines Lebens. Es ist so schrecklich, was Drogen anstellen können. Sie sind böse, einfach schlimm."

Oliver dachte zurück an die Zeit, als er als

Mensch Drogen genommen hatte. „Ja, sinnlos." Und wenn Samson ihn nicht aus all dem herausgezogen hätte, dann wäre er umgekommen. Darüber nachzudenken brachte sein Schuldgefühl wegen all der Dinge zurück, die er Samson an den Kopf geworfen hatte.

Er hielt kurz vor dem Eingang zum Nachtclub an.

„Hör zu, Cain, wenn du nichts dagegen hast, würde ich dich gerne für eine Weile alleine lassen. Ich muss mit Samson reden."

Cain verlagerte sein Gewicht zurück auf seine Fersen. „Etwas Wichtiges?"

„Etwas sehr Wichtiges."

„Keine Sorge. Ich muss noch ein paar andere Clubs überprüfen. Ruf mich an, wenn du dich mir später wieder anschließen willst. Das heißt, wenn du vor Sonnenaufgang fertig wirst."

Oliver schaute auf seine Armbanduhr. Er hatte die halbe Nacht mit Ursula verbracht, und dies war bereits der dritte Club, den er und Cain besuchten. „Es ist schon spät. Ich rufe dich an, falls ich rechtzeitig fertig werde."

Oliver brauchte zwanzig Minuten, um zu

Samsons Haus zu gelangen. Als er vor der Eingangstür stand, zögerte er einen Moment lang. Er nahm einen tiefen Atemzug und füllte seine Lunge mit der kühlen Nachtluft, bevor er an der Tür klingelte.

„Na dann mal los!", murmelte er vor sich hin.

Die Tür wurde von Samson selbst geöffnet. Sein Chef starrte ihn mit ernstem Gesicht an. Für einen langen Moment schauten sie einander einfach an, ohne ein Wort zu sagen. Dann brach Samson das Schweigen. „Komm rein!"

Samson wich zur Seite und ließ ihn eintreten, dann schloss er die Tür hinter ihm.

Oliver stand im Flur und verlagerte sein Gewicht von einem Fuß auf den anderen, ohne zu wissen, wie er anfangen sollte. Er hatte dies nicht genau durchdacht. Er war nicht wie seine Kollegen, die geschickt mit Worten waren. Er war viel einfacher. Weniger gebildet.

Er holte tief Luft, dann hob er seine Augen und sah seinen Chef an. „Es tut mir leid, Samson. Wegen dem, was ich gesagt habe."

Samson seufzte und streifte mit einer Hand

durch sein Haar. Sekunden verstrichen. „Es ist nicht leicht mitanzusehen, dass du erwachsen bist und jetzt ein Mann mit einer eigenen Meinung bist. Ich glaube, ich sehe dich immer noch als den jungen Kerl, den ich eines Nachts auf der Straße aufgelesen hatte, um mich besser zu fühlen."

Oliver starrte ihn neugierig an. „Was meinst du damit?"

Ein trauriges Lächeln umspielte Samsons Lippen. „Ich war damals an einem Tiefpunkt in meinem Leben angekommen. Ich musste an all die schlechten Dinge denken, die ich in meiner Vergangenheit getan hatte. Ich wollte etwas Gutes tun, und plötzlich war Scanguards zu leiten nicht mehr genug. Ich wollte jemanden retten. Ein Leben zum Besseren verändern. Also habe ich dich ausgewählt. Für meine eigenen egoistischen Zwecke. Ich wollte mir beweisen, dass ich selbstlos sein kann, dass ich etwas für einen Menschen tun kann, ohne eine Gegenleistung dafür zu erhalten."

„Du hast mich ausgewählt?"

„Ich tat es, um mich besser zu fühlen. Um auf etwas stolz sein zu können."

Oliver senkte den Kopf. „Und jetzt bist du von mir enttäuscht. Das kann ich verstehen."

Samson legte seine Hand auf Olivers Schulter, was ihn aufblicken ließ. „Nein. Ich bin nicht enttäuscht von dir. So ist es nicht. Ich war nicht selbstlos. Es war egoistisch zu denken, dass ich Entscheidungen für dich treffen könnte. Und als ich bemerkte, dass du angefangen hattest, deine eigenen Entscheidungen zu treffen, wurde ich defensiv. Ich konnte dich nicht gehen lassen, obwohl ich wusste, dass ich es musste. Oliver, Quinn mag dein Erschaffer sein, aber für mich bist du wie ein Sohn."

Oliver fühlte ein Brennen in seinen Augen und erkannte, dass sie sich mit Tränen füllten. Er unterdrückte sie. „Ich habe immer zu dir aufgesehen."

Samson zog ihn in eine Umarmung. „Das weiß ich."

Oliver spürte, wie die Anspannung in seinem Körper nachließ. „Sind wir wieder gut?"

Samson ließ ihn los und zerzauste Olivers

Haar. „Ja, wir sind wieder gut. Na, dann sag mir mal, warum du wie ein Badekurort riechst."

Ein Schreck schoss durch ihn hindurch, was ihn für einen Moment an Ort und Stelle erstarren ließ. Was würde Samson neben dem Schaumbad, das er mit Ursula geteilt hatte, noch riechen? Konnte er Ursulas Duft an ihm wahrnehmen?

„Es ist nichts falsch daran, wenn ein Mann badet", sagte Oliver in einem lockeren Ton und zwinkerte. „Sag nur Rose nicht, dass ich mir ihre teuren Gels und Lotionen ausgeliehen habe."

Samson beugte sich ein wenig näher und schnupperte nochmals. „Sie muss die Marke gewechselt haben. Du riechst gar nicht wie sie."

Oliver zwang sich zu einem Lachen, in der Hoffnung, dass sein Chef nicht bemerken würde, dass er log. Er durfte ihn auf keinen Fall wissen lassen, dass er Ursula gefunden hatte. „Frauen! Sobald du denkst, dass du sie kennst, machen sie schon wieder etwas anderes."

Samson lachte. „Klügere Worte sind noch nie gesprochen worden."

Diese kleine Krise war überwunden. Erleichterung durchflutete ihn, gleichzeitig summte sein Handy. Oliver zog es aus der Tasche und überprüfte die Anrufer-ID, aber diese zeigte nur *Anonymer Anruf* an. Zumindest bedeutete dies, dass es nicht Ursula war, ansonsten würde es die Nummer des Mobiltelefons anzeigen, das er ihr gegeben hatte. Mit ihr zu sprechen, wenn Samson mithören konnte, wäre unklug.

„Lass mich sehen, wer was von mir will", sagte er zu Samson, dann drückte er die Sprechtaste und beantwortete den Anruf. „Ja?"

„Oliver Parker?", fragte ein Mann.

Er erkannte die Stimme sofort. „Mr. Corbin!" Oliver winkte Samson zu, um ihm zu bedeuten, dass er mithören sollte. „Was für eine nette Überraschung."

„Ja, ja. Sind Sie immer noch an dieser Adresse interessiert, von der wir gesprochen haben?"

„Absolut."

„Haben Sie etwas zu schreiben?"

Oliver bemerkte, wie Samson einen

Notizblock und einen Kugelschreiber aus der Anrichte schnappte.

„Schießen Sie los!", befahl Oliver dem Vampir am anderen Ende der Leitung.

Corbin diktierte eine Adresse in der East Bay und Oliver beobachtete, wie Samson sie niederschrieb.

„Vielen Dank."

„Kein Problem. Noch was: Wenn Sie dort hingehen, sollten Sie wohl bald gehen. Die Rund-E-Mail, die ich erhalten habe, hat darauf hingewiesen, dass dies nur eine vorübergehende Adresse ist. Sieht so aus, als ob sie bald wieder umziehen werden."

„Danke für den Tipp."

„Gern geschehen."

Dann war die Leitung tot. Oliver starrte Samson an und wies auf sein Handy. „Das war der Vampir, dessen Geldbörse Ursula gestohlen hatte."

„Dachte ich mir schon." Samson deutete auf die Adresse auf dem Notizblock. „Lass uns das Hauptquartier alarmieren und die Sache ankurbeln!"

34

Auf dem Weg zum Scanguards Hauptquartier alarmierte Samson seine Mitarbeiter per Telefon und gab die Anweisung, dass alle Vampire von ihren Patrouillen zurückkehren sollten und vor Sonnenaufgang im Hauptquartier erscheinen mussten. Niemand würde heute nach Hause gehen um zu schlafen, denn tagsüber würden sie einen Plan ausarbeiten, wie sie die zwölf inhaftierten Mädchen befreien und die Vampire, die das Bordell leiteten, zerstören konnten.

Oliver blühte bei diesem Teil seiner Arbeit jedes Mal auf. Wie bei einer gut geölten

Maschine griffen alle Räder bei Scanguards ineinander. Jeder wusste, was er zu tun hatte.

Im gesamten Gebäude summte es wie in einem Bienenstock, als sie ankamen. Als er und Samson durch die Korridore marschierten, wurden sie von eifrigen Mitarbeitern begrüßt.

„Lass uns sehen, welche Informationen die anderen schon für uns haben", meinte Simson, als er in den Situationsraum, einem großen, fensterlosen Büro mit mehreren Monitoren an den Wänden, eintrat. Mehrere Computer standen auf einem Schreibtisch auf einer Seite. Ein großer Tisch dominierte die Mitte des Raumes.

Thomas saß an einem der Computer, und seine Finger flogen so schnell über die Tastatur, dass die Bewegungen für das menschliche Auge nur verschwommen wahrnehmbar waren. Cain, der hinter ihm stand, beugte sich über Thomas' Kopf und starrte auf den Monitor. Der Bildschirm war geteilt und zeigte eine Straßenecke aus verschiedenen Winkeln.

Quinn lehnte an dem Tisch in der Mitte und

hörte Amaury und Zane zu, die in ein Gespräch mit Gabriel vertieft waren.

„Du bist zurück", begrüßte Samson seinen Stellvertreter.

Als Gabriel sich umdrehte, um den Gruß zu erwidern, schien das Licht auf eine Seite seines Gesichts und zeigte seine Narbe deutlicher als normalerweise. Seine langen, dunkelbraunen Haare waren zu einem Pferdeschwanz zusammengebunden.

„Hey Samson, Oliver. Bin vor ein paar Stunden zurückgekommen. Gerade rechtzeitig, wie sich herausstellt. Ich hätte ungern die ganze Aktion verpasst." Er grinste.

„Schön, dich zu sehen. Wo sind die anderen?", fragte Samson.

Zane ging zum Tisch. „Jay durchsucht noch das Zeug, das er von Valentines Wohnung mitgebracht hat. Die Bude war ein Schweinestall. Es sind noch nicht alle von ihren Patrouillen zurück, aber sie sind verständigt worden. Eddie ist im Computerraum im Erdgeschoss und versucht, das Passwort eines zweiten Handys, das wir in Valentines Wohnung gefunden haben, zu knacken." Dann deutete er mit dem Daumen in Thomas' Richtung. „Thomas versucht, Kamera-Zuführungen von außerhalb des Gebäudes zu finden."

Oliver trat näher. „Wie?"

Thomas schaute kurz über seine Schulter. „Die Adresse, die du uns gegeben hast, ist eine alte Lagerhalle in einem heruntergekommenen Viertel von Oakland. Es könnte dort in der Gegend Überwachungskameras geben, vielleicht an einer Tankstelle oder in einem anderen Geschäft. Ich durchsuche die Gegend danach."

„Was wissen wir sonst noch?" Oliver schaute Zane erwartungsvoll an.

Zane zog seine Lippe hoch. „Leitest du jetzt den Laden?"

Oliver straffte seine Haltung, verzichtete jedoch darauf, seine Hände in die Hüften zu stemmen, um nicht wie ein aufgeblasener Pfau auszusehen. Stattdessen starrte er seinen Kollegen einfach an. „Wenn du dich erinnerst, war ich der Grund, warum wir diese Information überhaupt bekommen haben."

Die Pattsituation dauerte mehrere

angespannte Sekunden, in denen niemand sprach und nur Thomas' Tippen auf der Tastatur zu hören war. Aus dem Augenwinkel bemerkte Oliver, dass auch Quinn angespannt zusah. War sein Erschaffer auf seiner Seite?

Dann entspannten sich Zanes Schultern, und er sah Samson und Gabriel an. „Irgendwann muss er ja mal lernen zu führen. Dann ist es wohl angebracht, dass er es bei einem Fall macht, um den er sich wirklich was schert.“

Überrascht, dass Zane nachgegeben hatte, war Oliver für einen Moment sprachlos. Dann trat er in Aktion.

„Cain, sag Eddie, er soll die Arbeit an dem Handy unterbrechen und uns die Baupläne des Gebäudes besorgen!“

Cain nickte, nahm den Hörer ab und wählte eine zweistellige Nummer.

Während der nächsten paar Stunden organisierten sie die Überwachung der Lagerhalle und sprachen Ideen durch, wie sie angreifen konnten, ohne die Frauen zu gefährden und was sie mit den Kunden machen würden, die sie auf dem Gelände vorfanden. Alle waren sich darüber einig, was das Schicksal der Vampire betraf, die das Bordell leiteten: Sie würden an Ort und Stelle vernichtet werden. Was eine angebrachte Strafe für die Kunden sein würde, war weniger eindeutig.

„Wir haben keine Ahnung, wie viele Kunden sie haben", meinte Amaury. „Wir können nicht einfach alle in Staub verwandeln."

„Hmm." Samson rieb sich den Nacken.

Oliver ging auf und ab. „Sie müssen eine Kundenkartei haben. Sonst hätten sie Corbin nicht kontaktieren können, um ihm die neue Adresse zu geben. Wir müssen die Liste finden. Es ist der einzige Weg, alle betroffenen Vampire in der Stadt ausfindig zu machen."

Gabriel seufzte. „Und was dann? Sie einsperren, bis sie durch den Entzug hindurch und wieder sauber sind?"

„Es kann sein, dass das die einzige Möglichkeit ist", vermutete Oliver. „Samson, sollten wir mit Drake darüber reden? Vielleicht kann er uns helfen. Immerhin ist ein Suchtproblem zum Teil auch psychisch bedingt. Als Psychiater hat er vielleicht Ideen."

Samson warf ihm einen ermutigenden Blick zu. „Das ist eine gute Idee. Ich werde mit ihm sprechen."

Da dieses Problem im Moment unter Kontrolle war, brachte Oliver den Fokus wieder auf die Hauptaufgabe: wie sie die Frauen retten konnten.

„Thomas, übertrage das Video auf den großen Bildschirm, damit wir sehen können, womit wir es zu tun haben!"

Thomas tat, wie ihm geheißen wurde, und einen Moment später erschien ein grobkörniges Schwarz-Weiß-Bild auf dem TV-Bildschirm im Raum.

„Wo ist das?", fragte Oliver.

Thomas stand auf und verwendete einen Laser-Pointer, der einen roten Punkt auf das Videobild projizierte. Er ließ ihn über den Bildschirm wandern, während er sprach.

„Das ist die Lagerhalle. Es gibt eine Eingangstür auf der rechten Seite hier, aber von den Bauplänen wissen wir, dass es auf der Rückseite zwei weitere Ausgänge gibt. Nichts rührt sich, und das stimmt mit dem überein, was wir wissen: Da es noch Tag ist, kommt und geht niemand. Aber selbst wenn es Nacht wäre, würde uns dieses Video nicht helfen. Wie wir alle wissen, kann man auf einem Video nicht sehen, ob es sich um einen Vampir handelt oder nicht. Die Aura eines Vampirs kann von der Kamera nicht erfasst werden. Also werden wir jemanden hinschicken müssen, um eine Bestätigung zu bekommen."

Oliver schüttelte den Kopf. „Und noch mehr Zeit verschwenden? Nein. Corbin sagte, dass dies nur eine vorübergehende Adresse ist. Wir können nicht riskieren, dass sie uns durch die Lappen gehen."

„Ich stimme zu", sagte Samson. „Dennoch sollten wir ein paar unserer besten menschlichen Bodyguards hinschicken, während es noch Tag ist, und die Sache auskundschaften lassen. Das kostet uns keine extra Zeit."

Oliver nickte. „Na gut."

„Und ich denke, vorsichtshalber sollten wir versuchen, die Adresse von einer zweiten Quelle bestätigen zu lassen." Samson wandte sich an Thomas. „Wie kommt Eddie mit dem

Passwort auf dem zweiten Handy von Valentine voran?"

„Er sagte, er hat es unter Kontrolle."

„Okay, dann lass uns über die Waffen sprechen", schlug Oliver vor. Es gab viele Möglichkeiten, einen Vampir zu töten, und obwohl er sich für diese Bastarde den schrecklichsten Tod wünschte, war er klug genug zu wissen, dass Scanguards die effizienteste Methode anwenden musste, um die Sicherheit der Frauen zu gewährleisten.

Kleinkaliber-Kurzwaffen mit silbernen Kugeln waren immer noch die effektivste Art und Weise, eine große Anzahl von Vampiren zu töten, ohne ihnen zu nahe kommen zu müssen. Mehrere von Scanguards' Leuten waren Scharfschützen, Thomas war einer davon. Während alle die Vorzüge einer Waffe gegenüber der anderen diskutierten, neigte sich Quinn zu Oliver und sprach ihn leise an.

„Ich bin sehr stolz auf dich. Es tut mir sehr leid, dass wir an dir gezweifelt haben. Ich wusste immer, dass, wenn es hart auf hart kommt, du das Richtige tun würdest."

„Es ist noch nicht vorbei."

„Ich weiß. Aber es ist ein guter Anfang." Er warf einen Blick auf den Bildschirm und die Blaupausen, die über dem Tisch ausgebreitet waren. „Wenn alles vorbei ist, reden wir über Ursula."

Geistesabwesend nickte Oliver. Mist, er hatte Ursula noch nicht über den neuesten Stand der Dinge informiert! Und er würde heute Abend nicht in der Lage sein, sie zu besuchen, da sie die Lagerhalle angreifen mussten. Er wollte nicht, dass sie vergeblich auf ihn wartete und sich vielleicht Sorgen machte.

Es war fast Sonnenuntergang, bis Oliver sich aus dem Situationsraum schleichen und ein ruhiges Büro finden konnte, von wo aus er sie anrufen konnte, ohne belauscht zu werden.

Er wählte die vorprogrammierte Nummer und behielt die Tür im Auge.

„Oliver?", ertönte Ursulas Stimme durch die Leitung.

„Ja, Baby, ich bin's."

Sie seufzte.

„Ich habe aufregende Neuigkeiten. Wir wissen, wo das Blut-Bordell ist. Es ist drüben in

Oakland. Wir werden heute Abend dort angreifen und die Frauen rausholen."

„Oh Gott! Ich kann's gar nicht glauben!" Ihre Stimme war von Aufregung gefärbt.

„Es wird bald alles wieder gut werden."

„Was habt ihr vor? Es wird gefährlich sein, oder?"

Er schmunzelte. „Machst du dir um mich Sorgen?"

„Und wenn das so wäre?"

Stolz ließ seine Brust anschwellen. Ursula sorgte sich um ihn. „Ich verspreche dir, dass ich weiß, was ich tue. Und meine Kollegen auch. Wir diskutieren gerade unsere Strategie. Mach dir keine Sorgen, wir gehen schwer bewaffnet hinein!"

Ihr Atem stockte. „Aber die Mädchen! Ihr dürft ihnen nicht wehtun."

„Das tun wir auch nicht. Wir haben einige hervorragende Scharfschützen in unserem Team. Keinem der Mädchen wird etwas geschehen. Das verspreche ich dir."

„Es ist so gut zu wissen, dass das alles bald vorbei ist. Wie habt ihr überhaupt herausgefunden, wo sie jetzt sind?"

„Ich bekam einen Anruf von Corbin, dem Vampir, dem du die Brieftasche gestohlen hast."

„Er hat herausgefunden, wo sie hingezogen sind?"

„Ja, er bekam eine E-Mail-Benachrichtigung mit der neuen Adresse. Da hatten wir echt Glück! Denn er dachte nicht, dass sie ihn überhaupt benachrichtigen würden, weil er doch nur ein einziges Mal in dem Blut-Bordell war."

„Was?"

„Ich sagte, wir hatten Glück –"

„Oliver, Corbin war nicht nur einmal dort. Ich habe ihn viele Male gesehen. Er war ein Stammkunde."

Ursulas Worte trafen ihn wie ein Blitz. „Aber er sagte … bist du dir sicher?"

„Glaube mir … Oh verdammt, ich glaube, Vera ist vor der Tür. Ich muss aufhören."

„Warte –" Doch die Leitung war schon tot. „Fuck!"

Warum sollte Corbin wegen der Tatsache, dass er ein Stammkunde im Bordell war, lügen? Warum sollte er behaupten, dass er nur einmal dort gewesen war und das spezielle Blut nicht mochte? War es möglich, dass Ursula ihn mit einem anderen Kunden verwechselt hatte? Nein, er konnte sich nicht erlauben, an ihren Worten zu zweifeln. Wann immer er das getan hatte, war er falsch gelegen, und sie hatte recht gehabt.

Er musste seinem Bauchgefühl folgen.

Oliver stürmte in den Situationsraum, gerade als Eddie auch eintrat.

„Corbin hat uns angelogen."

Alle Köpfe wandten sich ihm zu.

„Ich habe gerade mit Ursula am Telefon gesprochen. Sie bestätigt, dass Corbin ein Stammkunde war."

Zane unterbrach ihn. „Du hast mit Ursula gesprochen? Ich habe ausdrücklich angeordnet –"

„Das ist jetzt nicht wichtig!", rief Oliver aus. „Ich habe sie gefunden. Was sie mir erzählt hat, deutet darauf hin, dass Corbin lügt. Er war regelmäßig Gast in dem Blut-Bordell, während er mir gegenüber behauptete, dass er nur ein einziges Mal dort gewesen war und es nicht gemocht hatte. Er hat uns getäuscht! Die Lagerhalle in Oakland muss eine Falle sein."

„Es gibt viele Gründe, warum er nicht zugeben wollte, dass er ein Stammkunde war", überlegte Samson.

„Samson hat recht", warf Gabriel ein. „Das bedeutet nicht, dass das Blut-Bordell nicht dort ist, wo Corbin sagt. Außerdem –" Er deutete auf den Monitor, wo das Live-Video der Lagerhalle zu sehen war. „– haben unsere menschlichen Bodyguards bestätigt, dass dort etwas vor sich geht. Es müssen sich mindestens ein Dutzend Leute im Inneren verschanzt haben."

„Aber keinerlei Anzeichen von den Frauen", stellte Oliver fest. „Das macht es zu einer Falle."

„Wir sollten trotzdem angreifen", sagte Zane. „Dann nehmen wir eben mehr Männer mit."

„Nein! Zuerst schnappen wir Corbin."

Amaury zuckte mit den Schultern. „Wir können ein paar Leute zu ihm ins Haus schicken und ihn überprüfen, während der Rest von uns nach Oakland fährt. Es dauert sowieso eine Weile, bis wir dort ankommen." Dann blickte er Eddie an. „War irgendwas auf dem zweiten Telefon von Valentine?"

„Ich habe das Passwort geknackt", antwortete Eddie. „Aber er bekam keine SMS oder E-Mails über das Blut-Bordell."

Oliver wies auf Eddie. „Seht ihr nicht?! Das spricht noch mehr dafür, nicht nach Oakland zu fahren. Warum sollte ein Kunde eine E-Mail mit der neuen Adresse erhalten, die anderen aber nicht? Und Valentine war definitiv ein Stammkunde, so abhängig wie er ist." Er starrte seine Kollegen an, deren Gesichter sich verfinstert hatten.

Samson und Gabriel wechselten einen Blick. Dann stand Samson auf. „Unsere Pläne haben sich geändert."

35

Paul Corbin legte den letzten Schliff an sein tadelloses Outfit. Er liebte es, gut angezogen zu sein, und heute Abend hatte er sich selbst übertroffen.

Als die Sonne unterging, fuhr er in seinem schwarzen Mercedes weg. Alles war arrangiert. Es dauerte weniger als zehn Minuten, um zu der Adresse in Nob Hill zu gelangen. Er parkte auf der gegenüberliegenden Seite des Hauses und stellte den Motor ab.

Als er aus dem Wagen stieg und die Tür hinter sich schloss, strich er die Falten seines schwarzen Anzugs glatt, während er die Straße zum Eingang des großen Gebäudes überquerte. Neben dem Messingschild war eine Gegensprechanlage. Er drückte auf den Klingelknopf und musste nicht lange warten, bis ein Knistern und die Stimme einer Frau ertönten.

„Ja?"

Er beugte sich zum Mikrofon. „Paul Corbin. Ich bin ein neuer Kunde."

Es gab ein leichtes Zögern, dann ertönte der Summer. Corbin drückte gegen die Tür und trat ein. Das Foyer war opulent ausgestattet. Er machte sich schnell ein Bild von seiner Umgebung: Eine Lounge befand sich auf der linken Seite, zwei Türen zu seiner Rechten, und eine große Treppe am Ende der Eingangshalle. Eine der Türen zu seiner Rechten öffnete sich, und eine Asiatin in einem eleganten Hosenanzug kam heraus und ging auf ihn zu.

Sie streckte ihm ihre Hand zur Begrüßung entgegen. „Mr. Corbin?"

Corbin schüttelte ihre Hand, keineswegs überrascht, dass die Frau eine Vampirin war. „Guten Abend."

„Ich heiße Vera", stellte sie sich vor. „Darf ich fragen, wer uns empfohlen hat?"

Auf die Frage vorbereitet, antwortete er ruhig: „Oliver war so nett."

Sie lächelte sofort und entspannte sich sichtbar. „Sie kennen Oliver?"

Er nickte höflich. „Charmanter junger Mann."

„Das ist er, nicht wahr?" Dann sah sie ihn von oben bis unten an.

Corbin bewahrte einen kühlen Kopf. Er wusste, dass er ihre Musterung bestehen würde.

„Was darf ich Ihnen für Ihr Vergnügen anbieten? Wir haben etwas für jeden Geschmack."

Er lächelte lässig. „Ich bin ein Mann mit vielen Geschmacksrichtungen. Überraschen Sie mich doch!" Er warf einen Blick auf die Lounge, wo mehrere Frauen die anwesenden Männer unterhielten. „Alles, was ich verlange, ist etwas Privatsphäre, weg von all dem … uh, Trubel, sollen wir es so nennen?"

„Ein Privatzimmer, natürlich. Hier entlang", meinte Vera.

Er folgte ihr den Gang entlang, bis sie an einer anderen Tür klopfte und dann eintrat. In dem komfortablen Wohnbereich saßen ein halbes Dutzend Frauen, die alle auf ihre eigene Art und Weise schön waren. Sie waren geschmackvoll gekleidet und einige zeigten mehr Haut als andere.

Vera winkte den jungen Frauen zu und warf ihm einen Seitenblick zu. „Die Wahl liegt bei Ihnen."

Er ließ seine Augen über die Frauen schweifen, dann deutete er auf eine. „Diese!"

Vera winkte der Frau, zu ihnen zu kommen. Sie war üppig gebaut, ihre Kurven voll und verlockend. Ihr Blick schweifte über ihn und verweilte kurz auf seinem Schritt. Er ließ ein halbes Lächeln seine Lippen umspielen, bevor er die Hand der schönen Frau nahm und sie an seinen Mund führte.

Sie schien über die altmodische Geste überrascht zu sein und kicherte.

„Das ist Ophelia. Sie wird Sie zu einem Privatzimmer nach oben führen. Ophelia, bitte warte am Fuße der Treppe auf Mr. Corbin."

Die Frau nickte und verließ den Raum. Vera

folgte ihr und bedeutete ihm das Gleiche zu tun. Im Flur blieb sie stehen und als Ophelia außer Hörweite war, wandte sie sich an ihn: „Zahlen Sie bar oder mit Kreditkarte?"

Er sah sie an, zog seine Brieftasche heraus und öffnete sie. Er hatte die Geistesgegenwart gehabt, seine Brieftasche mit großen Scheinen zu füllen, bevor er sein Haus verlassen hatte, und zog diese jetzt heraus. „Bar."

Vera streckte ihm ihre offene Handfläche entgegen, und er legte Hundert-Dollar-Scheine darauf, einen nach dem anderen, bis sie zufrieden war und ihre Hand um das Geld schloss.

„Genießen Sie den Abend! Und sollten Sie etwas brauchen, benutzen Sie bitte das Haustelefon im Zimmer. Wählen Sie die Null, und lassen Sie uns wissen, wie wir Ihren Aufenthalt noch angenehmer machen können."

„Ich bin mir sicher, dass dies ein sehr befriedigender Abend werden wird." Er würde dafür sorgen.

Als er die Treppe erreichte, wartete Ophelia dort auf ihn. Er schlang seinen Arm um ihre üppigen Kurven und erlaubte ihr, ihn nach oben zu führen. Auf der zweiten Etage führte sie ihn einen Korridor mit mehreren Türen entlang. Sie blieb vor einer stehen und öffnete sie.

Sie warf ihm einen verführerischen Blick zu, trat ein und winkte ihm, ihr zu folgen. „Wir sind da."

Corbin ließ einen flüchtigen Blick durch den Raum schweifen. Er war geschmackvoll mit einem großen Bett, Nachttischen und einer Kommode eingerichtet. Es gab einen Stuhl, vermutlich, damit Kunden dort ihre Kleidung ablegen konnten, während sie von den Frauen verwöhnt wurden.

„Perfekt", antwortete er.

Sie lehnte sich gegen ihn, und ihre Hand griff nach seiner Krawatte. „Was möchten Sie?" Sie leckte sich die Lippen.

„Was tust du denn so?"

„Alles", antwortete sie und drückte ihre Hüften gegen seine Leistengegend.

„Gut", murmelte er. „Wie wäre es dann damit?"

Er brachte seine Hände an ihren Kopf, umfasste ihn. Erwartungsvoll schaute sie ihn an. Dann, mit einer schnellen, aber kraftvollen Bewegung, drehte er ihren Kopf zur Seite und brach ihr das Genick.

Sie sackte sofort zusammen. Er fing sie auf und legte sie aufs Bett. Es war eine Schande, dass er in Eile war, sonst hätte er sie zuerst gefickt, aber das Geschäft ging vor.

Nachdem er seine Krawatte wieder zurechtgerückt hatte, wandte er sich zur Tür. „Jetzt kann der Abend beginnen."

Ursula zappte durch die Fernsehkanäle, fand aber nichts Interessantes. Sie war zu aufgedreht, als dass sie sich auf etwas konzentrieren konnte. Heute Nacht würde Scanguards ihre Schwestern befreien, die Frauen, die wie sie eingesperrt gewesen waren. Ihr Martyrium würde endlich vorbei sein, und alle würden bald wieder bei ihren Familien sein. Sie betete, dass Oliver und seine Kollegen es schaffen würden, die anderen Vampire zu besiegen, und dass sie dabei selbst nicht verletzt wurden.

Seufzend schloss sie die Augen und erinnerte sich an die Ereignisse der vergangenen Nacht, als ein Laut an der Tür sie unterbrach. Kam ihr Essen schon so früh? Ursula hörte ein Geräusch, als ob jemand den Schlüssel ins Schloss zwängte, aber Probleme damit hatte. Dann wurde die Tür aufgerissen.

Was sie sah waren verschwommene Bewegungen, dann erschien ein Mann in ihrem Zimmer und schloss die Tür hinter sich.

Schockiert versuchte sie aus dem Bett zu springen, um Abstand zwischen sich und dem Eindringling zu schaffen, aber er war schneller, schnappte sie am Arm und drückte schmerzhaft zu.

„Nicht so schnell, meine kleine Blut-Hure!", sagte er mit einem bösen Lächeln auf seinem Gesicht.

Oh Gott, sie wusste, wer er war! Sie erkannte ihn. Er war der Blutegel, dessen Brieftasche sie gestohlen hatte: Paul Corbin.

Ein schneller Atemzug entwich ihrer Lunge. „Was willst du von mir?"

Er schenkte ihr ein unverbindliches Lächeln. „Na, ist das nicht offensichtlich? Ich habe euch Huren nicht gekauft, damit ihr mir davonlaufen könnt. Ich bin gekommen, um dich wieder zurück zur Herde zu bringen."

„Mich zurückbringen?" Sie verstand nicht, wovon er redete. Warum wollte er sie zurückbringen? Er war ein Kunde des Bordells, kein Wächter.

Corbin schmunzelte. „Ich besitze dich und die anderen. Ihr arbeitet für mich! Ihr verdient Geld für mich, und ich werde es nicht zulassen, dass ein dahergelaufener junger Vampir mein Eigentum stiehlt und die Ware kostenlos bekommt. Wer dein Blut will, muss dafür bezahlen!"

Ihre Augen weiteten sich mit Erkenntnis. „Du bist ihr Anführer! Du bist der Besitzer des Bordells."

„Schlaues Mädchen. Vielleicht sogar schlauer als einige meiner Wachen. Sie haben nie mitbekommen, dass ich sie stets im Auge behalten habe, indem ich vorgab, ein Kunde zu sein. Sie ahnten nichts."

Ursula fühlte einen Schauder durch sich hindurchrasen. Es war also wahr, dass der Besitzer einen Spion hatte, der überprüfte, ob die Wachen ihre Arbeit richtig machten, nur dass der Spion der Besitzer selbst war. Schlau. Und jetzt war er hier, um sie zurückzubringen. Verzweifelt suchte sie in ihrem Gehirn nach einer Idee, was sie tun konnte, um dies zu verhindern. Sie musste Zeit gewinnen. Wenn sie Glück hatte, würde ihr Abendessen bald kommen, und mit noch etwas mehr Glück, wäre es Vera, die es ihr bringen würde und ihr dann helfen könnte.

„Wie hast du mich gefunden?"

Corbin lachte leise. „Dein Freund hat mir die Brieftasche gebracht, die du gestohlen hast. Ich wusste, dass jemand im Bordell sie gestohlen hatte, und habe das Gebäude durchsuchen lassen, aber niemand konnte sie finden. Als Oliver sie mir brachte, wurde mir sofort klar, dass er sie von dir bekommen haben musste. Du warst die Einzige, die entkommen konnte. Da wusste ich, dass ich dich finden würde."

Sie schluckte.

„Und dann hat dein kleiner Freund auch noch behauptet, er sei ein Kunde. Für wie dumm haltet ihr mich eigentlich? Ich kenne jeden Kunden beim Namen. Es gibt keinen Oliver Parker unter meiner Kundschaft, wenn das überhaupt sein richtiger Name ist." Er funkelte sie an. „Also bin ich ihm gefolgt, und rate mal, wo er mich hingeführt hat." Er sah sich im Zimmer um. „In dieses hübsche Etablissement. Also, was hast du ihm gegeben, damit er dir hilft? Nur deine Muschi? Oder hat er dein Blut auch getrunken? Hast du ihm eine lebenslange Versorgung versprochen, wenn er dir hilft?"

Corbin riss an ihrem Arm und zog sie näher an sich heran. Seine Augen glühten jetzt rot, und sie sah, wie seine Gesichtsmuskeln sich verhärtet hatten und seine Finger sich zu Klauen verwandelten.

„Nein!"

„Ist auch egal. Weil er nichts mehr von dir bekommt. Weil du jetzt mit mir mitkommst."

„Du kannst dich nirgends vor ihm verstecken! Er befreit heute Nacht die anderen Frauen!", rief sie aus.

Corbin stieß ein böses Lachen aus. „Oh, du meinst wohl aus der Lagerhalle in Oakland, deren Adresse ich ihm gegeben habe?"

Oh Scheiße! Oliver hatte ihr am Telefon mitgeteilt, dass Corbin derjenige gewesen war, der ihm die Adresse mitgeteilt hatte. Er würde in eine Falle laufen. Sie würden ihn und seine Kollegen umbringen. „Oh Gott, nein!" Sie musste ihm helfen, ihm eine Nachricht zukommen lassen. Aber ihr Handy lag unter ihrem Kopfkissen und außerhalb ihrer Reichweite, nicht dass Corbin ihr überhaupt eine Gelegenheit geben würde, die Ruftaste zu drücken.

„Ja, wenn dein Freund und seine Kollegen in der Lagerhalle in Oakland ankommen, werden sie vernichtet werden. Ein Dutzend schwer bewaffneter Vampire wartet dort auf sie. Es wird ein Blutbad geben. Und in der Zwischenzeit werden die Mädchen und alle Sachen zusammengepackt. Wir verlassen heute Nacht noch die Stadt und du kommst mit uns mit."

Sie schüttelte den Kopf, aber er grinste nur. „Lass mich los!"

Er versuchte sie hochzuziehen, aber sie trat mit dem Bein gegen ihn. Er fluchte, und sein Griff lockerte sich kaum merklich, jedoch genug, dass sie sich wenden und mit ihrem Arm unter das Kopfkissen greifen konnte. Ihre Finger umklammerten das Handy. Aber er zog sie zurück, und das Telefon rutschte ihr aus den Fingern und glitt an den Rand des Bettes, bevor sie die Ruftaste drücken konnte.

Corbins Blick fiel darauf. „Schon wieder ungehorsam? Ich habe das über dich gehört! Du warst von Anfang an der Störenfried! Du wusstest noch nie, was gut für dich ist! Dann nimm das und schau, ob es dir gefällt!"

Er schlug ihr mit dem Handrücken auf die Wange, sodass ihr Kopf zur Seite schnellte. Ein heftiger Schmerz durchfuhr sie und machte sie so benommen, dass sie dachte, sie würde das Bewusstsein verlieren.

Sie stöhnte.

„Ich werde dir Gehorsam einprügeln!"

Er hob noch einmal die Hand.

„Wenn du das tust, wirst du es büßen!", warnte ein Mann vom Fenster aus.

Halluzinierte sie schon, oder war er wirklich gekommen, um sie zu retten?

36

Oliver sah mit Entsetzen, wie Corbin Ursula wie ein Schutzschild vor seinen Körper zog. Oliver hatte nach seiner Waffe gegriffen, als er den Raum vom Balkon aus betreten hatte, aber jetzt zögerte er. Er war kein Scharfschütze, und wenn Corbin sich in Vampirgeschwindigkeit bewegte und Ursula mit sich zog, könnte die Kugel sie treffen. Dieses Risiko konnte er nicht eingehen.

„Na schau mal, wer gekommen ist!", meinte Corbin zu Ursula. „Dein Freund. Schade, dass er zu spät ist."

Corbin griff in seine Jackentasche und zog

blitzschnell eine Pistole heraus, die er jetzt an Ursulas Schläfe drückte.

Ein Schreck durchzuckte Oliver, aber er zwang sich, ruhig zu bleiben und seine Stimme unbeteiligt klingen zu lassen, als er antwortete: „So sehe ich das aber nicht. Ich komme gerade noch rechtzeitig. Zugegeben, ich fand dein Haus leer vor, als ich dort war. Ziehst du um?", fragte Oliver beiläufig. „Das ist aber schade. Das war ein schönes Haus."

Corbin zwang sich zu einem Lächeln. „Umziehen ist Teil meines Berufes."

„Wohin denn diesmal?"

„Das geht nur mich was an, wenn du nichts dagegen hast. Und jetzt lass die Waffe fallen!"

„Du wirst sie nicht erschießen. Sie ist zu wertvoll!"

Ein böses Grinsen breitete sich auf Corbins Gesicht aus. „Die Kugel wird sie nicht umbringen, aber es wird trotzdem wehtun." Er senkte seine Waffe zu ihrer Schulter.

Oliver erkannte, dass Corbin nicht bluffte, und ließ seine Pistole zu Boden gleiten.

Dann beobachtete er in Panik, dass Corbin ein paar Schritte rückwärts in Richtung Tür ging, Ursula immer noch eng an seinen Körper gedrückt.

„Eine letzte Frage, bevor ich gehe: Woher wusstest du, dass ich es war?", fragte Corbin.

„Du hättest nicht behaupten sollen, dass du nur einmal in dem Blut-Bordell warst. Als ich herausfand, dass du in diesem Punkt gelogen hast, dachte ich mir, dass du auch bei anderen Dingen lügen würdest. Wie zum Beispiel bei der neuen Adresse des Blut-Bordells. Zumal niemand anderer eine E-Mail mit der Adresse bekommen hat. Komisch, dass du der einzige Kunde warst, den sie per E-Mail benachrichtigt haben."

Corbin hob eine Augenbraue und zuckte dann mit den Schultern. „Na gut, das nächste Mal werde ich es wissen."

„Es wird kein nächstes Mal geben!", prophezeite Oliver.

Aber Corbin griff hinter sich und öffnete die Tür. Ursula starrte Oliver an, die Augen vor Angst geweitet, während ihre Hände erfolglos versuchten, Corbins Arm abzuschütteln.

Die Tür schwang ein Stück weiter auf und Oliver nahm eine Bewegung hinter Corbin im

Flur war. „Corbin, du hast einen fatalen Fehler gemacht."

Für eine Sekunde hielt Corbin in seinen Bewegungen inne. „Netter Versuch."

„Du hast angenommen, ich bin alleine gekommen."

Ein Schuss hallte durch den Raum. Corbins rechter Arm, der die Pistole hielt, sackte nach unten und er schrie vor Schmerz auf. Blut drang aus seiner Schulter. Ursula riss sich von ihm los und fiel nach vorne. Corbins Gesicht verzerrte sich zu einer Grimasse, aber es schien, dass die Kugel seine Schulter auf der anderen Seite verlassen hatte und ihm so keinen weiteren Schaden zufügen konnte.

Mit Hilfe seiner linken Hand hob Corbin den Arm, der die Waffe hielt, wieder und zielte auf Ursula, die außer Reichweite zu kriechen versuchte.

„Du bekommst sie nie, genauso wenig wie die anderen Mädchen."

Oliver sprang auf Corbin zu, und beide stürzten zu Boden. Als Corbin mit seiner verletzten Schulter auf dem Fußboden aufprallte, fiel ihm die Waffe aus der Hand. Sie rutschte unter das Bett, außer Reichweite für beide. Oliver war sofort auf ihm. Sie kämpften. Die Schläge und Hiebe, die sie austauschten, waren für das menschliche Auge zu schnell.

Oliver schlug wiederholt auf Corbins Wunde ein, aber der Schweinehund war stark, und sein linker Haken peitschte Olivers Kopf zur Seite. Mit der Wucht des Schlages rollte sich Corbin weg, und Oliver fand sich plötzlich unter ihm wieder, während der böse Vampir mit seinen Fäusten auf ihn einhämmerte.

Oliver kickte sein Bein hoch und schaffte es, sein Knie in Corbins Oberschenkel zu stoßen, was ihn für einen Moment zurückdrängte. Es gab Oliver genug Bewegungsfreiheit, um unter Corbin hervorzurollen.

Corbins nächster Schlag verfehlte sein Ziel, und Oliver erkannte, dass die Stärke seines Gegners nachließ. Corbin wusste es auch. Oliver drückte seinen Arm auf Corbins Kehle und hielt ihn auf dem Boden fest. Dann griff er in seine Tasche und zog einen Pflock heraus. Corbins Hand bewegte sich und griff nach etwas in seiner Jackentasche. Aus dem

Augenwinkel sah Oliver, was es war: keine Waffe, sondern ein Handy. Corbins Arm holte aus, so weit er konnte, obwohl seine Bewegungsfreiheit eingeschränkt war.

„Ihr werdet sie nie finden!", schwor er und warf das Handy mit voller Wucht in Richtung der gegenüberliegenden Wand.

Doch Oliver schlug in Windeseile den Pflock in sein Herz und wirbelte in Vampirgeschwindigkeit herum, um das Telefon mitten im Flug aufzufangen, bevor es an der Wand zerschellen konnte. Unter ihm zerfiel Corbin zu Staub.

Schwer atmend hielt Oliver das iPhone fest und starrte dorthin, wo sich Corbins Staub auf dem Boden sammelte. „Vielleicht hätte ich erwähnen sollen, dass ich der Fänger in unserem Baseball-Team war, du Arschloch."

Cain platzte in den Raum, immer noch seine Waffe in der Hand. „Sieht so aus, als ob ich ein schlechterer Schütze bin, als ich dachte."

„Du hättest ihn mir überlassen sollen", mahnte Thomas hinter ihm, als auch er in den Raum drang.

„Wo wart ihr so lange?", knurrte Oliver seine Kollegen an, wartete aber nicht auf eine Antwort und eilte stattdessen zu Ursula. „Ursula, Baby. Ist alles in Ordnung? Bist du verletzt?"

Sie griff nach ihm, und er zog sie in eine Umarmung. „Ich bin okay", flüsterte sie. Dann krallten sich ihre Hände in sein Hemd. „Ein Dutzend Vampire wartet in der Lagerhalle in Oakland auf euch."

„Wir haben alles unter Kontrolle."

Sie nahm ein paar tiefe Atemzüge. „Die Mädchen. Er sagte, sie werden irgendwo aufgeladen und weggebracht. Aber er hat nicht gesagt wo und wohin."

Oliver hob die Hand, die Corbins Handy hielt, dann wandte er sich an seine Kollegen.

„Thomas, kannst du das Passwort von Corbins Handy knacken und sehen, ob du eine Spur zu den Mädchen finden kannst? Er wollte es zerstören, deshalb glaube ich, dass Informationen über den Aufenthaltsort der Mädchen darauf sind." Oliver strich mit der Hand über Ursulas Haar.

Thomas nahm das Telefon entgegen. „Kein

Problem. Gib mir ein paar Minuten." Er setzte sich auf das Bett und zog ein kleines elektronisches Gerät aus seiner Lederjacke, dann steckte er ein Kabel in Corbins iPhone.

Ursula schlang ihre Arme um Olivers Hals. „Du hast mich gerettet."

Oliver lächelte und deutete auf Cain. „Genauer gesagt hat Cain mir geholfen, aber wenn du mich stattdessen küssen willst, ist das schon okay."

Kaum hatte er das letzte Wort gesprochen, waren Ursulas Lippen schon auf seinen und versengten sie mit einem Kuss. Hätte Cain sie nicht beobachtet, dann hätte Oliver mehr getan als sie nur geküsst. Aber die Sache war noch nicht vorbei, und es gab noch Unschuldige, die gerettet werden mussten.

Als Oliver in den Flur blickte, bemerkte er mehrere von Veras Mädchen. „Scheiße, sie müssen den Schuss gehört haben. Cain, Zeit zum Aufräumen."

Cain nickte, als plötzlich Vera in den Raum stürmte. Ihr Blick huschte von Oliver und Ursula zu Cain und Thomas und dann wieder zu Oliver. „Ich fand Ophelia tot in einem der

Zimmer", murmelte sie und schloss die Tür hinter sich. „Mit gebrochenem Genick."

Oliver schloss die Augen. „Oh, Scheiße. Corbin muss sie getötet haben."

„Corbin? Der neue Kunde, den du empfohlen hast?", fragte Vera.

„So ist er also hier hereingekommen."

Cain hob die Hand. „Ich informiere dich in Kürze über alles, Vera. Aber zuerst müssen wir hier aufräumen." Er deutete zur Tür, hinter der Veras Mädchen immer noch warteten. Oliver konnte ihre betroffenen Stimmen durch die Tür hören.

Cain führte Vera aus dem Zimmer.

Oliver blickte zu Thomas, der konzentriert auf das Gerät in seiner Hand starrte. Da Oliver wusste, dass er ihn nicht stören sollte, nahm er Ursula beiseite.

„Woher wusstest du, dass Corbin hierher kommen würde?", fragte sie leise.

„Als ich herausfand, dass Corbin sein Haus ausgeräumt hatte, wäre ich fast durchgedreht. Da wurde mir klar, dass er uns eine Falle gestellt hat, um zwei Fliegen mit einer Klappe zu schlagen: mich und Scanguards aus dem

Weg zu räumen, während er dich und die Mädchen wegtransportiert."

„Ich hatte nie den Verdacht, dass er der Chef war", gab Ursula zu. „Er war wie jeder andere Blutegel. Er ist nicht aufgefallen."

„Ich glaube, das war auch so gedacht. Er wollte die Dinge im Auge behalten. Ich frage mich nur, wie er die Tatsache, dass er ein Süchtiger war, verstecken konnte. Ich sah keine Anzeichen von Abhängigkeit bei ihm." Oliver konnte nicht glauben, dass er so blind gewesen war.

„Vielleicht war er nicht süchtig."

„Wie meinst du das?"

„Was wäre, wenn er nie viel von unserem Blut getrunken hat?"

„Und?", fragte Oliver mit Interesse.

Sie senkte ihre Stimme noch mehr, denn sie wollte offensichtlich nicht von Thomas belauscht werden, obwohl Oliver wusste, dass sein Kollege sie hören könnte, wenn er daran Interesse hätte. „Erinnerst du dich daran, als du Gedankenkontrolle an mir angewendet hast, um mich glauben zu lassen, dass du mich gebissen hast?"

Er nickte. Wie konnte er das je vergessen? „Aber Gedankenkontrolle wirkt nicht auf Vampire. Die Wachen hätten es bemerkt."

„Er könnte einfach seine Fänge auf der Seite des Halses hineingeschlagen haben, die von der Wache abgewandt war, aber nicht an der Vene gesaugt haben. Die Wache hätte das Blut gerochen, weil er unsere Haut durchstochen hat, aber wir hätten nie gewusst, dass er nicht von uns trank, weil er Gedankenkontrolle anwendete, um uns glauben zu machen, dass wir spürten, wie er unser Blut trank."

„Mein Gott, du könntest recht haben. Wie sonst hätte er die Kontrolle behalten können?" Er lächelte sie an. „Du bist sehr klug."

Sie erwiderte sein Lächeln, bevor sie wieder ernst wurde. „Werden wir sie finden?"

Statt einer Antwort wandte er sich an Thomas, der im selben Moment von dem Handy aufblickte. Ein triumphierendes Grinsen war auf seinem Gesicht zu sehen.

„Ich hab's!"

37

Der LKW-Rastplatz an der Autobahn war belebt. Mehr als zwei Dutzend großer Lastwagen waren in Reih und Glied geparkt. Viele davon würden vermutlich die ganze Nacht dort stehen. Einige der Fahrer schliefen wahrscheinlich schon in ihren Kabinen, andere saßen noch im Restaurant und aßen ein spätes Abendessen.

Oliver bog mit dem Minivan in den Parkplatz ein und stellte den Motor ab. Neben ihm blickte Thomas zu den geparkten LKWs. Gabriel und Amaury, der erst kurz zuvor aus Oakland zurückgekommen war, nachdem er ein Aufgebot von Mitarbeitern bei der Lagerhalle in Position gebracht hatte, saßen auf der Rückbank.

Ursula saß zwischen den beiden großen Vampiren. Sie fühlte sich immer noch nicht ganz wohl mit ihnen, aber sie wusste, dass sie sich schließlich und endlich an sie gewöhnen würde. Olivers Gegenwart gab ihr ein Gefühl der Sicherheit. Er und Thomas drehten ihre Köpfe zu ihr.

„Ich fürchte, wir haben keine Informationen darüber, wie der LKW aussieht, aber die E-Mail, die wir auf Corbins Telefon gefunden haben, bestätigt, dass jemand Ursula hierher bringen sollte. Ich vermute, Corbin versuchte immer noch, anonym zu bleiben, denn er machte eine Bemerkung in der E-Mail, dass eine neue Wache dich hierher bringen würde", sagte Oliver.

„In dem Fall", meinte Gabriel, „sollten wir ihnen präsentieren, was sie erwarten, oder nicht? Das wird sie rauslocken."

Oliver nickte. „Das habe ich mir auch gedacht." Er sah sie an. „Du wirst sicher sein. Meine Kollegen werden in der Nähe sein und die Wachen angreifen, sobald sie sich zeigen. Sie werden dir nie nahe genug kommen, um dir etwas anzutun."

Ursula nickte, denn sie war zu dem gleichen Schluss gekommen. „Du hast recht."

„Gut. Ich bringe Ursula zu Fuß in Richtung des Restaurants, und wir gehen an den Lastwagen vorbei –"

„Nein!", unterbrach sie ihn.

Ein verwirrter Blick huschte über Olivers Gesicht. „Ich dachte, du wärst damit einverstanden."

„Ich will, dass Gabriel mich hinbringt."

Als Oliver zu protestieren versuchte, hob sie ihre Hand. „Hör mir zu! Corbin ist dir gefolgt, was bedeutet, dass er wahrscheinlich auch über Scanguards Bescheid weiß. Was ist, wenn er deine Kollegen auch gesehen hat? Und was, wenn er Fotos gemacht hat, um sie an seine Mitarbeiter zu geben, sodass sie auf der Hut sind?" Sie deutete auf Gabriel. „Du hast mir gesagt, dass Gabriel erst vor ein paar Stunden aus New York zurückgekehrt ist, als Corbin wahrscheinlich bereits geplant hatte, mich bei Vera zu schnappen. Er kann Gabriel noch nicht gesehen haben."

Dann warf sie Gabriel einen Seitenblick zu und lächelte ihn an. „Nichts für ungut, aber du siehst so aus, als ob du für Corbin arbeiten könntest." Ihre Augen wanderten zu der großen Narbe auf seinem Gesicht.

Einen Moment später blickte Gabriel Oliver an. „Sie hat recht. In beiden Punkten: Corbin hat mich nicht sehen können, und ich glaube, ich sehe ein bisschen wie ein Verbrecher aus."

Widerwillig gab Oliver nach und starrte Gabriel an. „Gut. Aber wenn ihr etwas passiert, dann helfe dir Gott!"

Gabriel verdrehte die Augen und öffnete die Tür.

„Warte!", sagte Oliver, griff in seine Tasche und zog einen Pflock hervor. Er reichte ihn ihr. „Nur für alle Fälle." Mit einem letzten Lächeln folgte Ursula Gabriel aus dem Auto und stopfte den Pflock in ihre Jackentasche.

„Ich glaube, du solltest meinen Arm packen und mich mitziehen", murmelte sie. „Corbins Wachen waren nicht gerade zimperlich."

Gabriel nahm ihren Arm und gab ihr einen

sanften Schubs nach vorne. Sie bogen um ein paar Autos herum und kamen in Sichtweite der Lastwagen. Langsam und bedächtig führte Gabriel sie zwischen den beiden Reihen von geparkten Lastwagen hindurch. Aus dem Augenwinkel scannten sie die Lastwagen auf jegliche Bewegungen, während sie weitergingen. Die Scheinwerfer eines LKWs blinkten auf, dann erloschen sie sofort wieder.

„Das muss er sein", raunte ihr Gabriel zu und zog sie in die Richtung des Lastwagens, während sie vorgab, sich nur widerwillig zu bewegen. Trotz des Wissens, dass sie in Sicherheit war und dass die anderen Männer von Scanguards nicht weit entfernt waren, beschleunigte sich ihr Herzschlag, und ihre Handflächen wurden feucht. Mit jedem Schritt, mit dem sie sich dem Lastwagen, der seine Lichter hatte aufblitzen lassen, näherte, raste ihr Puls schneller.

Plötzlich öffnete sich die Kabine des LKWs und ein Mann stieg herunter. Als er heruntersprang und auf sie zukam, erkannte Ursula ihn als einen der Wächter. Sofort erstarrte sie. Der Wachmann, dessen Namen

Marcus war, ließ ein fieses Grinsen aufblitzen, als er sie erkannte. Dann wanderte sein Blick zu ihrem Begleiter. Er musterte Gabriel ausgiebig.

Das Klicken einer Pistole durchschnitt plötzlich die Stille. Bevor sie reagieren konnte, richtete sich eine vertraute Stimme von hinten an sie: „Ursula, mein Lieblingsmädel."

„Dirk", sagte sie mit erstickter Stimme, bevor sie sich zu ihm drehte.

Er kam zwischen zwei geparkten Lastwagen hervor und stand nun einige Meter von ihnen entfernt.

Dirk deutete mit seiner Waffe in Gabriels Richtung. Ursula bemerkte, dass ein Schalldämpfer an seiner Pistole angebracht war. „Und wer ist das?"

„Muss der neue Wächter sein, von dem der Chef gesprochen hat", antwortete Marcus.

„Nein, das ist er nicht", behauptete Dirk.

Ursulas Herz stoppte. Hinter Dirk trat ein anderer Mann aus dem Schatten. Dirk deutete mit dem Kopf auf ihn. „Das ist der neue Wächter. Als der Chef nicht aufgetaucht ist, um ihm Ursula zu übergeben, hat er seine Befehle befolgt und mich alarmiert."

Marcus zog seine Pistole und richtete sie auf Gabriel, der sich bisher noch nicht bewegt hatte. Jetzt sprach Gabriel zum ersten Mal. „Und wieso glaubt ihr, dass dieser Kerl die neue Wache ist? Wie ich es sehe, bin ich derjenige, der das Mädchen gebracht hat, nicht er."

Marcus war eindeutig verwirrt und richtete seine Waffe nun auf den Fremden, der neben Dirk stand.

Dirk neigte seinen Kopf zu dem Vampir neben sich. „Gib meinem Kollegen das Codewort."

„Kaiserliches Blut", sagte der Fremde.

„Scheiße!", zischte Marcus und richtete seine Waffe wieder auf Gabriel, bereit zu schießen.

Schneller als ihre Augen folgen konnten, stürzte sich Gabriel auf Marcus und trat ihm die Waffe aus der Hand. Ein Handgemenge folgte. Fäuste flogen so rasant hin und her, dass es Ursula fast benommen machte. Die Bewegungen vor ihren Augen waren unscharf.

Zu ihrer Linken sah sie zwei Männer auf sie zu rennen: Oliver und Amaury. Thomas war nirgends zu sehen. Dirk bemerkte die beiden auch und sprang auf Ursula zu, seine Absicht war klar: Er wollte sie als menschliches Schutzschild verwenden. Sein Körper knallte gegen ihren und raubte ihr vorübergehend den Atem.

Schüsse erklangen, und mit Entsetzen sah sie, dass der neue Wächter auf Oliver und Amaury schoss. Ihr Herz setzte aus.

„Nein!", schrie sie und betete, dass keine der Kugeln Oliver getroffen hatte.

Dirk wirbelte sie in die entgegengesetzte Richtung, zog sie zum LKW und hinderte sie somit daran zu sehen, was mit ihren Rettern passierte. Sie kämpfte gegen ihn an und trat mit dem Fuß in sein Schienbein, aber es schien ihrem Angreifer nichts auszumachen.

„Ursula, nein!", hörte sie Oliver hinter sich schreien, als ein weiterer Schuss abgefeuert wurde.

„Fuck!", zischte Dirk leise, zerrte sie jedoch weiter zur Tür des Lastwagens. „Wir verschwinden von hier, du Miststück!"

Sie drehte ihren Kopf so weit sie konnte und sah, dass Gabriel immer noch mit Marcus kämpfte. Die neue Wache war mit Amaury in einen Faustkampf verwickelt, und Oliver war nirgends zu sehen.

„Nein!", jammerte sie, während Wut und Schmerz in ihr hochkamen. Wo war Oliver? Sie konnte nicht zulassen, dass ihr Verstand ihren nächsten Gedanken weiterführte. Stattdessen reagierte sie aus reinem Instinkt.

Als Dirk sie gegen die Tür des LKWs schleuderte und für eine Sekunde den Griff lockerte, um die Tür zu öffnen, ließ sie ihre Hand in ihre Jackentasche gleiten. Gleichzeitig drehte sie sich zu ihm und funkelte ihn an. „Von all den Wachen hasse ich dich am meisten!"

Als er spöttisch grinste, spuckte sie ihm ins Gesicht.

Dies lenkte ihn für einen winzigen Moment ab, aber das war alles, was sie brauchte: Mit aller Wucht rammte sie den Pflock in seine Brust. Mit Genugtuung beobachtete sie, wie er vor ihren Augen zu Staub zerfiel.

Hinter ihm erschien Oliver wie aus dem

Nichts, seine Pistole auf sie gerichtet. Er erstarrte in seiner Bewegung und riss die Waffe zur Seite. Er war kurz davor gestanden, Dirk in den Rücken zu schießen.

Oliver eilte zu ihr und zog sie in seine Arme. Als er sie wieder losließ, war alles um sie herum still. Ihre Augen suchten die Gegend ab, wo der Kampf stattgefunden hatte. Keiner ihrer Feinde lebte noch.

Gabriel und Amaury standen da und atmeten ein wenig heftiger als vorher, aber sie hatten keinen Kratzer abbekommen.

„Und Thomas?", fragte sie und hielt den Atem an.

„Ich bin hier", ertönte Thomas' Stimme zwischen zwei Lastwagen hervor. Er tauchte eine Sekunde später auf. „Sterbliche. Sie haben sich genähert. Ich musste sicherstellen, dass sie umkehrten, oder sie hätten getötet werden können."

Sie nickte erleichtert, dann spürte sie, wie Oliver seine Hand unter ihr Kinn legte und ihr Gesicht zu ihm drehte, damit sie ihn ansah. „Ich bin so stolz auf dich, Ursula."

Sie warf einen Blick auf die Stelle, wo sich

Dirks Asche auf dem Boden sammelte. „Er war derjenige, der mich jede Nacht gequält hat.“

„Niemand wird dir jemals wieder wehtun“, versprach Oliver und umarmte sie fester. „Jetzt lasst uns die Mädchen befreien!“

Zusammen mit Olivers Kollegen gingen sie zur Ladefläche des Lastwagens. Amaury packte den Hebel, um das Schloss zu öffnen. Dann schwangen er und Gabriel die Doppeltüren auf.

Drinnen war es dunkel, aber Ursula hörte leises Keuchen vom hintersten Ende.

„Kommt raus, ihr seid frei!“, rief Gabriel in den Lastwagen hinein, aber niemand rührte sich.

„Sie haben Angst“, erklärte Ursula. Dann stieg sie auf eine Metallplattform und sprach sie auf Chinesisch an: „Ich bin’s: Wei Ling. Ihr seid in Sicherheit, Schwestern. Kommt raus, wir gehen nach Hause!“

„Wei Ling“, hörte sie die Mädchen antworten. „Wei Ling ist gekommen!“

Eine nach der anderen gingen die jungen Frauen zur Ladefläche des Lastwagens und blickten erst Ursula an, bevor sie die Männer hinter ihr musterten. „Sie sind unsere Freunde", versicherte sie ihnen auf Chinesisch.

Die Vampire halfen den Mädchen aus dem LKW. Als sie alle ihr temporäres Gefängnis verlassen hatten, drängten sie sich um Ursula. Ursulas Augen suchten nach einem bestimmten Mädchen. „Lanfen", flüsterte sie. „Wo bist du?"

Eine Hand berührte ihre Schulter, und Ursula drehte sich um.

„Ich bin hier", antwortete Lanfen.

Ursula fiel ein Stein vom Herzen. „Ich dachte, du wärst tot."

„Ich war krank", sagte Lanfen. „Aber ich habe es geschafft."

Sie umarmten sich und hielten einander fest. Tränen schossen in Ursulas Augen.

„Wir gehen nach Hause", flüsterte sie immer wieder und erlaubte sich, in den Armen ihrer Schwestern zu weinen.

38

Nachdem weitere Minivans von Scanguards gekommen waren, wurden die geretteten Frauen zu einer sicheren Unterkunft in San Francisco transportiert. Mehrere Teams von Scanguards gingen an die Arbeit, um mit den Familien der Frauen Kontakt aufzunehmen und deren Rückkehr nach Hause zu organisieren.

Der Rest von Scanguards hatte noch eine weitere Aufgabe vor sich.

Oliver wartete im Situationsraum und tappte ungeduldig mit dem Fuß auf den Boden. Obwohl er wusste, dass Ursula müde war und schlafen sollte, hatte sie darauf bestanden, dabei zu sein, wenn der Rest ihrer Peiniger bestraft wurde.

„Wann möchtest du deine Eltern anrufen?", fragte er, wohl wissend, dass es keinen Grund mehr gab, sie davon abzuhalten. Genau wie alle anderen Mädchen würde sie nach Hause zurückzukehren wollen.

Und sie würde ihn verlassen und wieder dorthin zurückkehren, wohin sie gehörte.

Ursula deutete auf den Monitor, der noch immer das Live-Video der Lagerhalle in Oakland zeigte. „Nachdem sie alle tot sind."

Er nickte und seine Brust verkrampfte sich. „Du kannst mit den anderen Frauen nach New York zurückfliegen, wenn du willst. Samson hat den Jet dafür genehmigt. Oder du kannst später fliegen … wenn du noch ein paar Tage länger bleiben willst."

Er schaute weg, denn er wollte ihr nicht zeigen, wie begierig er auf ihre Antwort war.

„Ich möchte wirklich meine Eltern sehen. Ich vermisse sie sehr", sagte sie.

Oliver schluckte die Enttäuschung hinunter. Innerhalb von ein paar Stunden würde Ursula nicht mehr da sein. „Natürlich, das verstehe ich."

„Wegen der anderen Frauen ..."

„Was ist mit ihnen?"

„Werden sie sich daran erinnern, was mit ihnen passiert ist?"

Oliver schüttelte den Kopf. „Wir können nicht zulassen, dass sie diese Erinnerungen behalten. Sie versprechen uns heute vielleicht, nie ein Wort über Vampire verlauten zu lassen, aber unter Druck werden sie ihren Familien und Freunden davon erzählen. Sie werden alles erklären wollen. Aber unsere Geheimnisse müssen bewahrt werden."

„Ich verstehe. Und was ist mit mir? Die Erinnerungen, die du und ich haben?" Ihre großen Augen blickten ihn voller Zuneigung und Vertrauen an.

Er schluckte schwer. Seine nächsten Worte waren die schwierigsten, die er je hatte sagen müssen. „Wenn du von hier wegfliegst, werde ich dafür sorgen müssen, dass du dich an nichts erinnerst."

„Was wäre, wenn du mit mir fliegen würdest? Nur für eine Woche oder zwei."

Sein Herz schlug plötzlich so schnell wie ein Eilzug. „Du willst, dass ich mit dir mitkomme?"

Sie streckte ihre Hand aus und umschloss seine. „Ich weiß, dass es kompliziert sein wird, vor meinen Eltern zu verbergen, dass du ein Vampir bist, aber ich bin sicher, wir können uns was einfallen lassen."

Er beugte sich zu ihr. „Du willst, dass ich deine Eltern kennenlerne?"

„Ich kann nicht garantieren, dass sie dich umgehend mögen. Sie sind ein wenig altmodisch, und es wird nicht einfach für sie sein, einen weißen Freund zu akzeptieren, aber sie werden so glücklich sein, dass ich wieder da bin, dass sie wohl –"

„Freund?", schnitt er ihr das Wort ab. „Du willst mich als deinen Freund vorstellen?"

„Und als den Mann, der mich gerettet hat."

Er zog ihre Hand an seine Lippen und küsste ihre Fingerspitzen. „Sag mir mal, bevor ich einwillige: Planst du, diesen Freund nach zwei Wochen wieder abzulegen, oder kann er hoffen, dass du ihn für länger behältst?"

Ursulas Lider senkten sich halb. „Ich hatte

gehofft, für etwas Längerfristiges wieder nach San Francisco zurückzukommen. Vielleicht sollte ich hier mein Studium beenden …"

„Wie lange?"

„Können wir das vielleicht in einem Jahr oder zwei besprechen und sehen, wie es bis dahin läuft?"

Oliver zog sie auf seinen Schoß und brachte seinen Mund zu ihrem. „Das ist definitiv machbar."

„Heißt das, dass ich meine Erinnerungen behalten darf?"

„Ich habe noch was Besseres für dich: Ich werde dir dabei helfen, neue zu machen." Er küsste sie sanft, dann fühlte er, wie sie sich ihm entzog.

„Da ist noch etwas anderes."

Er strich ihr eine Haarsträhne hinters Ohr. „Ja?"

„Ich will, dass deine Freundin Maya mein Blut testet."

Ihre Worte klangen wie Musik in seinen Ohren und machten ihn vor Aufregung fast schwindelig. „Bist du dir sicher?"

Anstatt einer Antwort küsste sie ihn.

Ein Räuspern unterbrach sie. Oliver zog seinen Kopf zurück, um zu sehen, wer sein angenehmes Intermezzo mit Ursula störte.

Thomas verdrehte die Augen, als er gefolgt von halb Scanguards, inklusive Olivers Erschaffer, eintrat. „Ignoriert uns einfach! Wir sind nur hier, um mitanzusehen, wie die Sache in Oakland abgeht." Er deutete auf den großen Monitor an der Wand.

Ursula kletterte von Olivers Schoß herunter, ihre Wangen knallrot. Schnell rutschte Oliver seinen Stuhl näher zum Tisch, damit er die untere Hälfte seines Körpers darunter verstecken konnte. Wenn seine Kollegen seinen Steifen sehen würden, würden sie ihn für den Rest seines Lebens aufziehen.

„Lasst uns die Sache mal starten!", sagte Oliver stattdessen und beobachtete, wie sich alle in den Raum drängten und Platz nahmen.

„Sonnenaufgang ist in zwei Minuten. Die Sprengladungen wurden während der Nacht angebracht, und wir sorgten dafür, dass die Überwachungskameras in der Gegend zu dem Zeitpunkt nicht funktionierten. Niemand wird etwas vermuten. Sie werden die Schuld wie üblich auf die Stromversorgungsfirma schieben", erklärte Thomas, als er etwas auf der Tastatur eintippte.

„Haben alle unsere Mitarbeiter den Bereich verlassen?", fragte Samson.

„Jeder ist weit genug weg."

Samson fügte hinzu: „Irgendwelche Unbeteiligte?"

Thomas schüttelte den Kopf. „Wir haben dafür gesorgt, dass niemand in der Nähe ist. Wir erhielten das Signal vor ein paar Minuten."

Ursulas Augen klebten an dem Monitor, als das Video plötzlich schwarz wurde. „Was ist passiert?"

Der Monitor flackerte, dann erschien das Video wieder, doch dieses Mal aus einem anderen Blickwinkel. „Wir haben von der Kamera an der Tankstelle gegenüber der Lagerhalle auf unsere eigene Kamera umgestellt, die wir an einem Telefonmast installiert haben. Sie hat ihre eigene Stromquelle. Die Stromzuführung in diesem Block wird ausgeschaltet, sobald wir das Signal geben. Auf diese Weise können wir sicherstellen, dass es keine Aufzeichnungen auf den Überwachungskameras geben wird."

Sie hatten an alles gedacht. Nichts würde zu ihnen zurückverfolgt werden und sie als Vampire entlarven können. Ihr Geheimnis war gesichert.

„Ich glaube, Ursula sollte den Befehl geben", schlug Oliver vor. Er schaute seine Kollegen an, und einer nach dem anderen nickte.

Thomas winkte Ursula zu, mit ihm den Platz zu tauschen. „Nimm die Maus und klicke auf dieses Symbol hier!"

Oliver beobachtete, wie die ersten Strahlen der Sonne begannen, die Straße vor dem Gebäude zu erleuchten. Weitere Sekunden verstrichen. „Sonnenaufgang", verkündete er.

Ursula sah ihn an, dann war alles, was man im Raum hören konnte, das Klicken der Maus.

„Der Strom wird jetzt abgeschaltet", erklärte Thomas und gleichzeitig gingen alle Straßenlaternen und Lichter in allen Gebäuden rund um die Lagerhalle aus.

Oliver beobachtete den Bildschirm, als plötzlich eine Explosion das Gebäude erschütterte. Obwohl er dies erwartet hatte, überraschte ihn doch die Heftigkeit.

Das Feuer breitete sich so schnell und so vollständig aus, wie er es erwartet hatte: Den Bauplänen zufolge war das Gebäude nicht mit Sprinkleranlagen ausgestattet.

Die wenigen Vampire, die dem Tageslicht trotzten, um dem Feuer zu entfliehen, kamen nicht weit. Um sicherzugehen, dass niemand entkam, waren menschliche Scharfschützen – vertrauenswürdige Scanguards-Mitarbeiter – an strategischen Punkten positioniert worden. Ihre Waffen waren mit Silberkugeln geladen. Aber am Ende waren keine Schüsse notwendig. Stattdessen kümmerte sich die Sonne um die fliehenden Vampire, und deren Asche vermischte sich mit dem Dreck auf dem Bürgersteig.

Das Blut-Bordell und seine Gefängniswärter waren endlich Geschichte.

Die Polizei würde den Fall untersuchen, daran gab es keinen Zweifel, genau wie andere Regierungsbehörden, aber Scanguards hatte genug Verbindungen, um sicherzustellen, dass während dieser

Untersuchungen nichts ans Licht kommen würde.

„Jetzt fängt unsere eigentliche Arbeit an", sagte Samson mit ernster Stimme. Alle nickten.

Als Ursula Oliver einen fragenden Blick zuwarf, erklärte er: „Wir fanden Corbins Kundenliste. Jeder dieser Kunden ist eine potenzielle Gefahr für die menschliche Bevölkerung von San Francisco. Wir müssen sie überwachen und die einsperren, die am stärksten gefährdet sind, bis sie alle Phasen des Entzugs überstanden haben."

Es würde eine gewaltige Aufgabe werden, aber der Bürgermeister hatte Scanguards alle Ressourcen zur Verfügung gestellt, die er hatte. Innerhalb von ein paar Wochen würde die Situation sich stabilisieren, und San Francisco würde wieder so sicher sein wie zuvor.

39

Zwei Wochen später

Oliver trug die zwei Koffer ins Haus und stellte sie in der Diele auf den Boden. Hinter ihm stellte Ursula eine kleine Tasche ab. Nach fast zwei Wochen in Washington DC, wo sie Ursulas Eltern besucht hatten, brauchte er etwas Entspannung. Er hatte sich in seinem ganzen Leben noch nie so angespannt gefühlt.

Während Ursula bei ihren Eltern gewohnt hatte, hatte Oliver im Haus eines Vampirs, den Gabriel kannte, gewohnt und sich nur abends zu ihr und ihren Eltern gesellt. Nach einer ausführlichen Diskussion hatte Ursula in seinen Vorschlag, die Erinnerungen ihrer Eltern an die letzten drei Jahre auszulöschen und neue in ihre Köpfe einzupflanzen, eingewilligt. All ihre Schmerzen waren vergessen, so als ob alles nie passiert wäre. Sie glaubten, dass Ursula an die Universität in Berkeley gewechselt war, um dort ihren Master-Abschluss zu machen, und dass sie ihre Eltern mindestens zweimal pro Jahr besuchte. Darüber hinaus stellte Oliver sicher, dass er ein Teil ihrer neuen Erinnerungen war, sodass sie ihn als den Freund ihrer Tochter akzeptierten. Gedankenkontrolle fiel ihm leichter, seit er sie bei Ursula benutzt hatte, um sie seinen Biss spüren zu lassen. Fast so, als ob er einfach nur die richtige Motivation gebraucht hätte.

Aber nur die Erinnerungen ihrer Eltern auszulöschen, war nicht genug gewesen: Oliver hatte die Hilfe von Scanguards-Mitarbeitern in Washington und New York in Anspruch genommen, um das gleiche bei Freunden und Familienmitgliedern von Ursulas Eltern, Mitarbeitern in der Botschaft, wo ihr Vater arbeitete, sowie den Kriminalbeamten und Reportern, die in den Fall verwickelt waren, zu tun. Thomas hatte sich in den Polizei-Computer gehackt und alle Dateien von Ursulas Verschwinden gelöscht. Er hatte das Gleiche mit den Datenbanken bei den Zeitungen getan, die die Geschichte gedruckt hatten. Es war eine gewaltige Aufgabe, aber eine, die notwendig war, damit Ursula mit ihm zusammen sein konnte. Hätten Oliver und seine Kollegen nicht jede Erinnerung an ihr Verschwinden gelöscht, würden ihre Eltern sie nie wieder gehen lassen.

Abgesehen von ein paar heimlichen Küssen während ihres Aufenthalts in Washington DC hatte Oliver Ursula nicht berührt, bis sie an Bord des Privatjets von Scanguards gingen, um nach San Francisco zurückzukehren. Er hätte sie am liebsten gleich während des Fluges nach Hause vernascht, aber da sie das Flugzeug mit ein paar Mitarbeitern von Scanguards hatten teilen müssen, hatte er keine Gelegenheit gehabt, mit ihr zu schlafen, und sein Schwanz war immer noch so hart wie eh und je.

„Wo sind denn alle?", fragte Ursula.

„Rose? Quinn?", rief er und hoffte

insgeheim, dass sie heute Abend aus waren, damit er ihnen nicht von ihrer Reise erzählen musste, wenn er doch viel lieber Ursula über die Schulter werfen wollte, um sie ins Bett zu tragen. „Blake?"

„Oben", ertönte Quinns Stimme aus der oberen Etage.

Ein Gefühl von Frustration heulte durch ihn hindurch. Er hatte keine Ahnung, wie lange er noch vorgeben konnte, zivilisiert zu sein, bevor er über Ursula herfallen und sich tief in ihr begraben würde.

„Kommt rauf, wir wollen euch etwas zeigen", rief Rose.

Oliver verzog das Gesicht und nahm Ursulas Hand. „Dann lass uns mal gehen!"

Als sie den zweiten Stock erreichten, warteten Rose und Quinn vor seinem Zimmer.

„Willkommen zu Hause!", sagten beide gleichzeitig.

Umarmungen wurden ausgetauscht, bevor Quinn die Tür zu Olivers Zimmer öffnete und ihm und Ursula bedeutete, einzutreten.

Quinn verlagerte sein Gewicht auf seine Fersen. „Wir dachten uns, jetzt wo Ursula hier wohnt, braucht ihr beide ein wenig mehr Platz. Also haben wir die Wand zu Blakes Zimmer herausgenommen und ihn auf dem ersten Stock einquartiert. Auf diese Weise habt ihr einen kleinen Wohnbereich für euch alleine."

Oliver ließ seine Augen in seinem neu eingerichteten Zimmer umherschweifen. Es war nicht nur fast doppelt so groß wie zuvor, es war auch neu dekoriert worden. Ein extra Schrank war hinzugefügt worden, um Ursulas Kleidung unterzubringen, und eine gemütliche Sitzecke war geschaffen worden.

„Und wenn euch die Dekoration nicht gefällt, dann können wir das ändern", meinte Rose.

Ursula drehte sich zu ihnen um und lächelte. „Es ist wunderschön. Danke. Ich liebe es."

Oliver legte seinen Arm um Ursula und zog sie an sich, dann schaute er Quinn und Rose an. „Es ist perfekt. Danke!"

„Gern geschehen", sagte Quinn.

Rose zupfte an seinem Hemdsärmel. „Wir sollten gehen."

Quinn nickte. „Wir verbringen den Abend

mit Zane und Portia, also gehört euch das Haus heute Abend ganz alleine. Blake ist mit Cain auf Patrouille."

„Auf Patrouille?"

Quinn verdrehte die Augen. „Frag nicht! Er nörgelte so lange, bis ich ihn habe gehen lassen."

Rose lächelte verschmitzt und zwinkerte Oliver zu. „Quinn hat sich einwickeln lassen."

Aber ihr Mann zuckte nur mit den Schultern. „Ich kann ihn ja nicht sein Leben lang beschützen." Dann griff er zu seiner Gesäßtasche und zog einen Umschlag hervor. „Bevor ich es vergesse, Maya bat mich, dir das zu geben."

Die Aufregung ließ Olivers Herz schneller schlagen. Er wusste, was in dem Umschlag war: die Ergebnisse von Ursulas Bluttest. Vor ihrer Abreise nach Washington hatte Ursula Maya zwei Blutproben gegeben: eine vor dem Sex, und eine, nachdem Oliver und sie ihre letzte Nacht zusammen vor ihrer Reise an die Ostküste genossen hatten.

Seine Hand zitterte, als er den Umschlag aus Quinns Hand entgegennahm. Als er aufblickte, trafen sich ihre Blicke. Quinn lächelte, als ob er wüsste, was dieser Brief bedeutete. Dann drehten sich er und Rose um und schlossen die Tür hinter sich. Oliver lauschte ihren Schritten, als sie die Treppe hinuntergingen.

Langsam ließ er Ursula los. Sie starrte auf den Umschlag in seiner Hand.

„Die Ergebnisse", flüsterte sie.

Mit zitternden Fingern öffnete er den Brief und zog ein einzelnes Blatt Papier heraus. Seine Augen brauchten mehrere Sekunden, bevor er in der Lage war zu lesen, was in sauberer Handschrift geschrieben war.

„Lieber Oliver", las er. „Alle Tests, die ich mit Ursulas Blutproben durchgeführt habe, brachten das gleiche Ergebnis."

Oliver spürte, wie Ursula den Atem anhielt.

„Es ist bestätigt: Ihr Blut ist sicher, sobald sie einen Orgasmus hatte." Erleichterung durchfuhr ihn. „Allerdings kann ich nicht sagen, wie lange ihr Blut braucht, um seine frühere Potenz nach dem Sex wiederzuerlangen. Weitere Tests werden notwendig sein, um das zu bestimmen. Aber *so lange du ihr Blut nur direkt nach ihrem Höhepunkt trinkst, kannst du dich in Sicherheit wiegen. Alles Liebe, Maya."*

Er ließ den Brief fallen und zog Ursula an sich. „Jetzt musst du eine Entscheidung treffen."

Sie hob ihre Augen. Fasziniert von dem, was er in ihnen sah, hielt er den Atem an.

„Ich glaube, meine Entscheidung stand schon von dem Moment an fest, als du mich am ersten Tag, als ich in diesem Haus war, geküsst hast. Ich hatte nur zu viel Angst, es mir einzugestehen. Ich fürchtete mich davor, etwas zu wollen, das mir von anderen für so lange Zeit aufgezwungen worden war. Aber ich habe keine Angst mehr."

Oliver schluckte schwer und hatte Probleme, die Lust zu kontrollieren, die jetzt durch seine Adern floss, da er wusste, was heute Nacht passieren würde. Er war unfähig zu sprechen, also tat er das Einzige, wozu er fähig war: Er streifte mit seinem Mund über ihren und küsste sie. Ihre Lippen ergaben sich ihm und teilten sich, als seine Zunge darüber leckte.

Heute Nacht gäbe es kein Zurückhalten mehr. Er würde das Biest heute nicht in Schach halten. Endlich würde Ursula ihm wirklich gehören.

Es gab keine Eile, als er sie auszog und sie das gleiche mit ihm tat. Als er sie auf die frisch gestärkten Laken legte und seinen Körper an ihre erhitzte Haut drückte, lief ein Schauer durch ihn. Wie er die letzten zwei Wochen überlebt hatte, ohne sie zu berühren, daran konnte er sich jetzt nicht mehr erinnern.

„Es war die reinste Folter, nicht mit dir zu schlafen, während wir an der Ostküste waren", murmelte er an ihren Lippen.

Sie seufzte. „Ich habe jede Nacht gehofft, dass du durch mein Schlafzimmerfenster klettern und zu mir kommen würdest." Ursula streichelte die empfindliche Haut an seinem Nacken und sandte einen Schauer über seinen Rücken.

„Es war zu riskant. Ich wäre nie in der Lage gewesen, dein Bett vor Sonnenaufgang zu verlassen, wenn ich gekommen wäre."

„Ich habe dich vermisst."

Anstelle einer Antwort senkte Oliver seine

Lippen wieder auf ihre, während seine Hände ihren Körper streichelten. Er berührte ihre Brüste und neckte die empfindlichen Brustwarzen, sodass sie sich in harte Spitzen verwandelten. Als er seinen Mund von ihr wegriss, war es nur, damit er eine dieser harten Spitzen in seinen Mund saugen konnte, während er weiterhin ihr warmes Fleisch knetete.

Weiter südlich stand sein Schwanz aufrecht wie eine Eisenstange und drückte gegen ihren Oberschenkel, erpicht darauf, sich mit ihrem Körper zu verbinden. Aber er wusste, dass er sich nicht erlauben konnte, so schnell in sie zu sinken. Er würde es nicht lange genug durchhalten, um sie zum Höhepunkt zu bringen.

Oliver glitt an ihrem Körper hinunter, spreizte ihre Beine und ließ sich zwischen ihnen nieder. Ihre Finger gruben sich vor Erwartung in seine Schultern: Sie wusste, was er vorhatte.

Ein ersticktes Stöhnen kam über ihre Lippen, als er einen heißen Atemzug gegen ihr Geschlecht blies. Ein Lecken mit seiner Zunge folgte. Als er den Tau kostete, der sich bereits auf ihren prallen Lippen gesammelt hatte, versteifte sich sein ganzer Körper.

„Fuck, Baby!"

Es war besser, als er es in Erinnerung hatte. Ihr Duft war eine Mischung aus süßen und würzigen Aromen, die sich über seine Zunge ausbreiteten und seinen Rachen hinunterliefen. Seine Nasenflügel bebten, und das Tier in ihm brüllte auf.

Beiß sie jetzt!, forderte der Teufel in ihm ihn auf.

Mit Mühe stieß er den überwältigenden Wunsch, ihr Blut zu kosten, zurück und konzentrierte sich darauf, ihr warmes Fleisch zu lecken. Mit seinen Fingern berührte er sie weiter und entblößte ihre Klitoris. Dann drückte er seine Zunge darauf, bevor er das winzige Organ in seinen Mund saugte.

Unter seinem Griff spürte er, wie sie sich aufbäumen wollte, aber seine Hände hielten sie fest, damit sie ihm nicht entkommen konnte. Mit langen Zungenschlägen liebkoste er ihren Lustknopf und erforschte ihre feuchte Spalte, während sie sich unter ihm wand. Ihr

Stöhnen und Seufzen erfüllten den Raum.

Ihre Fingernägel gruben sich tiefer in seine Schultern, aber er begrüßte die Schmerzen. Wäre er ein Mensch gewesen, hätte er zu bluten angefangen, aber seine Vampirhaut war zu hart, als dass ihre Fingernägel sie durchbohren könnten.

Oliver hörte ihren Herzschlag und den Klang ihres Blutes, wie es durch ihre Adern rauschte und versuchte, mehr Sauerstoff in ihre Zellen zu pumpen. Ihr Körper erwärmte sich mit jeder Sekunde, während er ihr zartes Fleisch neckte. Er war noch nie mit dem Körper eines anderen Wesens so im Einklang gewesen, aber mit Ursula gab es keine Verständigungsprobleme. Er wusste, was sie brauchte.

Ihre Hüften drängten sich in einem unverwechselbaren Rhythmus gegen seinen Mund, um mehr zu verlangen. Er war überglücklich, ihren Forderungen nachzukommen. Sanft fuhr er einen Finger in ihre feuchte Scheide, verstärkte den Druck auf ihre Klitoris und leckte sie härter und schneller. Als sich ihr Körper anspannte und halb vom

Bett abhob, stieß er einen zweiten Finger in ihre enge Muschi, sog ihre Klitoris in seinen Mund und drückte seine Lippen zusammen.

Sie kam unkontrolliert keuchend, und ihre inneren Muskeln umklammerten seine Finger, als ihr Körper erbebte.

Wenn er weniger ungeduldig wäre, würde er ihr erlauben, sich einen Moment auszuruhen, aber Geduld war gerade ein Fremdwort für ihn. Er konnte nicht länger warten. Er zog sich hoch und bedeckte sie mit seinem Körper. Sein Schwanz suchte nach ihrer noch zuckenden Muschi, und mit einem Schub stieß er in sie hinein.

Mit einem Stöhnen flogen Ursulas Augen auf. Dann hob sie ihre Hand und ein Finger strich über seine Lippen.

„Zeig sie mir!"

Seine Fänge waren bereits ausgefahren. Langsam öffnete er seine Lippen und zeigte sie ihr, während er Ursulas Reaktion beobachtete. Sie zeigte keine Angst.

„Berühr sie!", forderte er.

Zögernd strich sie mit ihrem Finger über die Außenseite eines Fangs. Er knurrte unwillkürlich, als das Gefühl von Ursulas Berührung einen Stromschlag durch ihn sandte.

Ihre Augen weiteten sich, aber anstatt ihren Finger zurückzuziehen, streichelte sie seinen Fang noch einmal. „Senke sie in mich hinein! Ich will dich spüren."

Ursula neigte ihren Kopf zur Seite und präsentierte ihren blassen Hals. Schwer atmend senkte Oliver seinen Kopf zu ihrem Hals. Er spürte sie erzittern, als seine Lippen ihre Haut berührten.

„Sachte, Baby, ich werde dir nicht wehtun."

Er leckte über ihre Haut, dann schabte er mit seinen Zähnen an der Stelle, wo ihre prall gefüllte Vene gegen seine Lippen schlug. Der Kontakt ließ seinen Schwanz zucken, und er zog seine Hüften zurück, bis er fast vollständig aus ihr herausglitt. Beim nächsten Stoß in ihren ihn willkommen heißenden Körper schlug er seine Fänge in ihren Hals und durchstach ihre Vene.

Ihr heißes Blut rauschte in seinen Mund und überwältigte seine Geschmacksknospen. Sein Mund wurde überschwemmt damit. Als die Flüssigkeit über seine Zunge und dann seine Kehle hinunterlief, pumpte sein Herz schneller. Er hatte noch nie etwas so Erstaunliches gekostet. Sie schmeckte reichhaltig und rein und besänftigte augenblicklich die Bestie in ihm. Mit jedem Tropfen, den er nahm, fühlte er sich stärker und unbesiegbarer. Dies war es, wonach er, seit er zum Vampir geworden war, gesucht hatte: Ursulas Blut.

Er stieß seinen Schwanz immer schneller und härter in sie hinein. Mit jedem Stoß spürte er, wie seine Erregung wuchs und ihn näher zur Ekstase brachte, bis er sich nicht mehr zurückhalten konnte. Sein Orgasmus brach über ihn herein, und es war ein so überwältigendes Gefühl, dass er meinte, sein Körper zerschmetterte in tausend Stücke. Als es verebbte, brachen die Wellen, die von Ursulas Körper kamen, wie eine riesige Ozeanwelle über ihn herein.

Langsam zog er seine Fänge aus ihrem Hals und leckte über die Einschnitte.

Als er sie ansah, bemerkte er einen feuchten Glanz in ihren Augen. In Panik wich er zurück. „Habe ich dir wehgetan?"

Sie schüttelte den Kopf und schniefte. „Ich habe noch nie etwas so Schönes verspürt."

Er drückte einen sanften Kuss auf ihre Lippen. „Ich auch nicht."

Dann rollte er sich auf die Seite und zog sie in die Beuge seines Körpers. Ihr Rücken schmiegte sich an seine Brust, und seine Arme hielten sie fest an ihn gedrückt. Für einen langen Moment sprachen sie nicht. Nur ihre schweren Atemzüge waren im Zimmer zu hören.

„Erinnerst du dich, als der Wärter auf dem Rastplatz das Codewort erwähnt hat?", fragte Ursula plötzlich.

„Er sagte *kaiserliches Blut*", antwortete Oliver. Er war überrascht, dass sie auf einmal darauf zu sprechen kam.

„Meine Mutter hat mir erzählt, dass wir von der kaiserlichen Linie abstammen. Wir sind schon viele Generationen davon entfernt, aber ich glaube, wenn wir die Herkunft der anderen Mädchen überprüfen, die mit mir eingesperrt waren, werden wir die gleiche Abstammung finden. Es muss das Blut der kaiserlichen Linie sein, das diese berauschende Wirkung hat."

Überrascht von ihrer Hypothese drückte er ihr einen Kuss auf die Schulter. „Dann sieht es so aus, als ob ich mich in eine Prinzessin verliebt habe."

Sie drehte ihr Gesicht zu ihm und Wärme und Zuneigung strahlten aus ihren Augen. „Und es sieht so aus, als ob ich mich in einen Vampir verliebt habe."

Er schmunzelte. „Das würde einen guten Film abgeben. *Die Prinzessin und der Vampir.* Ich kann die Filmplakate schon sehen."

Sie drehte sich in seinen Armen und ließ ihre Hände über seinen Körper wandern. „Wie wäre es, wenn wir ein bisschen am Drehbuch arbeiten würden? Ich glaube, dieser Film braucht noch mehr heiße Szenen."

Oliver rollte sich auf den Rücken und zog sie auf sich. „Dem stimme ich voll und ganz zu."

Dann zog er Ursulas Kopf zu sich hinunter und nahm ihre Lippen gefangen. Er hatte nicht die Absicht, sie in absehbarer Zeit loszulassen.

Lesereihenfolge der Scanguards Vampire & Hüter der Nacht

Scanguards Vampire

Novelle: Brennender Wunsch
Band 1 - Samsons Sterbliche Geliebte
Band 2 - Amaurys Hitzköpfige Rebellin
Band 3 - Gabriels Gefährtin
Band 4 - Yvettes Verzauberung
Band 5 - Zanes Erlösung
Band 6 - Quinns Unendliche Liebe
Band 7 – Olivers Versuchung
Band 8 – Thomas' Entscheidung
Band 8 1/2 – Ewiger Biss
Band 9 – Cains Geheimnis

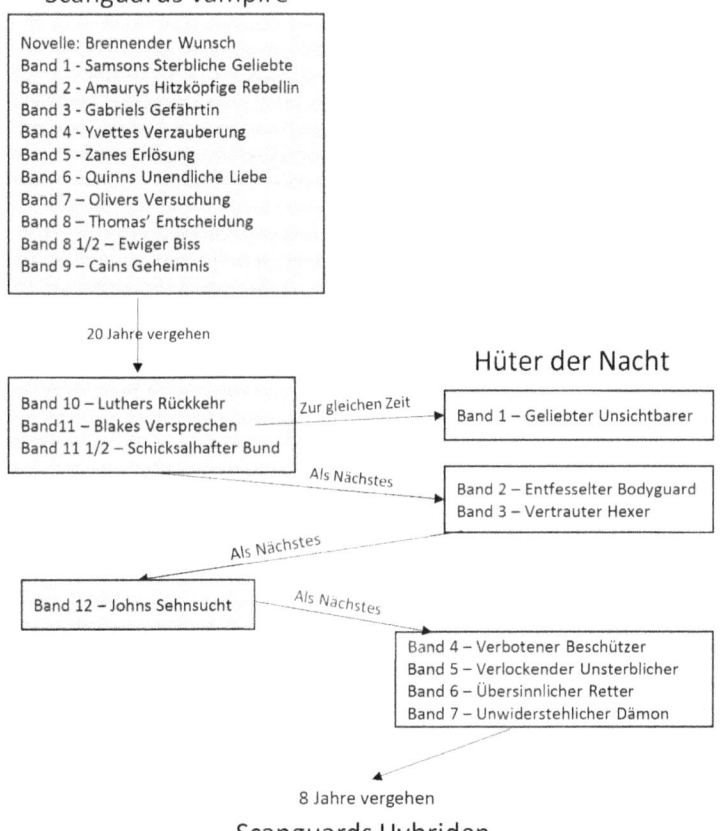

20 Jahre vergehen

Hüter der Nacht

Band 10 – Luthers Rückkehr
Band11 – Blakes Versprechen
Band 11 1/2 – Schicksalhafter Bund

Zur gleichen Zeit → Band 1 – Geliebter Unsichtbarer

Als Nächstes → Band 2 – Entfesselter Bodyguard
Band 3 – Vertrauter Hexer

Als Nächstes

Band 12 – Johns Sehnsucht

Als Nächstes

Band 4 – Verbotener Beschützer
Band 5 – Verlockender Unsterblicher
Band 6 – Übersinnlicher Retter
Band 7 – Unwiderstehlicher Dämon

8 Jahre vergehen

Scanguards Hybriden

Die Bände in der Scanguards Hybriden Serie werden zusätzlich auch in
der Scanguards Vampir Serie nummeriert. (SV Band 13 = SH Band 1)

Band 1 (SV 13) – Ryders Rhapsodie
Band 2 (SV 14) – Damians Eroberung
Band 3 (SV 15) – Graysons Herausforderung
Band 4 (SV 16) – Isabelles Verbotene Liebe

Über die Autorin

Tina Folsom ist gebürtige Deutsche und lebt schon seit über 25 Jahren im englischsprachigen Ausland, seit 2001 in Kalifornien, wo sie mit einem Amerikaner verheiratet ist.

Mittlerweile hat sie 50 Bücher in Englisch sowie Dutzende in anderen Sprachen herausgegeben.

https://tinawritesromance.com/deutscheleser/
tina@tinawritesromance.com

facebook.com/TinaFolsomFans

instagram.com/authortinafolsom

youtube.com/TinaFolsomAuthor

Ingram Content Group UK Ltd.
Milton Keynes UK
UKHW010721070623
423023UK00001B/177